GREYWAREN

Título original: *Dreamer Trilogy 3. Greywaren*

1.ª edición: marzo de 2023

© Del texto: Maggie Stiefvater, 2023
Publicado por acuerdo con Scholastic Inc.,
557 Broadway, New York, NY 10012, USA.
Todos los derechos reservados.
© De la ilustración de cubierta: Matt Griffin, 2023
© De la traducción: Xohana Bastida Calvo, 2023
© De esta edición: Fandom Books (Grupo Anaya, S. A.), 2023
Juan Ignacio Luca de Tena, 15. 28027 Madrid
www.fandombooks.es

Diseño de cubierta: Christopher Stengel

ISBN: 978-84-18027-42-0
Depósito legal: M-28929-2022
Impreso en España - Printed in Spain

PAPEL DE FIBRA
CERTIFICADA

MAGGIE STIEFVATER

GREYWAREN

TRILOGÍA
DE LOS
SOÑADORES

LIBRO
TRES

Traducción de Xohana Bastida

FANDOM BOOKS

Para todos los lectores que se han despertado alguna vez
rodeados de flores o de plumas

Y, sin embargo, si nos tomamos el tiempo necesario para examinar con detenimiento a nuestro modelo, para analizar la forma de las sombras y sus límites y para registrar su valor, obtendremos un parecido convincente.

—WILLIAM L. MAUGHAN,
Guía del artista para dibujar retratos

Las personas tardan mucho tiempo en parecerse a sus retratos.

—JAMES McNEILL WHISTLER

Si el sueño es una traducción de la vida real, la vida real es también una traducción del sueño.

—RENÉ MAGRITTE

PRÓLOGO

Al principio de esta historia, hace muchísimos años, dos soñadores llegaron al paraíso.

Niall Lynch y Mór Ó Corra acababan de comprarse una porción bella y secreta de la naturaleza de Virginia. Campos abiertos y ondulantes. Colinas cubiertas de robles. Y, en la distancia, las montañas Blue Ridge como centinelas. Para Niall y Mór, adquirir aquella verde fortaleza fue como un truco de magia. Sí: el interior de la granja estaba lleno de montañas de objetos acumuladas por el dueño anterior, muerto antes de que ellos llegasen. Y los numerosos cobertizos que daban a la finca su nombre —Los Graneros— estaban incluso en peor estado, tambaleantes y llenos de calvas en la pintura.

Para Niall y Mór, sin embargo, aquello era un reino por estrenar.

—Ya verás cómo vuelve a su ser —dijo Niall con su optimismo habitual.

Niall era un muchacho encantador, un buen mozo de discurso rápido y persuasivo. Si hubiera alguna manera de convencer a la basura que colmaba la casa y los cobertizos para que se desplazase sola, él era el hombre indicado para encontrarla.

Mór —que todavía no se llamaba Mór— respondió:

—Tendremos que estar atentos para que el niño no se pierda entre todas las malas hierbas.

Mór era una heroína joven, dura, pragmática, imperturbable. Un año atrás, se había cortado su cabellera dorada a la altura de la barbilla para que no le estorbase. Un mes atrás, había hecho lo mismo con su pasado.

Niall la miró con aquella sonrisa amplia y súbita tan típica de él, y se apartó de la cara su larga melena porque quería estar guapo para ella.

—¿Te gusta?

Mór cambió de postura para acomodar mejor el peso del pequeño Declan, y luego recorrió la finca con su pétrea mirada. Era tal y como Niall le había descrito. Era preciosa. Era enorme. Estaba a kilómetros de los vecinos más cercanos y a un océano de sus familiares más próximos.

Pero, para ella, eso no era lo más importante.

—No lo sabré hasta no haber dormido aquí, ¿no crees?

Tanto Niall como Mór eran soñadores, en sentido literal. Cuando se quedaban dormidos, podían despertar junto a sus sueños, hechos realidad. Era magia. Y no una magia común, precisamente; de hecho, jamás habían conocido a nadie que fuera capaz de hacerlo... o que admitiera ser capaz, lo cual, por otra parte, no resultaba muy sorprendente. Al fin y al cabo, no era difícil imaginar cómo una persona con malas intenciones podría tratar de explotar a un soñador para beneficiarse de él.

En realidad, explotar a un soñador sonaba más fácil de lo que era. Soñar era un asunto resbaladizo. Niall y Mór a menudo se extraviaban mientras recorrían sus propios subconscientes. Por ejemplo, trataban de soñar con dinero y se despertaban rodeados de pósit con las palabras *dólar* y *libra* impresas.

Los sueños más útiles eran aquellos en los que lograban centrarse.

Y nunca se centraban tanto como cuando soñaban con el Bosque.

El Bosque.

A primera vista, el Bosque se asemejaba a una floresta de hoja caduca normal y corriente. Pero, en cuanto Mór se adentraba en él, podía sentir lo profundas que eran sus raíces. Se hundían más allá de la tierra, más allá del lecho rocoso, más allá de lo que cualquier humano había visto jamás. Y no buscaban agua, sino otra cosa.

Cuando Mór visitaba el Bosque en sueños, percibía en él la presencia de un ser con consciencia propia. Pero jamás lo veía; solo lo oía, o lo sentía.

Fuera lo que fuese, estaba muy interesado en ella.

Y ella en ello.

—Claro, pero no te preocupes —repuso Niall, alargando una mano para agarrar la de Mór—. Ya verás cómo aquí también encuentras el Bosque.

Porque él también soñaba con aquel lugar. Y al Bosque también le interesaba él.

(En cuanto al propio Niall, digamos que le interesaba el Bosque, pero le interesaba aún más Mór).

Niall se había esforzado mucho para encontrar un sitio donde pudieran soñar con claridad y potencia, un lugar donde pudieran visitar el Bosque cada noche, si así lo querían. En parte, también tenía la esperanza de que Mór se enamorase de la belleza de aquel paisaje, de la promesa de un futuro común allí; pero, en el fondo, sabía qué era lo que Mór ambicionaba.

De modo que, aquella primera noche, Niall aguardó mientras su joven esposa soñaba. Por fin, cuando el sol ya empezaba a asomar, Mór se reunió con él en el desvencijado porche de la granja. Niall alargó los brazos para tomar en ellos a Declan y lo abrazó, mientras Mór y él contemplaban los prados cubiertos de bruma.

No le hizo falta preguntar si Mór había soñado con el Bosque, porque sabía que así era. Ellos soñaban con el Bosque en la misma medida en que el Bosque soñaba con ellos.

—Esta noche he oído una palabra en el Bosque, corazón —dijo—. No era una palabra inglesa, y tampoco irlandesa.

—Yo también he visto una palabra —contestó ella—. Estaba escrita en una piedra.

Mór la trazó en el polen acumulado sobre la barandilla, mientras Niall la pronunciaba en voz alta:

Greywaren.

1

En el pasado, los delitos artísticos eran una rareza.

No en el sentido de que ocurrieran poco, sino por sus características especiales. Otros tipos de delito se ponían de moda y luego pasaban; los delitos relacionados con el mundo del arte, sin embargo, siempre estaban vigentes. Y, al contrario de lo que sería lógico suponer, los amantes del arte no eran los que más repudiaban los robos o falsificaciones. De hecho, a menudo los encontraban fascinantes. Era como una afición al arte con esteroides; una afición al arte interpretada como juego de mesa, como deporte competitivo. Muchos amantes del arte que jamás habrían robado una escultura o falsificado un cuadro se sentían intrigados cuando era otra persona la que lo hacía. Y, a diferencia de lo que ocurría cuando un criminal robaba un bolso o un bebé, en estos delitos era normal que un número considerable de los testigos apoyasen en su fuero interno al criminal.

Porque, en el pasado, no parecía haber tanto en juego en ese tipo de delitos. El arte era algo valioso, sin duda, pero no una cuestión de vida o muerte.

Sin embargo, el mundo había cambiado.

Ahora, el que alguien poseyera una obra de arte quería decir que otra persona no la poseía.

Y eso sí que podía ser una cuestión de vida o muerte.

Nadie se fijó en Bryde mientras entraba en el Museo de Bellas Artes. No era más que un tipo de cabello leonado, con una cazadora gris demasiado fina para el invierno de Boston. Diminuto frente a las ciclópeas columnas de la entrada, subía la escalinata con las manos en los bolsillos, encorvado para protegerse del frío. Desde luego, no parecía un tipo que hubiera destruido objetos de gran valor en el pasado reciente o que se dispusiera a robar objetos de gran valor en el futuro próximo, aunque, de hecho, fuera las dos cosas.

A grandes males, etcétera, etcétera.

Solo habían pasado treinta y seis horas desde el momento en el que decenas de miles de personas y animales del mundo entero se durmieron de pronto. El fenómeno había sido instantáneo y repentino. Personas que estaban corriendo por la calle, lanzando a su hijito por el aire para recogerlo acto seguido o entrando en un ascensor se quedaron dormidas. Hubo aviones que se desplomaron de pronto, camiones que cayeron desde lo alto de puentes. Hubo una lluvia de aves marinas que cayeron al océano. Y ya estuvieran a los mandos de un avión o al volante de un autobús, y por mucho que se desgañitasen los pasajeros, era imposible despertar a los durmientes. Nadie sabía por qué.

Bueno, en realidad, algunas personas sí que lo sabían.

Bryde se acercó con pasos rápidos y precisos a la taquilla del museo. Se echó el aliento en los dedos para calentarlos, tembloroso. Su brillante mirada recorrió el entorno el tiempo suficiente para registrar al guardia que vigilaba junto a los lavabos y al guía que conducía a un grupo de visitantes a la primera sala.

—¿Una entrada general? —preguntó la joven que atendía en la taquilla, sin despegar la mirada de la pantalla de su ordenador.

En las cadenas de televisión, una panoplia variable de expertos había usado términos como «disfunciones metabólicas», «zoonosis» o «escapes de gases tóxicos» para explicar la aparición de todos aquellos animales y personas en aparente estado de coma. Sin embargo, la cosa se había complicado al tratar de buscar una explicación que incluyera también a los cientos de vehículos, turbinas eólicas y electrodomésticos que habían dejado de funcionar al mismo tiempo. Uno de los expertos se preguntó si el fenómeno podría estar relacionado con los sabotajes que se habían dado recientemente en la franja costera del oeste del país, y que habían causado pérdidas millonarias. ¿Se trataría de un ataque terrorista a la industria estadounidense? ¿Revelaría nuevos datos el gobierno al día siguiente?

Pero al día siguiente, nadie ofreció información nueva.

Nadie reclamó la autoría del incidente. Los durmientes siguieron durmiendo.

—Necesito una entrada para la exposición temporal de pintores vieneses —respondió Bryde.

—Están agotadas hasta marzo —replicó la cajera, con el tono cansino de alguien que había repetido lo mismo muchas veces—. Si me da su correo electrónico, puedo apuntarlo en la lista de espera.

El evento —una exposición temporal sobre los artistas de la Secesión de Viena— era tan extraordinario que las entradas llevaban agotadas desde el mismo día en que se habían puesto a la venta. Su punto fuerte era *El beso* de Gustav Klimt, una obra que hasta entonces jamás había salido del país en el que había sido pintada. *El beso* es un cuadro formidable que casi todo el mundo conoce, aun cuando piensen que no. En él aparecen dos amantes, envueltos en los pliegues de un manto dorado y en el amor que se profesan. El hombre besa a la mujer en la mejilla. Coronado por una rama de hiedra, la toca con reverencia. La mujer, arrodillada con serenidad sobre una superficie de flores, parece saber que la adoran. ¿Y cuánto la adoran? Es difícil decirlo. Otros cuadros de Klimt menos famosos que aquel se habían vendido hasta por ciento cincuenta millones de dólares.

—Necesito entrar hoy —afirmó Bryce.

—Oiga... —La cajera levantó la cara y le miró directamente por primera vez. Pareció dudar, con la vista prendida en sus ojos, en su rostro.

—Bryde —susurró.

Los durmientes no eran los únicos cuya vida había cambiado el día en que los aviones cayeron del cielo. Los soñadores —mucho más escasos que los durmientes— también habían perdido su capacidad para extraer cosas de sus sueños. Muchos aún no lo sabían, porque solo soñaban raramente. Y un buen número de ellos llevaban ya bastante tiempo fracasando, tanto en el sueño como en la vigilia. Bryde había visitado los sueños de algunos.

—La exposición vienesa —repitió Bryde en un susurro.

Sin dudarlo más, la cajera se quitó la tarjeta que llevaba al cuello.

—Tapa... Tapa la foto con el dedo —le indicó.

Mientras Bryde se alejaba, colgándose ya la tarjeta, la chica se llevó la mano a la boca para sofocar una exclamación.

La simple conciencia de que no estás solo puede ser algo muy poderoso.

Unos minutos más tarde, Bryde se acercó con calma a la sala de la exposición en la que colgaba *El beso* y descolgó el cuadro. Lo hizo con tanta seguridad como si realmente tuviera que llevarse aquel cuadro, lo cual podría explicar por qué ninguno de los visitantes se dio cuenta de que pasaba algo raro en un primer momento.

Entonces, la alarma empezó a chillar.

Al ladrón, al ladrón, al ladrón, proclamaba el estridente pitido electrónico.

Los demás visitantes se volvieron para mirar.

Bryde retrocedió cargado con el cuadro, que era tan alto como él. La propia escena era una obra de arte: aquel hombre de pelo claro y nariz aquilina, con proporciones que eran de alguna forma tan predecibles como armoniosas, y aquella hermosa obra, elegantemente equilibrada.

La esquina inferior del marco golpeó el suelo. Bryde comenzó a arrastrar el cuadro hacia la salida.

Ahora sí que era obvio que lo estaba robando: esa no era forma de manejar una obra de arte de valor incalculable.

Y, sin embargo, la gente no hizo nada por detener a Bryde. Se limitaban a observarlo. Al fin y al cabo, aquello era arte, ¿verdad? Contemplaron cómo se detenía un momento para sacar algo de su chaqueta —un objeto similar a un avión de papel— y se lo arrojaba a un vigilante que acababa de entrar a la carrera en la sala. En cuanto golpeó el pecho del vigilante, el avión se derritió en una sustancia viscosa que lo dejó pegado al suelo.

Otra vigilante recibió en plena cara un puñado de polvo brillante que chirrió y centelleó al tocarle la piel.

Un tercero tuvo que frenar en seco para no caer en la zarza que acababa de crecer frente a él, y que había brotado de una pelota de tenis que Bryde se había sacado del bolsillo.

Bryde seguía avanzando a duras penas.

En cada esquina le salían al encuentro más guardias, y en cada esquina los distraía con aún más cachivaches extravagantes, como si llevara en los bolsillos una galería de obras de artistas variopintos. Eran objetos bellos, extraños, terroríficos, prodigiosos, estentóreos, pesarosos, avergonzados, entusiastas, y todos ellos eran regalos que Bryde había recibido a lo largo de las treinta y seis horas anteriores de aquellas personas que se creían solas hasta que él se acercó a ellas. Hasta hacía poco, él mismo podría haber soñado nuevas armas con las que mantener a raya a los vigilantes. Pero ya no. Ahora, tenía que arreglárselas con antiguos sueños ajenos.

Sin embargo, los que tenía no eran suficientes para permitirle salir del museo.

Aún había más *walkie-talkies* que crepitaban en el interior del edificio, más alaridos de alarmas, más —demasiadas— escaleras que bajar.

Estaba muy lejos de conseguirlo.

Aquello —entrar como si nada en uno de los mayores museos del mundo, seleccionar un cuadro de Klimt, descolgarlo y llevárselo a rastras— no era posible.

Era un plan condenado al fracaso.

—¿No queréis que despierten? —gritó Bryde con rabia a la gente que miraba.

Aquellas palabras aterrizaron con más potencia que cualquiera de los objetos soñados. Invocaban a los ausentes: a las personas que dormían, dormían, dormían, metidas en los cuartos de invitados de personas que los amaban; en cunas de habitaciones con la puerta esperanzadamente entreabierta, con monitores de vigilancia que se iban quedando sin pilas; en residencias asistidas llenas de durmientes que nadie había reclamado.

Unos cuantos espectadores se abalanzaron hacia Bryde para ayudarle a llevar el cuadro.

Ahora, la escena sí que era una verdadera obra de arte: Bryde y aquel grupo de visitantes del museo acarreando el lienzo a hombros, pasando frente a los paneles que describían la trayectoria de Klimt, el arduo viaje que había recorrido ya aquel cuadro, los actos de rebelión que había cometido el pintor una y otra vez a lo largo de su vida artística.

Con esfuerzo, aquel puñado de personas —cinco, seis, siete— transportó el cuadro hasta la entrada principal del edificio, mientras otros espectadores intervenían para ayudarles a bloquear a los guardias.

En la gran escalinata del Museo de Bellas Artes, la policía aguardaba, pistolas en ristre.

Ahora que había agotado los sueños donados, Bryde no era más que un hombre aferrado a un cuadro famoso. Solo hicieron falta tres o cuatro agentes para arrebatárselo. En realidad, no resultaba sorprendente que el golpe hubiera fracasado; lo sorprendente, en todo caso, era que hubiera tardado tanto en fracasar. Pero así es el arte: es difícil predecir qué tendrá éxito y qué quedará en nada.

Mientras caminaba esposado hacia un coche de policía, Bryde se tambaleó.

—Tenga cuidado —dijo uno de los policías que lo escoltaban, en un tono no carente de amabilidad.

—Vamos a llevarnos bien —añadió el otro policía.

Tras ellos, los vigilantes transportaban *El beso* de vuelta al museo. Cuanto más se alejaba el cuadro de Bryde, más lentos eran los pasos de él.

—¿Cómo se le ha ocurrido hacer eso? —preguntó el primer agente—. ¡Uno no puede entrar ahí y llevarse un cuadro sin más!

—Fue lo único que se me ocurrió —respondió Bryde.

Ya no parecía la misma persona que había entrado en el museo un rato antes. En sus ojos no quedaba rastro de intensidad. Perdió pie y se dejó caer al suelo: un hombre con una cazadora vacía de sueños.

—Algún día —les dijo a los dos agentes—, vosotros también dormiréis.

Y durmió.

2

Todo el mundo quiere ser poderoso.. Los anuncios dicen a cada consumidor: Eres importante y visible.. Los profesores dicen a cada alumno: Creo en ti.. Abraza tu poder.. Sé tu mejor yo.. Puedes tenerlo todo.. Todo son mentiras.. El poder es como gasolina y sal.. Parece abundante pero hay una cantidad limitada que repartir.. Las hojas afiladas desean poder para ganar más espacio que cortar.. Las hojas romas desean poder para impedir que las afiladas las corten.. Las hojas afiladas desean poder para cumplir con su función.. Las hojas romas desean poder solo para ocupar sitio en el cajón.. Vivimos en un mundo repugnante.. El cajón está lleno de hojas feas e inservibles..

—NATHAN FAROOQ-LANE,
El filo abierto de la hoja, página 8.

3

Ay-ho, la jornada ya empezó.

Declan Lynch se despertó temprano. No desayunó, porque si alguna comida le sentaba mal, era el desayuno. Sí que bebió café, aunque le sentaba mal, porque, sin el maullido impaciente que hacía la cafetera por la mañana, no habría tenido ninguna razón de peso para levantarse a su hora. Y, en todo caso, Matthew había dicho una vez que las mañanas olían a café, de modo que tenían que seguir oliendo igual.

Tras poner la cafetera, Declan llamó a Jordan Hennessy, cuya jornada estaría terminando al tiempo que empezaba la de él. Mientras escuchaba los pitidos de la señal, limpió a conciencia los posos de café de la encimera y las huellas de dedos del interruptor de la luz. Había muchas cosas que le gustaban de su apartamento de Boston —sobre todo, el hecho de que estuviera en Fenway, a menos de un kilómetro de Jordan—, pero aquel edificio antiguo jamás estaría tan escrupulosamente limpio como la casa sin alma que Declan había dejado en Washington. A Declan le gustaban las cosas impolutas. Raramente conseguía su deseo.

—Pozzi —lo saludó Jordan con calidez.

—¿Aún estás despierta?

Aquella era una pregunta con mucho más peso del que habría tenido solo unos días atrás.

—Sí, sorprendentemente —contestó ella—. Asombrosamente. El público observa con expectación; ni siquiera los entrenadores saben qué puede ocurrir.

Despierta, despierta... ¿Por qué Jordan estaba despierta, cuando tantos otros dormían? ¿Y qué haría Declan si al día siguiente dejaba de estarlo?

—Quiero verte esta noche —declaró.

—Lo sé —replicó ella, y luego colgó.

Ay-ho, la jornada ya empezó. La camisa de Declan estaba un poco arrugada, de modo que la colgó en el cuarto de baño y abrió la ducha. El joven Declan Lynch lo miró desde el espejo. No era el mismo Declan Lynch que lo miraba desde allí solo unos meses antes. Aquel Declan era un conjunto anodino de piezas producidas en masa: sonrisa blanca y perfecta, rizos negros bien domados, barba discretamente afeitada, actitud segura pero no amenazante. Este Declan, sin embargo, se hincaba en la memoria como una navaja. Ahora, tras los ojos azules había algo agazapado, tenso, retenido a duras penas.

Hasta entonces, Declan nunca había caído en lo mucho que se parecía a su hermano Ronan. Pero ahora...

«No pienses en Ronan».

Una vez vestido, desayunado y consciente del ardor de estómago que le provocaba el café, Declan se dispuso a trabajar un rato. Desde que se había mudado a Boston para estar más cerca de Jordan, su trabajo consistía en ser una especie de secretario-canguro de alto *standing*. Sus clientes le confiaban sus teléfonos móviles durante temporadas variables —un fin de semana, un mes—, mientras se iban de viaje a otra ciudad o al extranjero o a la cárcel. Algunos se los dejaban de forma permanente. En los círculos de alto riesgo en los que se movían, no siempre les resultaba fácil contestar a sus clientes con el ánimo templado, o evitar comprometerse involuntariamente a hacerles favores emocionales o físicos. De modo que dejaban que Declan hablase por ellos.

Y Declan llevaba la vida entera entrenándose para aquello: hacer que las cosas emocionantes fueran lo más aburridas posible.

A sus clientes les hacía falta un socio discreto que supiera hablar con fluidez el lenguaje tácito de los dulcemetales, aquellas codiciadas obras de arte que poseían el poder de despertar a los durmientes. Y Declan cumplía el papel a la perfección. Sabía que la palabra adecuada para denominar a aquellos en peligro de convertirse en durmientes era «seres dependientes». Sabía mantener la discreción al indagar acerca del origen de aquellos seres, sin mencionar jamás los sueños o la magia; la mayor parte de sus clientes habían adquirido a sus seres dependientes a través del matrimonio, pero había otros que los habían recibido en herencia, e incluso una cantidad no desdeñable había comprado un hijo o una pareja dependiente en el mercado negro. Aquellos clientes, en general, no era consciente de la razón por la que sus seres dependientes corrían el peligro constante de quedarse dormidos. No lo querían saber; lo único que querían saber era cómo mantener despiertos a sus familiares.

Declan entendía perfectamente lo que sentían.

Consultó su reloj de pulsera y llamó a Adam Parrish.

—¿Tienes algo para mí?

—La línea ley sigue apagada en todas partes —respondió Adam. Su voz se entrecortaba; estaba caminando—. No ha habido ningún cambio.

—¿Y te ha llamado...?

Adam no contestó. De modo que no... Mala señal. Adam Parrish era la persona que más importaba a Ronan en el mundo entero. Si no quería llamarlo a él, no llamaría a nadie más.

—Sabes dónde encontrarme —dijo Declan a modo de despedida, y colgó.

(¿Estaría muerto Ronan?).

Ay-ho, la jornada ya empezó. El Boston matinal empezaba a desperezarse entre gruñidos cuando Declan salió a la calle: clamor de camiones de la basura, siseos de autobuses, parloteo de pájaros. Declan vio cómo su aliento se condensaba en el aire mientras abría su coche y se asomaba dentro para coger el ambientador que colgaba del espejo retrovisor.

Su actitud era tranquila, despreocupada.

«No es más que un ambientador. En absoluto me he gastado en él todos los ahorros que tenía. Circulen, aquí no hay nada que ver».

—¡Buenos días! —le saludó una vecina que trabajaba en un hospital como médica residente.

Declan había encargado a un detective un informe completo sobre ella y sobre el resto de habitantes de la calle. Para llevarse bien con la gente, lo primero es ser cauto.

—Oye, ¿está bien tu hermano? —dijo la médica—. Marcelo me dijo que se había desmayado, o algo así.

Declan la observó. ¿Sería ella misma un sueño, o una soñadora? Al fin y al cabo, había cosas que ni siquiera los detectives podían averiguar. No era muy probable, pero tampoco era imposible. Cuando todo aquello empezó, Declan había pensado que era el único que vivía rodeado de seres soñados. Tras ver las noticias de las últimas semanas, tenía claro que había más personas en la misma situación. No había muchas, pero eran más de las que habría imaginado jamás.

Y, desde luego, los seres soñados abundaban más que los dulcemetales.

—Tiene la tensión baja —mintió sin pestañear—. Es congénito, lo ha heredado de nuestra madre. ¿Trabajas con problemas de ese tipo?

—¡Ah! No, no, yo solo... Me dedico a la medicina interna y esas cosas —contestó ella, señalándose el abdomen—. Bueno, me alegro de que esté bien.

—Te agradezco tu interés, de todas formas —volvió a mentir Declan.

Una vez dentro de su apartamento, lejos de cualquier ventana, abrió la carcasa de plástico del ambientador y extrajo el colgante que contenía. Era una joya de factura bella y delicada, un cisne de plata que se enroscaba alrededor de un número siete del mismo metal. Declan ignoraba lo que simbolizaba. Solo sabía que había sido algo importante para su primer poseedor; si no hubiera sido así, ahora el colgante carecería de valor para sus propósitos. Le sonaba que Aurora le había contado en su infancia un cuento acerca de siete cisnes, pero los detalles se le escapaban. Su memoria, tan certera y estanca para algunas cosas, no parecía haber retenido más que las historias de su padre.

En todo caso, aquel dulcemetal en forma de colgante le había salido extremadamente caro.

Declan ya echaba de menos las obras de arte que había tenido que vender para adquirirlo.

—¡Arriba! ¡Tienes que ir a clase! —gritó mientras subía las escaleras hacia el cuarto de Matthew.

Al llegar al umbral, tropezó con un par de deportivas enormes y feísimas. Trató de recobrar el equilibrio, pero aquellas monstruosidades chillonas y acolchadas no estaban dispuestas a dejarlo escapar tan fácilmente. Se desplomó de bruces, y solo logró evitar la caída agarrándose al borde del colchón con un gruñido. Los rizos dorados de Matthew, desparramados sobre la almohada, ni siquiera se movieron.

—Matthew —le llamó Declan, notando una nueva oleada de ardor de estómago.

El chico que dormía en la cama parecía muy joven. ¿Dieciséis años? ¿Siete? Esa era la magia de las facciones angelicales de Matthew.

En todo caso, no se había despertado. Declan apoyó el colgante del cisne en la piel de su cuello, notando el calor y los latidos bajo sus dedos.

—¡Ay! —gruñó Matthew, somnoliento, y estiró la mano para agarrar la cadena. La aferró con fuerza, como un bebé que buscase seguridad en su peluche favorito—. Ya me levanto —masculló, y Declan dejó escapar el aire que había retenido en los pulmones.

El dulcemetal aún no se había agotado.

—Date prisa —replicó—. Tienes que salir en veinte minutos.

—¿No me podías haber despertado antes? —gimió Matthew.

Pero no: Declan no podía. Los dulcemetales más poderosos tenían la molesta costumbre de ser obras de arte muy conocidas: la *Madame X* de John Singer Sargent, *El beso* de Klimt, el *Black Iris III* de Georgia O'Keeffe... Aquellos cuadros, y otras sonrisas de Mona Lisa similares, estaban en museos, cedidos por grandes empresas o multimillonarios. Otros dulcemetales algo menos poderosos estaban en manos de ricas herederas o altos ejecutivos soñados, o de ricas herederas o altos ejecutivos no soñados que habían adquirido o encontrado hijos o parejas soñadas. Con lo cual, los únicos dulcemetales que circulaban por el mercado negro eran los de segunda. Eran piezas menos potentes, duraderas, bellas y manejables... Que, aun así, tenían precios prohibitivos. Ahora que todos los seres soñados necesitaban un dulcemetal para mantenerse despiertos, los precios se habían disparado, incluso los de las piezas de menor calidad.

Y así, Matthew recibía el colgante del cisne justo a tiempo para desayunar y se lo entregaba a Declan nada más volver de clase. Llevaba días sin ver la puesta de sol, y pasaría meses sin vivir un fin de semana. Aquel colgante tenía que durarle al menos hasta el final de curso. Declan no podía permitirse uno nuevo; de hecho, a duras penas había podido pagar aquel.

(Vivía sumido en la mala conciencia, todos sus pensamientos estaban teñidos de mala conciencia, él mismo era una maraña de mala conciencia).

—Tengo una duda hipodérmica —dijo Matthew unos minutos más tarde—. Hipotética, quiero decir.

Estaba asomado a la puerta de la cocina, casi listo para ir a clase. Incluso se había lavado la cara, y sostenía en una mano sus zapatillas maléficas para no ensuciarle el suelo a Declan.

Claramente, quería hacerle la pelota.

—No —le espetó Declan, agarrando las llaves del coche de la encimera—. La respuesta es no.

—¿Puedo apuntarme al club de D&M del instituto?

Declan se devanó los sesos tratando de recordar qué era D&M. Le sonaba que tenía algo que ver con látigos y ropa de cuero; pero aquello no parecía muy propio de Matthew, ni siquiera en su nueva etapa de rebeldía.

—¿Es algo de hechiceros? —aventuró.

—Sí, dragones y mazmorras. Va de hacer como que luchas con trols y esas cosas —asintió Matthew.

A Declan no le hacía falta fingir que luchaba con trols y esas cosas. De hecho, le habría gustado fingir que no tenía por qué hacerlo. Menos dragones y mazmorras, más Bed and Breakfasts.

—¿Por qué me lo preguntas? ¿Porque tendrías que ir por las tardes o los fines de semana?

Si al menos Matthew se mantuviera despierto sin necesidad del dulcemetal, como Jordan... Pero quién sabía a qué se debía la capacidad de ella.

—Solo los miércoles. Y los miércoles ni siquiera son días de verdad, ¿no crees?

—Deja que me lo piense.

(Habría preferido no tener que pensar en nada). (¿Estaría muerto Ronan?).

Ay-ho, la jornada ya empezó. Declan llevó a Matthew a su nuevo instituto; necesitaba estar pendiente de su paradero en todo momento. El día en que los sueños se habían quedado dormidos, a Declan le llevó horas encontrar el sitio en el que se había desplomado su hermano. No podría soportar vivir otro día como aquel. Esa incertidumbre.

—¿Te has pensado ya lo de D&M? —insistió Matthew con tono lastimero.

—Me lo preguntaste hace doce minutos —respondió Declan mientras se detenía en la fila de coches estacionados frente al instituto.

Los conductores de todos los demás coches eran personas de cuarenta o cincuenta años: padres o madres que no habían muerto con el cráneo machacado por una llave inglesa delante de su propia casa, ante los ojos de sus hijos menores de edad.

A Declan le parecía tener cuarenta o cincuenta años.

(EstaríamuertoRonanEstaríamuertoRonanEstaríamuerto-RonanEstaría...).

—Bueno, ¿te lo has pensado? —insistió Matthew.

—Sal del coche, Mattew —le cortó Declan. Su teléfono había empezado a sonar. Era el suyo, el de verdad, no el de un cliente—. No bebas refrescos en la comida. No te cuelgues de la puerta del coche, que no es un aparato del gimnasio. —Su teléfono no dejaba de sonar. Lo descolgó—. Aquí Declan Lynch.

—Soy Carmen Farooq-Lane.

A Declan se le secó la boca. La última vez que había hablado con ella, unos días antes, había sido para decirle dónde estaba Ronan, de forma que ella pudiera capturar a Bryde y liberar a Ronan de su influencia. Un lío de tres pares de narices.

La mala conciencia le seccionó las tripas.

(Ronan, Ronan, Ronan).

Matthew aún estaba apoyado en la puerta del coche. Declan le indicó que entrase con un aspaviento, pero él se quedó, atento a la conversación.

—No le han dado mucha publicidad al asunto —dijo Farooq-Lane—, pero tal vez hayas oído que a Bryde lo detuvieron en el Museo de Bellas Artes de Boston hace unos días.

A Declan se le revolvió el estómago. En su cerebro se estaba desarrollando una nítida escena: un tiroteo prolongado, Ronan tirado en el suelo sobre un charco de sangre, con algún maldito sueño en la mano...

«No, por favor, no, no, no, no, no, no».

—¿Y Ronan?

—Tenemos que vernos —repuso Farooq-Lane.

Declan casi se mareó del alivio: Farooq-Lane no había respondido «Tu hermano está muerto».

—¿Dónde?

Ella se lo dijo.

Declan se quedó mirando el volante polvoriento. El cuero negro solo estaba limpio en los puntos que habían tocado sus dedos. El polvo hacía que se sintiera agotado. Con qué rapidez volvía todo a la suciedad y al desorden cuando Declan no estaba pendiente... Necesitaba un descanso: uno o dos días en los que las cosas no se echaran irrevocablemente a perder, aunque él no estuviera. Una o dos horas. Uno o dos minutos.

(Ronan, Ronan, Ronan).

—Deklo —gimió Matthew—, ¿qué está pasando?

Ay-ho, la jornada ya empezó.

—Vuelve a meterte en el coche —contestó Declan—. Hoy no vas a clase.

4

Habían evitado el apocalipsis, pero aquello seguía pareciendo el fin del mundo.

¿Quién eres ahora?

«Alguien que ha evitado el apocalipsis».

Carmen Farooq-Lane se repetía la frase una y otra vez, pero la respuesta que le venía a la cabeza siempre era otra.

Ella y Liliana estaban sentadas dentro de un coche en el aparcamiento del Centro de Asistencia de Medford, esperando a Declan Lynch. Liliana, con el pelo blanco, tricotaba en el asiento del copiloto algo de una lana azul turquesa que hacía juego con su diadema, canturreando para sí misma. A Liliana se le daba bien matar el tiempo. Farooq-Lane, con sus ojos oscuros, aferraba el volante con tal fuerza que tenía los nudillos blancos. Sus uñas habían hecho diez marcas en el plástico. A Farooq-Lane no se le daba bien matar el tiempo.

¿Quién eres ahora?

«Alguien que ha matado a su hermano».

Declan Lynch había hecho lo imposible por salvar la vida de su hermano, que era un Zeta mortífero. Ella había puesto todas sus energías para terminar con la vida del suyo.

Farooq-Lane era consciente de que las circunstancias de Declan no eran exactamente las suyas.

Nathan ya había usado armas soñadas por él para asesinar a una larga serie de víctimas, dejando unas tijeras abiertas para marcar la escena de cada crimen. Ronan, por su parte, estaba en el patíbulo por crímenes que podía cometer en el futuro, por el apocalipsis que tal vez provocase. Sin embargo, uno y otro tenían algo en común: un poder que excedía en mucho del que cualquier persona debería poseer por sí sola. Despejarlos de la ecuación apocalíptica era un asunto de pura lógica. En realidad, lo razonable era despejar a todos los Zetas poderosos de la ecuación.

De modo que los Moderadores y Farooq-Lane habían seguido matando y matando y matando y...

«¿Sabes quiénes son las personas más fáciles de controlar? —le había preguntado Nathan una vez—. Las que aún están huyendo de una relación en la que las controlaban».

Farooq-Lane examinó el panorama que las rodeaba. Tras una mañana muy fresca, la temperatura había subido de pronto, y el día resultaba demasiado caluroso para aquella época del año en Massachusetts. La calima que se entreveía a través de las ramas desnudas resultaba extraña, a contrapié con la estación. La figura de un peatón que caminaba a paso vivo en la distancia le recordó a Nathan, con su andar veloz y seguro de sí, inclinado hacia delante como el mascarón de proa de un barco.

«Deja de pensar en el pasado —se reprendió—. Preocúpate más bien del presente».

Todo había terminado. Habían desatascado la situación, parado los sueños, extinguido la posibilidad del incendio, salvado el mundo.

¿Verdad?

Verdad.

Farooq-Lane había perdido a toda su familia en aquel caos. Había perdido su trabajo. Su propia alma. Y, sin embargo, lo que había puesto fin a aquella temporada de muerte había sido algo pequeño, casi insignificante: un breve sueño frente a una taza de chocolate, que había sofocado la fuente de la que emanaba el poder de los Zetas. Lo que había comenzado como una explosión se había apagado como un gemido.

—Me da la impresión de que todo ha sido demasiado fácil —confesó—. No sé, me parece decepcionante.

—Nada de lo que hicimos fue fácil —le aseguró Liliana con su peculiar acento, tejiendo a punto elástico. Los chasquidos rítmicos de las agujas sonaban como el tictac de un reloj—. Y yo, al menos, me alegro de que hayamos dejado todo eso atrás y podamos vivir, simplemente.

Liliana: antes, su novia Visionaria; ahora, quizá, solo su novia. Antes de que la línea ley se extinguiera, Liliana recibía cada cierto tiempo visiones del apocalipsis inminente, en unos peligrosos trances que la hacían oscilar entre tres edades distintas de su vida. Desde que la línea ley se había desvanecido, sin embargo, no había recibido ninguna visión más. Las premoniciones, como los sueños, parecían depender de aquella energía.

A Farooq-Lane la tranquilizaba no tener que preocuparse por si Liliana la mataba con las letales ondas de sonido que producía durante sus visiones. Lo que no le resultaba tan cómodo, sin embargo, era haber comenzado su relación con una Liliana de mediana edad y tener que continuarla ahora con una Liliana bastante más anciana. Hasta ese momento, a Farooq-Lane no le había preocupado mucho que Liliana se convirtiera en una viejecita de vez en cuando, porque siempre terminaba por regresar a la época de madurez. Pero ahora que la línea ley se había desvanecido, llevándose con ella las visiones, parecía que la vejez de Liliana se había hecho irreversible. La Liliana actual seguía siendo una mujer elegante y serena, pero obviamente mucho mayor que Farooq-Lane. Y, por si fuera poco, la ausencia de visiones las había dejado ciegas respecto a lo que pudiera depararles el futuro.

—Pero es que ya no sé lo que es vivir, simplemente —replicó Farooq-Lane—. ¿Sabes que yo me ganaba la vida planificando el futuro de otras personas? Ahora me parece increíble.

—Creo que los futuros se nos mostrarán por sí solos —repuso Liliana.

Dejó la labor en su regazo, le agarró una mano a Farooq-Lane y apoyó su palma abierta en la de ella. Su contacto, como siempre ocurría, tranquilizó inmediata y misteriosamente a Farooq-Lane. En el fondo, Farooq-Lane sabía que Liliana poseía algo de magia que trascendía a sus visiones, y que hacía que sus interlocutores se sintieran como la mejor versión de sí mismos. A veces recordaba algo que Liliana le había dicho el día en que se conocieron: una observación sobre lo frágiles que eran los humanos, o algo así. Un comentario así solo podía provenir de alguien que quisiera gastar una broma, o de alguien que no se considerase exactamente humano.

Y Liliana no poseía un gran sentido del humor.

—¿Recuerdas lo que va a ocurrir ahora? —preguntó Farooq-Lane.

Aunque le resultaba difícil concebir la lógica que seguían los cambios de edad de Liliana, tenía claro que había una versión de ella que era la auténtica, la que experimentaba el tiempo de forma correcta. Las otras dos versiones estaban desplazadas en su propia vida: una experimentaba los acontecimientos como recuerdos que ya habían ocurrido, mientras que la otra los vivía como un futuro al que aún no había llegado. Hasta aquel momento, la Liliana más anciana a menudo tenía algún fragmento de recuerdo que ofrecer. Ahora, sin embargo, meneó la cabeza.

—Vamos a pensar mejor en lo que haremos para cenar —dijo—. Hennessy habló de algo con curry que me pareció de lo más apetecible.

—Espero que no hayamos cometido un error al dejarla sola —murmuró Farooq-Lane—. No creo que fuera verdad que quería seguir durmiendo. No hace más que dormir...

—La pobre criatura tiene que desquitarse de una vida de insomnio —replicó Liliana.

Su voz transmitía compasión, y era cierto que la vida de Hennessy la merecía. Años y años soñando la misma pesadilla; años y años consciente de que tenía la facultad de convertir la pesadilla en realidad. «Compadécete de ella —se dijo Farooq-Lane—. ¡Compadécete!». Pero era difícil: a Farooq-Lane solo le habían hecho falta unos días para decidir que Hennessy era la persona más irritante que había conocido jamás.

Las razones: Hennessy montaba ruido allá donde iba. Parecía tener la convicción de que, si un monólogo era digno de ser pronunciado, había que vocearlo desde encima de un mueble o un coche o un tejado, en un océano de palabras torrenciales y palpitantes.

Hennessy era impredecible. La noche después de extinguir la línea ley, había pasado horas desaparecida, sin aviso ni explicación de ningún tipo. Justo cuando Farooq-Lane y Liliana empezaban a plantearse rastrearla, regresó al volante de un coche, un bólido sin matrícula y con un tubo de escape estruendoso que, como ella, parecía chillar y parlotear constantemente si no estaba encerrado en el garaje de su casita alquilada. Tenía aspecto de haberle salido muy barato o muy caro. A Farooq-Lane le daba miedo preguntar por su procedencia.

Más razones: Hennessy era destructiva. Sin una supervisión constante, empezaba a desmantelarlo todo como hubiera hecho un zorro salvaje. Durante los pocos días que había pasado con ellas, se las había arreglado para desbordar bañeras, incendiar fogones, romper ventanas y escandalizar a los vecinos, que miraban atónitos desde sus ventanas cómo Hennessy pintaba una enorme copia de *El grito* en la puerta del garaje, al ritmo de la música que salía de su coche —¿robado?—. Farooq-Lane ya había dado la fianza de la casa por perdida.

Aún más razones: por si fuera poco, Hennessy buscaba la muerte todo el tiempo, o, al menos, no mostraba demasiado interés por continuar con vida. Saltaba desde alturas no especialmente adecuadas para sobrevivir. Se sumergía sin haber guardado suficiente aire en los pulmones. Bebía sustancias que, en altas concentraciones, eran bastante perjudiciales para los humanos. Comía cosas, las vomitaba y luego comía otras. Corría con tijeras en la mano, y, cuando a veces le rajaban la piel al caer al suelo, examinaba el interior del corte con curiosidad en vez de horror. A veces, se reía de forma tan estentórea que Liliana se echaba a llorar solo de oírla.

A Farooq-Lane, los últimos días le habían parecido años.

Pero, por insoportable que fuera, no podía echar a la Zeta de su vida.

Porque, con la excusa de salvar el mundo, Liliana y ella le habían quitado el cuerno al unicornio y no le habían dado nada a cambio.

¿Quién era Hennessy ahora, sin los sueños?

¿Y quién era Farooq-Lane?

«Alguien que ha evitado el apocalipsis».

—Ahí está —dijo Liliana con placidez.

Un Volvo gris avanzó por el aparcamiento y se detuvo a cierta distancia de ellas. Declan Lynch iba al volante, y Matthew, su hermano de cabello dorado, iba en el asiento del copiloto. Dos tercios de los hermanos Lynch.

—Echa toda la carne en el asador —le aconsejó Liliana—. Este es el primer paso.

«Has evitado el apocalipsis».

Tras sacar dos tarjetas de felicitación de la guantera, Farooq-Lane salió del coche y se acercó a Declan. Los dos se quedaron frente a frente, separados por una línea pintada en el suelo del aparcamiento. Aunque la situación parecía requerir un apretón de manos, ninguno de los dos extendió la suya. Al cabo de un rato de silencio incómodo, Farooq-Lane carraspeó para dar comienzo a la reunión.

—¿Está muerto? —le preguntó Declan a bocajarro.

En lugar de contestarle, Farooq-Lane le ofreció la primera de las dos tarjetas.

Él la abrió. En el interior, en letras cursivas, ponía: *¡Feliz día de San Valentín a un hijo y una nuera muy especiales!*

Debajo, Farooq-Lane había añadido a mano:

No sé nada de los demás Moderadores desde el incidente de la rosaleda. Aunque ya no formo parte de su estructura, es posible que me sigan vigilando. Como precaución por si han puesto micrófonos en mi teléfono, mis pertenencias o mi persona, o por si me siguen para espiarme, he escrito lo que creo que necesitas saber.

Lejos de reconfortarla, el silencio de los Moderadores la inquietaba. Y no era la única que los echaba en falta: cuando el FBI se había puesto en contacto con ella para notificarle la captura de Bryde, le habían dicho que habían tratado de localizar a muchos otros Moderadores, pero que ella era la primera que les contestaba. ¿Dónde podían haberse metido? Los Moderadores eran como el *spam* o los hongos en los pies: normalmente, no desaparecían por iniciativa propia.

Extendió la mano y le ofreció a Declan la segunda tarjeta.

Esta también contenía un mensaje impreso: *¡Parece que al final me gustaste mucho más de lo que tenía previsto! ¡Feliz aniversario, mi amor!* Pero resultaba casi ilegible, porque Farooq-Lane había cubierto toda la superficie disponible con una explicación manuscrita de lo que sabía acerca de la situación.

Declan la leyó, impertérrito.

Giró la cabeza para mirar el Centro de Asistencia de Medford y luego se giró hacia la dorada cabeza de su hermano menor, que los observaba con la intensidad de un perro encerrado en el coche.

Farooq-Lane le compadecía. Le resultaba mucho más fácil identificarse con Declan Lynch, que reprimía todas las muestras externas de sufrimiento, que con Hennessy, que iba detonando infelicidad allá por donde pasaba. Farooq-Lane era incapaz de comprender a Hennessy, pero conocía bien la sensación de ser la única responsable de la familia.

—No tenías por qué ponerte en contacto conmigo —murmuró por fin Declan, en un tono que no traicionaba ninguna emoción.

—Te hice una promesa. Te dije que yo me ocuparía de Bryde y que tú podrías recuperar a tu hermano. No la cumplí, y esto es todo lo que puedo hacer para compensarte.

Él la escrutó durante un largo momento. Luego, chasqueó la lengua. Fue un gesto peculiar y personal, una especie de chasquido de negocios. Metió la mano en el bolsillo de su americana, extrajo una tarjeta de visita y anotó en ella dos números y una dirección.

—No quiero sentirme en deuda contigo —le dijo a Farooq-Lane mientras se la ofrecía.

—¿Tengo que darte las gracias? —repuso ella.

—Creo que aquí encontrarás alguna respuesta.

—De acuerdo. Gracias, entonces —contestó Farooq-Lane, aunque no sabía qué respuestas podía pensar Declan que necesitaba ella.

Él negó con la cabeza.

—Lo que es justo es justo. Ahora estamos a cero otra vez.

—Como dos espías que se encuentran en un puente —murmuró Farooq-Lane.

—Como los únicos adultos en la sala —la corrigió Declan.

Aunque seguía teniendo un aire enérgico y profesional, ahora había algo más en su actitud, un poso de intranquilidad: estaba reflexionando sobre lo que había leído en la tarjeta. Por un momento, el aspecto de madurez que le daba su seriedad habitual se disipó, y durante una fracción de segundo pareció casi idéntico a su hermano Ronan.

Al menos, al Ronan que Farooq-Lane había conocido en su último encuentro.

—Buena suerte, señor Lynch —dijo a modo de despedida.

—Ese —replicó él con amargura— es el único tipo de suerte que no tengo nunca.

5

Ronan Lynch estaba soñando con el Encaje.
Lo recorría. Lo atravesaba.
Las ramas se entrecruzaban sobre él.
Las sombras se conectaban bajo él.

Diseños intrincados: un océano salpicado de luz, una superficie entretejida de venas, todo enredado, enmarañado.

«Ah. Te conozco», pensó.

Yo también te conozco, respondió el Encaje.

Y entonces el sueño se disipó, y él se encontró flotando en un mar de vacío. Era un mundo que no contenía nada; al menos, nada que sus sentidos pudieran percibir.

Al cabo de un tiempo, una forma móvil y brillante perforó el mar de oscuridad. Ronan no habría sabido decir si era él quien se movía hacia la forma o si era la forma la que se acercaba a él. Pero una vez estuvo frente a ella, se dio cuenta de que era como un bosquecillo de corrientes luminosas, que resplandecían y se ondulaban igual que las ramas de una planta subacuática.

Era muy hermosa.

Le habría gustado estar más cerca de ella. Al cabo de un rato, lo consiguió, y flotó hasta entrar en el haz de luz más cercano. En el preciso instante en que lo tocó, se sintió abrumado por una oleada de imágenes. De pronto, se encontró en decenas de lugares a un tiempo: mansiones de techos altos, cementerios frondosos, un pecio en el fondo del océano, salas llenas de literas sumidas en la penumbra, cámaras acorazadas oscuras, lagunas brillantes y despejadas, museos de noche, dormitorios de día.

Se quedó en cada uno de los lugares tanto tiempo como pudo, empapándose de ellos. Pero al final, algo tiraba de él para devolverlo al mar de vacío.

Al cabo de un tiempo, lo comprendió: aquellos sitios eran reales.

No para él, sino para quienes vivían en ellos. Para las personas. Los seres humanos.

También los humanos le parecían hermosos.

Y ellos parecían sentirse igualmente atraídos por él. Lo miraban con fijeza. Se acercaban tanto a él que distinguía las lágrimas atrapadas en sus pestañas y oía cómo tomaban aliento. Lo sostenían en la palma de sus manos. Sus labios lo besaban castamente. Sus mejillas se apoyaban con ternura sobre él. Sus corazones latían a su lado. Lo contemplaban, lo abrazaban, lo transportaban, lo intercambiaban, lo llevaban enroscado alrededor de sus cuellos y muñecas, se cubrían con él, lo guardaban en cajones, lo escondían en cajas, lo dejaban caer en charcos crecientes de sangre tibia, lo regalaban, lo robaban, lo deseaban, lo deseaban, lo deseaban.

Por fin, acabó por darse cuenta de que aquellas personas no lo veían a él.

Veían los objetos de los cuales surgía su mirada: los dulcemetales.

Para ellas, él era el cuadro colgado en un salón con paredes de mármol, el colgante suspendido sobre el pecho, la escultura de un perro abrazada por generaciones de niños, el reloj roto sobre la repisa de la chimenea. Era el anillo en el dedo, era el pañuelo en el bolsillo, era el bajorrelieve y la herramienta utilizada para labrarlo. Pero, más allá de todo eso, era lo que contenían los dulcemetales: era el amor, el odio, la vida, la muerte, todo lo que hacía que un dulcemetal fuera lo que era.

Dulcemetales, dulcemetales... Aquella palabra: *dulcemetales*. ¿Había sabido de su existencia antes de llegar a aquel lugar? Una parte de él tenía que conocerla. Los dulcemetales eran el latido del corazón secreto del mundo; estaban entretejidos con todo lo que formaba la sociedad, con todas las creencias y los anhelos humanos.

Al igual que las personas que veía al otro lado, él no se saciaba de los dulcemetales. Pasó tanto tiempo habitando en su interior como pudo. Lo que le atraía no eran solo los paisajes y sonidos del mundo humano, sino también las emociones. Todo aquel que miraba un dulcemetal aportaba sentimientos abrumadores: ira, amor, odio, nerviosismo, decepción, pena, expectación, esperanza, miedo.

Aquellas emociones también le parecían hermosas.

En el mar de vacío en el que flotaba a la deriva no había nada comparable a ellas. Eran tan portentosas, tan terribles... Tan absorbentes, tan complejas... Se preguntó cómo sería albergar sentimientos tan grandiosos. Le parecía recordar que algunos eran más agradables que otros.

Aquel pensamiento lo desconcertó. ¿Le parecía... recordar?

Pero no tuvo tiempo de reflexionar sobre aquel enigma, porque, de pronto, al entrar la calidez de un nuevo dulcemetal, se dio cuenta de que el rostro que tenía ante él le resultaba familiar. Era Hennessy. Hasta ese momento, había olvidado que podía conocer a algunas personas. Y a aquella la conocía bien, muy bien: su rostro, su nombre, la sensación de su cara llorosa apoyada sobre su hombro...

Hennessy se encontraba en un estudio de artista. Estaba rodeada de retratos, algunos acabados y otros inacabados, cuya potencia colectiva como dulcemetales lo había atraído hasta allí. Pero había algo más, un leve cambio que rodeaba a la propia Hennessy. Mientras la veía esparcir barniz por el lienzo que había ante ella, sintió con nitidez una especie de energía crepitante. Quizá el acto de crear un dulcemetal fuera un dulcemetal en sí mismo, una especie de círculo infinito de creadora y creación.

Poco a poco, fue cobrando conciencia de que quien tenía ante los ojos no era Hennessy, sino Jordan. Aquella joven no estaba lo suficientemente frenética para ser Hennessy. De pronto, se dio cuenta de que también reconocía a la persona que aparecía en el retrato del caballete. Era un hombre joven sentado, con una americana extendida sobre una pierna, los dedos entrelazados con relajo y la cara vuelta para ocultar una sonrisa casi imperceptible. Era...

Declan.

De inmediato, un segundo nombre siguió al primero: Matthew.

¿Por qué iban juntos aquellos dos nombres? Declan. Matthew. *Hermanos*. Sí, eran hermanos.

Eran...

Eran sus hermanos, ahora lo recordaba. Ahora recordaba que...

Con una sacudida, Ronan Lynch cobró conciencia de sí mismo.

No había habitado siempre en aquel vacío. Antes había sido una persona, con un cuerpo y un nombre.

Ronan Lynch. Ronan Lynch. Ronan Lynch.

El estudio de Jordan empezaba a desintegrarse ante él; la conmoción lo había sacudido, devolviéndolo al mar de vacío. Desesperado, se esforzó por quedarse.

«¡Jordan!», gritó.

Pero su voz carecía de sonido, y los dulcemetales no eran ventanas que se pudieran abrir.

Ronan Lynch. Ronan Lynch.

¿Y si volvía a olvidarse de sí mismo? ¿Estaba ya comenzando a perderse? ¿Le había ocurrido aquello más veces? Dios, ¿cuánto tiempo llevaba en aquel lugar haciendo lo mismo? Olvidando y recordando, olvidando y recordando...

Se vio de nuevo en la oscura nada del mar.

Inquieto, examinó los recuerdos que comenzaban a llegarle: un valle salpicado de casetas y cobertizos, con establos llenos de ganado sumido en un sopor eterno. Había estado allí buscando dulcemetales. No: había tratado de crearlos. Si al menos hubiera logrado hacer uno para Matthew, otro para su madre... Eso lo

42

habría cambiado todo. Habría salvado a su familia, la quebranta-da familia Lynch.

¿Cómo podía haberse olvidado de todo aquello? ¿Qué más le faltaba por recordar?

Ronan Lynch era un pasillo que se iba iluminando pulgada a pulgada.

Volvió a centrarse en los dulcemetales, en aquel resplandor que se entretejía en la oscuridad. Antes los había observado con una curiosidad ociosa.

Ahora sabía lo que tenía que buscar.

Declan, Matthew, Ronan. Los hermanos Lynch.

Un aparcamiento con el suelo lleno de costras de hielo sucio. Coches salpicados de restos de sal. Árboles decorativos con las ramas desnudas. Un edificio achaparrado, rodeado de arbustos mortecinos. Final del invierno o inicio de la primavera.

Ronan no sabía bien cuánto tiempo llevaba viajando de un dulcemetal a otro; en el mar sin fin, el tiempo transcurría de forma distinta. Al principio, el proceso de búsqueda había sido deses-peranemente lento, pero a medida que avanzaba fue mejorando. Y ahora, al fin, podía recoger el fruto de sus esfuerzos: cuando su conciencia empezó a desparramarse por el aire del aparcamiento, distinguió dos siluetas familiares que entraban por la puerta de cristal del edificio.

Una de ellas llevaba un dulcemetal —un colgante con forma de cisne— colgado al cuello. No era el dulcemetal más potente que Ronan había visitado hasta ese momento, pero tampoco era el más débil. Al menos, poseía la energía suficiente para permi-tirle participar de la atmósfera de aquel día soleado en Nueva Inglaterra, a la manera de un fantasma flotante. Aunque no hu-biera sabido decir qué temperatura hacía, Ronan sí que percibía otros tipos de información, sensaciones a las que su estado actual le permitía acceder. Sentía el murmullo del tendido eléctrico a unos metros de allí. El movimiento del océano, a unos kilómetros.

La extraña falta de vida que reinaba en el ambiente; no una sensación en sí, sino más bien la carencia de ella. La energía ausente de la línea ley.

Se acercó a Declan y Matthew para entrar en el edificio tras ellos. Su aspecto lo conmocionó. Matthew parecía mayor de lo que recordaba, mucho mayor, como un chaval de último curso, con una expresión huraña algo suavizada por el movimiento de sus rizos dorados al andar. Declan, por su parte, era más joven de lo que Ronan recordaba: un chico de poco más de veinte años, que solo parecía algo mayor por sus ropas caras y sus gestos peculiares.

Declan le había hecho algo terrible, ¿verdad?

A Ronan le vino a la cabeza la palabra, aunque los detalles se le escapasen aún:

Traición.

¿Estaba enfadado con él? En realidad, a Ronan aquello le parecía muy lejano. Quizá sintiera ira más tarde.

Ya dentro, Declan y Matthew pasaron junto a varias sillas de ruedas vacías y una hilera de asientos desocupados para dirigirse a una mujer que estaba detrás de una pantalla de metacrilato. Hablaron con ella un momento, y luego entraron por una puerta ancha y pesada que conducía a un pasillo. En uno de los lados había camillas y cajas de material médico. Ronan sentía el titilar de los fluorescentes del techo como un cosquilleo incómodo. Aquel lugar tenía aspecto de hospital o de clínica veterinaria —el tipo de edificio cuyos suelos se friegan con más frecuencia de lo habitual—, pero no parecía ser ni lo uno ni lo otro. No lograba hacerse idea de qué había llevado allí a sus hermanos.

Matthew parecía tan desconcertado como él.

—¿Qué hacemos aquí? —preguntó—. Huele como un brik de zumo vacío.

Declan continuó andando a paso vivo hacia el ascensor que se abría al final del pasillo.

—A Jordan sí que se lo contarías —dijo Matthew con tono quejumbroso.

—Matthew, por favor, ahora no —le cortó Declan.

Tras un corto ascenso, los hermanos desembocaron en la segunda planta, tan desierta como la primera. Al llegar a la habitación 204, Declan, por alguna razón, se sacó del bolsillo una tarjeta de felicitación. Leyó algo en ella, se acercó al teclado que abría la puerta y marcó el número #4314.

La puerta se abrió con un chasquido.

Declan se volvió hacia Matthew y le susurró «¡Deprisa!». En ese momento, Ronan cayó en la cuenta de que lo que estaban haciendo sus hermanos no parecía muy legal.

La puerta se cerró tras ellos con otro chasquido.

En el interior de la habitación 204 reinaba una penumbra solo rota por el resplandor de algunos aparatos. Una cortina dividía el espacio. En el lado cercano a la puerta se veía una cama de hospital hecha y vacía.

Aunque lo que había al otro lado estaba fuera de su campo visual, Ronan podía sentirlo. En aquella habitación había algo que trataba de alcanzar el dulcemetal de Matthew con una voracidad desesperada.

Matthew se removió, incómodo.

Declan palpó la pared en busca del interruptor de la luz. Los fluorescentes parpadearon con un zumbido mientras él descorría la cortina, revelando...

—¿Ese es...? —musitó Matthew—. ¿Es Bryde?

Ronan sintió que lo invadía una marea de memorias. Era como si, cuanto más recordase, más lo atrajera la gravedad de su vida anterior. Los recuerdos lo golpeaban.

Bryde: su mentor, el que los había encontrado a Hennessy y a él, el que los había arrastrado a una campaña de destrucción para aumentar la energía de la línea ley, el que les había presentado a otros soñadores que necesitaban algo de esperanza. Un soñador soñado, hecho para trazar un plan y llevarlo a cabo.

En la cama del hospital, Bryde parecía muy pequeño, polvoriento. Tenía las muñecas y los tobillos sujetos con bridas a los barrotes de la cama. En la parte de los pies también había pegada una funda de plástico que contenía documentos de aspecto oficial, como si Bryde fuera un producto puesto a la venta o un cadáver preparado para la autopsia. Pero Bryde no estaba muerto: estaba dormido.

Matthew lo observó por un momento.

—¿Por qué lo han atado a la cama? —preguntó.

—Porque está detenido. Intentó robar un cuadro.

A Ronan lo abrumó una oleada de remordimiento. Como le había ocurrido antes, la potencia de la emoción tironeó de él hacia el mar de vacío, pero hizo un esfuerzo por quedarse allí. Prefería estar en aquel lugar, por mal que eso lo hiciera sentir, que flotar en la oscuridad y no sentir nada.

—¡Eh, Deklo! —exclamó Matthew, alarmado.

Bryde había abierto los ojos.

—Estupendo —repuso Declan.

La mirada de Bryde no se dirigió a ninguno de los hermanos. En lugar de eso, se quedó mirando el techo cuadriculado de la sala. Su garganta se movió al tragar saliva. Parecía un hombre derrotado.

Declan se inclinó sobre él.

—Voy a ir al grano —dijo, con un tono neutro que contradecía a su expresión eléctrica—, porque no quiero gastar este dulcemetal más que lo estrictamente necesario para que me respondas, especie de cabrón. ¿Dónde está Hennessy?

Bryde se limitó a negar con la cabeza.

—No me vale con eso —le espetó Declan.

—Te tendrá que valer. No lo sé: se marchó cuando estábamos en la rosaleda.

Ronan recordó: era cierto que Hennessy se había separado físicamente de ellos en la rosaleda, pero su despedida real ocurrió más tarde, en un sueño. Hennessy los había engañado a los dos para soñar una esfera que extinguiera la línea ley. Y lo había hecho a pesar de que sabía que aquella esfera sumiría a Jordan en un sueño sin final y que tal vez matase a Ronan.

¿Estaba enfadado ya?

No. Todo aquello seguía pareciéndole muy lejano.

—Siguiente pregunta —continuó Declan—: ¿qué le ocurre a Ronan?

—Es evidente que lo ignoras todo sobre él —respondió Bryde.

—Puedes tratar de enredar a Ronan, pero no puedes enredarme a mí —replicó Declan, tenso—. Tú lo tuviste a tu lado durante unos meses; yo lo he tenido toda mi vida. Me pasé nuestra infancia tratando de protegerlo, ¿y qué has hecho tú? Arruinar su vida. Tirar a la basura todo lo que él construyó.

—Dime, hermano mayor: en realidad, ¿pretendías evitar que Ronan corriera peligro, o evitar que se convirtiera en un peligro para los demás?

La mirada de Matthew oscilaba entre Bryde y Declan.

—Lo único que sabes de Ronan es lo que él metió en tu cabeza —dijo Declan.

Los labios de Bryde se retrajeron y sus dientes quedaron al descubierto en una especie de gruñido.

—Entonces —replicó—, dime qué significa esto: *Greywaren*.

La palabra pareció quedar suspendida en el aire de la habitación.

Greywaren. Ronan estaba más cerca de comprenderlo de lo que nunca había estado. Tenía algo que ver con aquel vasto espacio, con el hecho de asomarse al mundo a través de los dulcemetales...

—A este juego aún le quedan varias tiradas, casillas que se curvan en espiral como el interior de una caracola. Salta, salta, salta y llegarás al centro. Este juego es... —La voz de Bryde vaciló hasta apagarse, y su boca dibujó un rictus de infelicidad. Volvió la cara—. Hasta las luces hacen ruido aquí —murmuró.

Matthew pestañeó muy deprisa. Tenía los ojos vidriosos.

—Declan... —gimió.

Parecía afectado por el hecho de que Bryde estuviera consumiendo su dulcemetal, o tal vez por el aspecto consumido del propio Bryde. Al fin y al cabo, tenía tanto en común con Bryde como con Declan.

—Dime, Bryde —insistió Declan—, y ahora no me vengas con adivinanzas: ¿qué le ocurre a Ronan?

—Es muy sencillo: Ronan es un mecanismo más complicado que yo. ¿Para qué fui creado yo? Para que todo esto le mereciera la pena a Ronan. ¿Para qué fue creado él? Para algo más.

Bryde giró la cabeza para mirar a Matthew.

—¿Qué sientes? —le preguntó.

—Quiero irme a casa —le pidió Matthew a Declan con un hilo de voz.

«Perdón», quiso decirle Ronan al soñador atado a la cama. Sin embargo, su voz aún era inaudible.

—Yo no siento nada —afirmó Bryde.

Los fluorescentes se apagaron. Declan se disponía a salir sin despedirse. Mientras la puerta se cerraba, Bryde tragó saliva y fijó la vista en el techo oscurecido.

Ronan no quería dejarlo allí solo. Empezaba a darse cuenta de que había arrojado a Bryde en el infierno, en un mundo que estaba diseñado para odiar. Al soñarlo, no lo había dotado de optimismo ni de la capacidad de disfrutar de los placeres sencillos; si Bryde quería conocer la felicidad, tendría que aprenderla por sí mismo en el mundo de la vigilia.

Y ahora —encerrado en aquella habitación, sujeto con bridas a los barrotes de la cama— no parecía estar en disposición de aprender nada.

El dulcemetal de Matthew arrastró a Ronan fuera de la habitación justo en el momento en que Bryde se quedaba dormido. Se detuvo en otro pasillo del edificio, donde Declan consultaba de nuevo la tarjeta de visita para confirmar que se hallaba delante de la habitación correcta.

A Ronan no le hizo falta entrar para notar la energía ávida que emergía del otro lado de aquella puerta. Al lado del número había pegada una etiqueta con un nombre escrito a mano: JOHN DOE, la denominación para cualquier paciente o cadáver sin identificar.

—¿Puedo esperarte en el coche? —preguntó Matthew abrazándose el torso.

—No te pongas dramático, por favor —le contestó Declan mientras giraba el picaporte.

Pero Matthew sí que parecía un poco dramático, y no era el único. Ronan tampoco quería entrar en aquella habitación. En el fondo, sabía qué iba a encontrarse al otro lado, pero prefería pensar que no era cierto.

Declan empujó la puerta y el interior de la habitación quedó al descubierto.

El ocupante de aquella cama también dormía.

Era Ronan Lynch.

6

Hey ho, el día ya empezó.

—Conque eres una ladrona —afirmó Sarah Machkowsky—. ¿Así funcionas? Como no guardé mi cara con cuidado, viniste tú y me la robaste.

En la galería de arte Machkowsky & Libby, de Newbury Street —a solo unos kilómetros de Declan y del Centro de Asistencia de Medford—, todos los ojos estaban clavados en Jordan Hennessy.

Las otras dos mujeres presentes en la galería llevaban elegantes trajes de chaqueta. Hennessy, sin embargo, se había vestido de artista, con un largo abrigo de brocado superpuesto a un chaleco blanco. Las flores del tejido del abrigo imitaban las que llevaba tatuadas en el cuello y en las manos, y la claridad del chaleco parecía brillar sobre su piel oscura. Se había recogido el pelo, sin alisarlo, en un moño que se mantenía en su sitio de forma milagrosa. Su cara era un poema; su sonrisa, una réplica sarcástica.

—No te preocupes —respondió con despreocupación—: aún te queda el original.

Machkowsky & Libby era una de las galerías más antiguas y prestigiosas de Boston, como indicaba claramente su aspecto. Su interior combinaba una iluminación moderna y sofisticada con un aroma a moho centenario. Las ventanas emplomadas daban a una acera bulliciosa y llena de turistas. Dentro, el antiguo edificio había sido dividido en pequeñas salas de techo alto, con las paredes ocupadas por algunos cuadros que, más que un estilo concreto, compartían una actitud. En sus etiquetas no figuraban precios, sino nombres. Las dos primeras plantas de la galería eran la encarnación de una carrera artística con la que la mayor parte de los jóvenes artistas solo podían soñar. Hennessy, sin embargo, no se encontraba allí por eso. Lo que le interesaba era algo que, según había oído, se guardaba en la última planta.

—¿Qué material usaste para esta obra? —preguntó Machkowsky mientras ojeaba el portafolio de Hennessy, compuesto por una combinación de reproducciones y originales guardados en un archivador.

—Temple de huevo —contestó Hennessy—, como el que hacía mi madre.

Si había elegido ese material había sido, en parte, para demostrar su virtuosismo. ¿Necesitaba una artista contemporánea saber utilizar una técnica tan anticuada como aquella? En absoluto. ¿Lo necesitaba una falsificadora? Seguramente.

—Inusual —repuso Machkowsky—. Muchas de tus decisiones lo son.

Su ceño se frunció para imitar el de la obra que estaba contemplando: un retrato de ella que Hennessy había hecho en un arranque. Se había pasado una noche entera rastreando a la dueña de la galería en las redes sociales, estudiando sus fotos y vídeos en un esfuerzo por ver no solo cómo eran sus rasgos faciales, sino cómo los habitaba ella. En el momento de ejecutarlo, el retrato le había parecido una manera astuta y divertida de llamar la atención de Machkowsky, igual que el uso del temple al huevo. Ahora, sin embargo, mientras veía a Machkowsky tocar la pintura aún fresca y frotarse las yemas de los dedos, muy seria, le dio la impresión de que había sido una estrategia infantil y retorcida. Aquello era una galería real en el mundo real, no una fiesta ni el Mercado de las Hadas. Los artistas que exponían allí sus obras eran los vencedores de una guerra que tenía como armas el prestigio artístico y la habilidad para tejer una red de contactos. En una sala del segundo piso había un Renoir a la venta, un Renoir auténtico, y a Hennessy se le había ocurrido presentarse con un truquito de ilusionista.

«Pero es que eso es lo que vendes», se recordó a sí misma.

No había ido allí para tratar de exponer su obra en la galería. Había acudido como Jordan Hennessy, el personaje formado por la suma de Hennessy y Jordan, para venderle su alma al diablo a cambio de un dulcemetal. Los términos del contrato eran tácitos, pero ella los conocía: a cambio de la posibilidad de usar un dulcemetal —¡ni siquiera de su posesión!—, tendría que trabajar para Boudicca, una organización compuesta por mujeres que, dependiendo de a quién se preguntase, protegía los intereses de sus talentosas socias... o las explotaba en beneficio propio.

Las agentes de Boudicca llevaban mucho tiempo tratando de reclutar a Jordan Hennessy, acercándose —sin ser conscientes de ello— ora a Jordan, ora a Hennessy para proponerles tratos de diversa índole. Jordan había rehusado de plano, porque no le gustaba sentirse aprisionada. A Hennessy tampoco le había tentado aceptar, porque Boudicca no tenía nada que le interesara.

Hasta ahora.

Machkowsky examinó el resto del portafolio. Hennessy había incluido copias y falsificaciones de muy diversos estilos, tanto en papel como sobre lienzo. También había ejemplos de documentos sellados que había falsificado, de firmas que había copiado, de dosieres que había creado para justificar falsificaciones pasadas...

La galerista se detuvo en una excelente copia del *Hombre de Vitrubio* de Da Vinci, idéntica al original del siglo xv salvo por el cigarrillo que colgaba entre los dedos del hombre desnudo.

—Ya me dijo Bernie que eras muy divertida —comentó—. ¿Te enseñó algo tu madre antes de... de fallecer?

J. H. Hennessy. Jota, como la llamaba todo el mundo. La madre. El fantasma en la habitación.

Machkowsky & Libby habían sido sus representantes en Boston antes de su muerte, lo que hacía que aquella razonable pregunta fuera aún más razonable.

«Quédate callada», se dijo Hennessy. Pero nunca se le había dado bien seguir consejos, ni siquiera los que procedían de ella misma.

—Ah, mi querida mamita... ¿Qué me enseñó? Mmm... Que no debía dejar cigarrillos encendidos sobre el piano, que no mezclara pastillas diferentes los días de diario, que me quedara soltera y muriera joven.

Los labios de Machkowsky se afinaron, aunque no llegó a levantar la vista.

—Siempre me he preguntado cómo sería tenerla como madre —comentó—. Veo que en casa no era diferente, entonces.

Hennessy dudó, sin saber qué decir.

—La verdad, tenía la esperanza de que su actitud fuera impostada —continuó Machkowsky—. Una performance artística. Lo siento; supongo que tu infancia no sería fácil.

Hennessy se sobresaltó al sentirse contemplada. No había acudido allí en busca de comprensión. No pretendía inspirar compasión en una desconocida, y menos por una infancia cuya dureza nunca le había parecido evidente para los demás. ¿La conmovía darse cuenta ahora de que alguien había pensado en ella mientras sufría de niña?

Le hubiera gustado responderse con una negativa; habría sido más sencillo. Sin embargo, la forma en que el aliento se había anudado dentro de su garganta le indicó que la respuesta no era esa. Sí, la conmovía.

—¿Crees que tu estilo se parece al de ella? —le preguntó Machkowsky.

Hennessy parpadeó para aliviar el ardor de sus ojos y esbozó una sonrisa amplia y vacía.

—¿Tú ves alguna semejanza?

—Tu técnica es más anticuada —respondió Machkowsky—. Usas los colores como un señor mayor. Si pusiera las obras de tu madre junto a las tuyas y no os conociese, diría que ella es sin duda más joven que tú. Sin embargo, tu gesto pictórico es excelente. Mucho más auténtico que el suyo.

Aquel cumplido desconcertó a Hennessy tanto como la compasión anterior. Ella era una falsificadora, una copista, en una galería de artistas originales.

—¿Ahora quién es la que habla en broma? —replicó, haciendo un esfuerzo por aligerar su tono—. Felicitaré a Sargent de tu parte; lo que estás alabando es su talento, no el mío.

—Puedo ver tu trazo personal en los esbozos —explicó Machkowsky—, en el peso de las líneas. Tu madre nunca se preocupó demasiado de formarse técnicamente, ni de observar a otras personas. Veo que tú has dedicado tiempo a ambas cosas.

Una oleada de pesar abrasó la garganta de Hennessy, repentina e inesperada. Hacía no tanto, habría atesorado aquellas palabras y las habría llevado de vuelta a su colmena, a la madriguera donde la esperaban las otras chicas que llevaban su cara. Luego las habría reproducido con la mayor exactitud posible, no solo para que las demás se regodearan en aquel halago que se habían ganado entre todas, sino también para que, si se encontraban con Machkowsky en el futuro, pudieran ser la Hennessy que Machkowsky conocía.

Pero las otras chicas estaban muertas. No habría muestras estrepitosas de alegría, ni carcajadas estentóreas, ni compañerismo somnoliento. Solo habría silencio. No quedaban más que dos Jordan Hennessy, y ya no se hablaban.

Por el momento.

Un dulcemetal pondría a las dos Jordan Hennessy supervivientes en pie de igualdad, y eso lo arreglaría todo.

Machkowsky recolocó con habilidad la pila de esbozos e inclinó la cabeza hacia atrás para proyectar la voz a la sala contigua.

—¡Jo! —llamó—. Kai, ¿está Jo Fisher ahí detrás?

—Acaba de entrar —respondió una voz.

—Dile que venga —repuso Machkowsky, y luego se volvió de nuevo hacia Jordan—. ¿Cuánto tiempo piensas quedarte en la ciudad?

—Ahora vivo aquí —mintió Hennessy, y luego añadió con voz un poco quebrada—: Cerca del museo Gardner.

—Ah, me encanta el Gardner —murmuró Machkowsky—. Jo, ven que te presente a esta chica.

Jo Fisher resultó ser una mujer joven, con aspecto de haber sido planchada al mismo tiempo que su atuendo. Empuñaba su teléfono como si esperase tener que escribir un mensaje crucial en cualquier momento. Cuando vio a Hennessy, sus ojos destellaron como si la reconociese.

—Jordan Hennessy —dijo.

«Vaya».

Dado que Hennessy no había visto jamás a aquella mujer, estaba claro que Jo Fisher y Jordan tenían algún tipo de relación que Hennessy tendría que improvisar sobre la marcha. Una vez más, se encontraba en el brete, no por habitual más fácil, de falsificar una sola Jordan Hennessy a partir de dos de ellas.

—Jo —respondió—. Nos encontramos una vez más, forastera.

La mirada de Machkowsky fue de una a la otra; parecía complacida.

—Veo que os conocéis —concluyó—. En ese caso, tal vez sepas que Jo trabaja con artistas emergentes y en ciernes; artistas que, de otro modo, no tendrían los contactos ni la experiencia necesarios para exponer en esta galería o en alguna otra de nuestras salas. Jo los ayuda a ponerse en marcha, optimiza el proceso. Bueno, tengo que irme a una reunión. Jo, echa un vistazo a esto y dime luego cómo lo ves.

Hennessy y Jo Fisher se quedaron a solas, separadas únicamente por los bocetos.

—Para no querer trabajar con nosotros, nos visitas muchas veces —observó Jo Fisher—. ¿Quieres convertirte en una estrella?

—Creí que necesitabais una falsificadora —replicó Hennessy.

—Y yo creí que querías llegar hasta aquí —contestó Jo, señalando las paredes de la sala con un ademán vago.

—El sueño de todo chaval: una carrera fraudulenta en el mundo del arte.

—*Introducción al mundo de la economía para niños*, por Jordan Hennessy —recitó Jo Fisher.

—*Touchée.*

—Dime, ¿a qué crees que nos dedicamos en Boudicca? —preguntó Jo Fisher—. ¿Ya sabes algo, o te has montado una película imaginaria? Lo que hacemos es reclutar a personas poderosas y con talento para facilitar que otras personas poderosas y con talento las encuentren. Luego, nos quedamos con un pequeño porcentaje como compensación. No hay más. En realidad, no somos más que un grupo de mujeres de negocios que intentan engrasar los mecanismos del mundo mientras ganamos lo bastante para pagar nuestra hipoteca.

—¿Hipoteca? Tú no tienes una hipoteca —le espetó Hennessy—. Tú tienes un tiesto con una planta muerta, un consolador y un contrato de alquiler por dos años para una casa en la que nunca duermes.

Jo Fisher la fulminó con la mirada, y Hennessy respondió con una sonrisa esplendorosa.

—*Introducción al mundo de las relaciones adultas para niños*, por Jo Fisher.

—Me parece que hemos empezado con mal pie —dijo ella, haciendo un claro esfuerzo por sonar cordial—. Tú quieres entrar en esta galería, en esta vida. Quieres viajar por el mundo inaugurando exposiciones y retratando a personas famosas antes de que mueran. Y no veo por qué no podrías hacerlo. Eres atractiva, pareces lista y tienes talento, y aún no eres lo bastante mayor para resultar aburrida. Darías bien en las fotos. Pero no has estudiado, no conoces a nadie importante, eres una delincuente y necesitas un dulcemetal. Y, sin nosotras, no vas a conseguir ni esa vida ni ese dulcemetal. Así que piénsatelo bien: ¿vas a firmar sobre la línea de puntos, o no?

—¿Qué te hace pensar que lo que quiero es...? —Hennessy hizo un movimiento circular con el índice que comprendía aquella galería, aquella vida, aquellas perspectivas—. A lo mejor mi mayor aspiración es ser la simpática falsificadora del barrio.

Jo Fisher la contempló con los ojos entrecerrados. Luego, inclinó la cabeza y la contempló un poco más.

—Ah, ya lo entiendo —dijo al fin—. Eres la otra.

—¿Cómo?

—Eres la otra chica. La que habló conmigo la otra vez es tu gemela... O tu hermana, o tu ser dependiente, o cómo quieras llamarla. Ella es la que sueña en grande. Tú eres... ¿qué? ¿La que tiene el talento? ¿La drogadicta?

Lo sabían.

Lo sabían.

Tantos años viviendo como Jordan Hennessy, como una sola persona, ocultando la verdad a todo el mundo. Y ahora, el secreto estaba al descubierto. En el fondo, era inevitable. Boudicca ya había adivinado que «Jordan Hennessy» era una soñadora antes de que Jordan llegase a Boston. Y luego, Hennessy se había pasado todo el final del año anterior destruyendo instalaciones públicas con Bryde y Ronan, mientras Jordan se dedicaba a darse la gran vida en la escena artística de Boston junto a Declan Lynch...

El secreto había dejado de serlo porque ellas lo habían revelado.

—Espera un segundo, que estoy esbozando un desmentido —dijo—. Es muy ingenioso y convincente. Ahora mismo te lo digo.

—No tienes por qué. Nosotras también lo hemos mantenido en secreto. Tenemos muchos secretos, de hecho —repuso Jo Fisher—. No sé por qué os hacéis pasar por una sola persona, y tampoco me importa, pero esta conversación está empezando a volverse muy absurda. ¿Quieres seguir disimulando, o prefieres decirme cómo tengo que llamarte para no confundirme?

—Hennessy —contestó Hennessy, repentinamente aliviada por no tener que seguir fingiendo que era la mitad Jordan de Jordan Hennessy—. Me llamo Hennessy. ¿De verdad os pidió Jordan exponer obras originales aquí, o es una mierda que me has contado para manipularme?

—Jordan... Simpático —murmuró Jo Fisher con una sonrisa sin humor—. Así cada una tiene la mitad: Jordan y Hennessy.

Jordan Hennessy. En realidad, no os parecéis nada, ¿sabes? tendría que haberme dado cuenta enseguida. ¿Es para ti el dulcemetal?

Aunque la pregunta no parecía malintencionada, a Hennessy le hizo el efecto opuesto al cumplido de Machkowsky. Por supuesto, a ojos de Jo Fischer, Hennessy parecía el ser dependiente. Una mitad de Jordan Hennessy estaba viviendo como una obra original, como una persona con poder: había tomado Boston al asalto, había irrumpido en la escena artística, había hecho contactos, estaba creando cuadros propios, se había acercado a Boudicca para juguetear con la posibilidad de dejar un legado y no solo de ganarse la vida... Y luego estaba aquella otra chica, la que había entrado allí de mala gana y se había hecho pasar por Jordan para tratar de obtener un premio de consolación.

La sensación que abrumaba en ese momento a Hennessy no era el fracaso, sino un pesar más hondo aún. Echaba de menos a Jordan, con su brillante optimismo. Durante los últimos meses que habían pasado juntas, Hennessy se había limitado a tratar de sobrevivir mientras procuraba divertirse. Jordan, por su parte, se había dedicado a recorrer galerías imaginando que exponía en ellas.

—Mi hurón. Es para mi hurón —contestó—. Le tengo mucho cariño al condenado. ¿Nunca has mirado tus calcetines y has pensado: «Ay, cómo me gustaría que me quisieran tanto como yo a ellos»? Bueno, pues a mí me ocurre lo mismo con mi hurón; es...

—Vale, entendido —la cortó Jo Fisher—. Vamos a avanzar un poco, ¿te parece?

Antes de que la conversación pudiera entrar en terrenos más productivos, Hennessy descubrió una cara muy familiar que la miraba desde el otro lado de la ventana, entre el bullicio de los viandantes. La cara también la había visto a ella. De hecho, la miraba de hito en hito.

Era Jordan, la Jordan auténtica.

—¿Hasta cuándo sigue en pie vuestra oferta? —preguntó.

Jo Fisher se interrumpió; de pronto, parecía como si algo pequeño y áspero se le hubiera metido al mismo tiempo en el ojo y en la nariz. Tomó aliento, exasperada.

—Hasta dentro de dos minutos.

—Ja, ja, hilarante —repuso Hennessy—. No, en serio: ¿cuánto tiempo tengo para pensármelo?

—No voy a gastar saliva tratando de convencerte. Si decides apretar el gatillo, puedes venir al Mercado de las Hadas que habrá la semana que viene en Nueva York. No quedará mucho donde elegir, porque nos están quitando los dulcemetales de las manos. Y no voy a volver a hacerte la oferta. Pero creo que estás cometiendo un error, y te mereces una semana para reflexionar y darte cuenta.

Jordan se estaba pasando el dedo índice por la garganta, en el gesto universal de «¡Deja de joderlo todo ahora mismo!».

—Vale. Un momento, no te me despistes —dijo Hennessy—: tengo que negociar con mi otra mitad.

7

J ordan recordaba bien la primera vez que Hennessy se había escapado de casa.

En aquella época, vivían en una casa de dos pisos situada en una coqueta urbanización de Pensilvania. La casa pertenecía a Bill Dower, el padre de Hennessy, que había abandonado su carrera de piloto de coches y ahora daba clases en una autoescuela especializada de Pocono, a una hora de allí. Era una casa pequeña en una urbanización pequeña, en una vida demasiado pequeña para ocultar a cuatro chicas idénticas: Hennessy, Jordan, June y Madox.

Había sido Hennessy quien las había metido en aquella prisión.

Tras la muerte de Jota, Bill Dower se había quedado en Londres durante un tiempo. O, más bien, había permitido que Hennessy se quedase en su casa de Londres. Como había ocurrido siempre, el mundo de las carreras hacía que se ausentara la mayor parte del año, dejando a Hennessy a cargo de diversos cuidadores que, una vez Bill desaparecía, nunca duraban mucho. Aquello llegó a su fin cuando el historial de antecedentes delictivos de Hennessy empezó a ser imponente. Una vez Bill Dower se convenció de que la ciudad natal de su difunta esposa ya no podía ofrecerle más que problemas, se mudó a la casa de Pensilvania en la que se había criado, llevándose con él a su hija —en un tortuoso proceso que, para Hennessy y las chicas, había implicado un buen número de noches de hotel y un pasaporte con múltiples visados para cruzar el Atlántico. Hennessy había viajado la primera y Jordan la última, dado que era la más fiable cuando estaba sola; su secreto requería muchos trámites y burocracia para no dejar de serlo—.

¡Pensilvania! Jordan y June no se parecían tanto a Hennessy como Madox, pero en eso todas estaban de acuerdo: odiaban Pensilvania.

Aun así, aprovecharon lo que el lugar les ofrecía. Faltaban a clase constantemente. Se iban a dar vueltas por su cuenta en los coches de Bill Dower. Conducían durante varias horas para ir a discotecas que les gustaban y allí bailaban de dos en dos y, muy ocasionalmente, de tres en tres —pero solo si la tercera era June, porque se había alisado el pelo y eso, a la luz difusa de las discotecas, hacía que pareciera una persona muy distinta—. Pintaban. Jordan y Hennessy, especialmente, pintaban. Pintaban y ganaban dinero y procuraban que su nombre colectivo fuera conocido entre un determinado tipo de personas.

Hennessy seguía soñando. Soñó a Alba, que murió en un coche. Soñó a Farrah, que murió junto a un coche.

—Lo que son capaces de hacer algunas para no terminar esa falsificación de Leighton —había dicho Hennessy después de que Farrah se suicidase.

Ese día estaba especialmente malhumorada, porque June no dejaba de llorar. June se sentía responsable de la muerte de Farrah, porque ella había sido la versión de Hennessy que conoció al hombre casado que le había roto el corazón a Farrah.

—¿Serás hija de...? —le dijo June a Hennessy, solo que terminando la frase—. Anda y duérmete, a ver si te sueñas un corazón.

—Sí, joder —la apoyó Jordan—. Podías mostrar un poco de...

—Termina la frase, ¿quieres? —le espetó Hennessy—. ¿Y tus lágrimas dónde están, Jordan? Porque no te he visto ni una. Alba acaba de palmarla, ¿y ahora tenemos que hacer el duelo por Farrah, también? ¿Quieres ponerte de luto cada vez que alguna se muera? Pues ya puedes irte comprando más ropa negra. De todos modos, por mí, como si os morís todas de una puñetera vez. Me gustaría que estuvierais todas muertas para no tener que mirar todo el puto rato a mi puta cara. Vaya broma de mierda me ha hecho la vida al sacarme a todas vosotras de la cabeza.

June se quedó mirándola sin pestañear. Al cabo de un momento, dijo:

—No nos mereces.

Jordan no la apoyó pero tampoco la contradijo, de modo que la cosa quedó ahí.

Esa noche, Hennessy se fugó.

Al ver que no aparecía, la llamaron por teléfono. No contestaba; pero, dado que ninguna se había quedado dormida, era obvio que no estaba muerta. June y Madox tenían miedo de que no volviera más, pero Jordan estaba segura de que lo haría. Robó un coche y fue a todos los sitios que habían frecuentado Hennessy y ella. El vagón de tren abandonado que alguien había convertido en autocaravana para abandonarlo más tarde. El puente de hierro al que les gustaba trepar porque, obviamente, no estaba hecho para eso. El callejón que quedaba entre la pared lateral del instituto y la del gimnasio; con un poco de habilidad, era posible encaramarse a la parte superior apoyando la espalda en un lado y los pies en otro, para fumar tranquilamente sobre las cabezas de los profesores sin que ellos supieran de dónde venía el olor a humo.

Por fin, encontró a Hennessy bajo el puente donde habían pintado un mural en una superficie disputada a los grafiteros. A estas alturas, los muy canallas habían pintarrajeado con espray casi la mitad de la cuidadosa reproducción de *La última cena* creada por Hennessy —con su cara en cada uno de los comensales—. En lugar de reparar el mural una vez más, Hennessy estaba trazando con espray de colores una prolija respuesta.

—¿Cuál quieres, el amarillo o el azul? —le preguntó a Jordan cuando ella se acercó, como si nada hubiera pasado.

—El azul —respondió Jordan, como si nada hubiera pasado.

Más tarde, cuando las demás chicas le preguntaron a Jordan cómo había podido localizar a Hennessy, ella les dijo la verdad: había sido fácil, porque Hennessy quería que la encontrase.

Jordan había pasado más tiempo con Hennessy que cualquiera de las otras, por la simple razón de que su existencia había comenzado antes. No era la primera ni la segunda vez que presenciaba un episodio así, y sabía que Hennessy había escapado por celos. Estaba celosa de Farrah por haber muerto. Estaba celosa de Farrah porque June había llorado por su muerte. Estaba celosa de Farrah porque Jordan había salido en su defensa. De modo que había dicho algo hiriente y había huido, pero no muy lejos; lo bastante cerca, de hecho, para saber que podía ganar aquel juego. Y el juego consistía en hacer que Jordan la mirase a ella, y a nada más que a ella, durante tanto tiempo como fuera posible.

No mucho después de aquel episodio, las chicas se habían escapado de casa otra vez, ahora para siempre. Lo habían hecho juntas, y por eso Jordan tenía la seguridad de que no volverían. Todas las Hennessy estaban atadas las unas a las otras. Las soñadas no podían separarse de su soñadora, porque necesitaban mantenerla con vida para seguir despiertas. Y la soñadora no podía separarse de sus hermanas soñadas, porque, si ellas no la miraban, ¿quién iba a demostrarle que existía?

Y ahora, empezaban otra vez con lo mismo.

Desde su mudanza a Boston, Jordan solo había visto a Hennessy una vez, el tiempo justo para que ella le dijera algo desagradable y luego escapase a la carrera. Un clásico. En realidad, no lo hacía de corazón, pero necesitaba huir para poder volver luego. Tensar lo más posible la banda elástica para hacerla retornar con un chasquido.

Pero las cosas habían cambiado.

—Te veo en forma —dijo Hennessy, una vez la puerta de la galería se hubo cerrado a su espalda.

—¿Qué haces aquí?

—¿No me saludas? ¿Ni un besito, ni siquiera sin lengua? Después de todo este tiempo, ¿no te molestas ni en decirme que tengo el pelo fenomenal?

No era cierto. Si de algo tenía aspecto Hennessy era de ir puesta hasta las trancas, pero Jordan no hubiera sabido decir si era por efecto de alguna droga o por efecto de ser como era. Sus ojos estaban hundidos y su boca tenía un rictus aún más infeliz que de costumbre, a pesar de que estaba sonriendo. Pero, además, los días transcurridos habían cambiado de alguna forma la manera en que Jordan la percibía, a pesar de que no habían sido muchos. Ver la realidad de Hennessy, su doble, la había impactado. Jordan. Hennessy. Jordan Hennessy. «Tiene mi cara —pensó Jordan—. Tiene mi cuerpo».

Solo después de haberlo pensado se dio cuenta de que, hasta ese momento, lo había formulado de otro modo: «Tengo su cara. Tengo su cuerpo».

Sí, las cosas habían cambiado.

—Hace media hora, alguien me llamó para decirme que me había visto entrar en Machkowsky & Libby y para preguntarme qué tal me había ido —explicó. En aquel momento, ni siquiera se le había ocurrido inventar una excusa para explicar su presencia en la galería; su vida anterior se le estaba olvidando a pasos agigantados—. ¿Qué hacías ahí?

—¿«Alguien»? —repitió Hennessy meneando las cejas, con una actitud desenvuelta que irritó a Jordan sobremanera.

—Sí, «alguien». ¿Para qué voy a decirte quién, si no lo conoces? No has estado aquí conmigo. No conoces a nadie en Boston.

Hennessy le dedicó una sonrisa de oreja a oreja. Tenía una sonrisa encantadora; las dos la tenían.

—Ahora sí que conozco a alguien. Jo Fischer es una cabroncita muy entrañable.

La idea de Hennessy interactuando con personas que la tomaban por Jordan hacía que las mejillas de Jordan se encendiesen.

Hennessy parloteando con la dueña de una galería a la que Jordan vería en alguna presentación al cabo de unas semanas; Hennessy hablando con las dependientas de la tienda de materiales artísticos; Hennessy charlando con Declan...

Jordan echó un vistazo a los turistas que las rodeaban, agarró a Hennessy por el codo y zigzagueó con ella por la acera, sintiendo cómo la cartera con su portafolio le golpeaba en el costado al ritmo de sus pasos.

—¿Por qué no me pones las esposas? —le sugirió Hennessy.

Sin molestarse en responder, Jordan siguió andando hasta llegar a un callejón que se abría al final de la manzana. Era húmedo y frío, y los contenedores olían a pescado podrido, pero les ofrecía un poco más de privacidad. Liberó el brazo de Hennessy con un empellón.

—¡No puedes meterte en mi vida como si nada! —le espetó.

—... Dice la chica que vivió mi vida durante una década —repuso Hennessy—. De todos modos, para tu información, lo estaba haciendo por ti. Quería conseguirte un dulcemetal.

—¿Para mí? —A Jordan se le escapó una carcajada incrédula—. ¿Has entrado ahí para vender mi vida a Boudicca a cambio de un dulcemetal? ¡Menudo sacrificio! A ver, ¿dónde estabas hace tres días? Ahora mismo, yo podría estar dormida en medio del campo. Podría haber muerto.

—Pero no te ha pasado nada —replicó Hennessy—. Mírate: eres la viva imagen de la salud. Ojos brillantes, pilas puestas... La belleza de la primavera no es nada comparada con la de una mujer enamorada. ¿Es por eso por lo que estás despierta?

Ya lo había sacado a relucir.

En circunstancias normales, a partir de ese punto, Jordan y Hennessy habrían entrado en una discusión en espiral, toma y daca. Jordan sabía que Hennessy estaba deseando meterse con Declan, o con la idea que tenía de él; que quería despellejar la relación entre él y Jordan hasta convertirla en algo sórdido y prescindible, odioso y depravado.

—No —dijo.

—¿No qué?

—No: me niego a participar en esto. Dime: ¿por qué has venido, en realidad?

—Estoy aquí porque tú me has llamado —contestó Hennessy—. Que yo sepa, tengo dos o tres mensajes de voz tuyos preguntando dónde me he metido. Que yo sepa, has escrito varias veces a los foros de nuestros viejos amigos, preguntando si me han divisado por los páramos de Massachusetts. Que yo sepa, llevas tiempo esperando a que me manifieste mágicamente en tu nueva vida.

Nada de aquello era falso, pero, de algún modo, todo lo era. Jordan se preguntó cómo había podido aguantar aquello durante tantos años, y se respondió al instante: porque no había tenido más remedio. Pero no, estaba siendo injusta. Al fin y al cabo, Hennessy era su mejor amiga... Una mejor amiga que le había dicho que prefería que estuviera muerta, y que había pasado varios días sin buscarla ni comprobar cómo estaba después de que todos los demás sueños cayeran dormidos.

—Lo hiciste tú, ¿verdad? —le preguntó bruscamente.

—¿El qué?

Jordan no sabía por qué estaba tan segura de pronto, pero lo estaba. Era la cosa más espantosa que se le ocurría, de modo que tenía que ser cierta por fuerza.

—La línea ley —dijo—, el que los sueños se durmieran... Has sido tú, de algún modo, ¿a que sí? Tú lo has hecho. Has acabado con la línea ley para no tener que soñar más. ¿Es así?

Claramente, su estallido había cogido a Hennessy por sorpresa. Hennessy, que normalmente no tenía nada más que palabras para ofrecer, de pronto carecía de ellas. Eso fue lo que terminó de convencer a Jordan. Negarlo todo habría sido fácil; explicarlo o justificarlo era un poco más costoso, más largo. Jordan distinguió el momento exacto en el que Hennessy terminaba de asimilar la sorpresa y empezaba a preparar una respuesta impertinente.

—Dime, Hennessy —dijo, cortándola antes de que empezase a hablar—. ¿Está la línea ley muerta para siempre? ¿Se puede deshacer lo que le hiciste?

—De repente, esta conversación se ha hecho aburridísima en todos los sentidos imaginables —bufó Hennessy.

Todos los mensajes que Jordan había dejado en el buzón de voz de Hennessy a lo largo de los días anteriores cobraron una nueva luz. En el momento de dejarlos, Jordan había pensado que lo hacía para asegurarse de que Hennessy estaba bien, y para tranquilizarla diciéndole que estaba despierta. Ahora, sin embargo, se dio cuenta de que sus motivos tal vez hubieran sido muy distintos. Quizá solo la hubiera llamado para averiguar si Hennessy se había suicidado al fin, para poder dejar de contener el aliento y seguir con su vida de una vez. Quizá, en el fondo, sus llamadas no fueran tales, sino flores en la tumba de una amiga a la que había querido mucho en el pasado.

—Durante todos estos años, me has repetido una y otra vez que desearías que yo pudiera tener una vida propia. Que me lo merezco. Pero, cada vez que me acerco a ello, te pones histérica —dijo—. ¿Y sabes qué? Quiero vivir esta vida. ¿Lo entiendes? ¡Ya no somos la misma persona! Quiero tener un estudio decente, exponer en galerías pijas, conducir un cochazo; un futuro a lo grande. Quiero a Declan. A ti no tiene por qué gustarte, porque es para mí. ¿Lo entiendes, Hennessy? ¿Es que no puedes alegrarte por mí, o al menos respetar que yo me alegre?

—No puedo respetar los cuadros de tetas con los que convives en el estudio ese —replicó Hennessy—. Cada vez que los miro, siento que mis propias tetas se derriten.

Jordan suspiró; de pronto ya no se sentía furiosa, sino decepcionada.

—¿Pero puedes deshacer lo que hiciste, o no? —insistió.

Hennessy se quedó callada, amontonando todas las hojas secas que habían caído sobre la tapa de un contenedor.

—Según tú, si me ocultaste los recuerdos de Jota, fue para protegerme —continuó Jordan—, porque la odiabas. ¿Pero sabes lo que creo yo? En el fondo, creo que no me trasmitiste sus recuerdos porque no querías que me diera cuenta de lo mucho que te pareces a ella.

Los ojos de Hennessy brillaron de ira.

Jordan se dio cuenta de que estaba preparando una respuesta tan hiriente como lo que ella acababa de decirle, y prefirió no darle la oportunidad.

—Ya no te necesito, Hennessy —dijo—, pero hasta ahora creía que quería tenerte a mi lado. Me equivocaba. Eres una persona fea, y haces que sea feo todo lo que tocas. Se acabó.

—Lo mismo digo.

—Hazme un favor: pierde mi número. Vete de mi ciudad.

—Qué conversación tan cinematográfica —comentó Hennessy.

Jordan dio un paso atrás.

—Se acabó —dijo de nuevo, y Hennessy la fulminó con la mirada.

—Cambiarás de opinión —sentenció.

Aquello era típico de ella: Hennessy cambiaba contantemente de opinión.

Pero Jordan no se parecía en nada a Hennessy. Ya no.

Por primera vez en su vida, fue ella la que se alejó dejando a Hennessy atrás.

8

No muy lejos del lugar en el que Jordan Hennessy había roto su relación con Jordan Hennessy, Declan Lynch se enfrentaba a una situación igualmente incómoda. Tras sacar a Ronan del centro de asistencia, el día no había hecho más que ponerse cuesta arriba. El desvío de diez minutos para recoger en el aeropuerto un envío inesperado de un cliente se había convertido en un atasco de dos horas en el túnel de Inner Harbor, debido a un accidente. Coches por delante, coches por detrás. Lo único que se distinguía era el resplandor rojo rabioso de las luces de freno.

Los tres hermanos Lynch por fin volvían a estar juntos. Declan, al volante. Matthew, removiéndose inquieto en el asiento del copiloto. Ronan, silencioso e inmóvil en la parte de atrás.

No, las cosas no iban bien, y tampoco iban a arreglarse.

Ronan no había despertado cuando sus hermanos entraron en su cuarto del centro de asistencia.

Ronan no había despertado cuando Matthew se acercó corriendo a él y le abrazó la cabeza.

Ronan no había despertado cuando Matthew ayudó a Declan a acarrear su peso inanimado hasta el coche, lo colocó en el asiento trasero y movió sus manos aquí y allá hasta acabar apoyándolas en los muslos, en un intento de que el cuerpo de Ronan se pareciera más al propio Ronan. Sin embargo, no había modo de capturar el feroz potencial que siempre transmitía el Ronan despierto. Los esfuerzos de Matthew solo habían conseguido hacer que pareciera un difunto en una foto de la época victoriana.

Pero Ronan no era un difunto. De hecho, a Declan le habría salido más barato si lo fuese.

A Declan le vino a la cabeza un recuerdo ingrato: aquel día en Los Graneros en que tuvo que acomodar en una silla el cuerpo de una Aurora ni viva ni muerta. Últimamente, su vida se había convertido en una infernal rueda de hámster.

—No digas nada hasta que lleguemos a casa —le había pedido a Matthew mientras salían del centro de asistencia—. Déjame pensar en paz, por favor.

Aquello había durado hasta la hilera de luces de freno en el túnel. Declan frenó hasta detenerse. Al cabo de cinco minutos, Matthew empezó a removerse. A los diez, a darse la vuelta para mirar a Ronan. A los quince...

—¿Por qué duerme? —preguntó Matthew.

—No lo sé —contestó Declan.

—¿Es un sueño?

—No lo sé.

—¿Por qué no se despierta con el chisme este del cisne?

—No lo sé.

—¿Siempre ha sido un sueño?

—No lo sé, Matthew.

Los teléfonos de Declan vibraban en sus bolsillos. Los coches de delante no se movían. Los coches de detrás, tampoco. Necesitaba trazar una estrategia para salir del paso, pero no lograba centrarse. «Ronan es un mecanismo más complejo».

—¿Por qué está chupando energía de mi cisne, si no está despierto? —se quejó Matthew.

«¿Chupando energía?». Declan disimuló su sobresalto. Había supuesto que, en su estado de letargo, Ronan no afectaría al dulcemetal. Pero no: se encontraba atrapado en un túnel, con dos sueños hambrientos y un solo dulcemetal.

—No lo sé.

—¿Y qué sabes?

Por un segundo, Declan se preguntó por qué no tenía él la suerte de quedarse dormido para siempre, en vez de Ronan.

—Sé que este dulcemetal me costó todo el dinero que tenía disponible, lo cual significa que tenemos que hacerlo durar si queremos que termines el curso sin problemas.

En el rostro de Matthew apareció una mueca horrorizada.

—¿Me vas a hacer dormir durante todo el verano?

—No adelantemos acontecimientos —respondió Declan, dándose cuenta del error que acababa de cometer.

Sus teléfonos seguían vibrando. El imbécil del coche de atrás pitó. Boston, la ciudad donde nadie iba a ninguna parte. Ay-ho, la jornada ya empezó, ya empezó.

—Pon la radio, anda —le pidió a Matthew—. Estoy harto de oír el tubo de escape del idiota de delante.

Pero Matthew no iba a soltar su presa tan fácilmente.

—Espera un segundo. Un segundito de nada. A ver, ¿qué vas a hacer con él cuando lleguemos a casa? ¿Lo vas a almacenar en el trastero, como si fuera un mueble? ¿Va a ser igual que con...?

—Matthew —lo interrumpió Declan—, ¿te vas a estar callado?

El coche se sumió en un silencio repentino. Hacía muchos años, Niall Lynch comenzaba todos los cuentos que contaba a sus hijos con aquella pregunta, entonándola siempre de la misma manera: un «vas» sostenido, casi cantado, y un «estar callado» rápido y fugaz. Sus hijos se encaramaban a la cama de Matthew para escucharle, mientras Aurora se sentaba en una silla junto a ellos. A veces, Declan se preguntaba cómo un organismo tan efímero —la familia Lynch— podía haber dejado en él una impresión tan honda. Pronto llegaría el momento en que habría vivido más tiempo fuera que dentro de ella; y, sin embargo, los recuerdos de aquel tiempo seguían adueñándose de él.

Matthew, en el asiento contiguo, parecía haber encogido, con las manos recogidas en el regazo y la cabeza gacha.

—Hace muchos años, antes de que tú y yo naciéramos, de que naciera el padre de mi padre y así sucesivamente, Irlanda era un país con muchos reyes —recitó Declan. Aunque oía perfectamente la cadencia de la voz de su padre en aquel inicio, no era capaz de eliminarla. La facultad de contar cuentos era una de las pocas virtudes paternales de Niall.

—No —protestó Matthew—. Una historia antigua no, porfa.

—Todas eran antiguas.

En raras ocasiones, Niall había intercalado entre los cuentos tradicionales alguno nuevo, siempre con el mismo esquema: Matthew, el intrépido y pequeño héroe, se metía en problemas sin querer, y Niall, el incorregible contrapunto cómico, siempre llegaba a tiempo de salvarlo por los pelos. A veces, Declan y Ronan también aparecían, Declan como un remilgado alguacil y Ronan como un agente del caos.

Declan se daba cuenta de por qué Matthew le pedía aquello, pero en ese momento no tenía ni el ánimo ni la agilidad mental necesarios para improvisar una fantasía así. Sin embargo, sabía qué quería Matthew: deseaba oír una historia sobre aquel organismo efímero, un cuento de la época en la que las cosas terminaban bien.

Oteó los coches parados y, con un suspiro, comenzó:

—Una vez, papá me regaló un sueño.

Los ojos de Matthew se abrieron de par en par.

—Lo llevé al colegio, a Aglionby —prosiguió Declan—. Y luego, cuando me mudé, lo llevé a mi casa. Y más tarde, lo traje aquí. No me quedé con ninguno de los demás sueños: los vendí, los intercambié... Pero no me deshice de este, no sé por qué. Porque era bonito, supongo. Monet... ¿Sabes quién era Monet? Tienes que saberlo; fue el que pintó el cuadro de los nenúfares, y todo el mundo conoce ese cuadro. Bueno, pues Monet dijo una vez: «Cada día que pasa, descubro más y más cosas bellas. Me voy a volver loco»... No, no: creo que era «Es para volverse loco». En fin, da lo mismo. Bueno, pues creo que eso me pasó a mí: el sueño era tan bello que me obsesionó. Me volvió loco.

Aún debía de estarlo, porque, después de todo ese tiempo, seguía teniéndolo. De todos los sueños que habían pasado por sus manos, solo había dos de los que jamás se desharía: aquel que le había regalado su padre y EL SEÑOR DE LAS ÓRBITAS, un puñadito de luz dorada que Ronan le había regalado hacía meses.

—¿Y qué era? —susurró Matthew.

—Una polilla. Era enorme, tan grande como la mano de papá. De color blanco o verde, o las dos cosas. Para ser exactos, era del color de un jardín iluminado por la luna.

La polilla era un sueño; podía ser de cualquier color que Niall soñase para ella, incluso aunque ese color no existiese en el mundo de la vigilia.

—Tenía unos ojos... —continuó—. Eran así de grandes. —Levantó la mano e hizo con los dedos un círculo del tamaño de una canica—. Negros y brillantes, y con tanta inteligencia como los de un cerdo.

—¡Puaj!

—No, no. Tenía unas pestañas tan largas como las tuyas —explicó Declan, y Matthew se llevó una mano a los ojos—. Y unas antenas largas y ligeras como plumas. No era asquerosa; era un animal, simplemente. Era... Es muy hermosa.

—Las polillas son bichos —murmuró Matthew.

—Los dibujos de sus alas son como tapices. La próxima vez que veas una, acércate tanto como puedas para distinguirlos. Pero no la toques —añadió Declan—. Cuando papá me la regaló, yo quise tocarla, pero él me dijo que no lo hiciese. «Si rozas las alas de una polilla», me dijo, «le quitarás el polvo que las recubre, y entonces no podrá volar». Pero era imposible mirarla y no querer tocarla, Matthew. Solo podía pensar en cómo sería el tacto de ese color entre verde y blanco.

—Hummm —murmuró Matthew, tranquilizado por la historia. Sus párpados estaban entrecerrados, como si él también estuviera imaginando la polilla. Algo más allá, algunas luces rojas parpadearon; pero era una muestra de irritación, no un indicio de movimiento.

«¿Podríamos hacerle una casita? —le había preguntado Declan a Niall—. Una caja, para guardarla y que no le pase nada».

«No hará más que aletear dentro —le respondió Niall—. Las polillas quieren volar. Su vida no es larga; están hechas para volar por ahí y hacer sus cosas, hasta que otro bicho se las coma o se pierdan volando hacia el sol. Así es la vida de las polillas. Ni siquiera creo que esta pueda comer, porque no veo que tenga boca».

A Declan se le habían llenado los ojos de lágrimas, aunque no sabía si era por la futilidad de aquella breve vida o simplemente por lo bonita que era la polilla. Al verlo, Niall había añadido rápidamente: «Si quieres, podemos poner un cristal en la parte delantera de la caja; así podrá ver lo de fuera, pero no podrán hacerle daño. Si es lo que quieres de verdad, lo haremos».

—Papá hizo una cajita para que viviera en ella —explicó—. La hizo con sus manos, no la soñó.

En aquel momento, le había parecido muy importante que su padre se esforzase, lanzando juramentos, lijando y martilleando en su taller, en lugar de deslizarse en un sueño para sacar la caja de él. Ahora, por alguna razón, oírse a sí mismo diciendo que la caja era real, no soñada, hizo que le asomaran lágrimas en los ojos.

—Lo hizo para que pudiera llevármela adonde fuera —añadió—, para que pudiera tenerla conmigo y verla cuando me apeteciese.

La polilla se había pasado varios días dando golpes contra los laterales de la caja, hasta darse cuenta de que no podía escapar. Y luego, a la muerte de Niall, se había dormido —cómo no—, y había dejado de saber si estaba en una caja o volando en libertad.

—¿Aún la tienes? —preguntó Matthew.

—La usé para probar tu colgante. Te la puedo enseñar cuando lleguemos a casa, si quieres —respondió Declan de mala gana.

Solo le faltaba un tercer sueño que absorbiera aún más energía del dulcemetal... ¿Realmente tenía fuerza para tirar de todos?

Por un momento, no supo si aquel último pensamiento se refería al dulcemetal o a él mismo.

—¡No! ¡Mira, Declan! —exclamó Matthew, que se había retorcido para mirar el asiento de atrás.

A la luz mortecina del túnel, Declan vio que Ronan seguía en la misma posición. Solo había cambiado una cosa: de uno de sus ojos caía un hilillo de una sustancia negra.

Brotanoche.

Cuando Declan y Matthew vivían en Washington, les había ocurrido muchas veces: Declan iba a pasar unos días con ellos, pero se tenía que marchar a toda prisa de la ciudad —que no tenía cerca ninguna línea ley— por un ataque de brotanoche. Aquel fenómeno se regía por normas rígidas y cada vez más severas. Si Ronan no materializaba objetos soñados, el brotanoche aparecía. Si no visitaba a menudo una línea ley, el brotanoche aparecía. Y, más tarde, si no materializaba cada vez más objetos soñados, el brotanoche aparecía. Si se despegaba de una línea ley, el brotanoche aparecía.

Y ahora, Ronan estaba quebrantando ambas normas. No podía materializar nada si no se despertaba. Y no quedaba energía ley a la que recurrir, más allá de la débil reserva que contenía el dulcemetal de Matthew.

—No... —repitió Matthew.

En el asiento de atrás, un segundo hilo de brotanoche empezó a caer en paralelo al primero. Ronan seguía inmóvil. El tráfico seguía inmóvil. Lo único que se movía era la evidencia física de su autodestrucción.

«Esta es la razón —comprendió Declan— por la que Bryde quiso robar el cuadro de Klimt».

Tenía que ser un dulcemetal de fama mundial, porque uno corriente no habría bastado. El abismo sin fondo reclamaba más, más, más.

«Ya no más —se dijo Declan—. No más».

Matthew había empezado a temblar. Sus nudillos estaban blancos. Sus dedos presionaban las sienes con tanta fuerza que habían grabado medias lunas rojas en la piel. De su garganta brotaba un leve gemido. Tenía los ojos vidriosos. Hacía algún tiempo, poco después de que Ronan le regalase a Declan EL SEÑOR DE LAS ÓRBITAS, había sufrido un ataque de brotanoche tan virulento que incluso sus sueños emanaban la sustancia negra, Matthew incluido.

Aunque ahora no era el caso, estaba claro que Matthew lo recordaba.

—Cálmate, Matthew —le dijo Declan—. Lo vamos a arreglar, no te preocupes.

—No —respondió Matthew, y su voz reverberó en el coche cerrado—. No. No. No. No. No. No. No. No.

En cierta ocasión, un hombre le había dicho a Declan que todo el mundo tenía un tope. No había sido su padre, sino uno de los componentes del sucedáneo de padre que Declan se había construido durante los últimos años de su adolescencia. Se trataba de un conjunto variopinto de profesores, orientadores, jefes, vecinos, reparadores de electrodomésticos, pediatras, dentistas y bibliotecarios. A todos les encantaba dar consejos: apartaban a Declan en las fiestas para ofrecérselos, se los dedicaban con el ceño fruncido junto a la máquina del café en la oficina, se los escribían en correos electrónicos con asuntos como «Siguiendo con lo que hablábamos antes»... El joven Declan no paraba de conocer señores dispuestos a enseñarle cómo funcionaba el mundo, para compensar las lagunas que le había dejado su padre.

«Cuando una persona alcanza su tope —le había explicado aquel hombre a Declan, mientras contemplaba los bolígrafos que había en su cajón y seleccionaba el más adecuado para acompañar sus argumentos—, se queda ahí enganchada. Eso sí, no hay que confundir lo que es casi el tope con el tope de verdad. Mucha gente llega cerca de su tope y luego es capaz de reponerse. Pero si alguien realmente alcanza su tope... Entonces, da igual que la presión aminore: para entonces, ya ha pisado el acelerador con tanta fuerza que lo ha fundido. Puede que aparente estar bien, pero en el fondo no lo está: en cuanto sufra algún contratiempo, por mínimo que sea, ¡chas! Se parte. Y es ahí cuando tú puedes atacar».

Declan no recordaba de qué estaba hablando aquel hombre; podía ser de negocios, de política, de ligar... Lo único que se le había quedado grabado era el concepto del tope.

—No. No. No. No —seguía diciendo Matthew una y otra vez, con el mismo ritmo y la misma inflexión en la voz. Lo único que cambiaba era el volumen—: No. No. No. NO. NO. NO. NO. ¡NO! ¡NO! ¡NO!

Matthew había llegado a su tope. Ya ni siquiera sonaba humano: era como un mecanismo, una alarma incesante e inconsciente que se hubiera disparado ante un desastre.

Sin pararse a pensar, Declan alargó la mano y arrancó el colgante del cisne del cuello de Matthew. Fue como si su mano supiera exactamente dónde ir para que sus dedos aferrasen el cordón, y cómo tirar para que el enganche cediera.

Antes de que Matthew reaccionase, Declan ya había abierto la puerta del coche y había salido al ruido del túnel. Retrocedió uno, dos, tres pasos, se detuvo pegado a la pared y aguardó para ver si ya era suficiente. El corazón le retumbaba en el pecho. A su alrededor, el aire apestaba a tubo de escape y a pescado.

—¿Declan? —dijo Matthew.

Desde el interior del coche, su hermano pequeño lo miraba. No había movido un dedo para proteger su colgante; la posibilidad de que Declan se lo arrebatase no se le había pasado por la cabeza. Sus rasgos dibujaron una mueca de asombro mientras su mirada se apagaba. Cabeceó; había perdido la batalla contra aquel enemigo tantas veces que ya ni siquiera se resistía. Se recostó en el respaldo, sin dejar de mirar a Declan, y, con un suspiro entrecortado, cerró los ojos y se quedó dormido.

Declan lo contempló desde la húmeda pared del túnel, sintiendo cómo el suelo se estremecía con las vibraciones de todos los coches detenidos. Trató de razonar consigo mismo: si no racionaba el dulcemetal, pronto sería el único hermano que quedase. Y Matthew no se lo habría entregado de buen grado. Estaba haciendo lo que debía, simplemente.

Pero, aun así, seguía sintiendo que había traicionado a sus dos hermanos.

«No más», pensó.

Pero siempre había más.

Consciente de las miradas de los demás conductores, se giró hacia la pared e hizo como si vomitase. Luego se pasó la mano por la boca como si se la limpiase, fue al maletero, lo abrió y metió el dulcemetal en el rincón más alejado de los asientos delanteros. Para terminar, sacó una botella de agua con gestos exagerados, como si hubiera abierto el maletero para sacarla.

Volvió a montarse en el coche. Reinaba el silencio.

Sus dos hermanos dormían.

Los teléfonos habían dejado de vibrar. Hubiera preferido que siguieran; así, al menos, podría haber contestado a una llamada para resolver algún problema, para tachar algo de su lista. Pero tampoco habría servido de nada, lo sabía muy bien: los problemas que se solucionaban en el calor del momento raramente se solucionaban bien. De hecho, esa era la razón de que lo contratasen sus clientes.

Así que respiró por la boca diez o doce veces, se estiró sobre la figura durmiente de Matthew para abrir la guantera y sacar sus pastillas antiácidos, y se tragó unas cuantas con ayuda del agua del maletero. Luego, pasó la mano por la parte trasera del volante para quitar el polvo acumulado. Miró en el teléfono varias fotos de *El beso* tuneadas que le había mandado Jordan, con la cara de ella en lugar de la original. Y después, cuando el estómago dejó de dolerle, examinó sus contactos para empezar una vez más a trazar un plan, a ejecutarlo, a gestionarlo.

El silencio dentro del coche era absoluto.

Declan miró el tráfico paralizado a través del parabrisas. No iba a irse a ninguna parte; no tenía sentido resistir. Seleccionó un contacto y le dio al botón de llamada.

—Necesito que me ayudes —dijo en cuanto su interlocutor respondió.

9

—¿Cómo supiste de este sitio?

—Por un golpe de suerte.

—Tienes mucha suerte, ¿no?

—Me llevo muchos golpes.

Ronan se encontraba de nuevo asomado al mundo de la vigilia.

No habría sabido decir si estaba al aire libre o en el interior de un edificio. La única luz provenía de la linterna de un móvil, y apenas iluminaba nada más que su cuerpo inmóvil. Como le había ocurrido antes, su consciencia flotaba por encima de su forma física. De pronto, sintió un extraño arranque de cariño hacia su cuerpo humano: aquel pobre imbécil tirado sobre el suelo de tierra, con la piel tatuada con mimo, cada dibujo una mínima confirmación de que, a pesar de que pareciese odiar su vida y su cuerpo, en el fondo —muy en el fondo— quería conservarlos, redecorarlos para que fueran de su gusto.

La sustancia negra caía en hilos de los ojos, de la nariz, de los oídos de aquel cuerpo.

Desde su atalaya privilegiada, Ronan se dio cuenta de que comprendía el brotanoche como jamás lo había comprendido. Lo que lo causaba no era la ausencia de la energía ley, sino el exceso de energía del mundo humano. Las dos fuerzas coexistían en equilibrio, cada una contrapesando a la otra. El cuerpo que yacía en el suelo había sido creado para existir en un mundo con una atmósfera distinta, cargada de magia. Sin ella, el mundo humano lo mataría poco a poco. Lo cual no era ni malo ni bueno, sino un simple efecto secundario de su presencia en aquel lugar.

La linterna osciló y el haz de luz iluminó el espacio circundante, revelando un corredor cerrado y agobiante. Una de las paredes era de ladrillo, con la estructura de madera a la vista. La otra era de bloques de hormigón, pintados de unos colores tan brillantes que parecían resplandecer en la penumbra. Detrás de Ronan se vislumbraban escamas de colores variados, garras y una cola retorcida, pero era imposible distinguir a qué pertenecían.

Ronan comprendió que aquel mural era el dulcemetal que lo había despertado de nuevo. Tras su cuerpo inanimado, la pared entera parecía vibrar de energía. Por el momento, era lo bastante fuerte para detener el flujo de brotanoche.

—¿Por qué lo han tapiado? —preguntó la primera voz, y ahora Ronan la reconoció: Declan.

—¿Cómo?

—¿Cómo que cómo?

—Perdona, soy sordo de este oído. ¿Qué me habías dicho?

La linterna giró para apuntar al segundo interlocutor. Las facciones se marcaban exageradamente en su fino rostro, como si fuera un dibujo de un chico en vez de un chico de verdad. Sus dedos, largos y nudosos, rozaron el lóbulo de su oreja en un gesto inconsciente. Iba vestido con demasiada elegancia para aquel cuchitril, con prendas de algodón planchado y lana suave, pero en su pelo polvoriento se veían varios trasquilones.

Ronan sintió una oleada de euforia.

Incluso antes de poner nombre a aquella cara, lo invadió un pensamiento: «Todo va a salir bien».

La segunda voz pertenecía a Adam Parrish.

—¿A qué se debe este asunto del doble muro? —preguntó Declan.

—Supongo... —Adam se interrumpió. Cuando retomó la frase, su acento de Virginia se había atenuado mucho—. Supongo que lo hicieron cuando añadieron el piso superior. Tendrían que ampliar la planta para soportar el peso, y construyeron una nueva fachada delante de la vieja. Originalmente, la pintura... el mural debía de dar a la calle.

En la mente de Ronan empezaban a brotar recuerdos de una versión distinta de Adam, más joven y menos pulida. Las imágenes, brillantes como dulcemetales, cruzaban por su memoria. La academia Aglionby, una detestada caravana, un almacén abandonado en Virginia, las largas pendientes herbosas de Los Graneros... Viajes en coche de madrugada, tensas expediciones por el interior de cuevas oscuras, miradas llenas de intención de un lado al otro del aula, nudillos apretados sobre los labios, abrazos rígidos de despedida.

La euforia de Ronan estaba dando paso a algo más complejo. Comenzaba a recordar que las cosas habían terminado mal entre los dos. Una parte de él quería culpar a Adam —recordaba haberse sentido incomprendido por él, utilizado—, pero en el fondo comprendía que el conflicto había sido cosa de él. El futuro que había creado aquel pasado punzante y vívido ya no era una opción.

—¿Tienes idea de por qué está dormido? —preguntó Adam, echando un vistazo al cuerpo antes de apartar la mirada.

Ronan se dio cuenta de que estaba tan alejado de él como le era posible, con el cuerpo girado como si estuviera a punto de marcharse.

A diferencia de Adam, a Declan no parecía producirle rechazo el frágil cuerpo de Ronan. Sin embargo, su expresión era sombría. Se inclinó hacia delante y enjugó rápidamente el brotanoche de la cara de Ronan con el puño vuelto de su americana.

—Tenía la esperanza de que tú lo supieras. Es imposible que mi padre lo soñara; de ser así, llevaría años necesitando un dulcemetal.

Adam palpó con un dedo la costura que remataba el bolsillo de su pantalón; no estaba descosida, pero era un lugar con tendencia a descoserse. Fue entonces cuando Ronan reparó en su reloj y, por primera vez, fue capaz de evocar un recuerdo con tanta facilidad como cuando habitaba su cuerpo físico. Había soñado aquel reloj para Adam cuando este se marchó a Harvard. Era lo más aproximado a una carta de amor que había podido hacer; a Ronan, el lenguaje del afecto nunca le había salido de forma natural. Le sonaba torpe, pomposo, falso. Para él era como hablar en un idioma extranjero, con vocabulario aprendido en las películas que había visto en YouTube. Pero aquel reloj... Aquel reloj marcaba la hora exacta del lugar en el que Ronan se encontrase, y eso decía exactamente lo que Ronan quería decir.

«Piensa dónde estoy —decía—. Piensa en mí».

En aquel momento, las manecillas estaban inmóviles.

—Por cierto, ¿dónde está Sierra? —preguntó Adam, aún sin mirar a Ronan de verdad.

—Farooq-Lane no dijo nada de un pájaro —repuso Declan.

—Ronan se va a enfadar si le pasa algo a Sierra.

Declan replicó que Ronan no estaba en posición de reclamar más atenciones por su parte, o algo por el estilo, pero Ronan no le hizo mucho caso: estaba ocupado reconstituyendo sus recuerdos de Sierra. Alas, garras. Árboles. Cabeswater. Lindenmere. Opal. Las palabras e imágenes relacionadas con su cuervo soñado fluían con facilidad. «Pronto lo tendré todo», pensó. Pronto volvería a ser Ronan Lynch de nuevo.

Solo necesitaba despertarse.

De algún modo.

—Voy a darte la llave de este sitio —le dijo Adam a Declan—. Ven cuando no haya nadie en el taller y no tendrás problemas.

—¿Tú no vienes a trabajar aquí a menudo?

Adam negó con la cabeza.

—Ah, no. Yo no puedo hacerme cargo. No voy a... Mira, te he enseñado este sitio, pero no puedo ser el... No puedo venir para...

—Ronan iba a mudarse aquí para estar contigo —le cortó Declan con frialdad, como si estuviera haciendo negocios con él.

Los dos estaban frente a frente, separados por una nítida línea divisoria. A un lado estaba el país de la adultez, donde vivía Declan y desde donde miraba a Adam con una expresión desencantada y reprobadora. En el otro estaba el nebuloso país que contenía todo lo anterior a la adultez; allí era donde se encontraba Adam, con las cejas fruncidas en un gesto incierto, lanzando miradas fugaces a Ronan.

—Mira —dijo Adam—, Ronan eligió su bando. Y no era el mío.

Aquella observación golpeó a Ronan por lo profundamente injusta que era. El mundo había elegido por él, como demostraba la mancha negra en la manga de Declan. De haber tenido libertad, Ronan habría elegido a Adam; no lo dudaba ni por un segundo. ¿Acaso no había ido a Cambridge, a pesar de lo mucho que odiaba las ciudades y de su apego a Los Graneros? ¿No había jugado a las cartas con los nuevos amigos de Adam en Harvard, a pesar de que los detestaba? ¿No tenía una lista de apartamentos para visitar? ¿No lo había intentado?

—En ese momento, Ronan no era él mismo —replicó Declan—. Estaba bajo la influencia de Bryde.

—Ronan se metía en problemas en el colegio, y tú le pedías a Gansey que lo arreglase —comenzó Adam, con aquel tono seco y afligido que Ronan conocía bien—. Ahora se ha metido en problemas aquí, y tú le echas la culpa a Bryde. ¿Y sabes qué? Si acaso, Bryde era una víctima de él. Fue creado para hacer lo que hacía.

Declan hizo una mueca.

—Los sueños son libres —afirmó—. Pueden tomar decisiones por sí mismos.

—Qué pena que Ronan no esté despierto para oír eso —contestó Adam—. Hasta hace no tanto, para él habría sido muy importante oírtelo decir.

Cuántas veces se habían peleado con uñas y dientes Ronan y Declan sobre qué hacer con el cuerpo aletargado de Aurora, su madre. Cuánta mala sangre había hecho correr aquel asunto. Cuántas veces había salido Ronan a conducir de noche, febril, sin ningún destino en mente más que aquel que le permitiese escapar de los fríos argumentos de su hermano: si Aurora no era nada en ausencia de Niall, eso quería decir que tampoco había sido nadie mientras estaba con él. Cuántos días de estar con ella había perdido Ronan por culpa de su hermano, empeñado en minimizarla como persona en lugar de animarle a explorar el mundo de los sueños hasta descubrir la existencia de los dulcemetales. ¿Y si hubiera, y si hubiera, y si hubiera...?

Declan tuvo la decencia de parecer avergonzado.

—Al menos —replicó—, ahora estoy aquí con él.

—Sí, supongo —admitió Adam.

Volvió a mirar el cuerpo de Ronan, como si se resistiera a tomar una decisión, y, por fin, recorrió el pasillo para detenerse a su lado. Se puso en cuclillas y desabrochó la correa de su reloj soñado. Ronan comprendió al instante lo que se disponía a hacer.

No.

Adam colocó el reloj parado en la muñeca de Ronan.

No.

Abrochó la correa y dedicó unos segundos a comprobar que no estaba demasiado ajustada.

No.

Girado de forma que Declan no pudiera verlo, Adam estiró los dedos y rozó con ternura las cicatrices de la muñeca de Ronan y el dorso de su mano. Tragó saliva. Aquello era un adiós.

A Ronan lo asaltó una nueva emoción: una honda tristeza.

Adam, no.

De pronto, Adam se inclinó y sus labios quedaron casi pegados al oído de Ronan. En aquel espacio reducido, Declan podía oír hasta el más leve de sus susurros; sin embargo, las palabras que pronunció Adam estaban dirigidas a Ronan y solo a él.

—*Post tenebras lux* —susurró: tras las tinieblas, la luz—. *Tamquam...*

«Alter idem», pensó Ronan.

Pero carecía de voz. El que tenía su voz era aquel cuerpo tirado en el pasillo, y no era capaz de despertarse para decir nada.

De modo que Adam se levantó sin haber recibido respuesta. Se acercó a Declan y le entregó la llave.

Por alguna razón, la mente de Ronan recuperó un recuerdo nítido y aislado, separado de cualquier otro. Era una sencilla máscara de madera, con agujeros redondos para los ojos y una boca muy abierta. No era terrorífica, pero mirarla infundía un extraño terror.

—Gracias por esta solución temporal —dijo Declan, sin molestarse en disimular el desprecio que tenía su voz. Su mano se cerró sobre la llave.

—Si necesitas algo más de ayuda —repuso Adam—, no me llames a mí.

10

Hennessy estaba soñando con el Encaje.

Era un sueño diferente de los que había tenido hasta hacía poco. Antes, sus sueños siempre comenzaban en la oscuridad. Hennessy se sentía insignificante: importaba menos que una tuerca diminuta en un mecanismo, que una hoja de hierba en un prado. Si acaso, era una mota de polvo en el ojo de una criatura torva y gigantesca, una molestia que desaparecía con un pestañeo, nada más.

Lentamente, el sueño se aclaraba, y la luz revelaba la presencia de algo que había estado allí todo el tiempo. ¿Una cosa? No, más bien una entidad. Una situación. Sus bordes eran angulosos y geométricos, intrincados y rotos, como los de un copo de nieve visto al microscopio. Por detrás del Encaje brillaba una luz cegadora. Era una visión inmensa; no inmensa como un huracán o un árbol, sino como el dolor o la vergüenza.

En realidad, el Encaje no era algo que solo se viera. Era algo que se sentía.

Entonces —y esa era la parte más horrible del sueño—, el Encaje advertía la presencia de Hennessy. La sensación de ser vista era espantosa. Y también era espantoso no haberse dado cuenta antes de lo hermosa que era su vida antes de que el Encaje la viera, porque ahora solo le quedaba el después. El Encaje se estiraba hacia ella como la cristalización de un mineral, fino como el papel y afilado como una navaja de afeitar. Su odio hacia Hennessy era total. Odiaba lo que era, odiaba quien era. Y, sobre todo, la odiaba porque ella poseía algo que el Encaje anhelaba.

Hennessy podía ser un portal para el Encaje. Si se rendía por un momento, el Encaje podría manifestarse en el mundo de la vigilia y destruir todo y a todos.

Hennessy se había resistido durante años, y el Encaje la había castigado por ello. Sus bordes desgarrados se clavaban en ella como agujas finísimas, hasta que Hennessy despertaba con un millón de orificios diminutos en la piel de los que brotaba la sangre. Llegó a convertirse en un ser translúcido, como el propio Encaje.

Pero, desde que Hennessy había extinguido la línea ley, las cosas habían cambiado. Hennessy ya no podía extraer el Encaje de sus sueños, ni siquiera aunque hubiera querido.

Pero no era solo eso: el propio Encaje era distinto.

Ahora, cuando Hennessy se quedaba dormida, las líneas quebradas del Encaje aún se extendían para ocupar la oscuridad. Seguía siendo filoso y letal. Continuaba amenazándola. Pero todo eso había dejado de importar, porque faltaba el miedo. Lo que Hennessy soñaba ahora era el recuerdo del sueño del Encaje, en lugar del Encaje mismo. En ausencia del temor paralizante que le infundía aquel ente, del miedo a destruir el mundo entero por un solo instante de debilidad, las palabras del Encaje sonaban casi como un mensaje pregrabado de todos los pensamientos negativos que Hennessy ya tenía.

Has arruinado tu relación con Jordan, siseaba el Encaje. *Sabes que va a llevar una vida maravillosa sin ti, ¿verdad? La echarás de menos hasta que te mueras, y ella no volverá a acordarse de ti ni por un segundo cuando te pierda de vista en el espejo retrovisor. Vas a tener tiempo de sobra para decidir qué es peor: morir sola, o vivir sola.*

—Esta canción ya me la sé —dijo Hennessy.

El Encaje la golpeó, súbito como un latigazo, y Hennessy dejó que el dolor la atravesara. Solo era dolor; Hennessy sabía cómo manejar el dolor.

Solo dolor.
No miedo.

Hennessy se despertó sobresaltada.

—Ah, mira dónde está —dijo.

Los ojos enormes y luminosos de Farooq-Lane estaban a centímetros de su cara. Como siempre, resultaban tan bellos como acusadores, igual que los de un ángel exterminador.

Cuando el ángel exterminador vio que Hennessy estaba despierta, sus ojos se entrecerraron.

—No puedes dormir todo el día y toda la noche —dijo Farooq-Lane, fiel a su estilo.

Hennessy la conocía desde hacía solo unos días, pero la había calado de inmediato. A Carmen Farooq-Lane le gustaban las normas. A Carmen Farooq-Lane le gustaban las normas establecidas por otras personas. A Carmen Farooq-Lane le gustaban las normas establecidas por personas que ya no estaban vivas o que trabajaban fuera de su jurisdicción, para no tener que plantearse si las personas que habían establecido las normas eran realmente inteligentes o no.

Entre las reglas que Farooq-Lane había tratado de imponerle a Hennessy hasta el momento se contaban las siguientes: había que ingerir alimentos a intervalos regulares y a las mismas horas cada día, y no dejar porciones de comida a medio mordisquear por toda la casa. Había que dormir en intervalos regulares y a las mismas horas cada día, y no ir echando siestas a medio dormir por toda la casa. El atuendo diario debía ajustarse a la temperatura exterior. Si hacía frío, no era apropiado llevar camisetas que dejasen el ombligo al aire. Si estabas en casa, no era apropiado llevar abrigo de piel. Solo había que utilizar los muebles para aquellas funciones para las que estaban diseñados: había que sentarse en los sofás, no en las encimeras. Había que subirse a las escalerillas, no a las mesas. Había que dormir en las camas, no en las bañeras.

Había que matar a los Zetas, salvo a algunos.

A Farooq-Lane no le había hecho mucha gracia esa última norma cuando Hennessy le preguntó por ella.

—Lo de dormir ocho horas es una falacia inventada por la sociedad industrial —procedió a explicarle ahora Hennessy—. Ocho horas de sueño y nada más, lo cual deja las dieciséis restantes... ¿He hecho bien la cuenta? Son dieciséis, ¿verdad? Ocho más seis da... Sí, está bien. Bueno, pues dieciséis horas para trabajar para los que mandan. La semana laboral de cuarenta horas y el ciclo de sueño de ocho van unidos, ¿no lo ves? Los unieron en matrimonio las grandes empresas, y les dieron como dote un profundo malestar para quien los practica. En realidad, los seres humanos estamos hechos para vivir como los leopardos, que se pasan el día tirados en la rama de un árbol salvo cuando...

—¡He hecho un poco de consomé para que nos lo llevemos, Carmen! —la interrumpió desde la cocina la voz dulce y quebradiza de Liliana—. Creo que a ti también te gustará, Hennessy.

Por el momento, aquella era la disfuncional familia en la que vivía Hennessy. Farooq-Lane era la mamá que decía lo que había que hacer. Liliana era la otra mamá, que suavizaba a la primera con su dulzura. Y Hennessy era la hijita diligente, adoptada ya de adulta porque a las mamás les daba mala conciencia haberle robado sus dientes, y querían compensárselo con orden y amor.

Las tres llevaban varios días compartiendo una casita forrada de madera en un barrio repelentemente acogedor de las afueras de Boston. Estaba claro que era Liliana quien había decidido alquilar aquella casa, porque era la que más parecía disfrutar de ella. Liliana era una anciana tan hermosa como una deidad recatada. Su cutis era tan pálido que a veces casi parecía verdoso, en contraste con el pañuelo de color turquesa que solía recoger su pelo n
íveo. Hennessy estaba segura de que Liliana jamás había conocido una tarea doméstica que no fuera de su gusto. Disfrutaba hirviendo huesos durante horas. Tricotaba bufandas y jerséis, y cosía bolsas para meter las bufandas y los jerséis. Bebía infusiones aderezadas

con especias exóticas. Era capaz de revivir las plantas con solo tocarlas, y de meterse en el bolsillo a los niños con solo mirarlos. En conjunto, Liliana estaba rodeada de una atmósfera amorosa y relajante que al principio había reconfortado a Hennessy, pero que enseguida la había hecho sentirse como si la estuvieran sofocando con una almohada y casi no le quedaran fuerzas para patalear. Por otra parte, Liliana y Farooq-Lane parecían estar enrolladas a pesar de la diferencia de edad, lo cual, si no le generaba problemas a Hennessy, sí que le suscitaba preguntas.

—Tenemos que salir a hacer un recado. ¿Quieres venir? —preguntó Farooq-Lane.

—He llegado a una etapa de mi existencia en la que ya ni quiero ni dejo de querer nada —respondió Hennessy—. Creo que Buda se refería a esto cuando dijo que el deseo es la raíz de todos los males.

Liliana salió de la cocina para ofrecerle a Hennessy un tazón humeante. Sus ancianos ojos, llenos de sabiduría y cariño, la hacían parecer la abuela más perfecta que pudiera imaginarse.

—Hennessy, ¿quieres hablarnos de cómo te sientes? Tienes mala cara... ¿Te ocurrió algo mientras nosotras no estábamos?

Desprendía una calidez tan agradable que Hennessy sintió el impulso inmediato de contestar algo desagradable, pero lo combatió con todas sus fuerzas.

—¿Qué es esto? ¿Una taza de sopa? ¿Me la tengo que tragar? No sé, pero creo que no me va a apetecer nada.

—Necesitas alimentarte —contestó Liliana, al mismo tiempo que Farooq-Lane decía:

—Te recuerdo que llevas tres días sin ingerir nada que no sea cerveza. Cerveza de la barata, por cierto.

—Bueno, ¿y qué recado es ese que tenéis que hacer? —preguntó Hennessy, despachando los dos comentarios con un ademán—. ¿Es un recado de verdad, en plan algo de trabajo, o es una figura de estilo para referirse con humor a algo más interesante, como ir de fiesta o robar caballos?

—Declan Lynch me dio una dirección y me dijo que tal vez nos interesara investigar allí.

Hennessy se retrajo al oír aquel nombre.

—No quiero tener nada que ver con ese tipo —dijo, y la mirada de Farooq-Lane se afiló.

—¿Eso significa que sabes lo que es?

—¿Cómo? ¿Que sé qué? No: significa que ese tío es un muermo con cara de muermo, y que no quiero ni rozar su miserable vida por si me contagia muermo-microbios o alguna mierda así que me contamine el aura. Hacedme caso: no os acerquéis a nada que tenga que ver con ese tipo sin comprar antes algún insecticida para muermos, o algo por el estilo.

—Vaya —repuso Liliana con una sonrisa irónica—, pues eso suena de lo más aventurero, Hennessy.

—Si quieres venir —añadió Farooq-Lane de inmediato, ahorrándole a Hennessy el trabajo de hacerle una mueca a Liliana—, levántate ya. Si quieres quedarte, quédate. No soy tu madre.

Se incorporó y recogió su melena lisa en un moño improvisado, levantando una deliciosa oleada de perfume floral que envolvió a Hennessy. A Hennessy la asombraba pensar en las horas que había pasado a lo largo de los días anteriores fantaseando con Farooq-Lane, y en lo rápido que se disolvían aquellas fantasías cada vez que trataba con ella en la realidad.

Liliana acarició la mejilla de Hennessy como si fuera una niña pequeña; cada vez que hacía aquello, Hennessy sentía un arrebato involuntario de bienestar.

—He ido a comprar los materiales de los que hablaste ayer —dijo. Hennessy enarcó las cejas: no recordaba haber mencionado nada que pudiera comprarse con dinero—. Están en el sótano.

—Sugerencia: ¿y no podrías darme mi espada, en lugar de esos materiales? Mami, ¿me he portado bien, me la puedes devolver ya? Si lo haces, te prometo que ordenaré mi cuarto.

—Te dije que te la devolvería cuando estuvieras sobria —replicó Farooq-Lane mientras subía la cremallera de una de sus botas—. Y eso todavía no ha ocurrido.

Por muy culpables que se sintieran sus madres honorarias por haberle quitado la capacidad de soñar, Hennessy no estaba con ellas por falta de otro lugar al que ir. Si seguía allí era a causa de su espada. Era parte de una pareja de espadas, o lo había sido; Ronan y ella las habían soñado exactamente al mismo tiempo. La de él, grabada con las palabras HASTA LA PESADILLA, irradiaba una cegadora luz diurna; la de ella, con las palabras DESDE EL CAOS, latía con el resplandor del cielo nocturno. Las dos eran capaces de atravesar cualquier cosa, salvo la una a la otra. Qué estúpidamente esperanzados se habían sentido Ronan y ella en aquellos momentos... Pero, al final, ¿qué se podía hacer con una espada, en los tiempos que corrían? Hacer posturitas. Poner cara de que sabes lo que estás haciendo. Cortar flores muy deprisa.

En cierta ocasión, Farooq-Lane le había salvado la vida a Hennessy con aquella espada. En lugar de permitir que la matase un fragmento del Encaje mientras Hennessy estaba paralizada, Farooq-Lane había empuñado la espada y lo había destrozado hasta disolverlo. Luego, no le había devuelto el arma a Hennessy; de hecho, aún la tenía en su poder. Lo cual resultaba muy extraño, teniendo en cuenta que era una Moderadora.

Hennessy no acababa de entenderlo, y no pensaba marcharse de allí hasta haber encontrado la respuesta.

—Eh, en serio —dijo alzando la voz para que la oyera Farooq-Lane, que había ido al dormitorio para recoger su abrigo—: es mi espada, y me jode bastante que no me la quieras devolver.

Miró de reojo a Liliana, que estaba a su lado ofreciéndole una caja de galletas de mantequilla. Hennessy no tenía ni idea de dónde la había tenido guardada hasta ese momento, pero así era ella: cada uno de sus bolsillos contenía un poquito de bienestar.

—Échate algo al estómago y ya verás como te sientes mejor —dijo Liliana.

—Si pintas un retrato de Liliana o estás sobria cuando lleguemos, te devuelvo la espada —añadió Farooq-Lane, que ya había vuelto—. Tú eliges.

Hennessy estiró el cuello para poder gritar sobre el respaldo del sofá.

—Entonces, puedo hacer un cuadro de Liliana estando pedo perdida y aun así me devolverás la espada, ¿verdad? Porque creo que has metido la pata con los operadores booleanos, y quiero dejar las cosas claras antes de molestarme en dejar las drogas.

Farooq-Lane abrió la puerta y esperó a que saliera Liliana.

—No quemes la casa mientras estamos fuera —se despidió.

—Y pásatelo bien, querida —remachó Liliana.

En cuanto las dos salieron, Hennessy volvió a cerrar los ojos. Sin embargo, al cabo de un rato se vio obligada a reconocer que Farooq-Lane tenía razón en una cosa: no podía dormir todo el día y toda la noche.

Se comió tranquilamente todas las galletas de la caja, mientras se preguntaba en qué especie de yincana habría enredado Declan Lynch a Liliana y a Farooq-Lane, y luego se bebió el tazón de caldo mientras se preguntaba cuántos años tendría Liliana de verdad. Hennessy nunca había visto una persona que pareciera tan vieja como ella, salvo en fotos en blanco y negro. Al acabar, fue a la cocina y se bebió un refresco para quitarse el sabor del consomé, mientras pensaba en lo que Machkowsky le había dicho sobre su infancia con J. H. Hennessy.

Luego, bajó al sótano para ver qué materiales le había comprado Liliana.

Tiró del cordel para encender la bombilla que iluminaba la escalera, y a su luz mortecina solo pudo ver un caballete, un lienzo y una caja llena de botes de pintura. Era como si hubiera brotado un estudio en miniatura delante de la desvencijada lavadora; un detalle muy propio de Liliana, tan considerado como discreto, aunque Hennessy no recordaba haberle dicho jamás que echara de menos tener materiales de pintura.

«¿Y si lo hago? —se dijo—. ¿Y si me pongo a pintar?».

Imaginó la cara que pondría Farooq-Lane al llegar a la casa y darse cuenta de que Hennessy sí que se había puesto manos a la obra.

Se quedó allí de pie un rato, rozando el cordel de la luz con los dedos, con el pie en el borde redondeado del primer escalón, y pensó en lo que Jordan le había dicho sobre la semejanza entre Jota y ella.

«¿Mamá?».

«No me echarás de menos», contestó Jota.

Y apretó el gatillo.

Hennessy volvió a tirar del cordel. El sótano se sumió en la oscuridad.

Tenía ganas de beber una cerveza. Se imaginó entrando en la cocina y sacando una lata de la nevera. Imaginó toda una lista de razones por las que se sentiría mejor si se bebía una cerveza. Imaginó toda una lista de razones por las que se merecía beber una cerveza.

Pero no fue a por la cerveza.

No quería darle la razón a Jordan.

Tiró del cordel por tercera vez y bajó al sótano para ponerse a pintar.

11

—No dejes que te haga perder los nervios —aconsejó Liliana a Farooq-Lane, mientras el coche serpenteaba por las callejuelas de Peabody, estado de Massachusetts. Los vetustos edificios dibujaban sombras torcidas en el asfalto, mientras el sol se ponía tras las copas de los árboles y los tejados de las casas—. Así lo único que hace es adquirir malas mañas.

—¿Adquirirlas? ¡Si venía con ellas puestas!

—Lo mismo nos pasa a todas... —Liliana señaló un hueco libre junto al desmoronado bordillo—. Creo que ya estamos —dijo.

De pronto, la radio se encendió sola y empezó a sonar una ópera a todo volumen. Era algo que ocurría con una frecuencia cada vez mayor. «Entendido, Parsifal», pensó Farooq-Lane. Contempló el desvencijado almacén, con un letrero que ponía TRASTEROS ATLANTIC, y luego consultó la tarjeta de visita que le había entregado Declan. Ahora comprendía el porqué de las cifras: la primera era el número de uno de los trasteros, y la segunda, una clave. Más o menos como la información sobre Bryde que le había ofrecido ella. Dato por dato, espías en un puente.

«Los únicos adultos en la sala», afirmó la voz de Declan en su cabeza.

Las dos salieron del coche y se quedaron de pie en la acera cuarteada. Farooq-Lane se estremeció; y no solo porque de pronto hubiera empezado a refrescar, sino porque le había dado una sensación extraña en la nuca, como si alguien las vigilase.

—¿Qué crees que vamos a encontrar ahí? —preguntó—. ¿Tienes alguna idea?

Liliana negó con la cabeza.

El interior de la nave era un laberinto con suelo de cemento, lleno de pasillos bordeados por portones de metal pintados de azul, cada uno con un número. Había algo de calefacción, pero apenas se notaba. El trastero que les había indicado Declan estaba al fondo.

Farooq-Lane se sentía inquieta. No sabía qué esperaba, pero no era nada bueno.

«Evitaste el apocalipsis», se recordó.

—Tranquila —le dijo Liliana con voz suave.

Avergonzada, Farooq-Lane repasó los segundos anteriores tratando de recordar si había pronunciado sus pensamientos en voz alta. Su vergüenza aumentó cuando se dio cuenta de que era incapaz de recordarlo. Dudó por un momento, y luego se sinceró.

—No sé qué me pasa... Es como si se me estuviera yendo la cabeza.

Liliana se acercó a ella y la envolvió en sus brazos. Las dos se quedaron así durante varios minutos, en mitad del inhóspito pasillo, mientras Farooq-Lane absorbía aquel bienestar sobrenatural. Liliana inspiró profundamente el aroma de su pelo y luego murmuró:

—Eres una persona muy interesante, Carmen. Siempre te empeñas con toda tu alma, incluso cuando no sabes por qué lo haces.

«Incluso cuando tienes que matar a gente».

—Liliana —dijo Farooq-Lane, con la cara aún apoyada en su hombro—, ¿eres un sueño?

En cuanto las palabras salieron de su boca, Farooq-Lane notó como Liliana asentía con la cabeza. No era ningún secreto; lo que ocurría era que a ella nunca se le había ocurrido preguntar.

—¿Quién te soñó?

—Murió hace muchos años —respondió Liliana—. Se parecía un poco a ti.

Farooq-Lane se apartó, extrañamente disgustada por aquella idea.

Le extrañó ver que Liliana sonreía y meneaba la cabeza, como si algo le hubiera hecho gracia.

—En realidad, me soñó un hombre con pinta de buitre —explicó—. Su muerte no me entristeció lo más mínimo; solo te he dicho eso para ver si te ponías celosa. Ah, por fin sacas a relucir esa sonrisa tan bonita que tienes... —añadió, levantando la mano para tocar la boca de Farooq-Lane.

Ella le besó la yema del pulgar.

—No sabía que te gustasen las bromas —comentó, y de pronto se dio cuenta de que algo no encajaba—. Dices que tu soñador murió... Pero entonces, ¿no deberías estar dormida?

—Los Visionarios no nos dormimos, aunque muera quien nos ha soñado —explicó Liliana—. Eso es lo que nos convierte en Visionarios.

—¿Lo sabía Parsifal? —preguntó Farooq-Lane, intrigada porque su Visionario anterior no hubiera mencionado nunca nada de aquello.

Y no solo era eso: es que, además, Parsifal tenía un carácter tan obstinado y prosaicamente humano que resultaba difícil imaginar que alguien lo hubiera soñado.

—Supongo que sí —repuso Liliana—. Elegimos esta vida. Elegimos las visiones para no caer nunca en el letargo.

A Farooq-Lane no le habría extrañado oír un aria de ópera fantasmal en ese momento —al fin y al cabo, si alguna conversación tenía todas las papeletas de atraer la atención del espíritu de Parsifal, era aquella—, pero su expectativa no se cumplió. Lo que sí sonó fue el rugido de un camión que pasaba por la calle, y que volvió a ponerle los pies en el suelo.

—Cuando lleguemos a casa, quiero que hablemos más de esto mientras tomamos un té —le dijo a Liliana, y la sonrisa de esta se expandió como si la petición la sorprendiera y le agradara al mismo tiempo—. Pero, por ahora, quédate detrás de mí; no sé qué podemos encontrarnos ahí dentro.

Volvió a mirar la tarjeta de visita, y luego se arrodilló en el suelo de cemento para teclear la clave en el candado digital que cerraba el trastero. Sonó un pitido. Farooq-Lane empujó el portón hacia arriba para abrirlo.

El ruido metálico resonó por toda la nave.

El trastero estaba ocupado.

Por los Moderadores.

Lock: consultor y asesor de empresas, designado como figura central y enlace de la operación.

Nikolenko: experta en eliminación de artefactos explosivos, reclutada para impartir formación en materia de armas.

Ramsay: gerente de estrategia e inversiones, introducido en la operación para ocuparse de la planificación y asesorar en materia de viajes.

Vasquez: exintegrante de los servicios secretos, contratado para rastrear a los Zetas a partir de datos e informaciones personales.

Bellos: militar especializado en operaciones encubiertas, transferido para reforzar la parte bélica.

Hellerman: enfermera psiquiátrica, seleccionada por su experiencia con los Visionarios.

Farooq-Lane cayó fulminada de rodillas.

Ni siquiera tuvo tiempo de amortiguar la caída, porque no se dio cuenta de que sus piernas iban a ceder hasta que lo hicieron. Sus rodillas golpearon el cemento, y apenas tuvo tiempo de estirar la mano para no caer de bruces.

Estaba temblando, y jadeaba como si hubiera estado corriendo.

La ferocidad de su reacción física la asombró.

Esas eran las personas con las que había trabajado durante los meses anteriores. Se encontraba a dos o tres metros de Lock, quien la había reclutado y había apelado una y otra vez a su sentido del deber cuando la veía flaquear.

«¿Sabes quiénes son también fáciles de controlar? —preguntó la voz de Nathan en su cabeza—. Las personas que creen que están cumpliendo con su deber».

Los Moderadores yacían en pulcras hileras sobre el áspero suelo del trastero, con los brazos estirados junto a los costados.

Estaban dormidos.

Aquello era aún más desconcertante que el hecho de que Ronan Lynch o Bryde se hubieran dormido. Los Moderadores habían perseguido a los Zetas de manera despiadada, y sus opiniones sobre los sueños eran corrosivas. Y, al final, allí estaban: tumbados en un trastero, dormidos como todos los demás sueños.

El subconsciente de Farooq-Lane llevaba tiempo gritando que algo no encajaba. Algo no encajaba.

Y allí tenía ese algo.

Cuando al fin logró recomponerse, se levantó y se sacudió el polvo de las rodillas.

—Siento la escena —le dijo a Liliana, procurando que su voz sonara lo más serena posible—. Es solo que... que...

—... que los odias — Liliana terminó la frase.

Eso era.

La sola noción le resultaba liberadora. Los odiaba. Los odiaba. Los odiaba. No era una conclusión excesivamente sofisticada; pero era innegablemente cierta, y eso le parecía significativo.

—¿Qué vas a hacer ahora? —le preguntó Liliana.

Aquella respuesta, al menos, era fácil.

—Ahora —contestó Farooq-Lane—, vamos a averiguar qué pretendían de verdad los Moderadores.

12

El tiempo transcurría de forma extraña para Ronan.

No había amaneceres ni puestas de sol que marcaran el paso de los días. No había agenda que determinara las semanas. Mientras habitaba en el interior de un dulcemetal, los minutos se sucedían de forma corriente; pero una vez que regresaba al mar de oscuridad, no tenía forma de saber cuántos minutos pasaban entre un dulcemetal y otro.

En todo caso, ahora que había visto a sus hermanos, apenas viajaba a otros dulcemetales. Prefería quedarse junto al que mantenía a su cuerpo con vida. Se pasaba innumerables minutos en aquel pasillo oscuro, escuchando a los mecánicos que trabajaban al otro lado de la pared, deseando que Declan fuera a verle, que algo penetrara en la penumbra, que algo lo despertase. A veces se dejaba arrastrar de vuelta al mar de oscuridad y buscaba otro dulcemetal para poder ver el sol, pero al final siempre regresaba.

«Déjame entrar —le decía a su cuerpo—. Despierta, despierta».

No sabía cuánto tiempo podía haber transcurrido cuando aquella luz penetró en el pasillo.

Provenía de una linterna pequeña, con el mango remendado con cinta aislante. Su resplandor solo le permitía distinguir los zapatos de quien la llevaba. No eran los afectados y estilosos zapatos de Declan, que siempre hacían parecer sus pies tan largos como los de un elfo, sino un par de deportivas de ante desgastado.

«Por favor».

Ronan apenas se atrevía a concebir aquella esperanza.

Adam Parrish cerró la puerta con cuidado a su espalda. Caminó hacia Ronan, empuñando la linterna con una mano y manteniendo la otra pegada al torso como si se hubiera hecho daño o sostuviera algo pegado al pecho. Se inclinó con delicadeza sobre Ronan, asegurándose de que no había brotanoche en su cara. Luego dejó la linterna en el suelo y se sentó a lo indio, cruzando las piernas con torpeza y apoyándose con la mano libre para no perder el equilibrio.

Ronan lo miraba con atención, absorbiendo hasta el más mínimo detalle. Sus cejas casi transparentes, sus pálidas pestañas, sus peculiares pómulos, su boca reflexiva y triste. Su flequillo caía sobre la frente en mechones irregulares; aunque su ropa fuera más elegante, se seguía cortando el pelo a sí mismo. Lógico: la ropa, a diferencia de los cortes de pelo, podía comprarse de segunda mano. Hasta la forma de sus manos le resultaba reconfortantemente familiar. Tenía los dorsos llenos de asperezas, y en las palmas había números medio borrados por el tiempo o el jabón.

—Chissst, chissst —siseó Adam.

No hablaba con Ronan, sino con un bulto negro y despeluchado que se acababa de sacar de debajo de la cazadora.

—Ten cuidado, vas a hacerte daño —dijo, y luego soltó un taco porque el bulto acababa de darle un picotazo.

Era Sierra.

—No te embales —le advirtió Adam, mientras el cuervo soñado se debatía para liberarse de su mano.

Sierra soltó un graznido áspero y echó a volar en la oscuridad. Ronan la siguió con la mirada, notando que su corazón volaba con ella. Oyó el murmullo de sus alas al batir el aire, y el chirrido de sus garras al rascar la pared.

—Mira quién está aquí, Sierra. Mira quién está aquí: es Kerah.

Al oír aquella palabra, el cuervo volvió de inmediato, precipitándose desde la oscuridad del techo.

—Mira —dijo Adam con suavidad, señalando la figura tendida junto a él.

Las plumas del cuello de Sierra se erizaron de forma casi caricaturesca y, con un ronroneo ronco, aterrizó en el pecho inmóvil de Ronan.

Él deseó con todas sus fuerzas poder abrazarla. Aunque ya no percibía ninguna sensación física, podía recordar la textura fresca y seca de sus plumas, el leve peso sobre su hombro.

Pero no podía agarrarla, por supuesto que no podía, y en cuanto Sierra se dio cuenta empezó a inquietarse. Al principio, se limitó a cloquear mientras se balanceaba. Luego picoteó las costuras de su camisa, y al darse cuenta de que no reaccionaba, se puso a picotearle los dedos.

Cuando los picotazos se hicieron más serios, Adam se inclinó para volver a agarrarla y chistó para consolarla. Rodeó con las manos su cuello y sus alas, manteniéndolas lejos del pico, y la colocó en su regazo de cara a Ronan.

—Míralo un poquito, ¿vale? Date un poco de tiempo para acostumbrarte.

Sierra se estuvo debatiendo casi un minuto. Pero Adam siguió sujetándola con calma, acariciando su cuello de vez en cuando con el pulgar.

—Chissst —volvió a susurrar.

Aunque Ronan nunca había visto a Adam y a Sierra tan cercanos, la familiaridad con la que él la trababa, y la forma en que ella parecía tolerarlo, le indicaron que no era la primera vez que algo así ocurría.

—Está dormido, igual que tú antes de venir aquí. Si te suelto, ¿te portarás bien? No hagas que me arrepienta, ¿vale?

Sin soltarla, la posó en el suelo de tierra delante de él. Sierra se quedó casi inmóvil, con el pico un poco abierto como si la ofendiera estar aprisionada. Por fin, Adam la soltó y ella se sacudió, sin rastro de la pataleta de un momento antes. Ahora que se había tranquilizado, era evidente la alegría que le producía el reencuentro, y se puso a juguetear emitiendo una especie de gárgaras cantarinas y levemente repugnantes. Durante unos minutos, estuvo caminando a un lado y a otro delante de Ronan, deteniéndose de vez en cuando para tirar de los cordones de sus botas, saltar a su pecho, caminar de lado por su brazo y picotear el suelo a su alrededor.

Adam seguía aquellas extravagancias con los ojos. Poco a poco, su cara de preocupación se fue suavizando con una sonrisa reticente.

Por fin, Sierra se encaramó a una puntera de Ronan y miró a Adam con la cabeza torcida.

—Atom —lo llamó con su extraña y profunda voz de ave, y Adam soltó una breve carcajada.

—Eh, tú —contestó.

Los dos parecieron reconfortados después de aquello. Adam se arrellanó, apoyando la espalda en la estructura de madera de la pared. Sus piernas se enredaron con las largas piernas de Ronan. Suspiró, cerró los ojos y dejó caer la cabeza hacia atrás hasta que tocó el muro.

«Sí», pensó Ronan. «Quédate».

—Soy un idiota —dijo Adam al cabo de un rato.

El sonido de su voz sobresaltó a Sierra, y una cagada vengativa cayó peligrosamente cerca de la mano de Adam.

—¡Sierra, córtate un pelo! —Adam se acercó un poco más a Ronan y levantó la vista para mirarlo—. Sé que dije que no volvería, y lo decía en serio. Y la verdad es que te lo habrías merecido...

Su voz se apagó antes de terminar la frase, tal vez de forma voluntaria o porque prefiriese seguir hablando en su fuero interno. Al cabo de un momento, sin embargo, prosiguió:

—... Pero supongo que no podía dejar de pensar en Sierra. Sabía que tenía que estar cerca del lugar donde te habían encontrado. A no ser que estuviera muerta, claro; podían haberla tirado a la basura, se la podía haber comido un bicho, yo qué sé. Me pasaba el día dándole vueltas a lo mismo, así que al final decidí echar un vistazo. Cuando la encontré... Aún no me creo que siguiera allí; supongo que tiene suerte de parecerse tanto a un trapo viejo. Bueno, pues cuando la encontré, empecé a pensar en lo mucho que se alegraría de verte. No podía quitármelo de la cabeza...

Su voz volvió a apagarse. De pronto, la idea de rezar irrumpió con fiereza en la mente de Ronan. No rezar en una iglesia, en voz alta, al mismo tiempo que todos los demás; no rezar una oración aprendida de memoria. No: Ronan estaba pensando en las veces que había rezado estando solo, agotado, perplejo. A menudo, aquellas oraciones improvisadas se interrumpían mientras Ronan se preguntaba si habría alguien escuchándolo al otro lado.

Adam no sabía si Ronan podría oírlo.

«Te oigo».

Sierra revoloteó súbitamente, hasta posarse desmañada en el regazo de Adam. Él buscó un hilo suelto en el bolsillo de su chaqueta y se lo ofreció al cuervo, que tiró de él hasta desprenderlo y lo arrojó al suelo tras ella. Con ese juego improvisado se entretuvieron varios minutos.

—¿Te acuerdas de cuando te pregunté qué pasaría si soñabas otro yo sin querer? —preguntó Adam de pronto—. Pensé en ello muchísimas veces, en qué haría si tuviera ante mí otro Adam. ¿Le dejaría vivir mi vida junto a mí, como Hennessy? ¿Lo mataría antes de que él pudiera matarme a mí? Y, al final, ¿sabes lo que se me ocurrió? Me di cuenta de que esa copia existe. La he creado yo. Soy yo. Hay una versión auténtica de mí que se quedó junto a ti, supongo; que siguió yendo a Lindenmere cada día para aprender todo lo que pudiera sobre la línea ley, sobre ese otro lado. O que se marchó con Gansey y Blue. O que se matriculó en una universidad de Washington para volver a casa todos los fines de semana. Pero el Adam que soy ahora mató a esos otros Adams para imponerse a ellos, para estudiar en Harvard, ir a clase, hacer trabajos, comer tortitas con el Club de los Lloricas y hacer como si nunca le hubiera ocurrido nada malo, como si conociera todas las respuestas.

Adam se interrumpió abruptamente y empezó a rascarse la mano izquierda, hasta que logró reabrir una heridita casi curada que dejó escapar un poco de sangre. La miró y enjugó la sangre casi con ira, como si le enfadara que la costra se hubiera rendido tan fácilmente.

—Miento a todo el mundo. Le miento a Gansey. Le miento a Blue. Miento a todos mis profesores; es como si no pudiese parar. Es como... Como si no quisiera dejarle a esta versión nada de lo que tenía la anterior, sea bueno o malo. Así que, cada vez que tengo que sacar mi pasado a relucir, me lo invento. Padres nuevos, casa nueva, nuevas razones por las que me quedé sordo de un oído... Un nuevo yo. Ya no sé ni lo que hago. Mierda... Tú eras... No sé, el sitio en el que almacenaba toda mi realidad. Y entonces también tuve que empezar a decir mentiras sobre ti, y todo se me... Se me...

Dejó de hablar durante un largo rato, con la mirada perdida en la oscuridad.

—Encontré este lugar mientras buscaba un buen sitio para mis sesiones de videncia. Declan me preguntó cómo había llegado hasta aquí; bueno, pues fue por eso. En Cambridge no había energía ley, ya lo sabes... Aquí podía ser sincero conmigo mismo, y lo hacía mucho más a menudo de lo que puedes imaginar —poco a poco, su tono iba siendo más razonable, su acento más marcado. Era su antigua entonación, su acento de Virginia, tan cálido para Ronan como el propio sol—. Cuando venía aquí, entraba en trance con facilidad. Sabía que era peligroso: que me podía perder sin posibilidad de vuelta, que el Encaje acechaba, pero lo hacía igualmente. Ni siquiera buscaba nada concreto. Pero es que añoraba tanto... Añoraba...

Su deportiva golpeó la bota de Ronan.

«Yo también».

Las manos de Adam se retorcían de nuevo, nudillos blancos sobre la piel enrojecida.

—No sé si odio estar aquí, en Harvard, o si odio que no me guste estar aquí. Se suponía que era mi sueño... Y, sin embargo, solo pienso en irme. Lo pienso cada día: montarme en la moto, arrancar y seguir, seguir, seguir. ¿Pero adónde voy a ir? —Aunque no estaba llorando, se frotó un ojo rápidamente con el dorso de la mano—. En fin, lo que quiero decir es que no puedo culparte por haberte engañado a ti mismo al crear a Bryde. Porque yo he creado esta versión falsa de mí mismo, y estaba bien despierto cuando lo hice. Somos dos embusteros, tú y yo. No sé qué hacer. Echo de menos... —Entrecerró los ojos—. Echo de menos saber adónde me dirijo.

Adam cerró los párpados y se echó a llorar. No había muchas lágrimas en su llanto; eran sollozos secos, terribles, desgarrados. Cuando al fin paró, se quedó sentado unos minutos, rozándose el oído sordo con los dedos en un gesto obsesivo.

Y Ronan no podía hacer nada. Nada en absoluto.

«Levántate», pensó. «Levántate, levántate». Pero su cuerpo no movía ni un músculo.

Adam recogió a Sierra, haciendo caso omiso de sus protestas, y volvió a guardarla debajo de su chaqueta. Luego, agarró la linterna.

«*Tamquam*», pensó Ronan. Estaba furioso por ver a Adam tan afectado; estaba eufórico porque hubiera regresado junto a él. No hacía tanto, echaba de menos experimentar emociones; ahora, las sentía todas al mismo tiempo.

Justo antes de que la puerta se cerrara a su espalda, Adam se giró hacia la oscuridad y dijo:

—*Alter idem.*

13

Durante mucho tiempo, Los Graneros fueron un paraíso para Mór y Niall.

Les hacía felices tener tanto espacio para explayarse. ¡Campos y más campos! ¡Cobertizos y más cobertizos! ¡Árboles y más árboles! ¡Vida y más vida! Las plantas solo crecen lo que les permite su maceta, y hasta ese momento, la maceta de Mór y Niall había sido muy estrecha.

También les hacía felices tener cuatro estaciones. El primer verano les proporcionó tantas horas de sol esplendoroso y tormentas torrenciales que parecían sumar más de veinticuatro al día. Todo era tan verde como un cuento de hadas. El otoño se presentó mordiente y rojo, con los campos ondulantes medio ocultos por la niebla del amanecer. Por las tardes, el aire se perfumaba con el aroma de hogueras distantes, y los grillos se desgañitaban para despedirse del calor. En invierno, nevó tan concienzudamente que creyeron que las Navidades blancas serían la norma del lugar —se equivocaban—. Y justo cuando Mór y Niall empezaban a aburrirse de estar encerrados en casa para esconderse del frío, empezaron a aparecer crocos debajo del porche que acababan de reparar, y el cielo del año nuevo asomó su rostro fresco y recién lavado.

Le hacía felices ver cómo Declan crecía en aquella tierra que se convertiría en su reino. Era un bebé apacible y, más tarde, un niñito apacible, que parecía comprender de forma casi instintiva cosas que ponían histéricos a otros niños. Niall y Mór ni siquiera tuvieron que adaptar la casa para evitar que sufriera accidentes.

En cierta ocasión, estuvo a punto de atragantarse con la montura de un chupete; después de ese incidente, rehusaba comer nada que le metieran en la boca si no le demostraban fehacientemente que era comida. Era un niño de lo más sensato.

También les hacía felices soñar. Muy pronto, Los Graneros empezaron a atestarse de artefactos y objetos absurdos. A Niall se le metió en la cabeza que quería tener ganado, y se pasó meses leyendo libros sobre vacas, hablando de vacas, viendo documentales de vacas, dibujando vacas y tratando de condicionar a su subconsciente para que soñase vacas, vacas, vacas. Sin embargo, no se le daba muy bien sacarlas a la realidad cuando despertaba. La mayor parte de las veces, regresaba con las manos vacías, o con un cubreteteras con forma de vaca u otro objeto igual de delirante. Aun así, de vez en cuando lo conseguía, y Mór se ponía furiosa al ver que había una vaca más en la casa, y que el rebaño multicolor que pastaba en los campos era cada vez más numeroso.

Otra cosa que les hacía felices era que nadie los persiguiera.

Al menos, durante un tiempo.

Un día, Niall entró en la casa con una urgencia a la que ya no estaba acostumbrado. Niall no era un hombre centrado. Le gustaba divagar; era el tipo de persona que disfrutaba tratando de convencer a la carretera de que compartiese su trayecto. Se acercó a Mór, que estaba echando la siesta en el raído sofá de lana, y la agitó para que despertase.

—Nos ha encontrado... No sé cómo lo hace —dijo—. Bueno, sí que lo sé; tiene un sexto sentido para estas cosas. Es como si dentro de ella hubiera un imán de codicia que apuntase al norte en todo momento, siendo el norte nosotros. Tenías razón, Mór: es una bruja insaciable. Para vivir tan lejos de la casita de chocolate más cercana, tiene una pinta increíble de devorar niños. ¿Aún no estás despierta? Por Dios, parpadea si me estás oyendo.

Mór estaba paralizada, como les ocurría a Niall y a ella tras todos sus sueños productivos. Durante aquellos episodios de parálisis, el soñador se veía a sí mismo desde arriba, como si su propio cuerpo ya no le perteneciese. Niall, que lo sabía, dirigió la vista al techo como si pudiera adivinar desde dónde le escuchaba su mujer. Se removió, nervioso, mientras esperaba a que ella diera señales de vida, y se acercó para sacarle las hojas de roble de un azul plateado que tenía entre las manos.

Los dos soñaban a menudo con el Bosque.

—¿Cómo sabes que nos ha encontrado? ¿Qué has visto? —preguntó Mór, poniéndose en marcha lentamente.

—Ha sido en el Lotus Mart —respondió Niall.

Se refería a la única gasolinera de Singer's Falls, un pequeño surtidor sin marca con un taller mecánico anexo. En la tienda vendían unos sándwiches de ensalada de patata al curry a los que Niall y Mór se habían vuelto adictos.

—Dinesh me ha dicho que ha hablado con una mujer que tenía un acento igual que el nuestro —explicó él—. Le he preguntado qué aspecto tenía y me dijo que era muy parecida a mí.

—Eso no prueba nada —replicó Mór. Se levantó del sofá, y las bellotas que salpicaban el asiento rodaron al suelo—. Solo quiere decir que una mujer morena que hablaba raro ha visitado la gasolinera.

Niall miró a su alrededor con desaliento. El salón estaba lleno de sueños desperdigados; en la granja no se sentían obligados a disimular.

—¿Dónde está el niño? —preguntó de repente—. ¿Y Declan?

—Echando la siesta. Quise convencerle de que se quedara un rato conmigo en el sofá, pero ya sabes cómo es con las normas: se empeñó en que solo hay que dormir en la cama. Yo le contesté que, si era así, me dijera qué estaba haciendo el otro día en el coche, pero no se rio ni un poquito. Amor, ¿de verdad crees que es ella?

Amor: así era como Mór llamaba a Niall, y siempre daba la impresión de que era la primera vez que pronunciaba esa palabra. En cuanto a la «ella» en cuestión, era Marie Lynch, la madre de Niall. Marie era el tipo de criatura que solo resultaba peligrosa para algunas personas, y esas personas solían pertenecer a su familia.

—Es ella —afirmó otra voz antes de que Niall pudiera contestar.

La voz pertenecía a Marie Lynch.

La madre de Niall compartía con él el pelo oscuro, los intensos ojos azules y la altura. Pero mientras que la energía de él lo hacía parecer vivo y carismático, ella tenía un aspecto de cadáver reanimado, un aire posesivo.

Tenía a Declan agarrado de la mano. El niño no se resistía. Se limitaba a mirar a sus padres con una expresión muy seria para un niño de su edad, una especie de fatiga que venía a decir: «Ya os decía yo que el mundo era peligroso, y mirad ahora lo que ha pasado».

Ellos se quedaron mirándolo fijamente.

—Muchas gracias por vuestra acogida —añadió Marie. Como había observado Dinesh, el encargado del Lotus Mart, tenía el mismo acento que su hijo y su esposa—. No hay nada que satisfaga más a una madre que quedarse en la calle.

Niall y Mór llevaban sin verla desde su partida de Irlanda. Marie no era la única razón detrás de su decisión de marcharse; pero formaba parte de las tres razones principales, sobre todo desde la muerte del padre de Niall —a quien el vodka había ido borrando con los años, como las letras de un cartel ajado por el tiempo—.

¿La quería Niall?

¿La odiaba?

Se había marchado de Irlanda con la esperanza de no volverla a ver, pero eso no respondía a esas preguntas en la medida en que podría suponerse. Marie pertenecía a esa especie de malvadas íntimas, tan venenosas como necesarias para aquellos susceptibles a su influencia. Una dosis excesiva mataría sin duda a Niall Lynch, pero una dosis demasiado baja podría ser igual de peligrosa.

Mór lanzó una mirada de comprensión a su joven marido, cuyas manos se retorcían nerviosas junto a sus costados.

—¿Cómo nos has encontrado? —preguntó Niall con un tono helado impropio de él.

—Declan, mi halconcito —dijo Mór—, ven aquí conmigo.

El niño trató de liberarse de la mano de Marie Lynch. Pero ella no le soltó, a pesar de que su atención ya no estaba puesta en él. Ahora, Marie solo tenía ojos para la joven pareja de soñadores que había ante ella.

Se llevó la mano libre al pecho y se dirigió a Niall:

—¿Acaso creías que podías enviar cosas a las necias que tiene esa mujer por hermanas sin que nosotros nos enterásemos? ¿Y por qué envías cosas a su familia, después de todo lo que pasó, y te olvidas de la tuya, Niall? He venido aquí para comprobar si hay alguna posibilidad de que te acuerdes de nosotros, hijo, o si esa mujer todavía te tiene enredado en sus hechizos.

Mór ni siquiera se inmutó al oír la acusación.

—Madre, no disimules —replicó Niall.

De haber estado aún en Kerry, habría tardado horas en llegar a aquel nivel de sinceridad. Pero ya no estaban en Kerry; la maceta se había volcado, y ahora sus raíces se extendían por la tierra de fuera.

—¿Cómo? —preguntó Marie Lynch con voz aún más cortante—. ¿Qué has dicho?

—No disimules, madre; los dos sabemos que, si has venido, es porque quieres algo —respondió Niall—. Sé cómo eres.

—No me produce ninguna alegría verte así, hijo —le espetó Marie—. No me produce ninguna alegría verte en este lugar, viviendo en pecado con esa mujer, ofendiendo al Señor a tu modo. Pero sabes que lo tolero porque eres mi hijo, y si no te tolero yo, ¿quién lo va a hacer? Sí: lo tolero aunque no lo comprenda. ¿Pero qué ocurre con el asesinato? ¿Acaso debo tolerar un asesinato?

Si Niall y Mór habían cruzado un océano, no era solo para ocultar sus sueños.

Entre la familia Lynch y la familia Curry —pues ese era el apellido de soltera de Mór— había una complicada maraña de relaciones, fruto de los límites comunes de sus fincas y de los asuntos turbios que compartían. Estos podían resumirse en dos: en primer lugar, los asuntos turbios en los que el padre de Niall y el padre de Mór estaban embrollados en Belfast. En segundo, el asunto turbio que rodeaba al tío de Mór, ese hombre al que ella odiaba por razones que todo el mundo conocía, pero nadie mencionaba. El mismo tío que había muerto aquella noche en la que Niall volvió a casa, tras haber pasado varios meses trabajando en Manchester; la noche en la que se había vuelto a encontrar con Mór para saber de ella, «para ver en qué andas después de todo este tiempo sin vernos, te gustaría ir a bailar conmigo»; la noche en que todo el mundo había visto a Niall salir furioso de aquella fiesta, gritando que, al final, aún quedaban víboras en Kerry, porque no podía creer la cantidad de lenguas viperinas que acababa de escuchar. Y, mientras él salía furioso, ella lo miraba sin dejar de llorar, algo que, como sabían todos los que la conocían, Mór no hacía jamás.

Sí, todos sabían cómo había muerto Michael Curry; porque resultaba difícil de creer que se hubiera cortado con sus propias herramientas la misma noche en que se había visto el coche de Niall Lynch ir a toda velocidad hacia la ebanistería de Michael.

—Le tolerasteis muchas cosas antes de que terminase mal, ¿no crees? —repuso Niall en voz baja.

—Sería de agradecer que mostraseis un poco de afecto —replicó Marie, sin dignarse a contestar al comentario—, un poco de espíritu familiar. Me gustaría recibir algo de agradecimiento por haber venido hasta aquí para ver cómo estáis, a pesar del fallecimiento de tu padre.

—¿Agradecimiento? —repitió Mór con ironía—. Mejor llámalo «dinero».

El proceso de convertir los sueños en dinero contante no era tan sencillo como podría parecer. Ni Niall ni Mór eran capaces de soñar con tanta exactitud como para que las riquezas que extraían resistieran el escrutinio de un experto, de modo que habían desechado soñar billetes, piedras preciosas o lingotes de oro. Sí, los sueños siempre parecían verosímiles, pero eso no suponía que lo fuesen. Al examinarlos de cerca, casi siempre había algo que los delataba. Y eso era exactamente lo que Niall y Mór querían evitar: delatarse.

—¿Es eso cierto? —preguntó Niall, cabizbajo—. ¿Es por el dinero, otra vez?

—Quería ver a mi hijo —replicó Marie—. Quería ver a mi nieto. ¿Crees que me importa que no estéis casados? ¿Crees que me acuerdo de todas las cosas que hiciste y dijiste aquella noche, que eso me hace olvidar todos los años anteriores? No he venido para pedirte dinero; no deberías permitirle que te convenza de algo así.

Tanto Mór como Marie conocían a Niall lo bastante como para darse cuenta de la tormenta de emociones que sacudía su interior. El amor era una de las armas con las que contaban las criaturas como Marie. Tenía múltiples anzuelos: la conciencia de que era condicional, el deseo de creer que era real.

—Para empezar, supongo que esperas que te paguemos el billete de avión —dijo Mór.

Marie se limitó a mirarla con ojos destellantes.

—No me puedo creer que estemos otra vez en estas —suspiró Niall, rindiéndose a la voluntad de su madre.

Si al menos Marie se hubiera conformado con hojas de roble y bellotas... Al final, Niall seleccionó diez de sus vacas y se las llevó al otro lado del estado para venderlas en una feria, con lágrimas en los ojos porque no soportaba pensar que se las fueran a comer y con los dedos cruzados para que envejecieran y se comportasen como vacas normales. Luego, le entregó a su madre el dinero de la venta y la llevó de vuelta al aeropuerto, rezando para no volver a verla y sabiendo que volvería a hacerlo.

Lo que habitaba en el Bosque susurraba una y otra vez que era una pena, era una pena.

Los prados desiertos tenían un aire de desolación.

Ah, el paraíso... ¿Por qué habrían de querer abandonarlo?

14

Farooq-Lane se había emocionado mucho al encontrar su primer trabajo. No se trataba de su puesto en Alpine Financial, su ocupación de adulta, sino de un trabajito que había conseguido cuando aún estaba en el instituto. Mientras sus compañeros sacaban algo de dinero extra preparando burritos y vendiendo camisetas graciosas, Farooq-Lane logró que la contratasen como ayudante temporal en un despacho de asesores fiscales. En realidad, el puesto no estaba abierto a estudiantes de secundaria, pero ella mostró tal aplomo durante la entrevista que sus empleadores ni siquiera miraron su edad.

Era el puesto ideal para Farooq-Lane. Las tareas que le encargaban eran repetitivas, áridas, implacables, urgentes. En comparación, las razonables normas que imponían sus padres en casa parecían arbitrarias, cortas de miras. Los debates filosóficos de su hermano Nathan ahora le sonaban a divagaciones anarquistas.

Para Farooq-Lane, la asesoría era un templo. Allí las cosas eran ciertas o falsas, blancas o negras.

Cuando ya llevaba tres semanas trabajando en aquel lugar, descubrió mientras archivaba documentos, que el gerente había defraudado cincuenta y cinco mil dólares a la empresa. En la reunión de coordinación del día siguiente hizo público su descubrimiento, y los directivos despidieron al gerente de inmediato, a la vista de todo el mundo.

Unos días más tarde, despidieron a Farooq-Lane con discreción.

Sin embargo, aquello no había hecho que Farooq-Lane perdiera su ansia de justicia. Simplemente, le había enseñado que algunas personas defienden las normas de viva voz, pero no creen en ellas en el fondo.

Como los Moderadores.

Tras descubrirlos aletargados en el interior del trastero, Farooq-Lane dedicó varios días a descubrir todo lo que pudiera acerca de ellos. Había empezado por los dosieres que poseía la DEA sobre ellos —Farooq-Lane incluida— y había tirado del hilo a partir de ahí, trabajando con tanta diligencia como lo había hecho anteriormente para rastrear a los Zetas. Pretendía averiguar si los distintos Moderadores tenían algo que los conectase.

Si eran sueños, Farooq-Lane quería saber si habían sido soñados por la misma persona.

Pero, según sus pesquisas, los orígenes de los Moderadores eran muy diversos. Todos parecían haber vivido en la sociedad durante décadas, como probaban cientos de facturas de teléfono, expedientes escolares y anotaciones en los registros de reclutamiento del ejército. Al menos, no parecía que hubieran sido creados por un solo soñador con un plan preconcebido.

—Me están utilizando —le dijo Farooq-Lane a Liliana—. Tiene que ser eso.

Liliana levantó la mirada desde la butaca que ocupaba en una esquina del salón. Parecía estar rematando o alisando una de sus labores —una prenda peluda de color azul celeste—, porque no dejaba de peinarla con dos brochas suaves.

—No creo que debas dar eso por supuesto —repuso.

—Sí —replicó Farooq-Lane—, no puede ser de otro modo. Soy la prima del timo. A todos los demás los reclutaron porque eran útiles para el proyecto de uno u otro modo, y eso no incluía el simple hecho de haber vivido junto a un Zeta. ¿Para qué me querían a mí? Yo era una especie de mascota para ellos.

—Pero se te daba muy bien localizar Zetas.

—Ya, pero eso no podían saberlo de antemano. No me conocían. Además... Uf, ¿de verdad tiene que poner la música tan alta? —Farooq-Lane se tapó los oídos con las manos, pero no logró ahogar el ruido que brotaba del sótano. Era una canción de ritmo furioso, con una chirriante voz de mujer que cantaba algo sobre la guerra.

—Al menos está haciendo algo.

—Además de drogarse.

Farooq-Lane abrió una tabla de Excel en la que había incluido a todas las víctimas de los Moderadores de las que tenía noticia. Incluía a los Zetas que ella había ayudado a localizar, así como algunos otros que le había mencionado el primer Visionario con el que había trabajado. Era una lista más larga de lo que esperaba antes de hacerla, y le resultaba desagradable mirarla, pero lo hacía de todos modos. Al fin y al cabo, ella había formado parte de todo aquello.

—El otro día me preguntó cuántos años tengo —dijo Liliana—, y luego me dijo que si creía que a ti te apetecería una compañera picante y joven para un trío.

Farooq-Lane estaba tratando de determinar cuándo habían decidido los Moderadores matar al primer Zeta. Sus contactos en el FBI no habían sido tan útiles como esperaba; al parecer, los Moderadores habían aterrizado en la DEA después de pasar por el departamento de Defensa y, antes de eso, por la CIA. Ninguna organización quería hacerse cargo oficialmente de ellos, pero, al mismo tiempo, rehusaban disolverlos.

Farooq-Lane apartó la mirada de la pantalla y pestañeó.

—¿Se estaba refiriendo a sí misma? —preguntó, y Liliana le contestó con una sonrisa—. Debería despertarlos —dijo Farooq-Lane de pronto—. Con uno de esos... ¿Cómo se llaman? Un dulcemetal.

Liliana dejó de cepillar y la miró con aire inquieto.

—La verdad, creo que me gusta más la vida sin ellos. ¿A ti no?

—No puedo olvidarme de esto como si nada. Hay personas que han muerto por su culpa, y yo les ayudé a localizar a sus víctimas. Tengo que averiguar por qué hacían lo que hacían. —Farooq-Lane se interrumpió; no era propio de Liliana frenarla de ese modo—. ¿No te parece? ¿O hay algo que estoy pasando por alto?

—No, no. Tienes razón —contestó Liliana, algo mustia—. Lo que pasa, creo, es que estoy acostumbrada a tomar el camino que me permite seguir viva. Tú, sin embargo, eliges el camino que te parece correcto desde un punto de vista moral. Y tienes razón: creo que debemos adoptar tu actitud ante la vida.

Farooq-Lane dejó su ordenador en la una silla, se acercó a Liliana y la besó en la sien.

—No te preocupes: a mí también me importa mucho que sigas viva. Si logramos... Ah, esa música...

Mientras salía a grandes zancadas de la estancia para dirigirse al sótano, Farooq-Lane trató de invocar la imagen que usaba para mantener la calma: una pluma que flotaba sobre un lago perfectamente inmóvil. «Soy esa pluma. Soy esa pluma».

Al llegar al pie de la escalera, vio a Hennessy. Estaba encorvada sobre una silla de trabajo, como una gárgola, embadurnando un lienzo de pintura, rodeada de una pequeña multitud de latas vacías de refrescos y cerveza. De sus labios colgaba un cigarrillo. En el centro de su mesa de trabajo había un ratón muerto, colocado con tal pulcritud que tenía que haberlo puesto ella allí.

Y, por supuesto, de una vieja radio brotaba música atronadora.

Farooq-Lane la apagó dando un tirón al cable.

—Estoy intentando trabajar —dijo.

—¿Me vas a devolver ya mi espada? —repuso Hennessy, sin molestarse en apartar la vista del lienzo.

—Tenías que cumplir una de dos condiciones, y no me parece que estés sobria.

Hennessy siguió aplicando pintura.

—¡Ya he cumplido una de ellas, *mon amie!*

—¿Sí? ¿Puedes enseñarme el retrato?

Con una sonrisa de oreja a oreja, Hennessy apartó su silla para permitirle el paso a Farooq-Lane. Parecía tan contenta del giro de los acontecimientos que a Farooq-Lane no le cupo ninguna duda de que la esperaba algo desagradable. ¿De verdad iba a entregar un arma letal a una persona tan desequilibrada como Hennessy, solo porque hubiera pintado un retrato? Pero se había comprometido a hacerlo, de modo que al menos tenía que mirar lo que Hennessy quería mostrarle.

El retrato era horrible.

El retrato era también formidable.

Estaba incompleto. Algunas partes estaban casi rematadas, mientras que en otras apenas se veían trazos esbozados. Alrededor del lienzo había decenas de bocetos esparcidos. La mujer del lienzo tenía una expresión seria. Se encontraba de pie, con un pie apoyado en el travesaño de una silla y un codo sobre el respaldo. Iba vestida con un traje de chaqueta y tenía la americana un poco abierta, lo bastante para revelar un atisbo de blusa que, por alguna razón, resultaba muy insinuante. No se veía la piel; solo se distinguía el tejido de seda, pero, aun así, resultaba tremendamente sugerente.

La modelo no era Liliana, sino Farooq-Lane. Parecía inconcebible que Hennessy hubiera logrado capturar con tanta fidelidad una pose que Farooq-Lane había adoptado tantas veces de manera inconsciente. El traje no era ninguno de los que poseía, pero podría serlo perfectamente. Las manos eran las suyas, la garganta era la suya, la línea recta que trazaban los mullidos labios era la suya.

Era un retrato intolerable.

No porque fuera malo, ni porque apareciera ella en vez de Liliana. Ni siquiera por la energía que desprendía aquel suave retal de seda sobre su pecho.

Era intolerable porque, en sus ojos, Hennessy había pintado llamas reflejadas.

La Farooq-Lane del cuadro miraba al frente, seria, con el resplandor inconfundible de un incendio en las pupilas. ¿Acaso no le importaba que el mundo se estuviera quemando? ¿O es que había sido ella quien le había prendido fuego?

—Eres... —comenzó a decir Farooq-Lane, pero se interrumpió al darse cuenta de que no había forma de terminar aquella frase sin darle a Hennessy exactamente lo que iba buscando.

Porque Hennessy seguía allí, a su lado, recostada en la silla en una actitud típica de ella, tan satisfecha como era capaz de parecer, regodeándose con la reacción de Farooq-Lane.

—No entiendo por qué eres así —dijo por fin Farooq-Lane—. No sé qué quieres de mí —añadió, notando cómo se sonrojaba al decirlo—. Lo único que tenías que hacer era pintar a Liliana, y en vez de hacerlo, has pintado ese... ese...

—Eres una joven muy prometedora —la interrumpió Hennessy, abriendo las vocales para que su acento sonara tan americano como el de Farooq-Lane—. No entiendo por qué desperdicias tu talento de este modo.

—Eres... —la voz de Farooq-Lane se cortó por un momento—. Eres lo peor.

—Me preguntaba hasta dónde duraría tu reserva de mala conciencia —dijo Hennessy, y Farooq-Lane se arrepintió al instante de haberle revelado tanto, de haberle abierto sus sentimientos.

—No quería decir eso —se disculpó.

—Ah, sí. Querías decir eso exactamente, y yo he disfrutado de cada segundo de tu cruda honestidad. Por cierto, ¿qué querías? ¿Por qué has bajado a mi cubil?

Farooq-Lane trató de recordarlo. La radio. El Excel.

—He venido para ocuparme de mi ropa sucia.

—No me gusta que me llames así —replicó Hennessy—. Y, ya que estamos, te propongo un trato: yo te consigo algo para despertar a los Moderadores, y tú me dejas que le pegue un tiro en la cara a cada uno cuando termines con ellos.

—¿Qué se supone que debo responder a eso?

Hennessy se encogió de hombros.

—¿Qué es lo que quieres, en realidad? —insistió Farooq-Lane—. ¿Dinero? Ah, ya sé: ahora que te has ganado la espada, pretendes recuperar la esfera. ¿Es eso?

—¡La esfera! Has sido tú quien la ha sacado a relucir, no yo. Un comentario un poco burdo, ¿no crees? —respondió Hennessy, aún enseñando todos los dientes. Por primera vez desde que Farooq-Lane la conocía, parecía estar pasándoselo en grande—. Si querías saberlo, no tenías más que preguntarme.

15

Ronan visitó a Jordan.

Se sentía solo.

Quería estar con gente conocida, pero ninguna de las personas a las que conocía bien poseía un dulcemetal. Estar en compañía de extraños era apenas mejor que flotar en el mar de oscuridad; la única ventaja era que, cuando ocupaba un dulcemetal, aunque fuera uno elegido al azar, le preocupaba menos perderse a sí mismo.

Pero Jordan no era una extraña. A Ronan le reconfortaba mirarla, a pesar de que no la conocía tanto como a Hennessy. Verla pintar le recordaba el talento que poseía Hennessy, aquellos dibujos ocasionales cuya calidad asombraba a Ronan. Hennessy era capaz de hacer arte con cualquier cosa: un bolígrafo suelto, el polvo acumulado en el salpicadero de un coche, una caja de maquillaje barato, caramelos derretidos, restos de kétchup... Cuando hablaba, Hennessy podía ser tan inteligente como cruel. Con el arte, solo era inteligente.

La energía que flotaba en el estudio de Jordan apenas era suficiente para mantener allí a Ronan; era consciente de que la más mínima oscilación podría mandarlo de vuelta al mar de oscuridad. Pero, a pesar de que tenía que esforzarse por permanecer allí, no se dejó ir. Aún seguía en el estudio cuando do el sol salió, y no se movió cuando Jordan dejó de trabajar y se fue a la cama. Se quedó mientras caía la tarde, y todavía estaba ahí cuando Jordan se levantó y volvió a coger los pinceles.

El método de Jordan era menos frenético y más deliberado que el de Hennessy. Pretendía mantenerse despierta, y trabajaba duro para conseguirlo. Ninguno de los retratos que la rodeaban era un dulcemetal, pero eso no parecía ser determinante; lo que evitaba que se durmiera era el proceso mismo de tratar de hacer un dulcemetal. A Ronan le fascinaba aquella habilidad; le recordaba un poco a lo que había hecho Adam con las líneas ley cuando aún vivían en Henrietta. Adam se había esforzado mucho para aprender a conducir la energía ley, pero no bastaba con eso. Además, poseía un don, una facilidad especial. Jordan, como él, trabajaba duro, pero también tenía un don.

¿Y Hennessy? ¿Poseería aquel don también?

Justo después de que empezase la jornada nocturna de Jordan, Declan entró en el estudio. Iba vestido con un traje; no el convencional traje gris que usaba normalmente, sino uno negro nuevo, de corte moderno. Atravesó el estudio y se quedó de pie junto al ordenador de Jordan; llevaba ya un rato paseándose por sus listas de reproducción de música mientras ella trabajaba.

—Esta noche no quiero que trabajes —dijo Declan—. Quiero que te pongas guapa para que podamos salir en cuarenta minutos. No, en treinta y cinco.

Desde detrás del caballete, Jordan enarcó una ceja.

—¿Eso es lo que quieres?

—Quiero estar contento —respondió Declan, como si fuera algo de lo más razonable—. Estoy cansado de sentirme culpable. Quiero que vayamos a cenar y que luego nos presentemos en la inauguración de la exposición de Schnee.

Jordan hizo una mueca.

—¿Schnee? Menudo gilipollas... No quiero ir a su exposición. No pienso malgastar un par de pestañas postizas en eso.

—Y luego —continuó Declan, como si ella no lo hubiera interrumpido—, en la fiesta de después, quiero montar un numerito pidiéndote que te cases conmigo delante de todo el mundo, para que mañana todo el mundo hable de eso y se olviden de la exposición.

Ronan se sorprendió tanto que estuvo a punto de volver de golpe al mar de oscuridad. Si logró quedarse allí fue solo porque estaba tan pegado como podía al caballete en el que reposaba el cuadro inacabado. ¿Casarse Declan? Cuando los dos eran niños, Declan le había dicho que no quería casarse jamás, justo antes de intentar colar la alianza de Aurora por el desagüe del lavabo. Durante sus años de instituto y los que había pasado en Washington D. C., había tenido una sucesión anodina y regular de novias idénticas, como el hombre invisible con su novia invisible. Para casarse con alguien había que aceptar que te viera al menos una persona, y Declan se negaba a ser visto.

La boca de Jordan dibujó una sonrisa torcida mientras ella se levantaba para acercase a Declan. Para asombro de Ronan, no parecía especialmente sorprendida. De pronto, comprendió que no era la primera vez que hablaban de aquello.

—Tengo una idea: ¿y si te quito ese traje ahora mismo? —dijo Jordan.

Los dos se abrazaron, las manos de ella enredadas en el pelo de Declan y las manos de él apretadas contra la espalda de Jordan. Al cabo de unos segundos, comenzaron a oscilar al ritmo de la música. Luego, de forma espontánea, comenzaron a bailar de verdad. Declan estiró los brazos para que ella cayera hacia atrás, como en un tango, y ella se dejó ir con soltura.

Declan apartó la cara y sonrió, ocultándole a Jordan su expresión. Pero Ronan la vio perfectamente, y se dio cuenta de que era la primera vez que veía aquella sonrisa en el rostro de su hermano. No era una sonrisa dedicada a Jordan, sino causada por ella.

Y luego, sin necesidad de ponerse de acuerdo, Declan y Jordan se soltaron. Él se quitó la americana, se tumbó en el sofá anaranjado y se puso a contestar correos; ella regresó a su silla para seguir pintando, mientras canturreaba al ritmo de la música. Así pasaron varias horas, sin salir a cenar o a reventar una inauguración, y sin que Declan llegara a quitarse el traje, siquiera.

Pero no importaba: Ronan podía ver la felicidad de su hermano.

De pronto, imaginó el futuro de Declan con una nitidez con la que jamás había llegado a imaginar el suyo propio. Vio a Declan en diez, en veinte años, en Boston junto a Jordan, en su apartamento, en el estudio de ella. Más tarde, en una casita baja, y aún más tarde, en un loft con las blancas paredes llenas de aquellos cuadros oscuros y filosos que hacían brotar lágrimas en los ojos de Declan. Fiestas en galerías, exposiciones, vuelos trasatlánticos, casas de subastas, una hija de pelo rizado, un teléfono lleno de contactos que sabían que Declan era capaz de arreglarlo todo, una mujer que parecía más cómoda que él al volante de su coche, una artista que salía en periódicos y revistas y un hombre trajeado que recortaba esas noticias y las guardaba en una caja debajo de la cama. No era la vida que Declan había afirmado ambicionar durante toda su adolescencia, pero no importaba: por aquel entonces, Declan era un mentiroso.

Ronan se quedó allí mucho tiempo, contemplando la escena cálida y tediosa de los dos trabajando mientras avanzaba la noche. Hasta que, por fin, la energía de dulcemetal se hizo demasiado tenue para retenerlo.

Pensó en la vida que había creído querer hasta entonces.

Y se preguntó qué quería ahora.

—Uno, dos, tres —contó Adam—. Cuatro, cinco... Vale: seis, siete...

Ronan estaba de vuelta en el pasillo, contemplando su cuerpo inmóvil.

Adam se encontraba allí otra vez. Ronan se acercó a él y, a la luz de la linterna, vio que estaba alineando objetos variopintos en el suelo. Siete piedras. Un trozo de cobre reluciente. Un alambre enroscado —¿la cuerda de una guitarra, quizá?—. Un cuenco de loza de color azul oscuro. Adam frunció el ceño y se encorvó para trazar dibujos en el polvo del suelo, usando el dedo anular y el corazón. Cada pocos segundos se detenía y miraba al vacío, como si reflexionara. Luego, añadía una línea o punto al diseño.

Al acabar, vertió agua de una botella hasta llenar el cuenco y luego se alejó con la botella para dejarla en algún lugar entre las sombras. Cuando volvió, se sentó en medio del dibujo que había hecho, con cuidado de no emborronarlo.

Extendió las manos y las dejó en el aire, sobre las piedras. Por un momento, pareció vacilar y las desplazó un poco.

Finalmente, se estiró para agarrar el cuenco lleno de agua y lo colocó delante de él.

Iba a comenzar una sesión de videncia.

Ronan se estremeció. Era una idea pésima. Ejercer la videncia era un asunto peligroso, incluso en las mejores condiciones. Se trataba de separar la mente del cuerpo para lanzarla al éter, con el fin de obtener una visión más ajustaba del mundo; a veces, lo único que hacía falta para comprender una situación compleja era observarla desde un lugar ajeno al tiempo y el espacio humanos. Adam había comenzado a hacerlo cuando iba al instituto. Había aprendido de la mano de Persephone, una vidente que, finalmente, había muerto durante una de sus sesiones de videncia. La videncia era como soñar sin dormir. Durante los sueños, la mente vagaba separada del cuerpo, sí, pero siempre regresaba al despertar. Con la videncia, sin embargo, no había despertar de ningún tipo. El vidente seccionaba la conexión entre mente y cuerpo en estado de vigilia, y, si se alejaba demasiado, era posible que la mente no pudiera volver. Por eso, la única forma de ejercer la videncia con seguridad era tener un vigilante, alguien que sacara al vidente de su trance antes de que se sumiera demasiado en él. Antes, de hecho, de que su cuerpo muriese.

Pero en aquel pasillo no había nadie que pudiera vigilar a Adam.

—Es una pena no poder entrenar a Sierra para que me dé un picotazo en el momento oportuno —reflexionó Adam en voz alta, como si hubiera oído los pensamientos de Ronan—. Quizá pudiera hacerlo, con tiempo suficiente... Bueno, será mi próximo proyecto.

Su ceño se frunció más aún.

—Ni siquiera sé si se puede entrar en trance solo con la energía de un dulcemetal —masculló—. He hecho lo que he podido para amplificarlo. —Sus manos volvieron a rozar las piedras—. A ver si puedo...

«Adam, no».

Adam respiró hondo.

Luego se inclinó sobre el cuenco de agua, negra en la penumbra.

«Adam, no».

Los ojos de Adam se desenfocaron; ahora parecían mirar tanto al agua como más allá de ella. Su mente y su cuerpo empezaban a distanciarse. Las aletas de su nariz se dilataron, y su boca se movió como si masticase. Ronan lo conocía lo bastante para darse cuenta de que se sentía frustrado por la falta de energía.

Adam espiró largamente, recolocó las piedras y volvió a intentarlo.

Ronan se estremeció, intranquilo. No sabía dónde debía situarse. ¿Allí, observando a Adam para ver si su mirada se perdía señalando su entrada en el trance? ¿O en el mar de los dulcemetales, aguardando por si su plan funcionaba, para asegurarse de que no se extraviaba en la oscuridad?

Ronan vaciló durante varios minutos, devanándose los sesos mientras Adam permanecía allí inmóvil. Por fin, sin estar en absoluto seguro de lo que iba a hacer, se dejó arrastrar al mar de oscuridad.

La mayor parte de su mente deseaba que Adam no lograse reunirse con él.

Una pequeña parte deseaba que sí lo hiciera.

16

—Hace unos días hubo un intento de robo —dijo Jo Fisher—. Vamos a mudarnos en breve a un local más seguro, pero, mientras tanto, hemos reforzado el sistema de seguridad aquí.

Hennessy tardó un momento en comprender que le estaba explicando por qué había tres cámaras grabando cada ángulo de su entrada. De hecho, visto el tipo de mansión en el que se encontraban, las medidas de seguridad no le resultaban sorprendentes. Aquella sede de Boudicca situada en Chestnut Hill, a unos kilómetros de Boston, era un palacete de ladrillo estilo Tudor, cuyo hermoso rostro quedaba oculto tras la máscara de una verja de hierro fundido.

—No se llevaron nada, pero destrozaron el vestíbulo —le informó Jo Fisher. Como en ocasiones anteriores, llevaba pegado a la mano un teléfono móvil al que hablaba más a menudo que a Hennessy—. Así que es lo que hay: cámaras para todo el mundo. ¡Sonríe!

Hennessy lo hizo.

—Vale, ya puedes entrar. Solo tengo que... —Jo Fisher ocultó el teclado antes de pulsar para que se abriera la puerta.

La dos entraron, Jo Fisher sin soltar su teléfono. La arquitectura del vestíbulo era imponente; su mobiliario, inexistente. En los espacios entre las vigas del techo, la pintura parecía fresca. De hecho, algunas de las vigas parecían nuevas. Los destrozos causados por los ladrones debían de haber sido considerables.

—Creí que guardabais los dulcemetales en la galería de arte —comentó Hennessy.

—Sí, todo el mundo piensa lo mismo —repuso Jo Fisher con tono apenado, como si le pesara comprobar que Hennessy era igual de tonta que todo el mundo—. Forma parte de nuestro dispositivo de seguridad.

—Y, sin embargo, aquí estamos, viendo los restos de un asalto.

—Es inevitable que algunos lo intenten —contestó Jo Fisher, recalcando la palabra *intenten* con un tono que no implicaba nada bueno para quien se hubiera atrevido a hacerlo—. Antes de que hagas nada que pueda avergonzarte luego, voy a hacer un inciso: no eres Jordan, sino Hennessy, ¿verdad? Es contigo con quien hablé en la galería. No te molestes en mentir; tengo otra reunión justo después de esta y voy justa de tiempo.

—Soy la Hennessy más Hennessy que puede haber. Hennessy en estado puro.

—¿Y dónde está Jordan?

—¿Jordania? Embutida entre Israel y Arabia Saudí, con Siria puesta como un sombrerito muy mono.

Jo Fisher la miró fijamente, con la cabeza inclinada, y luego dijo:

—Vale, sí: eres la imbécil. Ajá. Bueno, tengo que decirte que nuestra oferta era para las dos. Suponíamos que estabais trabajando en equipo, así que nuestra intención era hacer un trato conjunto.

—El equipo soy yo —replicó Hennessy—. ¿No oíste lo que te he dicho hace un momento? Soy Hennessy en estado puro. El trato que pensabais ofrecer a las dos me lo podéis ofrecer a mí.

—El trato que pensábamos ofreceros —respondió Jo Fisher en tono seco y preciso, indicando a Hennessy con un gesto que la siguiera— supone que pintes cuadros originales en público presentándote como una deslumbrante figura al alza, y que, en privado, realices falsificaciones ocasionales, tanto para los propósitos de Boudicca como para algunos de nuestros clientes. Obviamente, todas aquellas personas para las que trabajes serán conscientes de que eres un producto de primera: la mejor falsificadora de la costa Este, la joven retratista más prometedora de la región, etcétera, etcétera.

—Sigue, sigue. No, en serio: dale ahí. Dame cera hasta que brille.

Jo Fisher no siguió. En vez de hacerlo, señaló a un tipo trajeado de rostro pétreo que estaba de pie junto al ascensor.

—Ese hombre está armado —dijo.

—Mola —respondió Hennessy. Echó a andar hacia él, le rodeó el cuello con un brazo y le propinó un beso en la boca.

Al segundo siguiente, estaba tumbada en el suelo de espaldas, tratando de recobrar el aliento. Jo Fisher la miraba desde arriba, con el móvil en una mano y una pistola aturdidora en la otra.

—¿Tengo que usar esto? —le preguntó a Hennessy.

—Depende del trabajo que te cueste quedarte satisfecha —jadeó ella poniéndose en pie.

Jo Fisher se dio la vuelta para dirigirse al ascensor, y Hennessy cojeó tras ella.

—Solo pretendía comprobar vuestro margen para el humor —dijo.

—No tenemos —replicó Jo Fisher mientras pulsaba un botón.

El ascensor descendió un piso, con ellas dentro. Las acompañaba el hombre armado, que no dejaba de mirar a Hennessy con el ceño fruncido, aunque su expresión parecía más provocada por ella que dedicada a ella. Cuando el ascensor se detuvo y la puerta se abrió, Jo Fisher señaló un punto en el suelo a un metro de ellas y el hombre avanzó hasta situarse allí, como un perro bien entrenado.

—Quietecito —le dijo Hennessy—. Si te portas bien, luego te doy un hueso.

Se encontraban en una bodega que, a juzgar por el olor que flotaba en el ambiente, había contenido botellas de vino hasta tiempos recientes. Ahora, sin embargo, la mayor parte del espacio estaba ocupado por caballetes y vitrinas, elegantemente iluminados en tonos dorados y rojos. Entre los objetos expuestos había joyas, prendas de ropa, cuadros y fragmentos de cerámica, pero muchos de los soportes estaban vacíos.

Ante la mirada atenta de Jo Fisher, Hennessy contempló la sala tratando de orientarse.

—Está claro que sí que eres la otra —constató Jo Fisher.

—¿Jordan ya ha estado aquí?

—Sí. De modo que es verdad que habéis cortado, ¿no?

—No podemos cortar, Jo Fisher. No somos novias —murmuró Hennessy mientras avanzaba hacia el fondo de la casa.

Pero era verdad: habían cortado. A Hennessy le resultaba extraño imaginar a Jordan allí sin ella, investigando opciones para no dormirse aunque ella no estuviese, calculando qué porción de su libertad estaba dispuesta a sacrificar por una vida sin Hennessy. De pronto, empezó a mosquearse al pensarlo. Jordan se había puesto como una fiera al descubrir que Hennessy se estaba haciendo pasar por ella; ¿pero por quién creía que la iban a tomar al acudir allí para ver los dulcemetales? Hennessy había cortado su vida por la mitad para hacerle sitio a Jordan. Si Jordan merecía tener una vida propia, separada de la de Hennessy, ¿no significaba eso que Hennessy merecía lo mismo?

A Hennessy nunca se le había ocurrido enfocarlo de aquel modo. Jamás había querido hacerlo.

—A todo el mundo le gustan los dulcemetales —comentó Jo Fisher. Le ofreció una tablet y pulsó la pantalla para encenderla—. Aunque no dejamos de reponer nuestras existencias, la demanda es mayor que nunca. Además, tenemos intención de presentar esta colección en el Mercado de las Hadas de Nueva York, y no creo que queden muchos después de eso.

Hennessy pasó el dedo por la pantalla para examinar una fotografía de la primera obra: *Autorretrato*, de Melissa C. Lang. El original del cuadro —un espejo antiguo, con la mitad del marco artística y pretenciosamente arrancado— se encontraba frente a ella en un caballete.

—Y el trato es que, si trabajamos para vosotras, nos dais uno de estos chismes, ¿no?

—Os cedemos el usufructo de uno de ellos —la corrigió Jo Fischer—. Os dejaríamos usarlo por un valor equivalente al de los servicios que nos proporcionéis. Evidentemente, también recibiríais un salario, primas... Todas esas cosas. Todavía no estamos en posición de ofrecer un plan de pensiones, pero podemos poneros en contacto con agentes que están familiarizados con nuestra...

—Ya lo pillo —la cortó Hennessy, volviéndose para encararse con ella—. Y dime: ¿tú también tienes uno de estos en usufructo, o a ti te compraron de otro modo?

Le gustó comprobar que Jo Fischer acogía la pregunta sin inmutarse, aunque en sus ojos había una chispa de irritación y de sorpresa.

—La discreción —respondió Jo Fisher— es una de las características que requiere Boudicca. No concebimos asociarnos con nadie que carezca de ella.

—De modo que fue otra cosa. Algo peor, o quizá mejor. Interesante —repuso Hennessy—. En todo caso, aún no me he asociado con vosotros, Jo Fisher, y odio ser discreta a cambio de nada. Hablando de todo un poco, ¿estás libre esta tarde? ¿Quieres dar una vuelta, echar un polvete? Estoy trabajándome a alguien, pero creo que van a hacerme falta décadas de pico y pala antes de llegar a alguna parte.

Jo Fisher suspiró, y luego hizo un ademán hacia la exposición sin dignarse a considerar la propuesta.

—Verás que los dulcemetales están dispuestos según su valor, de menos a más. Los que más probabilidades tienen de figurar en nuestro trato son los que tenemos cerca. Para considerar los siguientes tendrían que darse circunstancias muy inusuales, pero teóricamente podrían entrar dentro de tus posibilidades. En cuanto a los dos últimos, olvídalos: están fuera de tu alcance.

—Voy a echarles un ojo —respondió Hennessy con una sonrisa de oreja a oreja.

Mientras caminaba lentamente por el pasillo central, pensó que, seguramente, Jordan habría podido sentir la potencia de cada uno de aquellos dulcemetales. Ella, por su lado, solamente percibía que todas aquellas obras resultaban más atractivas de lo que habrían debido ser teniendo solo en cuenta sus méritos artísticos. Como había dicho poco antes Jo Fischer, los dulcemetales le gustaban a todo el mundo. Hennessy se preguntó cuánta potencia debía desprender un dulcemetal para despertar un ratito a los Moderadores. Se preguntó si sería posible robar uno. Se preguntó si el recuadro más claro que se veía en una pared del piso de arriba sería la huella de un dulcemetal. Se preguntó si los ladrones habrían conseguido robarlo la noche del asalto, si se habría deteriorado, si simplemente estaría guardado en otra parte. Se preguntó cómo sería su vida si decidía cerrar aquel trato con Boudicca.

Si Hennessy accedía a una vida de servidumbre a cambio de un dulcemetal para contribuir a una buena causa, ¿cambiaría Jordan de opinión y la perdonaría? Tal vez Jota hubiera hecho cálculos parecidos cuando buscaba la forma de que Bill Dower siguiera interesado por ella.

Se detuvo frente al penúltimo dulcemetal, el primero de los dos que, según Boudicca, eran demasiado valiosos para incluirlos en el trato. Según decía la cartela, se trataba de una botella de tinta artesanal. Según veían los ojos de Hennessy, era un líquido oscuro dentro de una botellita con forma de mujer. El objeto poseía tanta belleza intrínseca que habría hecho falta un artista muy osado para arriesgarse a gastar la tinta en algo seguramente más feo que su forma original.

Jo Fisher tenía razón.

A Hennessy le gustaba mucho aquella pieza.

Intrigada, se giró para encarar el dulcemetal más valioso de la colección de Boudicca.

Durante mucho tiempo, se quedó inmóvil.

No podía creer lo que tenía ante los ojos.

Sentía su energía de dulcemetal, por supuesto, igual que había sentido la del tintero: por alguna razón, aquel objeto le gustaba, sin más. Pero, en este caso, la sensación chocaba de frente con lo que hubiera debido sentir al mirarlo.

El silencio se prolongó.

Era formidable.

Era horrible.

Por fin, Hennessy empezó a reírse. Aulló de risa hasta perder el aliento, esperó hasta recuperarlo y luego se rio un rato más.

El dulcemetal más valioso de Boudicca era un gran lienzo titulado *Jordan de blanco*, y retrataba a una niñita de mirada intensa y piel oscura que posaba vestida con una combinación blanca.

—¿Qué te hace tanta gracia? —preguntó Jo Fisher.

—No necesito hacer ningún trato con vosotras —jadeó Hennessy—. Ese cuadro lo pinté yo.

17

Pinta tus cuadros para una persona en especial.
Un conocido de Jota, también pintor, le había dicho aquello mientras Hennessy estaba cerca. En aquel momento, a Hennessy le había parecido un consejo absurdo, porque, de todos modos, Jota jamás hacía nada que no fuera para Bill Dower. Luego, cuando comenzó a pintar, siguió pensando que era un consejo absurdo: ¿por qué iba un artista a definirse según las apetencias de otra persona? Al cabo del tiempo, termino por darse cuenta de que la observación no se refería a lo que ella había pensado. Lo que quería decir aquel pintor era, simplemente, que hacía falta discriminar, dirigirse con potencia a unos pocos en lugar de hacerlo sin fuerza a la gran mayoría. Pero, para entonces, Hennessy ya era una falsificadora, no una artista original, de modo que aquello carecía de importancia.

Sin embargo, tras ver la colección de dulcemetales de Boudicca, se tomó el consejo a pecho y empezó a crear para una sola persona.

O, más bien, para un solo ratón.

Lo había encontrado en un rincón del sótano. Lo primero que le llamó la atención fue su cola, aunque en ese momento no se diera cuenta de que era una cola. Estaba preparando el lienzo que Liliana le había comprado para empezar a pintar sobre él, cuando vio un destello con el rabillo del ojo. Se bajó de la silla de trabajo para investigar y encontró un ratón soñado entre las pelusas y las telas de araña. Si supo de inmediato que era soñado no fue solo porque estuviera profundamente dormido —los breves costados grises se movían al compás de la respiración—, sino también porque su cola estaba recubierta de oro puro. «¡Vaya sabandija!», dijo Hennessy para sus adentros, aunque, en realidad, aquel bichejo la había cautivado desde que había posado los ojos en él. Preguntándose a quién se le habría ocurrido soñar un ratón tan ostentoso, lo agarró por el extremo del rabo y lo dejó sobre la mesa de trabajo, en su campo de visión. Era como una pequeña mascota.

Tras su charla con Jo Fisher, Hennessy decidió que tenía que despertarlo.

No sabía con certeza qué convertía a *Jordan de blanco* en un dulcemetal, pero tenía alguna idea al respecto. Era una obra original. Había sido creada bajo presión. Era un retrato muy fiel a la realidad. Y el retrato de Farooq-Lane que había comenzado era un excelente candidato para comprobar aquellas tres características: era una obra original, la había comenzado bajo presión y era un retrato muy fiel a la realidad. El deleite que Hennessy había sentido al presenciar la reacción de Farooq-Lane al verlo había sido inmenso. Aquella mujer estaba siempre en llamas, aunque se negase a reconocerlo.

Se pasó toda la noche pintando.

Pintó hasta llegar al borde del agotamiento y siguió trabajando hasta pasarse de rosca.

Exactamente como cuando había hecho *Jordan de blanco*.

Pero con el paso de las horas, y a pesar de que el retrato quedaba cada vez más rematado, se hizo evidente que seguía existiendo una diferencia crucial entre *Jordan de blanco* y *Farooq-Lane en llamas*: según el ratón, solo uno de esos dos cuadros era un dulcemetal. El bichejo seguía inmóvil sobre la mesa, junto a la espada de Hennessy, que Farooq-Lane había dejado allí mientras Hennessy estaba con Jo Fisher.

Decidió adoptar una estrategia distinta y volvió a los bocetos preliminares. Era fácil perder la vida de un retrato en las pinceladas finales. Quizá, se dijo Hennessy, tuviera que volver a la cruda energía de sus primeros bosquejos.

El ratón siguió durmiendo.

Hennessy había pintado *Jordan de blanco* en un estado de frenesí, empeñada en convertir el cuadro de su madre en un auténtico retrato de ella; tal vez el fallo de *Farooq-Lane en llamas* fuera que aún no se parecía lo bastante a su modelo. Hennessy rehízo sus rasgos. Enriqueció la textura de la blusa. Cambió el fondo.

Pero el ratón seguía durmiendo.

Al principio, casi le hizo gracia la forma en que el dulcemetal parecía escapársele de entre los dedos.

Luego empezó a preguntarse por qué no lograba hacerse con ello.

Más tarde, a medida que se le acababan las ideas, comenzó a sentirse frustrada.

Y, por fin, se dio cuenta de que estaba furiosa.

¿Por qué había podido lograr aquello cuando era una niña sin método ni técnica, y ahora que sabía muchísimo más no lo conseguía? ¿Era porque su nuevo cuadro no contenía tanto dolor como el primero? ¿O serían las pinceladas de su madre bajo las suyas lo que había convertido a *Jordan de blanco* en un dulcemetal?

Hennessy empezó a tirar cosas al suelo. Primero fue un tubo de óleo. Luego, la paleta, los bocetos, las sillas.

La rabieta no hizo que se sintiera mejor. Pero tampoco la hizo sentirse especialmente peor, de modo que continuó tirando cosas hasta que levantó la vista y se dio cuenta de que no estaba sola en el sótano.

Farooq-Lane la observaba con los brazos cruzados. Aunque llevaba puesto un pijama de seda, de algún modo tenía un aspecto adecuado para una reunión de negocios. Liliana, a su lado, era una figura desaliñada y cálida, con una manta sobre los hombros a modo de chal.

—Hennessy —dijo Farooq-Lane con voz monótona y rasposa por el sueño—, son las cuatro y media de la mañana.

¿Eso era todo? Faltaba más para el amanecer de lo que Hennessy había supuesto.

—La noche es el momento en el que trabajan los espíritus innovadores —comenzó—, mientras duerme el infeliz mundo de la rutina y...

Farooq-Lane levantó la mano para interrumpirla. Sin decir nada, esquivó el caos de objetos que alfombraba el suelo y rescató un tubo del que caía un gusanillo de pintura verde que manchaba el suelo de cemento.

—No —dijo—. No, Hennessy: no vas a dedicarnos uno de tus monólogos. Cállate.

—¿Qué te pasa, querida? —le preguntó Liliana a Hennessy con tono dulce y somnoliento.

Farooq-Lane volvió a alzar la mano.

—No le contestes. No digas nada. No te muevas —ordenó.

Se dio la vuelta y empezó a subir las escaleras, dejando a Liliana con Hennessy. La anciana se acomodó en el último peldaño, aún envuelta en su manta, y esperó pacientemente. Farooq-Lane reapareció al cabo de unos minutos, con un paquete nuevo de tarjetas de cartulina en una mano y un rotulador permanente en la otra. Sin apurarse, retiró el plástico que envolvía las tarjetas y localizó una papelera en la que tirarlo, en un acto de rebeldía ante el desastroso estado del sótano. Para terminar, dejó las tarjetas y el rotulador en la mesa, junto a Hennessy.

—Esta es una técnica que a veces utilizaba con mis clientes —explicó—. No puedes hablar. Yo te iré haciendo preguntas, y tú tienes que responder a cada una escribiendo o dibujando algo en una tarjeta. Puedes reflexionar sobre la respuesta todo el rato que quieras, pero una vez que empieces a escribirla, solo tienes diez segundos.

Hennessy no estaba de humor para trabajos manuales.

—¿Y por qué crees que voy...?

—No —la cortó Farooq-Lane una vez más—. No tienes permitido decir nada, y tampoco puedes romper las reglas del juego. Tu comportamiento es inaceptable, y tú lo sabes. O te sientas o te callas, o se terminó lo que se daba: te denunciaré por sabotaje industrial y dejaré que te las arregles con la justicia del mundo real. Estamos tratando de averiguar si el fin del mundo está cerca o no, y, francamente, no me queda paciencia para estas cosas.

Hennessy se sentó y se quedó callada.

Farooq-Lane enderezó una mugrienta silla de playa y se apoyó en el respaldo. Hennessy se ahorró el comentario porque no podía decir nada y porque, además, a Farooq-Lane no le iba a gustar oírlo, pero su postura era exactamente la misma que en el retrato.

—Bien: primera pregunta —dijo Farooq-Lane—. ¿Quién eres?

Hennessy firmó en una de las tarjetas y se la mostró con ademán teatral, como la presentadora de un anuncio de la teletienda: sonrisa amplia y bobalicona, gestos amplios y bobalicones.

Liliana soltó una risita suave como si quisiera animarla.

Farooq-Lane no se inmutó.

—Segunda pregunta: ¿qué pretendes conseguir con esto que estás haciendo?

Aquella cuestión era más peliaguda. El concepto de crear un dulcemetal para despertar a los Moderadores del trastero era demasiado complejo para escribirlo en diez segundos, de modo que Hennessy dibujó rápidamente dos versiones del ratón soñado, una dormida y la otra despierta. Como no podía evitar la tentación de lucirse, mojó el dedo pulgar en la paleta húmeda y dibujó sendas líneas gruesas para el cuerpo de los ratones, antes de añadir los detalles con varios trazos veloces de rotulador.

—Qué bonitos —murmuró Liliana.

Farooq-Lane frunció el ceño, seria.

—¿Y por qué crees que puedes conseguirlo?

Porque ya lo había hecho antes, cuando solo era una niña. Antes de pasarse una década aprendiendo cómo pintar igual que cualquier maestro expuesto en un museo, antes de convertirse en la mejor falsificadora de la costa Este. Porque sentía que, si no podía volver a hacerlo ahora, sería cierto que le había entregado el prometedor futuro de aquella niña a Jordan y se había quedado solo con su mierda de pasado.

Como no pensaba decirle todo aquello a Farooq-Lane, lo que escribió fue: «Ya lo he hecho antes».

—¿Es importante para ti este ratón? —continuó Farooq-Lane, implacable—. ¿Por eso has tirado al suelo todo esto, porque el propio ratón significa algo para ti?

Hennessy reprimió las ganas de contestar largo y tendido a aquella pregunta. En vez de hacerlo, echó un vistazo al bichejo dormido y negó con la cabeza.

—¿Y de verdad es importante para ti despertar a los Moderadores? —preguntó Farooq-Lane—. Sé sincera.

Hennessy se sobresaltó al comprender que le daba igual averiguar por qué los Moderadores habían matado a sus chicas. Fuera cual fuera la respuesta, no iba a recuperarlas. Y tampoco es que aquellos tipos pudieran hacerle nada más, en vista de que estaban encerrados y dormidos.

Era curiosa la forma en que la pena ahogaba a la curiosidad. Negó con la cabeza.

—Entonces, ¿por qué estás enfadada?

Volvió a negar.

—Esa pregunta no se puede contestar con un «sí» o un «no» —le recordó Farooq-Lane, y su boca se cerró en una línea afilada y recriminatoria.

Hennessy a duras penas podía reprimir las ganas de enterrarla en un mar de palabras. Si había algún momento apropiado para un monólogo, era ese. Una perorata sobre la falacia de las clasificaciones binarias, tal vez; un discurso verboso y errático sobre la belleza de la ambigüedad. Una piscina tan anegada de palabras significativas que terminarían por perder su significado.

Pero, como no podía embarcarse en un monólogo así, se vio obligada a pensar en la respuesta.

¿Por qué había destrozado todos aquellos objetos? Tenía en el caballete un precioso cuadro de una mujer preciosa, de modo que no era porque le faltase calidad a su obra. Tampoco era porque no pudiera despertar a Jordan, ya que esta parecía estárselas arreglando muy bien por su cuenta. No era ni por el ratón ni por los Moderadores. Y tampoco podía deberse al hipotético fin del mundo.

Al fin y al cabo, su mundo ya se había acabado.

Jordan la había abandonado. Y tenía razón: Hennessy era igual que su madre. Si las acciones de Jota habían sido enormes caricaturas con las que atraer la atención de Bill Dower, Hennessy había hecho mil trastadas a Jordan para asegurarse de que nunca la dejase. Luego, cuando Jordan pudo desprenderse de la carga de dolor y angustia que la aplastaba, se había fabricado una nueva vida. Pero, cuando Hennessy se desprendió de aquella carga, descubrió que no quedaba nada de ella. No era nada más que la mierda en la que metían el pie otras personas.

La verdadera Jordan Hennessy era Jordan.

Jordan intentaba sin descanso mejorarse a sí misma; Hennessy, por su lado, se pasaba la vida intentando no ser infeliz. Y mientras que Jordan estaba consiguiendo su propósito, Hennessy se estaba ahogando. Había perdido la capacidad que poseía de niña para crear cuadros que mantuvieran despierta a la gente. Probablemente hubiera matado a Ronan Lynch al extinguir la línea ley.

Jordan había logrado escapar de ella, y Hennessy se alegraba.

—Hennessy —la llamó Farooq-Lane.

Con los ojos ásperos por las lágrimas retenidas, Hennessy trazó un brochazo rojo y diluido en una de las tarjetas, y luego dibujó con rotulador las líneas necesarias para convertirlo en un corazón —uno de verdad— que sangraba pintura. Aún tuvo tiempo para añadir debajo con furia: POR ESTO, MIERDA.

Tenía el corazón roto, por eso estaba enfadada. Su corazón estaba roto, roto, roto, porque Hennessy deseaba con todas sus fuerzas que se le diera tan bien vivir como a Jordan y ni siquiera se acercaba a ello. Agarró la tarjeta y se la puso delante a Farooq-Lane.

Y el ratón se despertó.

18

Matthew se despertó.

Estaba furioso.

Como nunca soñaba, el tiempo transcurrido entre que había caído dormido en el túnel y el momento de su despertar era un espacio en blanco. Vacío. Una pausa, nada más. Tiempo devorado. Otra persona quizá habría soñado algo, algo agradable, que la hiciera despertarse de buen humor. Pero, cuando Matthew se despertó en su cuarto, tenía la verdad aún fresca en su mente: Declan le había arrancado el dulcemetal del cuello.

—Buenos días —dijo Declan, que ya estaba saliendo del dormitorio.

¡Como si no hubiera pasado nada, como si aquel fuera un día normal y corriente, como si no tuviera nada de lo que avergonzarse!

Matthew se levantó de un salto y descubrió algo todavía peor: aún estaba vestido. Sus dientes estaban rugosos por no haberlos lavado desde hacía horas. Declan lo había acarreado hasta la cama como si fuera un saco de patatas y lo había dejado allí. ¿Para qué se había molestado en hacerlo, siquiera? A Matthew le habría dado lo mismo si lo hubiera dejado tirado en el coche. Pero no: tenían que hacer teatro, disimular para que pareciese que Matthew había dormido esa noche en su cama como una persona normal. Ronan llevaba toda la vida diciéndole a Matthew que Declan era un mentiroso, y Matthew jamás le había hecho mucho caso. Al fin y al cabo, ¿qué era alguna mentirijilla aquí y allá?

Ahora, sin embargo, lo entendía. Las mentiras de Declan eran obras de teatro ambiciosas, elaboradas, tridimensionales, en las que Matthew tenía siempre un papel destacado.

«¿Buenos días?». A modo de rebelión, Matthew rehusó cambiarse de ropa. Se limitó a ponerse una cazadora estampada que Declan odiaba y cruzó a grandes zancadas La Vieja Cejas —el nombre con el que había bautizado la casa— hasta llegar al salón —apodado Tímido Pereza, porque también había buscado nombres para cada una de las estancias— para comprobar cómo seguía Ronan después de lo del túnel. Encontró el sofá vacío. Matthew, perplejo, se preguntó dónde podía estar —La Vieja Cejas solo tenía dos dormitorios—.

Su corazón se aceleró con algo que podía ser bien alegría (¡Ronan se había despertado! ¡Todo iba a salir bien!), bien angustia (¡Ronan se había despertado y se había marchado durante la noche! ¡Todo iba a salir mal!). Se acercó a Sabio Avaricia —el despacho— y asomó la cabeza, pero tampoco allí había rastro de Ronan.

Encontró a Declan en Bonachón Gula, sirviéndose café con una mano y sosteniendo el teléfono en la otra para leer correos electrónicos. En su ordenador, la pantalla estaba dividida en dos ventanas que mostraban sendos buzones de entrada.

—¿Y Ronan? —preguntó Matthew.

—Lo he llevado a un sitio más adecuado para sus necesidades —respondió Declan sin levantar la mirada.

—¿Qué quiere decir eso? ¿Dónde? Podías haberme llevado a mí también.

Matthew ya estaba preparando varias respuestas contundentes para cada una de las excusas con las que podría responderle Declan, pero este ni siquiera le había hecho caso. Aún sin mirarlo, dejó la taza en la encimera y tecleó con furia una respuesta en el teléfono. Luego, buscó un número en la libreta de contactos, dio a la tecla de llamar y se llevó el aparato al oído.

—¡Esto ya lo habíamos hablado! —se indignó Matthew—. ¡Dijiste que me tratarías de otra manera! Como...

—Declan Lynch al habla. Acabo de responder a su último correo, pero querría hablar un momento en directo para asegurarme de que comprende bien la urgencia de esta situación. El nombre de mi cliente no debe aparecer en ningún lugar de la documentación del contenedor. Todo lo relacionado con ese contenedor, y con las mercancías que viajan dentro, debe estar asociado a la empresa C. Longwood Holdings. Estoy seguro de que se hace idea de lo inquietante que sería que su dirección personal, y los nombres de sus hijos, estuvieran impresos en todos sus manifiestos de carga. Sería muy perturbador, por decirlo con suavidad, que todo el mundo se enterase de que tiene usted una... —Declan miró la pantalla de su ordenador, donde acababa de aparecer un mensaje— una hermana ingresada en un centro de asistencia a la que no ha reclamado —hizo una pausa para escuchar a su interlocutor—. Bien, me alegro de que hayamos podido resolver este malentendido con tanta facilidad. ¿Podría proporcionarme el nuevo número de seguimiento para incorporarlo a mi fichero? Muchas gracias.

Colgó, dio un par de tragos de café y se giró sin transición hacia el ordenador. Parecía haberse olvidado completamente de la última intervención de Matthew.

—Come algo, ve a buscar tu portátil y ven —le ordenó—. Te voy a explicar lo que tienes que hacer para las clases de hoy.

En vez de comer algo o de ir a por su portátil, Matthew miró por la ventana, tratando de determinar qué hora era.

—¿No voy a llegar tarde? —se extrañó.

Declan masculló algunas palabras mientras las tecleaba, y luego contestó sin levantar la cara:

—He encontrado una solución mejor que el instituto. He conseguido matricularte en una academia online que... No protestes, que ya sé lo que estás pensando. Sí, es una academia certificada, y ya he hecho todo el papeleo para asegurarme de que te convalidarán los estudios al acabar.

Eso no era lo que Matthew estaba pensando.

—La verdad, no sé cómo no se me ocurrió antes —continuó Declan—, pero es de lejos la mejor solución. Puedes ir avanzando en las materias a ratos sueltos desde aquí mismo, sin salir del apartamento, empleando muchas menos horas de las que te harían falta en un centro presencial. De ese modo no gastaremos tanto el dulcemetal, y aun así podrás graduarte a fin de año, como querías.

Lentamente, Matthew fue dándose cuenta de lo quería decir su hermano. Pretendía tenerlo despierto las horas justas para estudiar sus asignaturas, y que se pasara el resto del tiempo dormido.

Aún más lentamente, empezó a comprender que montar todo aquel dispositivo tenía que haberle llevado más de un día.

—¿Cuánto... Cuánto tiempo ha pasado desde que estuve despierto por última vez? —preguntó, mareado.

El teléfono de Declan vibró con un mensaje, y él tecleó una respuesta con los dedos índice y pulgar.

—Declan —insistió Matthew—, ¿cuánto tiempo ha pasado?

Solo entonces pareció advertir Declan que había algo extraño en su tono, porque levantó la mirada hacia él y pestañeó.

—¿Cómo? No me mires con esa cara, Matthew. Esto no es para siempre; estoy haciendo todo lo que puedo para hacerme con otro dulcemetal. ¿Has comido algo? Necesito que te pongas las pilas con la página web de la academia, para que podamos optimizar el tiempo que pases despierto hoy —dijo.

Y entonces, Matthew le dio un puñetazo.

Él mismo se quedó asombrado al hacerlo. No por el estilo del golpe; Niall había enseñado a boxear a todos sus hijos cuando eran niños y, aunque Matthew no había recurrido a aquella habilidad desde entonces, parecía que sus manos y sus brazos aún recordaban las lecciones de forma profunda e inconsciente.

Lo que asombró a Matthew de aquel puñetazo, en realidad, fue el hecho en sí: que su mano se hubiera cerrado en un puño, que su puño se hubiera lanzado en una trayectoria curva y que la trayectoria hubiera terminado en la cara de Declan. El golpe hizo caer a Declan del taburete en el que estaba sentado y lo lanzó de espaldas al

suelo, con los elegantes zapatos de cordones apuntando a los haló-
genos del techo. Fue tan potente que hizo que se le cortara el
aliento —Matthew lo oyó— y le que las llaves del coche se le salieran del bolsillo —Matthew lo vio—. Un segundo después, la
taza de café rodó por la encimera hasta caer por el borde y se reunió con Declan.

Y lo siguiente que asombró a Matthew fue que, justo después de golpear a su hermano, su mano derecha recogiera las llaves del suelo. Era como si se hubiera convertido en otra persona.
En Ronan, por ejemplo.

—¡¿Qué, te gusta?! —gritó, desafiante.

Se dio la vuelta y, con los calcetines resbalando en las baldo-
sas, galopó hasta la puerta de la calle. Se detuvo un momento y
se calzó las botas de goma que usaba Declan para no mancharse
las perneras si llovía.

—Matthew, yo... —oyó decir a Declan.

Sin detenerse a oír el final, Matthew salió al frío helador de
la mañana.

El aire le raspaba en los pulmones. Su corazón latía tan fuerte que le dolía. Le daba la impresión de que había algo que lo
perseguía, algo mucho más temible que Declan.

Y ahora, ¿qué? ¿Qué iba a hacer? ¿Fugarse de casa? La correa
con la que Declan lo tenía sujeto no llegaba más allá de la dura-
ción de su dulcemetal. Al final, Declan tenía razón: Matthew no
podía hacer nada sin...

De pronto, Matthew supo adónde tenía que ir.

Volvió la cabeza para asegurarse de que Declan no había salido aún, y luego fue hasta su coche y manipuló los mandos hasta averiguar cómo arrancaba —¡no había agujero para la llave!
Ah, se hacía apretando un botón. ¡Pero no funcionaba! Ah, claro, había que pisar el freno antes—. El coche emprendió la ma-
cha con un tirón y empezó a avanzar por la calle.

Su teléfono vibró, y en la siguiente señal de stop se arriesgó
a echarle un vistazo. Era un mensaje de Declan: *Cuidado con los
tapacubos y los bordillos.*

Matthew no le contestó. En vez de hacerlo, introdujo una dirección en el navegador del teléfono y trató de convencer a los altavoces del coche de que reprodujeran las indicaciones. Aún no lo había conseguido cuando los coches de detrás empezaron a pitarle, de modo que se dejó el teléfono en el regazo para oírlo mejor y fue siguiendo sus indicaciones.

Le llegó otro mensaje de Declan: *Supongo que no vas muy lejos, porque al coche no le queda mucha gasolina y no te has llevado mi cartera.*

Tampoco contestó esta vez, y continuó serpenteando entre el tráfico de Boston. Era evidente que el coche pertenecía a Declan, porque estaba claramente del lado de su dueño. Una y otra vez, hacía cosas raras para sorprender a Matthew y obligarle a volver a casa: arremeter contra los semáforos en rojo, saltar sobre los bordillos, detenerse resollando en el último momento cada vez que había un cruce difícil... Matthew tenía la impresión de que, en algunos momentos, el pedal del acelerador y el del freno se intercambiaban. Y no le cabía duda de que la palanca de cambios le estaba haciendo la puñeta, como en aquel cruce en el que el coche se había quedado en punto muerto antes de atravesar la calle y luego había gruñido como un loco a todos los demás vehículos que se le acercaban. Al coche tampoco parecían caerle bien las bicicletas, porque, cada vez que veía una, la embestía con un gruñido casi inaudible y luego se encabritaba cuando el indignado ciclista le sacaba el dedo a Matthew.

Matthew había empezado a sudar un poquito.

Desde luego, no era nada agradable que le pitaran tanto. Pero al cabo de un rato, se dio cuenta de que, si bajaba la ventanilla y sonreía con cara de arrepentimiento, los otros conductores bajaban también la ventanilla y le devolvían la sonrisa. Incluso los ciclistas le perdonaban si les gritaba: «¡No sé por qué este cacharro le tiene tanta manía a las bicis!». Por mucha rabia que le diera a Matthew que lo hubieran soñado para caer bien a la gente, lo cierto era que en aquel momento le estaba viniendo de perlas.

Un nuevo mensaje de Declan: *Si te pilla la policía conduciendo sin carné, no te lo podrás sacar jamás.*

Matthew llevaba varios años sintiéndose como un puente entre dos edificios, uno en llamas y otro alto e imponente. Después de la muerte —el asesinato— de su padre, Ronan se había vuelto un poco salvaje. Antes de eso, a veces se ponía melancólico; pero cuando su padre murió, curiosamente, su tristeza pareció desvanecerse. Matthew nunca lo había vuelto a ver triste: siempre estaba, o bien ferozmente enfadado, o bien sonriendo con ferocidad. Cada una de sus palabras cortaba. Por suerte, Declan, que ya era tranquilo antes, ahora lo seguía siendo: un sólido muro en el que Matthew podía apoyarse para sollozar, una voz calmada capaz de contestar las llamadas del colegio, de la funeraria, de las instituciones. Matthew empezó a pasar cada vez más tiempo con él, sobre todo cuando Ronan dejó de estar internado en Aglionby para compartir el almacén en el que vivía su amigo Gansey. Y durante todo ese tiempo, Declan le había explicado una y otra vez que Ronan no era una mala persona; que lo único que le pasaba era que la muerte de Niall le había afectado mucho, y por eso hacía lo posible por arruinar su propia vida y la de ellos dos, convencido de que eso le haría sentirse mejor. Declan también decía que, en el fondo, todo aquello era culpa de Niall por su negligencia, por sus mentiras, por su descuido, por su dejadez. Ronan, por su parte, afirmaba que Declan era un embustero y que Niall había sido un padre maravilloso.

Ahora, Matthew se daba cuenta de que tal vez su visión de sus dos hermanos fuera errónea. ¿Y si el edificio en llamas no fuera Ronan, en realidad?

De todo lo que Declan le había contado, ¿qué más cosas serían mentira? ¿Y cuáles serían errores de apreciación?

Todas, quizá.

La próxima vez, búscate tú un dulcemetal, le escribió Declan.

Matthew divisó una tienda de donuts y consiguió girar el volante lo justo para pegarse a la ventanilla de recogida sin más que un leve raspón en la puerta. Se detuvo, pidió una caja de donuts y la pagó con el dinero que guardaba Declan en la guantera por si se encontraba con un peaje inesperado.

Se sintió muy orgulloso de sí mismo por haber conseguido su propósito, y aún más cuando, unos minutos más tarde, consiguió meterse en el aparcamiento del Centro de Asistencia de Medford. Trató de aparcar en un sitio libre junto a la puerta del edificio, raspando el tapacubos en el proceso. Luego se dio cuenta de que el coche estaba torcido, intentó corregirlo con varias maniobras y, por fin, aparcó en un sitio más grande que estaba lleno de nieve a medio derretir.

En el vestíbulo del centro, la mujer que atendía en la recepción apuntó su nombre y le dio uno de sus caramelos de menta, y él correspondió regalándole un donut.

Después, echó a andar por el pasillo en dirección al cuarto de Bryde.

Con aire satisfecho, pulsó la clave de apertura en el teclado.

A diferencia de Matthew, que se había despertado furioso, Bryde parecía derrotado. Abrió los ojos y se quedó mirando el techo de la habitación, como si no le intrigase saber quién lo había reanimado esta vez.

—Hola. ¿Te acuerdas de mí? —le saludó Matthew—. Soy el hermano de Ronan. Bueno, y supongo que también tu hermano... Hasta ahora no se me había ocurrido verlo de este modo, pero la verdad es que tenemos casi el mismo pelo. Aunque el tuyo resulta como más polvoriento... ¡No te lo tomes a mal!

Bryde lo miró con expresión dolorida.

—Qué extraño mundo es este —dijo—, en el que los niños crían dioses.

—Ya ves —convino Matthew.

—¿Por qué estás aquí?

Matthew tocó las cintas de plástico que sujetaban las muñecas de Bryde a los barrotes de la cama y luego miró alrededor en busca de unas tijeras.

—Quiero hablar contigo sobre lo que significa ser un sueño.

Bryde cerró los ojos.

—Y además —añadió Matthew—, te he traído donuts.

147

19

Ronan no estaba solo.

A su lado se encontraba el Encaje.

Se movía lentamente en la oscuridad. Al principio, Ronan no supo por qué estaba seguro de que era el Encaje, tan diferente era ahora su aspecto. En lugar de un amasijo de filos quebrados y aberturas rotas, ahora era una entidad más adecuada para vagar por el mar de vacío. Ya no recordaba a una superficie de encaje, sino a un relámpago capturado en el momento de caer, o a las vetas astilladas de un pedazo de mármol. Era como energía hecha forma. De hecho, no resultaba tan distinto de los dulcemetales, solo que estos eran arterias resplandecientes en el mar de vacío, mientras que el Encaje estaba hecho de tinieblas.

Los filos oscuros se acercaron lentamente al lugar donde flotaba Ronan, y él sintió su curiosidad, su suspicacia, su censura.

Ronan se contrajo, pero el Encaje siguió extendiéndose en su dirección.

Se estaba comunicando con él, o más bien intentándolo. No empleaba palabras, sino un lenguaje adecuado para aquel mar. Aunque tal vez fuera adecuado para otro lugar del que procedía, porque a Ronan le daba la impresión de que el Encaje era tan ajeno a aquel mar como él mismo. Pero viniera de donde viniese aquel idioma, Ronan sospechaba que, si lo intentaba, podría hablar en él. Sin embargo, también sospechaba que, si lo hacía, olvidaría la parte de sí mismo que le hacía ser Ronan Lynch. Las dos cosas eran difíciles de manejar al mismo tiempo.

Ronan intuía que el idioma del Encaje carecía de la palabra *sentimientos*.

También intuía que el lenguaje humano carecía de una palabra para expresar lo que era el Encaje.

Las vetas oscuras y serradas de la entidad se apelotonaron en torno a Ronan en su esfuerzo por explicarse. Ronan recordó el terror que habían sentido tanto Hennessy como Adam al ver el Encaje, y comprendió que se hubieran sentido así. Era una entidad ciclópea, absurda, inhumana.

Mira, mírate ahora. ¿Mereció la pena? ¿Acaso no te lo dijimos?

Ronan desentrañó con esfuerzo el significado de las palabras del Encaje.

—¿Qué me dijisteis? —preguntó.

El Encaje no pareció comprender bien su respuesta. Se retorció a su alrededor, tratando de traducir las palabras a su lenguaje.

Háblanos como sabes.

Ronan no lo hizo, porque acababa de captar un aroma conocido.

Aunque no era exactamente un olor, sino su equivalente en aquel mar de dulcemetales en el que no existía el olfato. Pertenecía a Adam Parrish. Ronan no tenía ni idea de cuánto tiempo había pasado desde que Adam había empezado a prepararse para entrar en trance, allá en el pasillo.

—Vete de aquí —le dijo al Encaje—. Estoy esperando a alguien.

Pero el Encaje estaba allí para lo mismo. De hecho, era posible que los dos estuvieran esperando a la misma persona. Ronan se alarmó ante la idea de que Adam apareciera ante él en ese momento, con el Encaje tan presente. Estaría indefenso, sin ninguna barrera que protegiera su mente, sin nadie a su lado en el pasillo para devolverlo a su ser.

A su llegada a aquel mar, Ronan a duras penas había sido capaz de reunir sus recuerdos dispersos, a pesar de que su práctica y su esencia de soñador lo habían entrenado para soportar aquella atmósfera. Adam, sin embargo... El Encaje empezaría por extraer de él todas las cosas que le gustaban de sí mismo, y luego dejaría que todo lo que odiaba lo disolviera hasta convertirlo en una cáscara hueca y sufriente.

Al menos esa era su intención, por lo que Ronan podía entender de sus susurros. El Encaje odiaba a Adam; Ronan sentía cómo ese odio emanaba de sus líneas, con tanta nitidez como percibía el aroma cada vez más potente de Adam.

—Adam no es para ti —le dijo.

Ni para ti, replicó el Encaje.

—Déjanos en paz —le ordenó Ronan, haciendo caso omiso de sus palabras.

Y esta vez, en lugar de encogerse, explotó. Hasta ese momento no había sido consciente de que podía hacerlo; mientras solo estaban él y los dulcemetales, no había tenido ninguna razón para reaccionar ante nada. Ahora, sin embargo, vio cómo la energía brotaba crepitando de él, un relámpago negro en el mar oscuro. El Encaje se retrajo un poco, pero Ronan no se detuvo. Volvió a explotar una y otra y otra vez, mientras el aroma de Adam se hacía más intenso.

Ronan empujó al Encaje hacia el fondo de la oscuridad, más y más allá.

—No te acerques a él —gruñó. Estaba tan enfadado que se arriesgó a repetirlo en el idioma del Encaje: *¡No te acerques a él!*

El Encaje se retiró, incrédulo. *No es para ti. Nada de eso es para ti, Greywaren.*

Y entonces desapareció, justo en el momento en que Ronan fue consciente de la llegada de Adam Parrish al mar de los dulcemetales.

Párrafo introductorio para presentar la tesis: Tras una infancia desventajada y marcada por las adversidades, Adam Parrish se ha convertido en un exitoso estudiante universitario en Harvard.

Adam, que pasó su adolescencia dudando de sí mismo, temiendo convertirse en alguien parecido a su padre, ocultando su humilde origen e idealizando la riqueza, ha conseguido construirse un nuevo futuro en el que nadie tiene por qué saber de dónde procede. Antes de que este joven formado a sí mismo entrase en Harvard, pasó algún tiempo fascinado por el concepto de las líneas ley e involucrado en el plano sobrenatural con uno de los insólitos bosques que crecían a lo largo de su cauce. No obstante, en la actualidad Adam se ha centrado en el mundo real, y solo recurre al recuerdo de la magia para desplumar a sus compañeros de universidad mediante lecturas de tarot amañadas. Es cierto que Adam lleva varios meses sin sentirse cómodo en su pellejo, pero las cosas pronto le irán mejor, seguro.

Seguido de tres párrafos con datos que apuntalan la tesis. Primero: Adam comprende que el sufrimiento es efímero, incluso cuando semeja ser permanente. Al final todo pasa, etcétera, etcétera. Aunque ahora le parezca que estará toda la vida en la universidad, cuatro años pasan enseguida. Cuatro años solo son toda una vida si eres un conejillo de Indias.

Segundo párrafo que elabora el primero: La magia no siempre ha sido beneficiosa para Adam. Mientras era un estudiante de secundaria, a menudo se sumergía en ella como forma de evasión. En el fondo de su ser, teme que su propensión hacia la magia sea equivalente a la propensión de su padre hacia la violencia, y sospecha que, con el tiempo, este rasgo de su carácter podría invalidarlo para vivir en sociedad. Al abstenerse de practicar magia, Adam se fuerza a ser una persona valiosa para el ámbito no mágico, *i.e.*, el Club de los Lloricas.

Tercer párrafo, con el argumento de más peso: Harvard es un lugar en el que Ronan Lynch no puede existir, porque para él es imposible sobrevivir allí tanto en lo físico como en lo social. Sin unas barreras sólidas, es más que probable que Adam regrese junto a Ronan Lynch una y otra vez, cayendo así en sus malas costumbres. En este caso, Adam jamás alcanzaría la vida de seguridad financiera y reconocimiento social que ambiciona.

Replanteamiento de la tesis, incorporando todos los datos aportados para probar que es cierta: Aunque su vida es actualmente insoportable, y Adam Parrish parece haber perdido todo lo que le importa en el presente en aras de obtener todo lo que le importaba en el pasado, las cosas pronto le irán mejor.

Párrafo final, en el que se describe lo que el lector ha aprendido y por qué esa enseñanza es significativa: Pronto le irá mejor. Pronto le irá mejor. Pronto le irá mejor. Pronto le irá mejor.

—Parrish —dijo Ronan.

Adam parecía muy pequeño en medio de la oscuridad. Hasta ese momento, Ronan no había captado la verdadera escala de los dulcemetales que brillaban a su alrededor, pero Adam era una mota de polvo en comparación con ellos. Una mota extraña, con una forma distinta a la de todos los demás entes que poblaban aquel vacío, claramente fuera de lugar. Era una criatura de sentimientos intensos y redondeados, una criatura no infinita, una criatura fragmentaria. Sin un cuerpo que los contuviese, sus pensamientos estaban empezando a derivar en un millón de direcciones diferentes. Su expresión de alarma estaba más que justificada.

Ronan se apresuró a guiar algunos de aquellos fragmentos de vuelta hacia su núcleo. Adam se estaba perdiendo a sí mismo muy deprisa, o tal vez Ronan no comprendiera cómo funcionaba el tiempo allí para Adam.

—Parrish —repitió—. Adam.

Al oír su nombre, la forma de Adam se recompuso. Aquel puñado de pensamientos dispersos volvió a verse a sí mismo como el enjuto joven que los cobijaba en Massachusetts. Dejó de ser una frágil neblina de ideas para convertirse en un humano que flotaba en el vacío. Era Adam Parrish.

Una corriente eléctrica de euforia recorrió a Ronan, imponiéndose a la inquietud.

Adam había acudido en su busca. Había ido hasta allí, tan lejos. No se había rendido. Lo había arriesgado todo.

Y sin embargo, Adam había comenzado a alejarse de Ronan, sin mirarlo directamente. Retrocedía en la oscuridad, con la cabeza gacha y los ojos esquivos. Por alguna razón, estaba intentando escapar con discreción. Pero, a medida que pasaba aquel tiempo sin medida, sus pensamientos empezaban a separarse una vez más de la forma de Adam Parrish.

—¡No! —gritó Ronan furioso, rodeándolo velozmente para evitar que sus pensamientos volvieran a disiparse—. ¡No te alejes, idiota!

—¿Estás tratando de ayudarme? —preguntó Adam con tono cortés, mirando a todas partes salvo a Ronan.

—¡Estoy tratando de mantenerte vivo!

—Te lo agradezco, pero creo es mejor que me marche —insistió Adam, intentando escabullirse otra vez.

De repente, Ronan comprendió lo que estaba ocurriendo y se echó a reír.

—¿Es que no sabes quién soy? —preguntó.

Porque ahora se daba cuenta de que su aspecto no era el mismo que el de aquel cuerpo tirado en el suelo del pasillo, el cuerpo llamado Ronan Lynch. En ese momento, seguía manteniendo la forma que le permitía nadar en aquel mar para llegar a los dulcemetales. Y, si Adam le había parecido una mota de polvo, él debía de ser gigantesco a sus ojos. Antes de volver a ensamblarse en su forma humana, Adam había sido una colección dispersa de brillantes pensamientos humanos que flotaban en aquel extraño éter; de la misma forma, Ronan era allí la forma esencial de sí mismo.

—¿Eres...? —Adam vaciló—. ¿Eres el Encaje? —terminó con voz casi inaudible.

Ronan no se esperaba que le dijera aquello.

De su ser brotó una explosión de energía, una ráfaga que expresaba lo asombrado y dolido que estaba.

Adam se estremeció.

Tenía miedo. Tenía miedo de Ronan. Con esfuerzo, Ronan se calmó y trató de ver con los ojos de Adam. Se estiró, se retorció, aguzó su percepción.

Frente a él se extendieron dos formas oscuras y alargadas, como ramas de tinta líquida que se bifurcaban y dividían hasta perderse en la nada. No se parecían en nada a las esferas flotantes que componían la consciencia de Adam. Cuando se desplazó velozmente para volver a retener los pensamientos de Adam, Ronan se dio cuenta de que Adam tenía razón: su aspecto era el mismo que el de la entidad a la que acababa de ahuyentar.

Lo cual era incomprensible.

—¿Ronan? —preguntó Adam de pronto—. ¿Eres Ronan?

—Sí —contestó él, aliviado.

—¿Podrías hacerte más pequeño, o decirme adónde debo mirar? Estás en todas partes —le pidió Adam mirando a su alrededor, y luego, sin transición, se echó a reír con grandes carcajadas de incredulidad teñidas del miedo que ya no sentía.

Con un esfuerzo de voluntad, Ronan retorció y concentró las ramas que lo formaban hasta hacerse tan pequeño como pudo. Al acabar, lo recompensó la imagen de Adam mirándolo directamente.

—Pero no te me disperses mucho, porque ahora mismo no puedo sujetarte —le pidió Ronan—. ¿Mejor así?

—No me lo creo —repuso Adam—. Te pareces a...

—Sí, sí, lo sé: al Encaje —le cortó Ronan, molesto.

—No, no, es solo que tú... Yo... Sigues sonando como un gilipollas, pero pareces un cúmulo de energía, y... no sé, se me está volviendo la cabeza del revés. ¿Eres...? ¿Eres realmente tú? —Su expresión se ensombreció—. ¿O es que el Encaje me está mostrando lo que yo...?

Ronan no podía culpar a Adam por su desconfianza. Poco antes de aquello, Adam se había presentado sin avisar en Los Graneros para darle una sorpresa de cumpleaños, y lo primero que pensó Ronan fue: «¿Será Adam de verdad?». La diferencia entre ambas situaciones era que, aquel día, Adam pudo convencer a Ronan explicándole todos los pasos que había dado para llegar hasta allí, algo que Ronan no podía hacer ahora. Seguía sin comprender del todo cómo había llegado a aquel lugar, y por qué estaba atrapado en el exterior de su cuerpo aletargado.

—No me pidas que te convenza —dijo—. Si fuera el Encaje, intentaría comerte el tarro contándote lo que pensara que quieres oír. Usa tu movida, lo que sacas a relucir cuando haces videncia. Estas cosas ya las has hecho antes y aún no te has muerto, ¿no? Recurre a tu intuición. Sí, eso es: intuición. ¿Qué sientes?

Ronan se dio cuenta de que Bryde estaba hablando por su boca. Pero antes de que pudiera procesar cómo le hacía sentir eso, se dio cuenta de que las esferas luminosas que contenían los pensamientos y recuerdos de Adam habían empezado a derivar otra vez por el mar oscuro, dejando estelas resplandecientes.

«¡Mierda!». Ronan se lanzó hacia delante, desplegándose, desenrollándose, expandiéndose para rodear a Adam. Recogió todas las esferas y se quedó enroscado a su alrededor como una verja de alambre de púas, hasta que Adam pareció volver a su ser. Y entonces se retiró, porque no quería que Adam volviera a tener miedo de él.

—Espera —le dijo Adam—. No te apartes. Déjame...

Estiró el brazo, con la mano extendida y la palma expuesta, y flotó lentamente hacia Ronan. Era obvio que seguía atemorizado, pero se dejó ir hasta que sus dedos rozaron algunas de las hebras de energía que formaban el ser de Ronan en aquel lugar. Su rostro mostraba la misma expresión de concentración que antes, cuando había colocado las piedras en el suelo antes de entrar en trance.

Y entonces, Ronan sintió que la conciencia de Adam entraba en contacto con la suya. Un recuerdo asombrosamente nítido lo atravesó, tan vívido como el momento en que lo había experimentado. Pertenecía al día en que había ido por primera vez a Harvard para dar una sorpresa a Adam, en los tiempos en que aún pensaba que podría mudarse a Cambridge. Ronan estaba ilusionado y expectante, preguntándose cómo sería su encuentro; y sin embargo, al final, los dos se habían cruzado sin reconocerse siquiera.

En aquel momento, Ronan lo había achacado a lo mucho que había cambiado el aspecto de Adam desde que estaba fuera.

Ahora vestía de forma diferente, se movía de forma diferente; hasta su acento era diferente. Y había supuesto que a él le habría pasado algo parecido; que, durante aquellos meses, se había hecho mayor, más solitario, más afilado.

Pero ahora estaban inmersos en aquel extraño mar, y ninguno de los dos recordaba en nada al Adam Parrish o al Ronan Lynch que cada uno había conocido. Adam era una colección de pensamientos con silueta vagamente humana; Ronan Lynch era un cúmulo de energía desnuda, inconcebible y gigantesca.

Y, sin embargo, cuando la consciencia de Adam rozó la suya, Ronan lo reconoció. Eran las pisadas de Adam en la escalera; su exclamación de sorpresa al tirarse al estanque que habían excavado; la irritación en su voz, la impaciencia en sus besos, su inclemente sentido del humor, su quebradizo orgullo, su feroz lealtad. Era todo eso, atrapado en una forma esencial que no tenía nada que ver con su apariencia física.

La diferencia entre este encuentro y su encuentro fallido en Harvard residía en que, la otra vez, ninguno de los dos había mostrado su auténtico yo. Los dos se habían ocultado tras máscaras superpuestas, escondiendo tanto su verdad que ni siquiera ellos mismos podían percibirla. Pero en aquel mar no había nada tras lo que esconderse. No podían ser nada más que sus pensamientos. Nada más que la verdad.

«Ronan. Ronan, eres tú... Lo he conseguido. He usado el dulcemetal y te he encontrado».

Ronan no sabía si Adam había dicho aquello o lo había pensado, pero no importaba. Su alegría era inmensa e inconfundible.

«*Tamquam*», dijo Ronan, y Adam contestó: «*Alter idem*».

Cicerón había escrito aquella frase refiriéndose a Ático, su queridísimo amigo: *Qui est tamquam alter idem*. Lo mismo que otro yo.

Ronan y Adam no podían abrazarse porque carecían de brazos, pero daba igual. Su energía revoloteaba entrelazándose y mezclándose, el brillo de un dulcemetal y la oscuridad absoluta del Encaje. No hablaban; no les hacía falta. Las palabras sonoras no eran necesarias cuando sus mentes estaban enredadas como si fueran una sola.

En ausencia de la torpeza inherente al lenguaje, los dos compartieron su alegría y sus miedos. Recordaron lo que se habían hecho el uno al otro y se disculparon. Se mostraron todo lo que habían hecho y todo lo que les habían hecho desde su último encuentro: las cosas buenas y las malas, las cosas horribles y las maravillosas. Durante mucho tiempo, todo les había parecido emborronado y confuso, pero ahora no quedaba más que claridad. Una y otra vez, giraron rodeándose y atravesándose el uno al otro, no como Ronan-y-Adam sino como una sola entidad que los contenía a los dos. Estaban felices y tristes, furiosos y aliviados por el perdón recibido, y se tenían, se tenían, se tenían.

20

Todas las hojas de navaja comienzan siendo metal en crudo.. Las hojas afiladas y hojas romas comienzan igual.. Antes de que cada hoja se afile y se componga, es imposible predecir cuáles cortarán y cuáles serán inútiles.. Todas deben probarse.. Cualquier hoja es capaz de cortar mantequilla.. Algunas hojas son capaces de cortar madera.. Y solo unas pocas son capaces de cortar otras hojas.. No sirve de nada mirar las tijeras que están en el cajón.. Para comprobar su fuerza, deben usarse..

—NATHAN FAROOQ-LANE,
El filo abierto de la hoja, página 10

21

Aún no había amanecido cuando Farooq-Lane y Hennessy emprendieron camino hacia la nave de trasteros Atlantic, con la tarjeta del corazón sangrante en el salpicadero del coche. Habían salido lo antes posible, temerosas de que el dulce-metal involuntario de Hennessy se agotara enseguida. Liliana había accedido de mala gana a quedarse en casa, porque temía que pasar demasiado tiempo en la proximidad del dulcemetal terminara por provocarle una visión. Aunque Farooq-Lane opinaba que un pequeño vistazo al futuro no les vendría mal, se daba cuenta de que no merecía la pena agotar el dulcemetal antes de despertar a los Moderadores.

En el barrio de Peabody reinaba una tranquilidad absoluta. Los pocos coches con los que se cruzaron parecían funcionar con sordina, como si fuera demasiado temprano para oír incluso el runrún de los oficinistas más madrugadores. La mañana parecía preñada de aventura, de temor, de expectación, en una reminis-cencia no tanto de los días en que Farooq-Lane cazaba Zetas como de los tiempos en que iba de excursión con el colegio.

Aunque, tras el ejercicio con las tarjetas, Hennessy ya podía hablar libremente, no había dicho una palabra en todo el trayec-to. Farooq-Lane se dio cuenta de lo diferente que resultaba su compañía cuando no desbarraba. Ahora se daba cuenta de que los monólogos de Hennessy se parecían mucho a las visiones de Lilia-na: tanto los unos como las otras eran explosiones letales de soni-do, que ocultaban lo que realmente ocurría. La verdadera Hen-nessy se escondía detrás de aquel muro de sonido.

En la radio del coche empezó a sonar espontáneamente una quejumbrosa aria de ópera. De pronto, Farooq-Lane cayó en la cuenta de lo asombroso que era haber pasado tanto tiempo cazando Zetas, y estar ahora montada en un coche junto a una de las Zetas más poderosas, de camino para despertar a sus antiguos jefes.

Ladeó la cabeza para echarle un vistazo a Hennessy, esperando que estuviera aún mirando por la ventana con aire desconsolado, y se sorprendió al ver que tenía la mirada clavada en su perfil.

—¿Qué pasa? —le preguntó.

—¿Por qué no me pegaste un tiro en la cara? —dijo Hennessy—. Cuando nos pillasteis en la casa de Rhiannon Martin, y tus compañeros le pegaron un tiro en la cara a ella... ¿Por qué te dio por ponerte heroica conmigo?

A Farooq-Lane le resultaba difícil revivir aquel día; y no porque el recuerdo fuera doloroso, sino porque estaba desdibujado. Lo mismo le ocurría con gran parte de su época junto a los Moderadores: estaba llena de lagunas en su memoria. Los fragmentos violentos habían terminado por fundirse en una larga escena de muerte que comenzaba y terminaba con Parsifal Bauer, el joven Visionario aficionado a escuchar la ópera que le daba nombre. Aunque Farooq-Lane había pasado meses con los Moderadores, lo que más recordaba era el cuerpo de Parsifal retorciéndose hasta convertirse en un horror deforme, mientras él trataba de controlar su visión el tiempo suficiente para ponerla a ella en contacto con alguien que sería importante en su futuro.

Liliana. Ese alguien era Liliana. La visión de Parsifal la había llevado hasta ella.

—Yo no pegaba tiros a nadie —replicó—. Ese no era mi trabajo.

—Qué noble.

—Nunca he dicho que lo fuera.

—¿Pero pensabas que yo podía ser una amenaza para el mundo, o no?

Farooq-Lane puso el intermitente sin decir nada y miró a un lado y a otro concienzudamente antes de girar por una bocacalle oscura y azulada.

—¿Necesitas que saque las tarjetas? —la provocó Hennessy.

Farooq-Lane reflexionó un poco más; no le resultaba fácil responder a aquella pregunta.

—Sabía que eras muy poderosa.

Hennessy se echó a reír con carcajadas estridentes e impostadas, golpeando la puerta.

—Puedes burlarte todo lo que quieras, pero te salvé la vida con una espada que puede atravesar prácticamente cualquier cosa —afirmó Farooq-Lane—. Una espada que soñaste tú. Eso es tener poder.

—Vale, pues volvemos al principio: ¿por qué no me pegaste un tiro en la cara, si de verdad creías que íbamos a destruir el mundo? —replicó Hennessy.

—Creo que deberías agradecerme que no lo hiciera y dejarte de preguntas. Y hablando de disparar a la gente, he visto que has metido la espada en el maletero. No la saques; no quiero que te pongas a cortar cabezas cuando lleguemos.

Aquel giro de la conversación las puso a ambas de mal humor. Al llegar al almacén, Farooq-Lane aparcó y las dos se dirigieron en silencio a la puerta. Mientras Hennessy esperaba detrás, con la tarjeta del corazón en la mano, Farooq-Lane tecleó el código y las dos entraron, aún en silencio.

Esta vez, Farooq-Lane no se sobresaltó al ver a los Moderadores, porque ya sabía qué iba a encontrar. Aun así, le resultó profundamente inquietante verlos en la posición exacta en que los había dejado, como si estuvieran esperando a que alguien abriera la puerta y los descubriera.

No cabía duda: eran sueños.

Farooq-Lane sintió que se le revolvía el estómago.

Hennessy dio una-dos-tres zancadas para dejar la tarjeta en el suelo del trastero, y luego retrocedió rápidamente. Sus ojos brillaban de cólera reprimida. Había una promesa de caos en la forma en que sus dedos se engarfiaban junto a sus caderas.

Aquellas personas habían matado a todos los seres queridos de Hennessy, salvo a uno.

Farooq-Lane se alegró de haberle dicho que dejase la espada en el coche, porque no se veía capaz de detenerla si hubiera decidido matar a los Moderadores. De hecho, ni siquiera estaba segura de que lo hubiera intentado.

En todo caso, prefería no comprobarlo.

Un sonido rasposo la sobresaltó.

Lock se había despertado.

Su mano tembló y se apartó de su cuerpo. Sus dedos se curvaron y palparon el suelo de cemento hasta encontrar la tarjeta.

Se la apoyó en el pecho.

No abrió los ojos.

No se sentó.

Pero estaba despierto; la energía de la tarjeta bastaba para eso.

—Carmen —dijo con voz grave, y ella dio un respingo—. ¿Eres tú? Huelo tu perfume.

—Eres un sueño. Al final de todo, resulta que eras un sueño —respondió ella, haciendo un esfuerzo por mantener la calma. No tenía tiempo de ponerse emocional; el dulcemetal que habían llevado apenas tenía fuerza suficiente para que Lock recobrara la consciencia—. ¿Lo son todos los Moderadores, salvo yo?

—Así es.

—¡Panda de hipócritas!

—No te dejes llevar por la histeria, Carmen. Sería hipócrita por nuestra parte matar Zetas si nosotros fuéramos Zetas. Dado que somos sueños, no es una hipocresía, sino simplemente algo complicado.

La cadencia somnolienta de su voz resultaba perturbadora. Sus párpados seguían cerrados; la única parte de su cuerpo que se movía eran sus dedos, que acariciaban la tarjeta posada en su pecho como si eso le proporcionara alivio.

162

—¿Dónde estoy? —preguntó—. ¿Qué ha pasado?

Por primera vez, era Lock quien carecía de respuestas.

—Prefiero ser yo quien te haga hoy las preguntas. ¿Cómo podías permanecer despierto?

—Tenía algunos dulcemetales. Bryde me quitó uno durante una de sus operaciones, pero los otros deberían seguir funcionando...

Quizá ese hubiera sido el caso en un mundo con líneas ley; pero, en ausencia de aquella energía, los dulcemetales debían de haberse agotado enseguida.

—¿Sois todos producto del mismo soñador? —preguntó Farooq-Lane.

—No, para nada —respondió Lock—. Somos todos huérfanos, como tú. Tus padres biológicos están muertos, igual que nuestros soñadores. Algunos llevamos siglos sin verlos. Nikolenko, por ejemplo, lleva casi mil años tirando de dulcemetales. Lo único que nos une es un objetivo común. El suelo está muy frío... ¿Estoy al aire libre? ¿Ha pasado mucho tiempo? A veces son años... Algunos somos mucho más viejos de lo que podrías imaginar, si cuentas los años que tenemos que pasar dormidos.

Casi mil años...

Después de todo lo que había visto, la magia seguía encontrando la forma de volver su mundo del revés.

—¿Por qué matabais Zetas, si fueron Zetas quienes os crearon?

—Creo que estás muy exaltada, Carmen.

—Y tú muy adormilado —repuso Farooq-Lane, y su propia voz le sonó tan fría al decirlo que le vino a la mente el retrato de Hennessy con las llamas en los ojos.

Lock dejó escapar una risa somnolienta.

—Tienes toda la razón. Dime, ¿qué es esto? ¿Una negociación? ¿Quieres hacer un trato, y por eso has venido a tentarme?

—No —intervino Hennessy.

Había alzado la voz para que pudieran oírla desde el pasillo, donde estaba de pie. Dio un paso al frente. A Farooq-Lane le dio la impresión de que estaba haciendo un enorme esfuerzo por contenerse, en una muestra de autocontrol que jamás hubiera imaginado en ella.

—No es una negociación —dijo—: es tortura.

—¿Quién está hablando ahora?

—Tú y tus compañeros estáis tirados en el suelo de una nave de almacenaje —prosiguió Hennessy, sin responder a su pregunta—. Nadie salvo nosotros sabe que os encontráis aquí. El tiempo pasa sin vosotros. Ya no existe la línea ley, de modo que no hay ningún lugar en el que podáis estar despiertos sin la ayuda de unos cuantos dulcemetales de primera calidad. Esta es vuestra vida ahora. O, más bien, vuestra muerte.

—Nunca creí que fueras una persona cruel, Carmen —contestó Lock, dirigiéndose a Farooq-Lane como si hubiera sido ella quien le acababa de hablar—. Pero, después de ver lo fácil que te ha resultado atraparnos, estoy seguro de que comprendes por qué lo hicimos. Carecemos de energía para mantenernos despiertos; no hay suficiente para todos. Los Zetas sueñan y mueren, sueñan y mueren. Y cuando mueren, ¿qué les ocurre a sus sueños, a nosotros? Nos vemos obligados a luchar por migajas de energía si no queremos dormir para siempre. Tenemos un problema de superpoblación. Hay demasiados... —La voz de Lock empezaba a hacerse más espesa; estaba luchando contra el sopor con todas sus fuerzas, pero no eran bastantes—. Demasiados Zetas derrochadores, demasiados sueños hambrientos. No es culpa... de los sueños. Los sueños no pedimos... No pidieron... Nos trajeron a este mundo sin consultarnos. El problema son los Zetas, que no quieren parar. Si sacrificamos unos cuantos, quedará más energía para todos los que ya estamos aquí. En realidad, viene a ser un programa de control de población.

De la garganta de Hennessy brotó un ruido gutural.

Farooq-Lane había empuñado un arma junto a aquellas personas. Las había seguido por el mundo entero. Parsifal Bauer había muerto para ayudarlos en su genocidio. Ahogada por la impotencia, recordó cómo Parsifal le había rogado que perdonasen la vida de una Zeta. En el fondo, los dos sabían que lo que hacían no estaba bien. Y entonces, ¿por qué habían colaborado con ello?

—Y lo del apocalipsis... ¿Eso también era mentira?

—No, no. No podríamos haber falsificado las... visiones. Hay un Zeta que va a... Habrá... fuego —respondió Lock, haciendo pausas cada vez más prolongadas—. Era una buena excusa, una excusa virtuosa. Lo cierto es que sabíamos... sabíamos que era una justificación endeble. Si decidimos creerle fue porque queríamos hacerlo.

—¿Creerle? —repitió Farooq-Lane. De pronto, se dio cuenta de que llevaba un rato temiendo aquel momento. No estaba segura de querer recibir una respuesta a su pregunta—. Si el plan no se os ocurrió a los Moderadores, ¿quién fue el cerebro? Dime su nombre.

«Di Bryde, por favor».

Pero Farooq-Lane sabía que ese no era el nombre.

—Un Zeta —respondió Lock—. Ahora sí que puedes llamarnos hipócritas... Recibíamos órdenes de un Zeta. Un Zeta que tenía un plan. Tú, especialmente..., deberías saber lo fácil que es... seguir a alguien que tiene... un plan.

—¿Quién? —gruñó Hennessy con ferocidad—. Danos una respuesta concreta, joder.

Lock se quedó callado. Al cabo de un largo rato, sus dedos volvieron a engarfiarse alrededor de la tarjeta.

—Tú lo sabes... muy bien, Carmen.

A Farooq-Lane le habría gustado contestar: «Bryde». Le habría gustado contestar: «Ronan Lynch».

Pero sabía que ninguna de esas dos respuestas era la correcta. A decir verdad, en el fondo, hacía mucho tiempo que conocía la verdad. O, al menos, llevaba mucho tiempo temiendo que esa fuera la verdad. Es imposible temer algo si no crees en ello, aunque solo sea un poquito.

Al hablar, su voz sonó aguda; apenas podía salir de su garganta.

—Está muerto —dijo—. Vi cómo lo matabas.

—Una copia. Sabía que... le resultaría más fácil... esconderse... si estaba... muerto...

Nathan. Nathan. Nathan.

El corazón de Farooq-Lane palpitaba en sus oídos. No podía hablar.

—Es un asesino en serie —dijo al fin—. ¿Cómo pudisteis colaborar con el plan de alguien así?

—Los héroes perfectos no existen —respondió Lock, sonando de pronto muy despierto.

Pero esta vez, cuando cerró los párpados, ya no volvió a abrirlos.

Había vuelto a aletargarse. La tarjeta volvía a ser una simple tarjeta, despojada de la energía que la había convertido en algo más que eso.

«Tú, especialmente, deberías saber lo fácil que es seguir a alguien que tiene un plan».

Lo peor de todo aquello, para Farooq-Lane, era saber que Nathan tenía razón: ella tenía tanta culpa como los Moderadores.

Había creído en el plan de Lock porque deseaba confiar en alguien que poseyera respuestas, aunque, en el fondo de su ser, siempre hubiera sabido que lo que hacían estaba mal.

—¿Qué narices ha querido decir? —preguntó Hennessy.

—Este es el apocalipsis de mi hermano —respondió Farooq-Lane.

Dos minutos después, la primera bomba explotó.

22

Era una bomba peculiar.

Desde su escondite en las entrañas del edificio en que la habían colocado, el artefacto vibró con veintitrés chasquidos antes de estallar.

La explosión, sin embargo, no tuvo nada de peculiar.

Las ondas expansivas recorrieron toda la estructura, incinerando techos, suelos, escaleras y paredes, arrasando con todo a su paso hasta destruir el cartel que había frente a la fachada: Centro de asistencia de Medford.

Los desperfectos físicos se detuvieron ahí, pero la bomba aún no había terminado su trabajo. Después de que el estallido inicial devastara las instalaciones, con una sacudida que se notó en todo Boston, una onda expansiva distinta se extendió desde el epicentro. Esta onda afectó a todas las personas que había en kilómetros a la redonda.

Si estaban despiertas, tuvieron una visión.

Si estaban dormidas, empezaron a soñar.

Tanto las unas como las otras presenciaron los mismos acontecimientos.

Primero vieron cómo estallaba el Centro de Asistencia de Medford, desde el punto de vista de la bomba. Vieron cómo la explosión deshacía el edificio y destrozaba a todos los sueños abandonados y los trabajadores que había en su interior.

Entonces, aquella escena de destrucción se difuminó en el resplandor de una tarde distinta. La escena, ahora, mostraba una autopista llena de coches, apiñados como reses en un matadero.

En el aire brillaba una pátina de humo y gases de tubo de escape. Miles de personas avanzaban por el arcén, evitando hacer contacto visual con los ocupantes de los vehículos. Todos huían de la ciudad que asomaba al final de la autopista.

La ciudad ardía.

Ardía todo lo que no era la autopista. Una ciudad en llamas. Un mundo en llamas.

El fuego parecía susurrar algo: jamás se extinguiría. Lo calcinaría todo. Todo.

Devora, devora.

Por la mente de las personas que presenciaban aquella visión se deslizaba un regusto viscoso de premonición. Aquello no parecía una pesadilla, sino una promesa.

Y entonces, sin previo aviso, la bomba los dejó ir.

Quienes estaban despiertos sacudieron la cabeza, aturdidos.

Quienes estaban dormidos y podían despertarse se incorporaron de golpe, temblorosos por la descarga de adrenalina.

Quienes estaban dormidos y no podían despertarse volvieron a sumirse en la oscuridad.

Nadie sabía aún quién había colocado la bomba. Pero había una persona que, al menos, sabía quién la había creado: Carmen Farooq-Lane habría reconocido el estilo de su hermano Nathan en cualquier parte.

Tirado junto a una pared pintada, en el interior de un pasillo oscuro, Ronan Lynch no se despertó. Sin embargo, por su mejilla corrió una lágrima transparente.

El fin del mundo había comenzado.

23

Durante un tiempo, Los Graneros les dieron todo lo que necesitaban.

Niall y Mór tenían muchas cosas con las que entretenerse.

Estaban los sueños, por supuesto. Niall y Mór soñaban por pura diversión, para comprobar qué eran capaces de hacer, pero también para conseguir cosas que vender. Necesitaban seguir mandando dinero a Kerry, porque ninguno de los dos quería recibir una segunda visita de Marie.

Por aquel entonces, ya se habían convertido en el tipo de soñadores que serían el resto de su vida. Niall soñaba con más frecuencia, pero con menos propósito. Soñaba teléfonos que no dejaban de llamar y relojes con el mismo número estampado doce veces alrededor de la esfera. En ocasiones soñaba seres vivos, algo que Mór no era capaz de hacer. Algunos de aquellos sueños se asemejaban a vacas; otros eran objetos muy alejados de la idea de un ser viviente, como pequeños motores que solo funcionaban si alguien los mimaba y les daba cariño. Pero esos sueños parecían consumir gran parte de su energía de soñador, y, después de crearlos, Mór y él a menudo debían esperar varias semanas hasta ser capaces de volver a tener sueños productivos.

Mór era una soñadora más precisa, pero también más lenta. Pensaba en el objeto que deseaba obtener y luego soñaba con él una y otra vez, tratando de considerar todas las facetas posibles para sacarlo al mundo de la vigilia exactamente como lo quería. Antes de sacar una botella, por ejemplo, Mór imaginaba concienzudamente hasta el último pliegue del borde de su chapa. A diferencia de los sueños de Niall, a menudo improvisados y chapuceros, los sueños de Mór solían materializarse justo en la forma en que ella pretendía, debido al mucho tiempo que pasaba conceptualizándolos. Solo había una faceta de sus sueños que siempre estaba presente sin que ella lo pretendiera: el dolor que contenían. Creara lo que crease Mór —un frasco de perfume, una caja de papel de cartas de diseño exquisito, unos zuecos de madera para trabajar en la granja...—, siempre había un componente de dolor incrustado. El tapón del frasco arañaba la mano de quien lo abría, lo que se escribiera en el papel de cartas hacía llorar al destinatario, los zuecos hacían que salieran ampollas en los pies.

Mór se había acostumbrado tanto al dolor que, a menudo, ni siquiera lo advertía. Niall, sin embargo, evitaba usar los sueños de Mór en la medida de lo posible; no porque fuera incapaz de aguantar el dolor, sino porque no soportaba pensar en cómo Mór había llegado a habituarse a sufrirlo.

Entre los dos se hacían cargo de la granja. Niall, que añoraba la próspera granja en la que se había criado, estaba empeñado en colmar con Los Graneros aquel agujero en su corazón. Ahora, los campos y los establos estaban atestados de tantos animales como Niall y Mór podían cuidar por sus propios medios. Y aunque Niall no estaba especialmente dotado para los negocios, hacía lo que podía por transformar sus reses en ingresos. Echaba de menos los tiempos en los que Mór y él se divertían soñando, y prefería no ganarse la vida soñando si podía evitarlo.

Además, por supuesto, criaban a Declan —que, aunque era un niño fácil de llevar, no dejaba de ser un niño—. Mór jamás perdía los nervios; pero, cuando se sentía frustrada por haberse pasado mucho tiempo cuidando de su hijo en lugar de soñando, la rodeaba un aura tormentosa. Declan lo notaba, y Niall lo notaba aún con más nitidez, de modo que se acostumbró a llevar a su hijo a remolque siempre que podía.

«Vaya sitio para traer a un niño», le decía la gente cuando llevaba reses al matadero.

«Así no tengo que llorar solo», respondía él, y los demás granjeros se reían porque sabían que Niall tenía cariño a todos sus animales y sentía mucho deshacerse de ellos, aunque eso le ayudase a librar sus sueños de la presión del capitalismo. «Además, está bien que sepa de dónde sale lo que come —añadía—. Que aprenda cómo son las cosas desde pequeño».

Parecía que su vida podría seguir así para siempre. Pero, un día, Niall llevó un virus a su casa sin darse cuenta de que lo hacía. No se trataba de un virus de verdad, sino de un contacto guardado en su teléfono; una palabra garabateada en la parte trasera de una factura; una tarjeta de visita cuadrada en la que aparecía una cara de mujer tachada con una cruz.

—¿Qué te parece la idea de ser ricos? —le preguntó Mór un día.

Niall estaba tumbado en el sofá, después de haberse pasado la mañana atendiendo el ganado con Declan. Declan, que jamás vagueaba, estaba sentado tranquilamente en un rincón, organizando la colección de discos según sus colores.

Niall se echó a reír.

—¿Y para qué querríamos el dinero? Aquí tenemos todo lo que nos hace falta, ¿no?

—Llamé al número que había en una de esas tarjetas que trajiste a casa —respondió Mór—. La mujer que contestó me dijo cosas interesantes. Hablaba de gente poderosa que ocupa puestos importantes... Sonaba como una película de espías.

—Pon ese disco, Declan —dijo Niall—. Sí, el que tienes en la mano ahora mismo. ¿Sabes hacerlo, o necesitas que te ayude?

—¿Has oído lo que te he dicho? —preguntó Mór.

—Sí, lo he oído. ¿Pero qué vamos a hacer nosotros por esa gente poderosa que ocupa puestos importantes?

—Podríamos ser como ellos. El Bosque dice que podría ayudarnos. ¿Te lo ha dicho a ti también?

Sí, se lo había dicho, pero Niall no le había hecho mucho caso. El Bosque sonaba un poco ansioso de más, y eso le inquietaba. La expresión que había en los ojos de Mór en ese momento también le inquietaba, pero a ella no podía ignorarla como había ignorado al Bosque. Y, como no quería que Mór terminara por cansarse de él o de Los Graneros, asintió y le pidió a su mujer que le explicase todo aquello.

Esto era lo que el ente que moraba en el Bosque les decía desde hacía algún tiempo: *Más*.

Durante varios años, el Bosque se había limitado a aparecer de vez en cuando como decorado de sus sueños. Un árbol aquí y otro allá, recortados en el horizonte de un sueño que trataba de otra cosa. Un aroma a hojas en otoño. Un repiqueteo de gotas en los matorrales. Pero, últimamente, se había hecho más presente. En sus sueños, Niall se descubría apartando el ramaje para llegar a los prados en los que pastaban las vacas. Mór aparecía en medio de un pequeño claro rodeado de follaje, con plantas colgantes que le rozaban la cara.

El Bosque los buscaba una y otra vez. Retenía a Niall cuando él trataba de despertarse. No, no es que lo retuviera; lo que hacía era pegarse a él, tratar de deslizarse fuera del sueño como un perro que intentara salir por una puerta entornada.

Una noche, Niall y Mór esperaron a que Declan se durmiese y luego hicieron un esfuerzo por soñar lo mismo.

Se encontraban en el Bosque, y el ente estaba allí. Niall miró a su alrededor, intrigado. Al principio de soñar con él, el Bosque se asemejaba al que crecía cerca de la casa donde se había criado. Más tarde, había cobrado un aspecto más cercano al de la floresta que crecía junto a la carretera de acceso a Los Graneros. Pero ahora no se parecía a ninguno de esos dos lugares, sino a un bosque de un país lejano y extranjero. Los árboles eran enormes, añosos; parecían haber sido creados a la escala de seres mucho más grandes que Niall y Mór, para un lugar o una época habitados por gigantes. Quizá fuera justamente eso, pensó Niall. Porque aquellos árboles parecían sacados de una era más antigua, antes de que los humanos se convirtieran en la especie dominante; una era en la que todo era más grande, e incluso el aire y el terreno eran distintos.

Niall sintió que el ente del Bosque asentía; que, en realidad, le había transmitido aquella información al modo de los sueños, haciendo que le pareciera una idea suya aunque no fuera más que el receptor.

Mór, que soñaba a su lado, le preguntó al Bosque cómo ser más, cómo llegar a más. El ente del Bosque la escuchó con atención. Niall podía sentir su curiosidad, el anhelo que impregnaba cada una de sus ramas y raíces. Y entonces, el Bosque contestó.

Quería salir.

Raíces y ramas... ¿Cuáles estaban arriba, cuáles abajo? ¿A quién pertenecía aquel sueño? ¿Estaban soñando Niall y Mór con el ente del Bosque, o era el ente el que los soñaba a ellos?

—Si le damos lo que quiere —dijo Mór—, él nos dará lo que queremos.

—¿Y qué queremos? —preguntó Niall.

—Más —contestó Mór.

24

Después de todo, parecía que el apocalipsis seguía en pie. La zona que rodeaba la escena del crimen era un barrio agradable, con inmuebles grandes y más bien antiguos y aceras libres de hielo y nieve sucia. A las casas más alejadas del lugar de la explosión se les habían roto algunas ventanas; las más cercanas estaban medio derruidas y cubiertas de cascotes. En cuanto al Centro de Asistencia de Medford, ya no existía: el lugar que había ocupado estaba a medias entre un incendio forestal y un aparcamiento. Una barrera de vallas metálicas rodeaba el solar, mientras los equipos de emergencia seguían buscando posibles supervivientes y cadáveres.

Cientos, eso era lo que se decía.

Allí habían muerto cientos de personas; seguramente, todas las que estaban en el edificio en el momento de la explosión. Humanos. Durmientes. Sueños. Por muchas diferencias que hubiera entre unos y otros, ahora todos tenían algo en común.

Una multitud compuesta también por cientos de personas se apiñaba alrededor de las vallas, estirando el cuello para ver mejor o grabando con su móvil, mientras los agentes de policía trataban de dispersarlos. No había nada que ver ni que grabar salvo escombros, pero Hennessy comprendía su curiosidad.

Al fin y al cabo, la visión que se habían tenido que comer había sido una pesadilla en condiciones.

El fin del mundo.

A Hennessy se le había olvidado que se podía soñar con algo que no fuera el Encaje. Ella, desde luego, no podía, a no ser que Ronan o Bryde manipularan su subconsciente.

Y aun así, cuando estaban a punto de meterse en el coche tras salir del trastero, aquella alucinación se había inmiscuido en su mente de forma tan drástica como hacían sus pesadillas del Encaje. Al acabar, Hennessy sintió que la visión había lijado su mente, que la había dejado tan en blanco como habría hecho una pesadilla natural. Había presenciado el fin del mundo, y no era el Encaje lo que lo había causado.

Todo estaba cambiando. El sueño del Encaje estaba cambiando, lo que Hennessy sentía hacia su arte estaba cambiando, el mundo estaba cambiando.

Ahora, Hennessy, Farooq-Lane y Liliana se encontraban en el lugar de la explosión. Farooq-Lane había conseguido pasar al otro lado de las vallas utilizando su credencial de la DEA, la Agencia Antidrogas. A Hennessy, que los Moderadores hubieran logrado colarse en la Agencia Antidrogas para llevar a cabo su matanza de soñadores le parecía una muestra excelente de humor negro. Obviamente, se podían cometer todo tipo de barbaridades en nombre de la guerra contra las drogas; la verdad, había sido un golpe de ingenio bastante impresionante. Y, al fin y al cabo, ¿acaso no eran los sueños una especie de sustancia psicoactiva? Las bolitas de Bryde lo eran, desde luego.

Y aquella bomba, también.

—Vieja amiga, no sé qué tal se las estará apañando nuestra querida Carmina Burana —le dijo Hennessy a Liliana, mientras las dos observaban desde fuera de la valla.

Flotaba en el aire un olor extraño, desagradable. Era el olor resultante después de que se abrieran por la mitad muchas cosas que no estaban hechas para abrirse.

Liliana contempló a Farooq-Lane con expresión preocupada, mientras su blanca melena se agitaba con la brisa. Farooq-Lane, rígida como un robot, escuchaba a uno de los miembros del equipo de rescate. Todas sus extremidades estaban colocadas de forma incorrecta, como si alguien hubiera creado una nueva Farooq-Lane sin nada para guiarse salvo una hoja de instrucciones.

—Su hermano mató a sus padres con una bomba como esta —murmuró Liliana.

—Mátame, camión —repuso Hennessy.

Eso explicaba la reacción de Farooq-Lane tras la visión. Su mirada se había apagado por completo, y no había contestado a nada de lo que había dicho Hennessy en todo el viaje de vuelta desde el almacén. Ni siquiera parecía oírla.

—Carmen es una buena persona —dijo Liliana, frunciendo el ceño como si quisiera escuchar el rumor del tráfico en las calles aledañas. Como siempre que ocurría una tragedia, parecía imposible que la vida pudiera continuar con normalidad solo unas manzanas más allá—. Es más compasiva que yo.

Hennessy la miró de reojo, intrigada, pero Liliana no ofreció más explicaciones.

Por fin, Farooq-Lane salió de la valla para reunirse con ellas.

—Hennessy —comenzó—, no sé cómo decirte esto... Bryde se encontraba dentro de ese edificio, del centro de asistencia. Por ahora, no ha aparecido ningún superviviente.

No: Bryde no podía haber muerto. No, sin antes dedicarle a Hennessy un último sermón. No, si su muerte no servía para enfrentar de algún modo a Ronan y a ella por su propio bien.

—Bryde está lleno de triquiñuelas —respondió, forzando un tono jocoso—. Seguro que encontró la forma de escabullirse; es más resbaladizo que un delfín untado de margarina. ¡Ah, cuantas metáforas! ¡Y qué mañanita llevamos!

Liliana se volvió y la miró con expresión compasiva.

—Hennessy —dijo Farooq-Lane, con voz tan fatigada como la de Lock un rato antes—, estaba amarrado con bridas a la cama.

Hennessy se lo imaginó sin esfuerzo. Era una imagen muy deprimente.

Por alguna razón, a pesar de que se habría sentido mejor recordando cualquiera de las muchas veces en las que Bryde la había hecho sentirse como una mierda, Hennessy recordó una escena muy distinta. Ella acababa de mostrar el Encaje involuntariamente a cinco niñitos soñadores, y la madre de los niños se había puesto furiosa. Para ella, Hennessy era un monstruo, y no se había privado de decírselo alto y claro. Bryde los había mandado a Ronan y a ella al coche; pero mientras iban hacia allí, Hennessy había oído a Bryde decirle algo a la madre: «Me gustaría recordarte que, hace años, esa soñadora también fue una niña».

Hennessy. Se refería a Hennessy. Aquella había sido la frase más amable que Bryde había dicho acerca de ella, y ni siquiera estaba hablando con ella al pronunciarla. «Trátala con cariño»: eso era lo que había querido decir Bryde, en el fondo. «Trátala con cariño, porque aún importa».

—Hennessy —dijo Liliana—, te voy a abrazar.

Y lo hizo.

La presencia extrañamente reconfortante de Liliana envolvió a Hennessy. Se quedó allí, con los ojos abiertos y Liliana aferrada a ella, contemplando los escombros.

—No hay rastro de él —dijo Farooq-Lane, y algo en su tono le hizo comprender a Hennessy que no hablaba de Bryde, sino de Nathan—. Pero no cabe duda de que fue una de sus bombas. Todo lo que hicimos ha sido inútil.

—No creo que eso sea cierto —protestó Liliana soltando a Hennessy.

—Lo es, Liliana —replicó Farooq-Lane—. Piénsalo bien: debe de tener decenas de bombas almacenadas. Y si él las ha almacenado, cualquier soñador podría haber hecho lo mismo. Ese fuego insaciable podría estar ardiendo ya en un bote dentro de una casa de Topeka o en una mina de Virginia Occidental, sin que nosotras lo sepamos. Lo único que hemos evitado es que surjan nuevos sueños. Y, en todo caso, no he sido capaz de terminar con la única persona que lo merecía. Y ahora, mirad lo que ha pasado.

Las tres lo hicieron. Se quedaron allí un buen rato, contemplando los destrozos y sintiendo cada una algo diferente ante la escena. Y entonces, Hennessy dio un respingo.

—Mierda —masculló, mirando fijamente un bulto que asomaba al otro lado de los cascotes.

Liliana y Farooq-Lane siguieron su mirada y vieron un coche o, más bien, partes de él. Lo que quedaba era suficiente para identificarlo como un turismo, aunque tenía las ventanillas reventadas y el techo y las puertas abolladas hasta ser casi irreconocibles.

—¿Qué pasa con ese coche? —preguntó Liliana.

—Que era del imbécil de Declan Lynch.

25

Al principio, Declan odiaba a Matthew.

Después de que Ronan sacase a Matthew de uno de sus sueños, cuando aún era muy pequeño, Aurora Lynch hizo todo lo que pudo para convencer a Declan de que quisiera a su nuevo hermanito. Primero apeló a su curiosidad; luego, a su compasión; por último, a su sentido del deber. *¿No te intriga saber cómo será de mayor? ¿No ves cómo te sonríe, esperando a que le sonrías tú a él? ¿No crees que merece tener un hermano mayor tan listo como tú?*

A Declan no le convenció ninguno de sus argumentos.

Matthew era un error: un sueño que había logrado escapar de la cabeza de Ronan, a pesar de todos los esfuerzos de Declan por impedirlo.

Y no solo eso: además, Matthew era un usurpador, un hermano soñado para desplazar a Declan en el cariño de Ronan.

No, Declan no tenía intención de encariñarse con él ni un poquito.

Pero lo más frustrante de todo era saber que los demás sí que lo harían.

Matthew, creado para ser tan adorable como un cachorrito, obtenía mimos y caricias de todo el mundo, y se mostraba imperturbablemente feliz. Incluso cuando Declan se negaba a jugar con él, a devolverle las sonrisas o a abrazarle, Matthew seguía tranquilamente con su vida.

Por más que razonó Aurora con él, Declan se limitaba a tolerar a su nuevo hermano. La propia Aurora era una mentira a la que Declan se veía obligado a seguirle el juego; no tenía ninguna intención de aceptar una mentira más.

Cuando Matthew ya llevaba con ellos varios años, la familia Lynch al completo emprendió una expedición a Nueva York —el estado, no la ciudad—. Era un viaje que hacían a menudo, normalmente para visitar a personas a las que los niños debían llamar «tía» y «tío» —aunque Declan sabía que no eran ni lo uno ni lo otro—. Niall solía aprovechar aquellos viajes para cerrar negocios, pero, en esta ocasión, solo habían ido para asistir al Fleadh, un festival anual de música irlandesa. Cada uno de los tres chicos había aprendido a tocar un instrumento —con niveles muy distintos de dedicación—, y aquella era una buena oportunidad para salir de casa y mostrar al mundo sus habilidades. Además, era uno de los pocos lugares a los que los Lynch podían ir en familia para pasar unos días; normalmente, cada vez que estaban una temporada fuera de casa, Ronan se ponía enfermo y tenían que volver. (Últimamente, Declan se preguntaba si aquellas enfermedades no serían sus primeros accesos de brotanoche).

Las casetas del Fleadh rebosaban de música y gente. Aquí brincaban los acordeones, allá se paseaban los violines. Aquí ladraban las gaitas, allá coqueteaban las mandolinas. Por todas partes caminaban a pasitos cortos bailarines con la cabeza coronada de rizos y más rizos; tras ellos avanzaban madres sosteniendo pelucas de repuesto, hechas de rizos y más rizos. Niall y Ronan iban en cabeza, Ronan abriéndose paso a lo bruto con la funda de su gaita y Niall suavizando la brusquedad de su hijo con sonrisas y palabras alegres. Declan y Aurora caminaban detrás, con Matthew entre ellos. Cuando el gentío empezó a hacerse agobiante, Matthew levantó la mano para agarrar la de Declan.

Fue así de simple: Matthew tenía a Aurora a un lado y a Declan al otro, y, aunque podía elegir a cualquiera de los dos, agarró la mano de Declan. Ni siquiera se le ocurrió dudar de que Declan estuviera dispuesto a protegerlo; supuso que lo haría, sin más.

Declan lo miró, y Matthew le dedicó una sonrisa.

Y en ese momento, Declan comprendió que Matthew no se parecía a ningún otro miembro de la familia Lynch. Todos los demás eran amasijos de secretos, de recuerdos, de vidas vividas desde detrás de una máscara. Y Matthew tal vez fuera un sueño, pero en él no había nada falso. Todo en Matthew era verdad.

Declan le agarró la mano y se la apretó bien fuerte.

—Parece ser que Matthew ha muerto —dijo Declan—. Esa es la situación, hasta donde yo sé.

Hablaban en plena madrugada, en aquellas horas de un negro anaranjado que eran el dominio de Jordan. Después de pasar todo el día yendo de un lado a otro para buscar respuestas definitivas, y de hacer y recibir llamadas telefónicas, Declan le había pedido a Jordan que lo dejase en la comisaría para esperar allí más noticias. A ella le hubiera gustado quedarse con él, pero necesitaba pintar si quería estar despierta cuando las respuestas llegaran.

Ahora, Declan había vuelto por fin al estudio. Hablar allí era más incómodo que hacerlo en su apartamento, pero Jordan sabía por qué Declan lo prefería: en el apartamento también vivía Matthew, y Matthew no estaba allí.

—Eso no tiene por qué ser cierto —replicó—. Solo sabemos que tu coche estaba aparcado junto al centro de asistencia, nada más.

Con un suspiro, Declan buscó algo en su teléfono y luego se lo ofreció a Jordan. Era un correo electrónico. Mientras ella lo leía, él se quitó el abrigo y lo dejó colgado de uno de los caballetes vacíos. Lo hizo con mimo: alisando las arrugas, aunque aquella tela no se arrugaba; dejándolo con cuidado de que no se volcara el caballete, aunque aquellos caballetes no se volcaban fácilmente.

—Vale: una cámara de seguridad que está a una manzana de allí grabó a alguien parecido a Mathew yendo en esa dirección

—comentó Jordan—. Pero, aunque fuera él de verdad, eso no quiere decir que siguiera allí en el momento de la explosión.

Declan abrió una bolsa de loneta y extrajo un bulto que se expandió tras sacarlo.

—El equipo de rescate encontró esto entre los escombros. Un policía me dijo que me lo podía llevar.

Jordan contempló el chillón estampado de la cazadora de Matthew, ahora amortiguado por el hollín.

Aunque la mano con la que Declan sujetaba la prenda parecía firme, los extremos de las mangas temblaban en el aire.

Jordan negó con la cabeza.

—Aun así, no lo veo —sentenció.

Declan se dio cuenta de que, a pesar de todas las evidencias, Jordan no llegaba a creérselo.

Él, sí.

Una parte de Declan llevaba toda la vida temiendo que las cosas terminasen de aquel modo. Su padre había plantado las semillas, y los frutos eran aquellos. Declan había tratado por todos los medios de obtener una cosecha distinta; de que el resultado de todo aquello no fuese «Declan Lynch, el hombre que perdió a su familia». Pero nunca había tenido ninguna posibilidad real de lograrlo. Para bien o para mal, Declan era de una especie más resistente que los demás miembros de su familia, y eso le había permitido sobrevivir mientras el resto de los árboles morían a su alrededor. En realidad, llevaba toda la vida preparándose para ser el último mohicano.

Edvard Munch —un artista al que, en opinión de Declan, había definido su propia angustia— había escrito en cierta ocasión lo siguiente:

> *Un ave de presa se ha posado en mi mente.*
> *Sus garras se han hincado en mi corazón.*
> *Su pico ha perforado mi pecho.*
> *El batir de sus alas ha oscurecido*
> *mi entendimiento.*

El entendimiento de Declan estaba oscurecido por el brotanoche. Las garras se hincaban buscando su corazón, pero no lo encontraban porque ya no lo tenía.

—Declan... —dijo Jordan; pero, en vez de terminar la frase, le puso el teléfono en la mano.

Luego se volvió de nuevo hacia el lienzo y empezó a pintar con ferocidad, diciendo con el pincel lo que no podía decir con palabras.

Él se puso a hacer llamadas.

En primer lugar, buscó entre sus clientes hasta encontrar uno dispuesto a avalarle para asistir al Mercado de las Hadas de Nueva York la noche siguiente, dado que no había solicitado una invitación en su momento.

Luego, contactó con algunos otros que solían encargarle transportar discretamente paquetes desde el aeropuerto de Logan hasta la zona metropolitana de Nueva York. A estos les dijo que, si le proporcionaban un coche, él mismo les haría la gestión.

Una vez se aseguró un vehículo, Declan llamó a Jo Fisher, su contacto en Boudicca. Puso el altavoz del teléfono para que Jordan pudiera oír la conversación. Jo Fisher y él estuvieron un rato charlando con indirectas, mientras Declan trataba de averiguar qué estaba Boudicca dispuesta a hacer por él a cambio de lo que él estaba dispuesto a ofrecer —«¿Estarías dispuesto a organizarnos un encuentro con tu hermano?». «¿Estaríais interesadas en acceder a todos los efectos personales de mi padre y de Ronan, en el interior de nuestra casa familiar?»—. Por fin, Declan constató lo que ya sabía: los números no le daban —ya no—, de modo que haría falta un poco más de mamoneo, de negociación. Pidió una reunión con Barbara Shutt en el Mercado de las Hadas, para presentarle personalmente su caso, y Jo accedió, advirtiéndole de que hablarían largo y tendido de Los Graneros y diciéndole que no se molestase en acudir si no era en compañía de Jordan Hennessy.

Luego, Declan llamó a su abogada, cuyo marido había caído en un sueño sin fin al mismo tiempo que Matthew, y le pidió que modificase su testamento para dejarle la casa de Washington D. C. y todos sus activos a Jordan Hennessy. Antes de colgar, le dijo que en quince minutos se pasaría por su despacho para firmar los papeles.

Después, llamó al hombre que guardaba su panoplia de armas para decirle que en cuarenta minutos iría a recoger una pistola y la petaca de metal que le había prohibido terminantemente abrir.

Y entonces, apagó el teléfono y se lo metió en el bolsillo.

Se volvió hacia Jordan y le dijo:

—Necesito que me lleves junto a Ronan.

Fueron en coche a Waltham, al garaje en el que Adam Parrish trabajaba a media jornada —o en el que había trabajado antes de que Declan y él escondieran allí a Ronan tras un falso tabique—. Atravesaron el camino de gravilla que llevaba al portón principal, iluminados por la fría luz de una bombilla. El lugar estaba desierto. Declan abrió una puerta lateral con la llave que le había dado Adam, encendió la linterna de su móvil y se internó en el oscuro pasillo.

Al acercarse al cuerpo de Ronan, vio que no había brotanoche en su cara. Sin embargo, dos hilos de lágrimas transparentes le caían de los ojos. Ronan siempre había tenido los sentimientos a flor de piel.

—¿Crees que puede oírme? —preguntó, arrodillándose junto a él.

Jordan no contestó. Se quedó mirando a los dos mientras mordisqueaba sus nudillos tatuados, con la frente arrugada.

Declan miró la cara de Ronan.

—Tenías razón —le dijo con voz calmada—. Y yo me equivocaba. La he jodido, lo he jodido todo; eso es lo que hay. Hace poco, Bryde me dijo que yo no pretendía protegerte de los peligros, sino evitar que te convirtieras en un peligro para los demás. Y no creo... No: Bryde tenía razón. Es verdad. Lo que dijo es cierto. Llevo toda la vida tratando de contenerte porque tengo miedo. Desde que eras un niño, me aterra que te quedes dormido, y he estado reteniéndote todo lo que he podido. Pero eso se acabó. Voy a ir a Nueva York para conseguir el dulcemetal más fuerte que haya, y voy a traerlo para que te despiertes.

El cuerpo de Ronan no se movió ni un ápice. Sin embargo, una de las lágrimas que caían por sus mejillas brilló con humedad nueva.

—Encuentra al que lo ha matado, Ronan —le pidió Declan—. Encuentra a quien haya matado a Matthew y haz que nunca más vuelva a ser feliz.

Luego, aunque los dos hermanos jamás se abrazaban, Declan apoyó la mano en la cabeza de Ronan por un momento y sintió su calor.

—Sé peligroso —susurró.

Por fin, tras haber terminado, se volvió hacia Jordan y dejó que ella le rodease el cuello con los brazos.

—No vas a venir conmigo —le dijo—. Boudicca puede quedarse con Los Graneros, si quieren; pueden quedarse con todo lo que tengo. Pero no van a quedarse contigo.

Jordan le puso las manos en las mejillas y lo miró a los ojos. Después de tanto tiempo de llevar máscaras, en ese momento no había ninguna máscara que los separase.

—Era inevitable —murmuró él—. Jordan, todo esto era inevitable. Nuestra historia siempre ha sido una tragedia.

—De eso nada, Pozzi —replicó ella.

—No hablo de nosotros dos —repuso Declan—. Hablo de la historia de mi familia, de la historia de los hermanos Lynch. Estaba escrita desde antes de que yo naciera.

—La mía también lo estaba, y la reescribí. Vi el ángel en el mármol...

—... y lo esculpiste para liberarlo —remató Declan la cita de Miguel Ángel—. Sí, Jordan: lo hiciste.

Él, sin embargo, seguía atrapado en un bloque de piedra.

26

Ronan había soñado muchas veces que estaba muerto.
No eran malos sueños; de hecho, resultaban bastante agradables. Llevaba tanto tiempo teniéndolos de vez en cuando que ni siquiera recordaba cuándo había soñado el primero. Sin embargo, sí que se acordaba con nitidez de uno de los más tempranos. En el momento de soñarlo estaba en misa, acurrucado contra el costado de Niall, aunque ya era un poco mayor para eso. La familia entera estaba allí: Ronan al lado de Niall, Niall al lado de Aurora, Matthew al otro lado y Declan en el extremo. Era extraño que Ronan se quedase dormido durante la misa, porque, a pesar de lo joven que era, los oficios religiosos ya lo obsesionaban. Ni siquiera solía amodorrarse durante las interminables homilías; pero en aquella ocasión, estaba exhausto. La noche anterior, Declan lo había despertado bruscamente cuando estaba en mitad de un sueño.

«Voy a librarme de esto», había siseado Declan con una mirada de furia, y luego había salido del dormitorio antes de que Ronan alcanzase a comprender de qué hablaba. Ronan ni se acordaba de qué estaba soñando cuando su hermano lo despertó; lo único que recordaba era a Declan de pie junto a su cama, con los dientes descubiertos en una mueca violenta y aterrada que lo hacía parecer otra persona. Después de eso, Ronan se había pasado varias horas sin poder dormir, asustado por la idea de soñar con la terrorífica imagen de Declan.

Pero al día siguiente, en la iglesia de St. Agnes, aquel temor le parecía muy lejano. Todo en aquella escena lo arropaba:

la nervuda silueta de su padre, con su aroma a limón y a madera de boj; su madre, que entretenía a Matthew haciendo disimuladamente sombras con las manos en el respaldo del siguiente banco; Declan, leyendo el boletín parroquial con el ceño fruncido, como si estuviera en total desacuerdo con la gestión de aquel templo, pero necesitase estar al corriente, de todos modos; y Dios. Cuando Ronan iba a la iglesia, siempre sentía la presencia de un Dios —con mayúscula—. Pero esa sensación se hacía especialmente fuerte en días como aquel, con la iglesia sumida en una penumbra silenciosa, los horrores de las vidrieras atenuados hasta parecer joyas oscuras y las luces del interior borrosas y somnolientas por el humo del incienso y los cirios.

A Ronan le reconfortaba mucho la existencia de aquel Dios con mayúscula. A medida que crecía, el mundo se iba haciendo más y más confuso, con reglas que parecían contradecirse por todas partes. Por eso, la conciencia de que había algo que sabía cómo encajaba todo era un alivio.

«¿Por qué soy así? —le preguntó Ronan a Dios nada más llegar a la iglesia aquel día, con las rodillas doloridas por el áspero reclinatorio—. Mándame una señal que me diga qué debo hacer conmigo mismo».

Dios aún no le había contestado, pero Ronan respetaba su reserva. Sabía que los padres no estaban siempre disponibles; a menudo tenían otras cosas que hacer.

Fuera como fuese, mientras asistía a aquella misa, Ronan se durmió y soñó que estaba muerto.

Era un sueño maravilloso.

No para los demás, por supuesto; en el sueño, el Ronan muerto veía lo tristes que estaban los demás miembros de su familia, pero no sabía si su tristeza se debía a que lo echaban de menos o a haberse quedado atrás. Entendía mejor lo segundo que lo primero, porque la muerte lo había llevado a un lugar que debía de ser el paraíso. En su sueño, el paraíso era muy parecido a Los Graneros, pero más luminoso.

La vieja casa estaba inundada de luz. El resplandor ponía de relieve todos los detalles de madera labrada: el anguloso relieve de flores en la barandilla de la escalera, la cabeza de perro en el puño del bastón, el halcón y la liebre que había enmarcados sobre la chimenea del cuarto de estar... La luz se colaba hasta acariciar la vajilla irlandesa de barro que guardaban en los aparadores, las cortinas de encaje de la cocina e incluso el ramillete de lavanda seca que había en la antigua jofaina del dormitorio de sus padres.

Cuando Ronan estaba vivo, era raro que tuvieran invitados en Los Graneros. Pero ahora que estaba muerto, podía ver a través de la ventana una multitud de huéspedes que se acercaban por el camino de entrada. Había muchísimos —cientos, incluso—, saliendo de entre la arboleda que cerraba el camino. ¡Y qué huéspedes tan peculiares eran! Su atuendo era variopinto, al igual que su raza, su edad, su género y su tamaño. Algunos ni siquiera semejaban humanos. Por ejemplo, había algunas entidades cuyos cuerpos parecían demasiado largos, o quizá estirados, bajo sus vaporosas vestiduras. Otros llevaban corona o tenían cuernos. Y otros, como una niña huérfana con la que Ronan soñaba a menudo, y que era su amiga, tenían las piernas rematadas por pezuñas.

Pero a Ronan no le asustaban, porque sabía que habían acudido para visitarle. Algunos ya lo habían divisado en la ventana y lo saludaban con la mano.

Su corazón rebosaba de una alegría teñida de alivio. «Menos mal —pensó en el sueño—, que este es el mundo de verdad». En el fondo, siempre había sospechado que era así; que había algo más que la cotidianeidad humana, porque Ronan jamás había sentido que encajase en ella, como si hubiera sido creado para algo diferente y estuviera condenado a buscarlo sin encontrarlo jamás. Pero ahora, al ver aquella muchedumbre pintoresca, con sus sombras variadas cruzando esos campos que Ronan tanto amaba, su corazón pensó: «Esto, era esto». Mientras estaba vivo, no había sido capaz de juntar todas aquellas piezas. Muerto, sin embargo, podía conocer y acceder a todas las cosas que habían estado alejadas u ocultas a sus ojos.

«Gracias, gracias, gracias», pensó, casi llorando por aquel alivio abrumador.

Bajó corriendo las escaleras para abrir la puerta de entrada, y se vio rodeado de inmediato por la peculiaridad de sus visitantes. Se elevaban sobre él, inhumanamente grandes. Otros flotaban por la casa, envueltos en perfumes que Ronan jamás había percibido. Las mujeres iban adornadas con flores que no existían en Virginia. Los hombres reían y conversaban cantando en lenguajes que Ronan nunca había oído. La entrada trasera, donde la familia de Ronan guardaba los zapatos embarrados, estaba llena de enredaderas, helechos y árboles. Un hombre de aire distinguido y cabello leonado había estacionado en la puerta y recibía a los huéspedes que no paraban de llegar, asegurándose de que todos fueran bien acogidos. En todas las superficies de la casa habían aparecido fuentes llenas de comida, tan extraña como familiar. Todo era brillante, nítido, sin nada escondido; era igual que siempre, pero más visible, más evidente. Ronan no sabía bien si aquello era su funeral o el bautismo que le daba la bienvenida a aquel lugar, pero, fuera lo que fuese, era una celebración gozosa y concienzuda. Ronan había pasado años sintiéndose confuso e impotente en el caprichoso mundo de los vivos.

Allí, en el mundo de los muertos, Ronan era un rey.

Alguien le agarró de la mano, entrelazando sus dedos con los de él como si reclamase su posesión. Ronan bajó la vista y vio una mano joven y enjuta, toda nudillos y venas prominentes. Encajaba perfectamente con la suya.

Una voz sonó en su oído: «*Numquam solus*».

En el sueño, Ronan comprendía perfectamente esas palabras: «Nunca solo».

Sí, Ronan anhelaba estar muerto.

Ronan estaba matando dulcemetales.

No era su intención, pero lo estaba haciendo de todas formas.

De pronto, en un instante, lo había perdido todo.

Cuando la visión del fin del mundo se expandió por Boston, también atravesó a Adam y a Ronan. Para Ronan, las terribles escenas se mezclaron con la desolación de Declan al enterarse de que Matthew había muerto; los dos acontecimientos soldados hasta formar uno solo dentro del extraño tiempo del mar de los dulcemetales.

Ronan se encogió, despavorido.

Y en ese único instante de vulnerabilidad, el Encaje atacó antes de que Ronan pudiera advertir que había un hueco en la barrera con la que protegía a Adam.

Se oyó un ruido ronco, complicado, agudo y grave al mismo tiempo.

Y, de pronto, Adam ya no estaba allí. Había desaparecido sin más.

Ronan estaba solo en el mar de penumbra, sin nada a su alrededor salvo la tenue luz de los dulcemetales. No había rastro del Encaje.

Tampoco había rastro de la consciencia de Adam.

Con horror creciente, Ronan empezó a comprender que el sonido había sido un grito de Adam. Cuanto más lo recordaba, más estridente se volvía. Y Ronan lo recordaba una y otra y otra vez, como si castigarse con ello pudiera borrar su culpa.

Matthew, muerto. Adam, extraviado.

Ronan deseó con todas sus fuerzas poder volver atrás en el tiempo. Solo necesitaba uno o dos segundos; ni siquiera eso sería suficiente para detener el estallido, pero sí para proteger a Adam. Para borrar de la realidad el eco de su grito.

Pero, por extraño que fuera el paso del tiempo en el mar de los dulcemetales, no era posible revertirlo.

Lo hecho, hecho estaba. Ronan los había perdido a los dos, uno detrás del otro.

Matthew, muerto. Adam, extraviado.

Fue entonces cuando empezó a matar dulcemetales.

Se lanzó al interior de uno, y de ahí a otro y a otro, desesperado por ver a Declan, a Adam o a Matthew aunque solo fuera por un instante. Se asomó a un cuadro, una escultura, un tapiz, una alianza de boda, escrutando las estancias que los contenían sin dejar de gritar.

Al principio, Ronan trató de gritar los nombres de sus hermanos. Pero luego se dio cuenta de que también gritaba llamando a Adam, y luego a Dios, hasta que dejó de articular palabras y solo gritó. Su grito era clamor y ruido blanco; no era un sonido que pudiera emitir un humano, pero, en ese momento, Ronan no tenía una boca humana.

Estancia tras estancia.

Dulcemetal tras dulcemetal.

En contacto con su grito, los dulcemetales más endebles perdían su esencia, hundiendo en el letargo a los sueños que tenían cerca.

Los que eran más potentes parecían canalizar la energía de Ronan, y las personas que los rodeaban se estremecían y miraban a su alrededor para comprobar si alguien más había percibido aquel cambio en el ambiente.

Ronan no encontraba a Matthew. No encontraba a Declan. No encontraba a Adam.

Estaba atrapado en aquel lugar.

Llevaba años criticando a Declan por la severidad de las medidas con las que había tratado de salvaguardar a sus hermanos. Pero eso era justamente lo que Ronan hubiera debido hacer durante todo ese tiempo. Tendría que haber aprovechado todo el poder del que disponía antes de que la línea ley se extinguiera; tendría que haber sido él quien protegiera a su familia, y no al revés. ¿Y qué había hecho? Portarse como un niño mimado. Se había inventado la tarea de salvar el mundo, que no significaba nada para él, y se había olvidado de salvar a su familia, que lo era todo para él.

¿Pero cómo podía protegerlos, si todo lo que le rodeaba era un secreto?

Ronan era un héroe de leyenda irlandesa sobre el que pesaban dos *geis*: el primero, soñar tanto y tan fuerte que al final no podría ocultarlo; el segundo, no poder revelar su verdadera esencia a nadie.

Ronan no debería haber nacido. Era un ser imposible, que no servía ni para estar despierto ni para estar dormido. Sus sueños habían matado a Matthew y a Adam.

Se zambulló en los dulcemetales atravesándolos sin detenerse, lanzándose por el mar oscuro mientras gritaba hasta deshacerse. Aquello no podía ser real. Quizá nada de aquello hubiera ocurrido; quizá fuera aún un estudiante que dormía inquieto en un almacén reformado, quizá no fuera más que un niño que dormía inquieto en su cama, a metros de la habitación de sus padres, quizá fuera un dios que soñaba que era un niño que soñaba que era un dios...

¿Qué era la realidad? Él creaba la realidad.
¿Estaba despierto o soñaba?
¿Estaba despierto o soñaba?
¿Estaba despierto o soñaba?
¿Estaba despierto o soñaba?
¿Estaba despierto o soñaba?
¿Estaba despierto o soñaba?
¿Estaba despierto o soñaba?
¿Estaba despierto o soñaba?
¿Estaba despierto o soñaba?
¿Estaba despierto o soñaba?
¿Estaba despierto o soñaba?
¿Estaba despierto o soñaba?
¿Estaba despierto o soñaba?
¿Estaba despierto o soñaba?
¿Estaba despierto o soñaba?
¿Estaba despierto o soñaba?

¿Estaba despierto o soñaba?
¿Estaba despierto o soñaba?
¿Estaba despierto o soñaba?
¿Estaba despierto o soñaba?
¿Estaba despierto o soñaba?
¿Estaba despierto o soñaba?
¿Estaba despierto o soñaba?
¿Estaba despierto o soñaba?
¿Estaba despierto o soñaba?
¿Estaba despierto o soñaba?
¿Estaba despierto o soñaba?
¿Estaba despierto o soñaba?
¿Estaba despierto o soñaba?
¿Estaba despierto o soñaba?
¿Estaba despierto o soñaba?
¿Estaba despierto o soñaba?
¿Estaba despierto o soñaba?
¿Estaba despierto o soñaba?
¿Estaba despierto o soñaba?
¿Estaba despierto o soñaba?
¿Estaba despierto o soñaba?
¿Estaba despierto o soñaba?
¿Estaba despierto o soñaba?
¿Estaba despierto o soñaba?

27

Aquel año, el Mercado de las Hadas de Nueva York iba a celebrarse en el General, un antiguo hotel cercano a la Quinta Avenida. Era exactamente el tipo de establecimiento que solía albergar aquellos eventos, ya que, al acabar, el edificio en el que se celebraba el Mercado quedaba convertido en cenizas. Declan suponía que lo hacían para que no quedaran rastros de los negocios que se efectuaban allí —siempre había sospechado que algunas de las transacciones involucraban cadáveres—, y que los dueños de los hoteles accedían a cambio de cobrar la prima del seguro, ya que todos los edificios se encontraban en algún grado de decadencia.

En realidad, prefería no saber por qué los edificios ardían ni quién les prendía fuego. El mercado negro era un libro cuyas páginas se hacían más pequeñas y tenebrosas a medida que se avanzaba en él, y Declan prefería limitarse a leer los primeros capítulos una y otra vez. En su penúltimo Mercado de las Hadas, el anterior al que había llevado a Ronan (¿se había equivocado al hacerlo?) (en cualquier caso, alguien se había equivocado) (aquella noche, el castillo de naipes se había derrumbado por completo), uno de los comerciantes de antigüedades que Declan conocía de toda la vida le había dicho: «La diáspora siempre prefiere una visión idealista de la tierra natal». En aquel momento, Declan no supo por qué le había dicho aquello. Al fin y al cabo, ni el Mercado de las Hadas era su tierra natal, ni Declan era Niall Lynch. Declan no se parecía en nada a su familia. Carecía de familia.

(Matthew estaba muerto.

Muerto de verdad.

No habría planes para terminar sus estudios, ni razones para hacer café por la mañana; nada que impidiera a Declan hacer cualquier cosa, nada que impidiera a Declan no hacer nada.

Muerto).

Al llegar al General, un portero con un anodino traje negro le indicó directamente que pasara. Dentro, el exiguo vestíbulo no parecía mucho más moderno que el edificio decimonónico que lo albergaba, contrastando extrañamente con los dos guardias vestidos de antidisturbios que vigilaban delante del mostrador. Parecía como si los hubieran recortado de una escena distinta para pegarlos en aquella estancia de papel pintado, desgastado suelo de madera y apliques de luz con las tulipas llenas de insectos muertos.

—Invitación —dijo uno de ellos.

Declan le ofreció la tarjeta que había obtenido con gran esfuerzo, y el guardia la escaneó con un aparato electrónico. Aquello —que escanearan las entradas del Mercado de las Hadas, como si fuera una feria de armas o un concierto— era algo nuevo, un método burdo y antiestético. Despojado de sus rituales cortesanos y su aire artístico, ¿en qué se convertía el Mercado de las Hadas? En delincuencia pura y dura. Jordan no habría sido capaz de falsificar su entrada esta vez, pensó Declan con una extraña nostalgia, aunque prefería una realidad en la que Jordan se esforzara por entrar en galerías de arte, en vez de en un sitio como aquel.

—¿Armas? —preguntó el segundo guardia, aunque ya había empezado a cachear a Declan.

—No es la primera vez que asisto —replicó Declan.

Llevar armas siempre había estado prohibido en el Mercado de las Hadas. Al fin y al cabo, se suponía que era un lugar al que todos los participantes asistían en pie de igualdad, y las armas habrían roto aquel equilibrio.

El primer guardia encontró la petaca plateada que Declan llevaba en el bolsillo de la americana, y que había recogido de camino hacia allí.

—¿Qué es esto? —preguntó, alzándola para examinarla.

—Resulta evidente, ¿no? —respondió Declan con su blandura habitual, aunque la pregunta había hecho que le diera un vuelco el estómago.

El guardia sacudió la petaca y escuchó el chapoteo. El alcohol no estaba prohibido en el Mercado. Tampoco lo estaban los dulcemetales, y la petaca era uno de ellos, aunque muy endeble.

«No me lo quites», rogó Declan para sus adentros.

Y no se lo quitó.

—Por esa puerta —le indicó el guardia mientras volvía a meterle la petaca en el bolsillo—. Los invitados preferentes usan el ascensor que hay al fondo del pasillo. Décimo piso.

Declan empujó la pesada puerta antiincendios y entró en un corredor estrecho y de techo bajo.

Lo primero que vio fueron las fotografías: láminas antiguas en blanco y negro, con marcos baratos, que colgaban en los espacios entre las puertas laterales. Eran tan agresivas, tan absolutamente feas que casi podían ser consideradas como obras de arte.

Lo segundo que advirtió fue la rata. Hacía tiempo, en la casa de Washington D. C. que había compartido con Matthew en lo que parecía una vida anterior, los dos habían tenido una larga discusión porque Matthew pretendía tener una rata como mascota. Declan le había dicho que, si veía una rata de ciudad, dejaría de querer tener una. Matthew había replicado que lo único que diferenciaba una rata de ciudad de una comprada era que a la primera nadie la quería. Pues bien: la rata que Declan miraba ahora, mientras se escabullía hasta colarse por una grieta de la pared, era distinta de una comprada en muchos aspectos. Era enorme. Estaba mugrienta. En sus ojos brillaba una especie de avidez vacía. «Si Matthew estuviera aquí —pensó Declan—, entendería por fin que lo que les hace la vida de la calle a las ratas».

Solo que Matthew no estaba allí ni en ninguna otra parte.

Lo tercero que vio Declan mientras avanzaba paso a paso fue una hilera de personas que se extendía hasta el ascensor del final del pasillo. Todas estaban sentadas en la misma posición, con un cartel pulcramente impreso delante de cada una de ellas. Todas tenían la boca tapada por un cuadradito de cinta aislante. La mayor parte eran mujeres. A Declan no le cupo duda de que aquello era cosa de Boudicca.

Era una escena muy desagradable. Representaba una línea roja más que se había traspasado en aquel Mercado, algo que inquietó a Declan. Obviamente, en el Mercado de las Hadas siempre había habido un cierto grado de violencia subyacente; cualquier industria no regulada termina por dar lugar a la violencia, que no es más que un orden de otro tipo. Pero el hecho de que en aquellos lugares no pudieran entrar ni armas ni grupos organizados hacía que la violencia quedara fuera de foco. No se hacía evidente a todos los visitantes, ya acudieran allí para comprar vasijas robadas o para contratar a un asesino a sueldo. En el pasado, un padre —Niall Lynch, por ejemplo— podía ir al Mercado de las Hadas junto a su hijo de diez años, y convencer al niño de que aquel lugar no era más que un club privado para gente que encontraba el mundo de la legalidad un poco engorroso para su gusto.

Aquello, evidentemente, era una muestra de fuerza organizada por Boudicca.

La balanza del poder había oscilado.

Las primeras cinco prisioneras —porque estaban prisioneras; las bridas que las maniataban lo mostraban a las claras— carecían de orejas. No habían nacido así; en algún momento del pasado reciente, alguien no muy cuidadoso se las había cortado. Los letreros que tenían delante mostraban la siguiente frase: oí lo que no tenía derecho a oír.

Declan hizo un esfuerzo por no mirarlas mientras pasaba por delante de ellas, aunque era obvio que las habían colocado allí para que todo el mundo las viese. Aquellos métodos le repugnaban, y le daba la impresión de que mirarlas equivalía a colaborar con ellos.

Le resultó más difícil no mirar al siguiente grupo. Estos prisioneros no tenían manos, lo que resultaba aún más sobrecogedor.

Sus letreros decían: ME APROPIÉ DE LO QUE NO TENÍA DERECHO A APROPIARME.

Entre ellos estaba Angie Oppie, una antigua conocida de Declan que, en ese momento, no se asemejaba en nada a la voluptuosa ladrona y comerciante con la que él había tratado en Mercados anteriores. Su boca, siempre pintada de rojo, quedaba oculta tras la cinta aislante. Su ropa estaba desgarrada y manchada de sangre seca. Sus brazos, amarrados con varias bridas de plástico desde las axilas hasta las muñecas, terminaban en dos muñones vendados. A Declan, aquella imagen le resultó tan difícil de procesar como la idea de Matthew muerto. Su hermano había estado vivo y ahora estaba muerto. Angie había tenido manos y ahora ya no las tenía.

Declan aminoró el paso.

Aunque Angie y él nunca habían sido amigos, tampoco habían sido enemigos.

Tenía más cosas en común con ella que con la mayor parte de la gente que conocía.

Y eso, de algún modo, era significativo.

La miró a los ojos.

Angie negó con la cabeza de forma casi imperceptible. Sus ojos enfocaron la puerta por la que Declan acababa de entrar, y él comprendió sin necesidad de palabras que había alguien más en el pasillo, a su espalda. Uno de los guardias, quizá.

Sintió una punzada en el estómago.

Continuó andando.

El pasillo parecía no acabar nunca.

Con aquel espectáculo, Boudicca no solo había destruido la vida de aquellas personas: también había destruido una parte de la infancia de Declan. Hasta ese momento, jamás se había dado cuenta de lo mucho que le había aportado el rito anual de acudir al Mercado de las Hadas con su padre, participar junto a él de aquel ambiente que tenía más de reunión subversiva que de campo de batalla. Aquella escena, sin embargo, le hacía sentir como si se hubiera unido sin querer al bando de Boudicca, como si hubiera aceptado incorporar aquella crueldad feroz a su vida diaria. No se sentía capaz de escapar de ello.

El último grupo de prisioneros estaba al lado del ascensor, de modo que no quedase más remedio que esperar junto a ellos.

Estos no tenían ojos.

Sus letreros decían: VI LO QUE NO TENÍA DERECHO A VER.

Esta vez, Declan no pudo evitar el impulso de mirarlos mientras aguardaba a que llegase el ascensor.

De pronto, se dio cuenta de que estaba buscando a su madre entre ellos. No Aurora Lynch, la mujer que lo había criado, sino Mór Ó Corra, su madre biológica, a la que su padre había usado como modelo para soñar a Aurora. En realidad, no había ninguna razón por la que Mór debiera encontrarse entre aquellas personas, salvo el hecho de que trabajaba para Boudicca. Declan se había esforzado mucho para rastrearla, y, cuando al fin lo había conseguido, se había encontrado con que ella no quería verlo. En lugar de acudir a su cita, había enviado a una copia soñada del padre de Declan, quien le había aconsejado que se mantuviera al margen y cuidara de Ronan.

Declan no había hecho ni lo uno ni lo otro.

La puerta del ascensor se abrió para revelar a una última prisionera en su interior: una joven larguirucha que yacía apoyada contra la pared de madera. Esta no estaba atada mi amordazada, porque no hacía falta. Dormía profundamente.

El cartel apoyado contra su rodilla decía: OLVIDÉ QUE ESTABA INDEFENSA.

Declan entró en el ascensor con un esfuerzo de voluntad. Podía oír el ruido de su propia respiración, como si tuviera la cabeza metida en una bolsa.

La puerta se cerró.

Apretó el botón del décimo piso.

Todo en aquel lugar le parecía odioso. Todo era perverso, retorcido.

Sobre la puerta, un número luminoso parpadeó cuando el ascensor se puso en marcha, tan desvencijado como el resto del hotel.

Cuando el número nueve apareció en el panel, los ojos de la chica se abrieron. No mucho; apenas una rendija. Cuando el ascensor se detuvo en el piso diez con un tintineo, seguían abiertos. «Dulcemetales», pensó Declan. Su invitación preferente le permitía acceder a la planta de los dulcemetales, y alguno de ellos era lo bastante potente para despertar a la chica del ascensor. No llegaba a darle el control de su cuerpo, pero bastaba para animar su mente.

La chica suspiró mientras la puerta se abría, y Declan se dio cuenta de que aquello era una tortura —o un castigo, como cada uno quisiera llamarlo—. A lo largo de todo aquel Mercado de las Hadas, la chica despertaría al viajar hacia arriba en el ascensor y volvería a hundirse en la oscuridad cada vez que descendiese, en un ciclo interminable.

Y al acabar, ¿qué? ¿Ardería junto al edificio?

Declan vaciló.

—Lote quinientos treinta y uno —susurró la chica sobresaltándolo—. Ahí estoy yo. Haz una buena puja.

Al salir del ascensor, Declan se encontró rodeado de dulcemetales. Aquel piso había estado ocupado por una suite de lujo, cada una de cuyas estancias estaba ahora llena de obras expuestas. Había vitrinas llenas de joyas, objetos de plata y fragmentos de esculturas. Había pedestales con figuras de bronce. Había dibujos protegidos por fundas de plástico; cuadros colgados tras cortinajes de terciopelo; vestidos, levitas, zapatos y guantes, prendas bordadas y recamadas con cuentas de cristal y piedras preciosas. Hasta la cama, exquisitamente labrada y cubierta de colchas y tapices espectaculares, era un dulcemetal.

Al lado de cada puerta montaba guardia un vigilante fornido y claramente armado.

Por altas que hubieran sido las apuestas en los Mercados anteriores, en este lo eran más aún.

De pronto, Declan se dio cuenta de que estaba delante de un cuadro de Magritte.

Encontrar una obra así en aquel contexto lo sorprendió tanto que se detuvo en seco, incapaz de disimular. La obra, muy conocida, se titulaba *El hijo del hombre* —aunque la gente a menudo se refería a él como *El hombre con el sombrero hongo*, que era, en realidad, el título de un cuadro menos conocido del mismo autor, en el que aparecía una paloma—.

El cuadro mostraba un hombre anónimo, vestido con un gabán negro, una corbata roja y un sombrero hongo. El hombre estaba de pie frente a un pretil de piedra, con los brazos colgando a los lados del cuerpo. Uno de sus codos estaba torcido sutilmente. Sus rasgos quedaban ocultos por una manzana verde que flotaba delante de su rostro. Durante su adolescencia, Declan había pasado una temporada moderadamente obsesionado con aquella pintura. Aunque tal vez lo que lo obsesionase realmente fuera lo que Magritte había escrito sobre ella: el pintor venía a decir que lo que hacía que los espectadores deseasen descubrir los rasgos del hombre no era su interés por ellos, sino el hecho de que estuvieran ocultos. Declan había escrito la cita de Magritte en el encabezamiento de su cuaderno de inglés para aquel trimestre, y aún podía recitarla al pie de la letra como si fuera un versículo de la Biblia.

—Una hermosura, ¿verdad? —comentó Barbara Shutt colocándose a su lado.

Como siempre, la representante de Boudicca parecía engañosamente campechana. Iba vestida con una blusa arrugada, adornada con un broche bastante ramplón que representaba un gallo. En la mano llevaba una bebida gaseosa de la que saltaban burbujitas.

—La primera vez que le echas el ojo es como... ¡Guau, vaya cuadro! —continuó con tono cantarín—. Y luego te dices: ¡Ahí va, pero si lo conozco! ¡Es ese cuadro!

Estaba pegada a Declan, tan cerca que él podía oír los leves silbidos de su respiración y percibir su perfume.

—«Todo lo que vemos oculta otra cosa, siempre deseamos ver lo que esconde aquello que vemos».

—¿Qué es eso?

—Algo que dijo Magritte.

—Ah, chico listo. Yo no tengo cabeza para eso de las citas, la verdad. Los chistes son otra cosa... Ahí va uno: ¿por qué no puede haber ninguna nariz de doce pulgadas?

Declan se quedó callado hasta darse cuenta de que se suponía que debía contestar a la pregunta.

—No sé. ¿Por qué?

—¡Porque si tuviera doce pulgadas no sería una nariz, sino un pie! —Barbara Shutt se echó a reír con tantas ganas que su bebida estuvo a punto de derramarse—. Ah, qué divertido... ¿Y dónde dices que está tu amiga Jordan? ¿Mirando los collares, quizá? ¿O ha ido a echar un vistazo a los anillos, eh, picarón?

—No ha venido —respondió Declan, y nada más decirlo se dio cuenta de que ella ya lo sabía.

Aquello hizo que reconsiderase rápidamente su opinión sobre Barbara Shutt.

—Ay, cielo, pero es que realmente queríamos verla hoy —repuso ella—. No es que no queramos verte a ti, con lo buen mozo que eres. Pero es que...

—... si te pedimos algo y tú accedes, suponemos que vas a cumplir —completó la frase Jo Fisher, que se había acercado sin que Declan lo advirtiese. El moño tirante que llevaba no hacía nada por ocultar la frialdad de su expresión—. Y, según creo, el trato implicaba que vinieras aquí con Jordan Hennessy y con información sobre la finca de tu padre.

—Aún no hemos cerrado ningún trato —replicó Declan—. Hemos concertado esta reunión para discutir los términos, os lo dije muy claramente.

—Ah, eso no es lo que yo entendí durante la conversación telefónica —dijo Barbara Shutt dirigiéndose a Jo Fisher—. ¿Tú entendiste eso? Me temo que Jo está de acuerdo conmigo, cariño.

Siento mucho que hayas venido para nada, pero no podemos ayudarte.

—En Los Graneros hay muchas cosas que os pueden interesar —insistió Declan procurando mantener la calma—. Lo que Jordan hace o deja de hacer es cosa suya, no mía, y no tiene nada que ver con esto.

Ante su mirada atónita, Barbara Shutt y Jo Fisher se dieron la vuelta como si no le hubieran oído y empezaron a alejarse charlando de algo diferente. Quizá pensaran que Declan iba a perseguirlas rogando que le atendieran, para así poder volver a despreciarle.

—¿Acostumbráis a terminar de este modo todas vuestras conversaciones de negocios? —preguntó alzando la voz.

Las dos mujeres se detuvieron y dieron la vuelta para encararse con él.

—Cariño —dijo Barbara Shutt—, tu padre y tu hermano están muertos y acabados, y ahora solo quedas tú. Y no es que no seas un placer para la vista, entiéndeme bien, pero dime: ¿de qué nos puedes servir?

—Por favor, acompañad a este hombre hasta la salida —les pidió Jo Fisher a los guardias.

Y así lo hicieron, uno a cada lado de Declan. Montaron con él en el ascensor, donde la chica empezó a murmurar «lote quinientos treinta y uno». Uno de los guardias le asestó una patada en la boca, y ella se quedó gimiendo en voz baja hasta que el ascensor la sacó de la zona de influencia de los dulcemetales. Lo escoltaron por el pasillo donde estaban los prisioneros mutilados de Boudicca, Angie entre ellos. Atravesaron tras él el vestíbulo donde los dos hombres vestidos de antidisturbios montaban guardia para asegurarse de que solo las personas con medios financieros accedían a aquel nuevo producto de primera necesidad. Y, por último, lo dejaron en la oscura acera, rodeado por el rumor de motores, sirenas y gritos que formaba la banda sonora de la Nueva York nocturna. El viento aullaba azotando los edificios. Cuando el incendio estallase más tarde, el aire avivaría rápido las llamas.

Declan se quedó varios minutos de pie en la acera, tembloroso. Acababa de estar rodeado de dulcemetales que habrían hecho la vida de Matthew infinitamente más fácil, que les habrían evitado tener que discutir, que lo hubieran mantenido...

(está muerto).

Y *El hijo del hombre*... Si conseguía hacerse con aquella pieza, estaba seguro de que lograría despertar a Ronan. Y si despertaba a Ronan, entonces... entonces...

(está muerto, está muerto, está muerto).

A Declan le daba la sensación de que había una versión de sí mismo que no sería capaz de moverse de aquella acera; que podría quedarse allí de pie hasta que su corazón dejase de latir, por mucho tiempo que pasara.

Pero, al cabo de un rato, enderezó la espalda y respiró hondo. Se sentía vacío.

Le mandó un mensaje a Jordan: *Tú fuiste la historia que elegí para mí.*

Luego, volvió a entrar en el hotel.

—¿Qué quiere? —le preguntó uno de los antidisturbios.

—Se me olvidó una cosa —respondió Declan. Se sacó el teléfono del bolsillo y se lo mostró—. ¿Me podéis decir lo que significa esto?

Cuando el primer vigilante se inclinó para ver mejor la pantalla, Declan estiró la mano hasta su pistolera, sacó su arma y la usó para pegarle un tiro al segundo guardia.

El primero retrocedió precipitadamente, echando mano a su pistolera vacía, y Declan le disparó también. Luego, se agachó para sacar el cuchillo de combate que llevaba el primer guardia al cinto y la pistola del segundo.

Se acercó a la puerta antiincendios y la abrió de un empujón. Los prisioneros giraron la cabeza para mirarlo.

Sin decir una palabra, Declan avanzó por el pasillo a grandes zancadas y fue cortando las bridas que los maniataban con el cuchillo.

La puerta del ascensor se abrió. Frente al lote quinientos treinta y uno había un guardia de pie.

Declan lo dejó fuera de combate de un tiro, le quitó la pistola y arrastró al lote quinientos treinta y uno hasta sacarla al pasillo.

—Salid —ordenó, volviéndose hacia los prisioneros—. ¿Qué hacéis sentados aún aquí? Los guardias están muertos. Marchaos y lleváosla.

Por las puertas que bordeaban el pasillo aparecieron más hombres uniformados. Declan oyó disparos, pero ya estaba rodando para meterse en el ascensor. Antes de que la puerta se cerrase, contestó con una andanada de tiros.

Planta diez. Tenía que ir la planta diez.

Subió.

Sus manos y sus zapatos estaban salpicados de sangre. No era de él.

En las plantas por las que iba pasando el ascensor se oían gritos.

La puerta se abrió. Estaba en la planta siete, no en la diez. Más guardias. Declan disparó para cubrirse mientras pulsaba con fuerza el botón de cierre.

Siguió subiendo.

La puerta volvió a abrirse en la planta nueve. Más guardias aún. Y a estos los tenía ya encima, sin tiempo a cerrar el ascensor.

Apuñaló al más cercano, disparó al siguiente y rodó por el suelo, mientras las balas agujereaban el lugar en el que estaba un segundo antes.

Se echó a correr por el pasillo esquivando a los guardias, directo hacia el hueco de la escalera para seguir subiendo, subiendo, subiendo. Muertos y heridos se amontonaban a su espalda. Las puertas de las habitaciones se abrían a su paso; cuando sus ocupantes veían lo que ocurría, las volvían a cerrar. Arriba, arriba.

Décima planta.

Declan estaba rodeado de guardias y de dulcemetales, y no le quedaban balas.

El hijo del hombre lo miraba desde detrás de su manzana.

(muertos, todos están muertos).

Declan se sacó la petaca del bolsillo del pecho y desenroscó el tapón. Mientras las balas silbaban a su alrededor, por la boca de la petaca brotó en tropel una jauría. Eran fieras hechas de humo: sabuesos oscuros y amenazadores que se extendieron ondulantes por la moqueta. Cuando ladraban, de sus fauces brotaba una luz tan potente como la del sol.

Estaban hambrientos.

Se lanzaron sobre los guardias, devorando las balas que volaban a su encuentro.

Eran los perros solares que había creado Ronan tiempo atrás. Los había soñado para que protegieran a sus hermanos, pero aquellas criaturas también estaban dispuestas a devorarlos una vez hubieran terminado con los malos. Matar, matar: eso era todo lo que sabían hacer.

Declan buscó a tientas una puerta que no estuviera cerrada con llave y se deslizó por el hueco justo cuando empezaban a sonar gritos. Se encontraba en un cuarto de limpieza. Se quedó en la oscuridad, resollando en busca de aliento. Extrañamente, sus jadeos y los latidos de su corazón ahogaban los terribles ruidos que sonaban al otro lado de la puerta.

Cuando al fin todo quedó en silencio, Declan contó hasta sesenta por prudencia.

Luego, volvió a quitar el tapón a la petaca y se arriesgó a salir.

La sala estaba cubierta de cadáveres entre los que aún merodeaban los perros solares, jadeantes, hambrientos. Por la boca de cada uno de ellos asomaba un incendio feroz. Sus dientes no estaban manchados de sangre, aunque, a juzgar por el estado de la moqueta, habrían debido estarlo.

—Es hora de rematar esto —dijo Declan.

Al oír su voz, la jauría entera se abalanzó hacia él. Declan vio sus fauces en llamas, ávidas e insaciables.

Por un instante, pensó: «Se acabó».

Pero, en el último momento, los perros solares saltaron para meterse en la petaca, en un movimiento tan limpio y fluido como un videojuego en *reverse*.

Declan cerró el tapón con fuerza.

Envuelto en el silencio estremecido de la sala, avanzó sorteando los cadáveres mutilados hasta llegar a *El hijo del hombre*. Trató de imaginarse en su coche, dirigiéndose hacia Massachusetts con el cuadro en el asiento del copiloto. Trató de imaginarse colocándolo junto a Ronan en aquel pasillo oscuro en el que estaba atrapado para siempre. Trató de imaginarse viendo a Jordan de nuevo.

Pero todas aquellas escenas quedaban ocultas por lo que tenía ante los ojos.

—Ni se te ocurra —le dijo Barbara Shutt, saliendo del ascensor—. Creo que te has pasado de la raya, jovencito.

Tenía la cara salpicada de sangre. Tampoco era de ella.

—Ya está hecho —afirmó Declan.

Barbara Shutt miró un punto detrás de él, con las cejas enarcadas. Aunque no estaba seguro de que no fuera un farol, Declan volvió la cabeza para seguir su mirada.

Vio una persona que empuñaba un arma. Apenas le dio tiempo a distinguir de quién se trataba: era su madre, Mór Ó Corra.

Y entonces, ella le disparó.

28

—¿Qué crees que quiere el Bosque de nosotros? —preguntó Niall.

Decía «el Bosque» porque Mór también llamaba así al ente con el que soñaban, aunque sabía que, en realidad, no estaban tratando con un bosque. «El Bosque» no era más que una abreviatura para referirse al lugar en el que moraba el ente, para representar lo vasto que era, con raíces en un mundo y ramas en otro, aunque Niall no llegaba a saber si Mór y él habitaban en las ramas o en las raíces. Normalmente, suponía que ellos dos vivían en el lado iluminado por el sol, pero quizá estuvieran bajo tierra sin saberlo.

Ese era el tipo de pensamientos que le despertaba soñar con el Bosque, y a Niall no le gustaban. Sentía que aquellas ideas estaban estirando su mente; la oía crujir, amenazando con quebrarse ante la enormidad de la existencia. Niall no estaba hecho para comprender aquellas cosas.

—No estoy segura de que esa sea la pregunta correcta —replicó Mór—. Tendríamos que preguntarnos, más bien, qué es lo que quiere el Bosque.

—¿No es lo mismo?

—¿Por qué está aquí? ¿Por qué nos habla a ti y a mí, en vez de quedarse en el lugar del que procede y hacer lo que sea allí?

—¿Crees que es un demonio? —preguntó Niall.

Mór le lanzó una mirada espesa. Llevaba tiempo diciéndole que era absurdo seguir siendo religiosos, en vista de que los dos eran capaces de sacar cosas de sus sueños; pero él siempre replicaba que en el mundo había muchas cosas de las que nunca se hablaba en misa, y que a él no le importaba ser una de esas cosas. Niall necesitaba creer en algo que diera sentido a la existencia, algo más allá de Mór y de él o del ente del Bosque. Eso lo aliviaba de la responsabilidad de trazar planes propios.

—Más bien un dios, si quieres utilizar ese tipo de palabras —contestó Mór—. Sea lo que sea, creo que siente curiosidad. A veces me da la impresión de que desearía estar en nuestro lugar. Quiere ver más que lo que alcanza a distinguir, por eso acude a nosotros una y otra vez.

—¿Ver más de qué?

—De nuestro mundo, quizá. Creo que le gustaría tener piernas, por decirlo de algún modo.

—Pues no le voy a dar las mías; tengo que cuidar de las vacas —replicó Niall.

Aunque su tono era ligero, los dos sabían que aquella conversación lo incomodaba; la relación de cercanía que habían entablado con el ente del Bosque hacía que la idea de regalarle las piernas pareciera más posible de lo que sería lógico esperar. Niall se puso los guantes de trabajo y llamó a Declan.

—Ven a ayudarme, hijo —le pidió cuando el niño apareció—. Vamos a dejar tranquila a tu madre un rato.

Niall procuraba dejar tranquila a Mór de vez en cuando, porque, últimamente, le daba la impresión de que, si no le daba un poco de libertad, ella se la tomaría toda por su cuenta. Después de entablar contacto con Boudicca —pues así se llamaba el grupo al que anunciaba la tarjeta que Niall había llevado a casa—, Mór había empezado a ausentarse de Los Graneros con frecuencia. Al principio solo faltaba una hora o dos. Más tarde, empezó a pasar fuera tardes enteras; luego, días sueltos; después, varios días seguidos. Desaparecía sin previo aviso y regresaba del mismo modo, sin explicaciones ni disculpas, como una gata. A su vuelta, en su mirada siempre había un resplandor ferozmente vivo que le quitaba las ganas a Niall de protestar. No sabía qué era lo que encontraba Mór ahí fuera, pero, en todo caso, estaba claro que lo necesitaba. ¿Quién era él para oponerse? Como el Bosque, Mór quería tener piernas y espacio para usarlas, y no iba a ser él quien tratase de encadenarla.

Declan, sin embargo, no se lo tomó muy bien. A medida que crecía, cada vez se apoyaba más en normas rígidas y planes estructurados , y los planes que incluían a Mór no solían ser fiables. Para cuando daban fruto, era muy posible que ella estuviera ausente.

—Marie —le dijo Niall una noche en que ella había llegado tarde, después de que se metiera en la cama junto a él—, ¿crees que podrías llevarte a nuestro gran D. en alguna de tus excursiones, si te cuadrase?

—Mór —replicó ella. Su nombre auténtico era Marie Curry, y, al tomar su apellido de casada, se había convertido en Marie Lynch. Era el mismo nombre de la madre de Niall, y Mór lo odiaba.

—¿Cómo dices? ¿Grande? —se extrañó Niall, porque *Mór* significaba eso en irlandés.

—Quiero cambiarme el nombre por «Mór Ó Corra» —explicó ella—. Suena bien, ¿verdad? Yo seré Marie Mór y tu madre puede ser Marie Beag, la pequeña. Así la habré vencido.

—¿Ya no quieres seguirte llamando Marie Lynch?

—No, no quiero ser Marie Lynch nunca más.

—Vale, está bien —asintió Niall, aunque en el fondo se sentía como si Mór hubiera deslizado uno de sus dolorosos objetos soñados en la conversación. No quería llamarla por un nombre que ella rechazase; si lo hacía, cada vez que lo pronunciase parecería un insulto.

—¿No estás enfadado conmigo?

Que estuviera dispuesto a aceptarlo no excluía que estuviera molesto.

—Quiero que seas feliz —respondió Niall en voz baja—. Me hace feliz verte feliz.

A través de la ventana abierta, la oscura noche de Virginia susurraba ruiditos oscuros y nocturnos: chirridos de grillos, rumor de árboles, los agudos ladridos de alarma de un zorro en los campos.

Mór se incorporó apoyándose en un codo.

—Creo que lo dices de verdad —constató—. Cuántos sentimientos tienes, Niall... ¿Puedo contarte una cosa sobre mí que nunca le he contado a nadie?

Él asintió y le dio un beso en la mejilla.

—Creo que yo carezco de sentimientos —afirmó Mór, mirándolo con los ojos muy abiertos.

Niall sacudió la cabeza, sonriente, sin saber si Mór estaba haciendo un juego de palabras o un chiste.

—No, en serio —continuó ella—: cuando dices que te alegras por mí, que te hace feliz verme feliz, está claro que lo sientes. No lo dices solamente para que yo haga algo a cambio; es un sentimiento que de verdad está dentro de ti.

Niall se incorporó para mirarla a la cara.

—No te entiendo, amor... ¿Me estás diciendo que solo me dices esas cosas porque crees que yo quiero oírtelas decir?

—¡Eso es! —exclamó Mór. Lejos de estar avergonzada, parecía muy satisfecha de que Niall lo hubiera comprendido—. Pero es que, durante mucho tiempo, creí que tú hacías lo mismo; que todo el mundo lo hacía. Me parecía que vivíamos en una especie de obra de teatro gigantesca, y que todo era como esas veces en las que alguien te pregunta qué tal estás y tú le respondes que bien, porque eso es lo que se supone que tienes que decir. Pero en realidad no es así, ¿verdad? Porque cuando tú dices que me quieres, lo sientes de verdad, ¿no es eso?

Niall frotó las yemas de sus dedos contra las de ella para convencerse de que aquello era real, de que estaba despierto, de que no estaba teniendo una pesadilla, de que esa era verdaderamente su mujer. Estaba estremecido, como la noche en la que habían decidido huir de Irlanda.

—¿Tú no lo sientes? —preguntó.

—Creo que no, o al menos no lo siento como la mayoría de la gente —contestó ella—. Cuando otra persona se enamora de alguien, es como si le doliera, o como si eso la hiciera feliz. Hace mucho que empecé a fijarme en cómo dice la gente «te quiero» para tratar de decirlo igual, para hacer todas esas cosas como había que hacerlas. Llevo muchos años fingiendo que soy como todo el mundo, pero creo que no soy capaz de amar a las personas o las cosas. Me interesan, eso sí. No estoy segura de que sea eso, porque no puedo meterme en la cabeza de los demás, pero creo que tú llamarías así a lo que yo siento.

—Entonces —repuso Niall lentamente—, ¿eres una psicópata?

Ella se echó a reír alegremente.

—¡Sociópata, en todo caso, porque sí que tengo conciencia del bien y del mal! Lo sé porque he leído varios libros para informarme. Pero, por suerte para ti, soy una sociópata muy agradable.

—Entonces, ¿todas las veces que me has dicho que me querías eran mentira?

—Me pondría triste si te murieras —respondió ella—, y eso nunca me había pasado. De pequeña, solía imaginar que mis hermanas o mi madre se morían, y luego trataba de averiguar si eso me daría pena. Trataba de convencerme de que sí, pero en el fondo sabía que no era verdad. Sí que puedo sentir pena, pero en mucha menor medida que la gente normal. Eres la única persona a la que se lo he contado.

Mór se inclinó y lo besó, pero Niall ya no sabía qué significaba aquel gesto.

—Vamos a darle al Bosque lo que quiere —propuso ella de pronto, animada como una niña—, para que él nos dé lo que queremos nosotros.

Niall la miró: ya ni siquiera estaba seguro de que su animación fuera auténtica.

—¿Y qué dices que queremos nosotros? —preguntó.

—Todo —respondió Mór.

Para Niall, Los Graneros y Marie Lynch y Declan ya eran más que suficiente. Pero ahora se daba cuenta de que estaba en peligro de perder una de las tres cosas.

—¿Y qué quiere él? —preguntó.

—Al Greywaren.

Niall se preguntó por qué el deseo del Bosque tendría ya un nombre. ¿Sería la primera vez que hacía aquello? Y, si no era así, ¿qué suponía eso? No estaba seguro de conocer la respuesta a ninguna de esas preguntas.

Pero amaba a Mór y tenía miedo de perderla, de modo que dijo:

—De acuerdo.

29

Liliana a menudo pensaba que el problema de ser muy vieja era que los sentimientos se volvían planos y embotados. Le costaba recordar lo afilados e importantes que habían sido en su juventud: cómo la emoción podía quitarle el sueño, lo mucho que dolía perder a alguien.

Aunque recordaba bien cómo era tener sentimientos, cada vez le daba más la impresión de que sentía las cosas de memoria. Había visto demasiado, había sobrevivido a demasiadas cosas, se había despedido demasiadas veces.

Estar junto a Farooq-Lane la ayudaba a recordar lo grandes que habían sido sus sentimientos. Al mismo tiempo, también le hacía cobrar conciencia de lo pequeños que se habían vuelto.

Y los sentimientos de Farooq-Lane se habían hecho verdaderamente grandes durante los días posteriores a la explosión. Era como si Hennessy y ella hubieran intercambiado sus papeles. Hennessy se había convertido en una persona silenciosa, reconcentrada, implacable en su empeño artístico, obsesionada por conseguir, desde su estudio en el sótano, otro dulcemetal que parecía escurrírsele de entre los dedos. Farooq-Lane, por su parte, se había transformado en un muro de sonido incesante. Fuera donde fuese, ponía la radio para escuchar ópera, si es que la radio no se había encendido ya por su cuenta. Los tenores gorjeaban en la cocina mientras ella miraba por la ventana, con la vista clavada en el pequeño garaje. Los contratenores trepidaban seductoramente por los altavoces de la frutería mientras ella estaba comprando. Las sopranos se lamentaban en su coche mientras ella iba a la comisaría para enterarse de las novedades sobre el atentado o sobre el paradero de Nathan. Los barítonos rezongaban, ahogando la voz de los dependientes que atendían a Farooq-Lane desde las ventanillas de autoservicio de las hamburgueserías. Los gemidos de las *mezzosopranos* escapaban de sus auriculares mientras Farooq-Lane corría por el barrio hasta perder el aliento, empapada en sudor. Ópera, ópera, ópera. Farooq-Lane y su fantasma... Los dos estaban al límite, y nadie podía comprenderlos salvo ellos mismos.

Al terminar una de aquellas carreras, Liliana agarró a Farooq-Lane por los codos para impedir que se siguiera moviendo. La piel de Farooq-Lane estaba fría y ardiente al mismo tiempo, una contradicción que solo era posible porque había corrido varios kilómetros en aquella mañana heladora.

—Carmen —dijo Liliana, y Farooq-Lane le contestó:

—Tengo las manos empapadas de sangre.

No, era imposible tranquilizar a Farooq-Lane. Con ella no se podía ni discutir ni argumentar; no estaba dispuesta a apearse de sus sentimientos. Su ánimo bullía durante el desayuno, humeaba durante la ducha y se calcinaba durante el resto del día, hasta que lograba quedarse dormida en la cama. No era capaz de pensar en nada que no fuese lo que había hecho ella, lo que había hecho Nathan y lo que tal vez pudiera hacerse aún para evitar que volviera a ocurrir.

Una tarde, Farooq-Lane abordó a Hennessy mientras ella salía de su estudio en el sótano.

—Dime: ¿tú puedes volver a activar la línea ley? —le preguntó.

—¿Cómo? —exclamaron Liliana y Hennessy al unísono.

—¿Es reversible el funcionamiento de la esfera que usaste para extinguirla? —insistió Farooq-Lane—. Si la línea ley volviera a fluir, podrías soñar algo para encontrarle y acabar con él, o al menos para detenerlo. Podríamos averiguar si tiene alguna bomba más potente o algo aún peor...

—Eh, eh, no te embales —la cortó Hennessy—. Para el carro, ¿quieres? En primer lugar, la esfera era un juguete de usar y tirar, en plan «arroje la carcasa en el contenedor de reciclaje más cercano, muchas gracias». Era un botón rojo, no un interruptor de encender y apagar. En segundo lugar, no sé por qué tipo de soñadora me tomas, pero yo no soy esa que tú te imaginas: lo único que hice fue un papel secundario de soñadora en un telefilme. En toda mi vida solo he podido sacar una cosa de mis sueños, y fue esa espada. En tercero, ¿de verdad pretendes lanzarme en brazos del Encaje solo para detener a tu hermano? En cuarto, me meo desde que era pequeñita. ¿Me dejas pasar, porfa?

Antes de que Farooq-Lane pudiera responder, la televisión que había en la repisa de la chimenea se encendió sola en mitad de un aria desesperada.

Envuelta en todo aquello, Liliana no podía por menos que pensar en que hacía muchísimos años que ella no sentía nada con tanta intensidad.

Una mañana excepcionalmente cálida, Hennessy y Liliana salieron al porche. Frente a ellas, Farooq-Lane limpiaba el coche con el aspirador, envuelta en una ópera atronadora. Sus ojos parecían arder.

Hennessy sacudió la ceniza de su cigarrillo y soltó un anillo de humo en dirección a Farooq-Lane.

—Resulta cautivadora, ¿verdad? Es como mirar un volcán mientras va matando inocentes aldeanos uno a uno mientras duermen.

—Se echa la culpa de lo ocurrido —repuso Liliana.

—¡Me alegro! Tiene razones de sobra para hacerlo. «Yo solo seguía órdenes» no es el lema inspirador de ninguna institución que yo conozca. Por algo será, ¿no?

Hennessy se dio la vuelta hacia Liliana y apoyó la espalda y los codos en la barandilla del porche. Con su abultado pelo afro, su abrigo vintage y sus pantalones de cuero, parecía completamente fuera de lugar en aquella casita de madera, como si la hubiera llevado allí un fotógrafo para hacer un reportaje irónico. De pronto, a Liliana se le ocurrió que, si Hennessy no era lo opuesto a ella en todos los sentidos, estaba cerca de serlo.

—¿Cómo lo ves, Visionaria? —preguntó Hennessy—. ¿Tendré que molestarme en comprar regalos de Navidad este año, o no hará falta?

—Estoy preocupada —contestó Liliana.

Aunque, en realidad, lo que quería decir era «recuerdo cómo era estar preocupada».

—Sé que es de mala educación no preguntar la edad a las señoras —dijo Hennessy—, así que... ¿Cuántos años tienes? Ay, espera, creo que era del revés. Pero bueno, ahora que ya lo he soltado, dime: ¿cuántos años tienes?

Aquella no era la primera vez que hacía esa pregunta. Ni la quinta. Ni la séptima.

—Hennessy —dijo Liliana—, ¿por qué no dejas de preguntarme eso?

Hennessy encendió un cigarrillo con el que ya tenía en la boca. Se metió los dos entre los labios, como los colmillos de una vampira, y siguió hablando.

—Porque últimamente he tenido un montón, literalmente un-mon-tón de tiempo para pensar en cómo fue la decisión de apagar la línea ley, y para reproducir, por así decirlo, el proceso por el que llegué a convencerme de que tenía que hacerlo, aquel día en el salón de té. Y la cosa es que he llegado a la conclusión de que fue idea tuya. La buena de Carmencita te apoyó, cómo no, porque eso es lo que hace siempre: dejarse influir por otras personas para evitar que se le ocurran malas ideas a ella. ¿No?

—Bueno, yo no diría que...

—Espera un poco, Liliana. Tu llamada está puesta en espera y la atenderemos en cuanto sea posible, y tal; pero, mientras tanto, escúchame a mí. Lo mires como lo mires, la decisión de extinguir la línea ley fue de una frialdad alucinante. —Hennessy volvió la cabeza para echar un vistazo a Farooq-Lane, que seguía limpiando el coche al ritmo de un recitativo en italiano—. A ver, que yo no digo que estuviera ni bien ni mal; al final, lo mismo hasta da resultado. ¡Se acabó el fin del mundo! Ochocientos mil millones de personas salvadas, mil millones arriba, mil millones

217

abajo. Está claro que los números salen, aunque apagar la línea ley matase a más gente que la bomba de Nathan. Pero, sea como sea, convendrás conmigo en que hace falta ser un cierto tipo de persona para tomar esa decisión así, sin dudarlo, ¿no? En plan: «dale, Hennessy, aprieta el botón, esta temporada se llevan las estatuas de sal». No sé: es como algo que podría hacer un cabrón con pintas, o quizá alguien con la sangre tan fría que el corazón se le hubiera convertido en un *nugget* de pollo congelado. En fin, volviendo a lo que nos traía aquí: ¿cuántos años tienes, Liliana?

A Liliana le parecía estar atrapada entre dos tormentas: a un lado, la operística; al otro, Hennessy.

—No fue una decisión fácil —confesó.

Hennessy le sostuvo la mirada.

—Sabía que no era una decisión fácil —se corrigió Liliana.

Hennessy apagó sus dos cigarrillos, aparentemente satisfecha. No parecía esperar que Liliana se justificase, ni que ofreciera más explicaciones.

—¿Crees que los policías normales podrán detener al hermano de esa muchacha mientras nosotras estamos aquí jugando a las casitas? En una escala del uno al muy despreciable, ¿cómo calificarías el quedarnos aquí mientras esperamos a que la situación se resuelva sola?

Liliana se planteó primero qué pretendía Hennessy que le contestase, y luego reflexionó sobre lo que de verdad pensaba. Meneó la cabeza sin decir nada.

Hennessy se enderezó, mientras a su espalda empezaba a trinar una obertura de Händel. Enarcó una ceja y empezó a mover las manos como una directora de orquesta.

—¿Cuántos años tenías cuando sacaron esta canción, Lili? ¿Cuándo vas a hacer de una vez lo que tienes que hacer?

—¿Qué quieres que haga?

Hennessy echó a andar hacia la puerta de la casita.

—¿Sabes qué? —dijo antes de entrar, encogiéndose de hombros—. Las demás ya hemos echado el resto; no nos queda nada más que ofrecer.

30

Matthew Lynch nunca se había pasado tanto tiempo metido dentro de un mueble.

Cuando era pequeño, sus hermanos y él jugaban a menudo al escondite en Los Graneros, y en esas ocasiones no era raro que terminase metido en alguna pieza de mobiliario. En el armario ropero del cuarto de sus padres, por ejemplo, había sitio de sobra para un niño de tamaño normal. En el baúl del salón había sitio —pero no de sobra— para un niño más bien menudo, si estaba dispuesto a entretenerse sacando antes algunas mantas. En el garaje había algunas cómodas que podían albergar a los más aventureros. Y en uno de los cobertizos de mayor tamaño había una lavadora rota en la que se podía esconder un niño verdaderamente osado.

Pero, en aquellas ocasiones, Matthew solo se había pasado minutos escondido en el interior de los muebles. O, como mucho, algunas horas, como aquella vez que la puerta de la lavadora se había cerrado sola y lo había dejado encerrado dentro.

No días.

Pasar días sentado sin hacer ruido debajo de una mesa le parecía un poco excesivo. Especialmente, si la única compañía que tenía al lado era la de Bryde.

«¡Creo que la sala se ha quedado vacía!», le dijo Matthew a Bryde en lenguaje de signos. —El curso anterior había estudiado la asignatura de Lenguaje Americano de Signos para compensar su estrepitoso fracaso en Francés I. Ahora estaba encantado de tener alguien con quien practicar, aunque a Bryde le había costado bastante pillarle el tranquillo—.

Los ojos de Bryde destellaron en la penumbra, fijos en él. Se encontraban como a un metro de distancia, lo más lejos que podían estar el uno del otro. La mesa medía unos dos metros y medio de largo, y en vez de patas tenía tableros de conglomerado que ocultaban completamente el espacio de debajo. La única luz que iluminaba aquel espacio era la que entraba por las rendijas de las esquinas y por el borde inferior de los tableros, donde se apoyaban en la moqueta.

«¡A lo mejor podemos hablar!», signó Matthew.

«Estoy ocupado», replicó Bryde impertérrito, trazando la segunda palabra de forma sorprendentemente competente.

En realidad, no estaba ocupado. No estaba haciendo nada. No había nada que hacer.

Bryde no se parecía en nada a lo que Matthew esperaba de él.

Para empezar, no parecía muy interesado en delinquir. Por lo que Matthew había oído sobre él, suponía que lo primero que querría hacer Bryde tras salir del centro de asistencia sería destruir alguna cosa, o robar algo valioso, o quizá tratar de comerle el coco en plan secta a Matthew o a quien se le cruzara por delante. Sin embargo, no había intentado hacer nada de eso. Lo más cerca que había estado de cometer algún delito fue cuando usó las monedas que quedaban en la guantera del coche de Declan para ir en taxi al centro de la ciudad, en busca de Burrito —el coche invisible que había soñado Ronan—. Al cabo de varias horas de buscarlo sin resultado, Bryde perdió los nervios y le dio una patada a un Mercedes que estaba aparcado por allí. Luego se marchó sin dejar una nota, aunque el coche estaba abollado. Lo cual, bien pensado, era un delito.

Bryde tampoco daba miedo. Por la forma en que Declan hablaba de él, Matthew lo había tomado por una especie de hombre del saco. Uno de sus profesores del instituto decía a veces que, en persona, los dictadores no solían ser personas terroríficas, y que muchos incluso derrochaban estilo y simpatía. Matthew no podía negar que Bryde tenía estilo; pero simpático no era, desde luego. Se quedaba callado durante ratos larguísimos, con las manos metidas en los bolsillos de la cazadora en un gesto abrumado y desamparado. Y luego, cuando hablaba, lo hacía en párrafos larguísimos con palabras que Matthew no terminaba de entender. Los dos podían estar hablando de cualquier cosa y, de repente, Bryde se iba del tema y empezaba a decir cosas en plan «Toda consciencia es un mapa de los lugares por los que hemos pasado y pasaremos, pero nadie de este mundo lo consulta y por eso están todos extraviados», y Matthew replicaba: «¿No has leído nunca nada sobre la depresión clínica?».

Bryde tampoco parecía estar obsesionado con Ronan. Al principio, a Matthew le preocupaba que se empeñase en localizar a Ronan para meterle cosas raras en la cabeza; según Declan, esa era su meta en la vida, o algo así. Lejos de ello, cada vez que Ronan salía a relucir, a Bryde se le ponía cara de pena. La única vez que había hablado de Ronan sin que Matthew lo mencionase antes fue la primera noche, cuando entró solo en un bar y salió con un buen fajo de billetes. «Gracias, Ronan Lynch», murmuró, y luego no dijo más del tema.

—¿Sabes qué? Nunca me han gustado mucho los museos —comentó Matthew en un susurro; aunque estaba bastante convencido de que no había nadie en la sala, no lo sabía con certeza—. No les veo el sentido. De pequeño, cuando iba de excursión con el colegio, me entretenía inventando canciones. Una vez hice una sobre un fisioterapeuta porque me gustaba la palabra fisioterapeuta. Por cierto, ¿sabes si tienes huesos?

Ahora, los dos se encontraban dentro de un museo.

Al menos, eso suponía Matthew.

Su plan de fuga del Centro de Asistencia de Medford había salido a la perfección. Una vez desatado, Bryde cerró la cremallera de su cazadora azul para asemejarse a un trabajador de mantenimiento. Luego tapó la camilla con una sábana estirada, amontonó encima todas las sillas y las plantas de plástico que había en el cuarto y puso encima unas hojas de papel. Una vez preparado el camuflaje, los dos salieron empujando la camilla, como si alguien les hubiera encargado que trasladaran los muebles de una habitación a otra. Atravesaron el vestíbulo sin encontrar a nadie, se dirigieron a una salida lateral y dejaron la camilla detrás de unos contenedores. Matthew sacó las llaves del coche; pero cuando ya iba a montar en él, Bryde le dijo que los policías empezarían a buscar aquel vehículo en cuestión de minutos, y que, si no quería que los atrapasen en cuestión de minutos, mejor lo dejase allí.

A la hora de la verdad, no los atraparon en cuestión de minutos, pero el colgante del cisne no duró mucho más.

Acababan de salir de una tienda abierta las veinticuatro horas en la que habían comprado un móvil de usar y tirar. Antes de que Bryde pudiera encenderlo siquiera, la piel que rodeaba sus ojos pareció tensarse.

—En este lugar hay un chirrido incesante... Preferiría estar muerto. Ojalá no hubiera accedido a venir.

Matthew no recordaba lo que había ocurrido después de eso.

Cuando despertó, estaba ya debajo de aquella mesa —que, según descubrió algo más tarde, se encontraba justo al lado de la exposición temporal de Klimt en el Museo de Bellas Artes de Boston—. Los había llevado hasta allí una chica llamada Hannah, ayudada por alguien que se llamaba Musa y por otra chica llamada Claire. Dos trabajaban allí y quien sobraba estudiaba Bellas Artes; Matthew no recordaba cuál era cuál. Al parecer, Bryde había entrado en sus sueños para hablar con ellos y, a cambio, ellos los habían trasladado allí y les llevaban sándwiches para que no se murieran de hambre mientras a Bryde se le ocurría alguna solución.

A Bryde aún no se le había ocurrido ninguna solución.

Matthew había comenzado a escribir todos los días en un pequeño diario que le había regalado Bryde. Al poco de llegar allí, Bryde le había hecho una propuesta: si Matthew accedía a escribir sus pensamientos en lugar de decirlos en voz alta, él le compraría un diario para hacerlo. Matthew dijo que sí, y la siguiente vez que vieron a Musa, Bryde le entregó una parte del dinero que había sacado del bar para que comprara una libreta en la tienda de regalos del museo.

Casi todo lo que escribía Matthew trataba de la voz.

Aquella voz llevaba años hablándole, sobre todo desde que la línea ley se puso a hacer cosas raras y Ronan empezó a tener más problemas con el brotanoche. Siempre le decía el mismo tipo de cosas, en plan *Matthew, ¿me escuchas?*, y *Matthew, hay otra manera*, y *Matthew, busca hasta encontrarme*, y *Matthew, ¿de verdad no quieres más?*

Allí, en el museo, la voz le hablaba todas las noches. Matthew la escuchaba, porque no tenía nada mejor que hacer. No podían salir a caminar por el museo aunque estuviese cerrado, por miedo a las cámaras y a los vigilantes. De modo que solo había dos opciones: o acurrucarse y dormir, como hacía Bryde, o acurrucarse y escuchar, como hacía Matthew.

—¿Qué escribes? —le preguntó Bryde en voz baja.

—Lo que me dice la voz —respondió Matthew.

No tengas miedo, Matthew. Es más fácil de lo que imaginas.

—La voz... ¿Es así como lo llamas? —dijo Bryde—. De todos modos, ya no importa. Este mundo no está muerto, pero es como si lo estuviera: arrastrando su cadáver de bares a salas de baile a conciertos de rock *indie*, incapaz de hacer nada más que mantenerse despierto.

—No te desanimes solo porque no puedas hacer las cosas que hacías antes —trató de animarlo Matthew, arrancando una página en blanco de su diario—. Hannah me trajo un boli de repuesto. ¿Por qué no dibujas algo? Puede que así te sientas mejor, ¿no crees?

Bryde resopló.

—El mundo se prepara para arder, y nosotros nos entretenemos haciendo manualidades en medio de las tinieblas y meando dentro de una botella —dijo, pero se incorporó un poco y aceptó el papel.

—Venga, hombre. Aquí se está bastante bien —lo consoló Matthew.

—No fui creado para estar bien —replicó Bryde, dibujando algo en el papel que se parecía a un tornado (o a los esfuerzos de alguien por evitar que le arrebatasen el boli)—. El lugar que tú llamas la realidad no es más que la mitad de ella; el resto queda al otro lado del espejo. Es como decir que te gusta la noche sin haber visto jamás el día. Es como una frase interrumpida, como un libro abreviado. Es la primera mitad del todo. Despierto, dormido: ahora mismo, son dos cosas diferentes. Pero existe un ámbito en el que solo hay un estado compuesto por las dos cosas al mismo tiempo, perfectamente entrelazadas. Cuando oyes la voz, ¿no sientes algo? ¿No tienes la certeza de que hay algo que falta?

—¡Sí, sí! —respondió Matthew—. Aunque, durante bastante tiempo, creía que la sensación era hambre y trataba de quitármela comiendo algo. Dime algo más sobre la voz, porfa.

—Hay una voz del otro lado que te llama por tu nombre. Y, al mismo tiempo, tú también llamas a algo que está en el otro lado. ¿Cómo vamos a saber quién te escucha desde allí? Tanto a un lado como al otro, estamos desesperados por escuchar, por aproximarnos, por desear... —Bryde cerró los ojos—. Ya no sé si lo que sé es verdad —musitó.

—Vamos a hacer como que lo es, por ahora —sugirió Matthew—. Dale ahí, di lo primero que se te pase por la cabeza. Tira un escupitajo mental, como lo llama Declan.

Bryde no pareció comprender bien el concepto de escupitajo mental, porque siguió con su monólogo.

—¿Soy viejo o soy joven? Ya no sé si mis recuerdos son reales; ya no sé lo que significa «real». ¿De verdad importa que no tenga miles de años, si me han soñado para que los tenga?

Matthew se había preguntado cosas parecidas hacía no mucho tiempo, cuando descubrió que era un ser soñado. Sabía que le caía bien a todo el mundo; siempre había sido así. ¿Pero eso se debía a que había sido creado de ese modo, o a que se lo había ganado? Al final, ¿importaba, realmente? Le habló de ello a Bryde mientras este hacía crecer y crecer el tornado en el papel, y mientras la voz le seguía hablando de fondo.

—De todos modos —remachó Matthew—, hay un montón de gente que tiene cosas que son así y ya está, como ser pelirrojo y tal. No sé si lo que estoy diciendo tiene mucho sentido...

—No lo tiene —contestó Bryde, taciturno.

Ese era el problema de que Bryde se pusiera a hablar; al final, o se ponía pesado o se ponía triste. A Matthew no le importaba tanto estar debajo de aquella mesa. De hecho, casi le costaba recordar que había un mundo de verdad ahí fuera, mientras él estaba metido en aquel mundo pequeñito en el que nada cambiaba. O creer que Declan estaba en alguna parte, furioso con él por haberle robado el coche; o que Ronan existía realmente, sumido en un sueño misterioso del que no lograba despertar.

¿Matthew, quieres ser libre? ¿Me estás escuchando?

Mientras Matthew seguía transcribiendo lo que decía la voz, haciendo florituras en las letras para que la tarea no resultase tan monótona, Bryde le dijo con tono incisivo:

—¿No te asusta la voz? ¿No te da miedo lo que te está pidiendo que hagas?

—¿Me está pidiendo que haga algo?

—Sí.

—Pues no lo he pillado, la verdad.

—Si la dejas, puede cambiarte —explicó Bryde—. Para siempre.

—¿Y a ti te cambiaría también?

—A mí no me lo propone —respondió Bryde.

—¿Por qué no?

—Porque sabe que me negaría, supongo. A mí no me interesa estar despierto, sino mantener el mundo despierto. Y no quiero ser un «yo», sino un «nosotros»: sueños y soñadores, todos juntos. Imagina cómo sería este mundo si no tuvieras que arrastrarte a los pies de un cuadro famoso para estar vivo.

—Brydebólico, eres el tío más triste que he conocido en mi vida —suspiró Matthew—. Es como si te pasaras la vida empapado por la lluvia. Me da la impresión de que, si yo tengo que aprender a estar triste, tú deberías aprender a estar contento.

¿Por qué no dibujas un...? Yo qué sé, un hámster o algo así, en lugar de la cosa esa. Que no es que no me mole, ¿eh?

—¿Qué es un hámster?

—Eres un tipo muy raro, ¿sabes? —se asombró Matthew—. Sabes un montón, y al mismo tiempo no te enteras de nada.

Al oír aquello, Bryde esbozó la primera sonrisa que le había visto Matthew. Al sonreír se parecía a Ronan, y eso hizo que, mientras él se ponía un poco contento, Matthew se pusiera un poco triste.

«Debéis saber que no podéis esconderos para siempre. Bryde, tú sabes que esto va a acabar».

En la cara de Bryde apareció una expresión intensa.

—¡Te está hablando a ti! —exclamó Matthew—. ¿Por qué te habla a ti ahora?

«Matthew, ¿me escuchas? Bryde, ¿me puedes oír? Matthew, hay una manera mejor. Bryde, esta es la única manera. Matthew, busca hasta encontrarme. Bryde, tú sabes cómo hacerlo. Matthew, ¿acaso no quieres más? Bryde, ¿acaso no quieres ser libre de él?».

Matthew garrapateó afanoso, incapaz de seguirle el ritmo.

—¿Por qué habla tanto de repente? —preguntó.

Bryde se inclinó hacia delante y rozó el lóbulo de la oreja de Matthew con las yemas de los dedos. Luego, se miró la mano y suspiró al verla manchada de brotanoche. Era tan negro como el que se estaba acumulando en la comisura de su ojo.

—Porque ahora —respondió— sabe que lo escuchamos.

31

Farooq-Lane merodeaba por la casa, envuelta en llamas metafóricas.

Necesitaba algo que hacer, pero no había nada concreto en perspectiva. La vez anterior, tras la muerte de sus padres a manos de Nathan, pudo coger una pistola y unirse a los Moderadores. Pero ahora ya no había Moderadores, y los responsables de la policía convencional, por muchas ganas que tuvieran de detener a su hermano, no parecían muy dispuestos a emplear métodos tan drásticos. Sí, estaban tratando de localizar a Nathan; sí, sabían que el individuo identificado como Nathan Farooq-Lane que había muerto en Irlanda no era él en realidad; sí, llámenos sin falta si su hermano se pone en contacto con usted o si se le ocurre algo relevante que pueda ayudarnos a rastrearlo; no, no hay nada más que pueda hacer para ayudarnos.

Por supuesto que no había nada. ¿Qué iba a hacer ella?

Lo único que podía hacer era seguir sus corazonadas, y si algo le había quedado claro era que su corazón no era una fuente fiable.

Solo había dos cosas que sabía con certeza: que Nathan volvería a atacar, y que todo aquello tenía que ver con ella.

La bomba de Medford había estallado justo después de que ella saliera de la nave de los trasteros. Justo después de que Lock admitiera que había otra persona moviendo los hilos. Era como si aquella admisión hubiera servido para invocar a Nathan, de algún modo. Aunque lo más probable era que el propio Nathan la estuviera vigilando, probablemente desde hacía mucho tiempo.

Farooq-Lane no podía quitarse de la cabeza la inquietante idea de que Nathan había estado en el trastero, junto a los Moderadores, y que ella no había sido capaz de verlo tirado allí en la oscuridad, acechándola.

Repasó mentalmente una y otra vez la escena, intentando encontrar alguna pista que le indicara qué hacer a continuación. Pasó varios días así hasta que, en mitad de la noche, cayó en la cuenta de que había olvidado algo: Hennessy estaba junto a ella ese día. ¡Por supuesto que estaba! ¿Y si estaba conchabada con Nathan? Todo era posible, ¡todo! En el fondo, Farooq-Lane sabía que aquel era un asidero muy endeble al que agarrarse; pero no podía dejar de moverse, de buscar algo que hacer. Necesitaba encontrar algo que tachar de una lista, alguien a quien pegar un tiro en la cara. Si no lo hacía, algo terrible ocurriría en su interior, lo presentía.

De modo que se levantó de un salto y fue directa al sótano para enfrentarse con Hennessy.

Al entrar, le sorprendió ver que Hennessy lo había recogido todo después de su rabieta, reemplazando aquel caos por otro diferente hecho de lienzos, bocetos, paletas tapadas con film transparente y cojines de sofá tirados en el suelo para hacer un nido en el que dormir durante el día. A diferencia del primer caos, este tenía un carácter claramente utilitario. Los trastos cubrían cada centímetro disponible, pero era obvio que servían para algo: aquel era un lugar de trabajo.

La propia Hennessy se encontraba debajo de un par de focos, trabajando en un autorretrato. Era una obra de trazos retorcidos y alegres, con líneas largas que se enredaban en una figura estirada e irónica, deformada a propósito. No representaba la persona insoportablemente pesimista que Hennessy podía ser, sino la persona hilarante que era en ocasiones.

A su lado, sobre la mesa de trabajo, el ratón soñado corría alegremente dentro de una rueda de hámster, acompañado por el tintineo de su cola dorada contra el plástico. Algo de lo que había en el sótano desprendía la energía suficiente para mantenerlo despierto, al menos de momento.

—¿Cómo pudo enterarse Nathan de que habíamos estado en el trastero? —preguntó Farooq-Lane a bocajarro, sin saludar siquiera—. Allí no había nadie más que tú y yo.

—Y los Moderadores —replicó Hennessy de espaldas a Farooq-Lane, sin molestarse en apartar la mirada de su autorretrato.

—Estaban dormidos. Lock nos hablaba a nosotras, no a ellos. De modo que solo quedamos tú y yo.

Ris, ris, ris, hacía el pincel mientras Hennessy suavizaba las sombras de sus ojeras.

—Pues sí, tienes razón —asintió.

—Si hubiera entrado alguien más, lo habríamos oído.

—De modo que has llegado a la conclusión de que tuve que ser yo, ¿no? —repuso Hennessy sin dejar de pintar. No sonaba muy preocupada—. Bueno, pues haz lo que tengas que hacer.

Farooq-Lane sabía que no estaba siendo razonable. También sabía que Hennessy lo sabía, y eso hacía que se sintiera aún menos razonable. Normalmente, era en situaciones como aquella que empezaba a sonar ópera.

En ese momento, Farooq-Lane vio un un pedazo de tela convertido en trapo, manchado y tirado sobre una de las mesas. Le sonaba mucho.

—¿Eso es mi blusa? —preguntó.

Ris, ris, ris. Hennessy raspaba la pintura del cuello para hacer sus tatuajes.

—Estaba en el suelo —respondió.

—¡Debió de caérseme al sacarla de la secadora!

—Las cosas que se caen al suelo solo se pueden usar si las recoges antes de diez segundos, o al menos eso dicen. Aún olía a ti, por cierto.

La blusa estaba demasiado dañada para recuperarla, pero Farooq-Lane se acercó a grandes zancadas y la recogió. En el camino de vuelta, sus piernas flaquearon por un instante. El enorme retrato que Hennessy le había hecho la miraba desde la penumbra de la pared opuesta. Hennessy lo había terminado.

Farooq-Lane no pudo resistir el impulso de mirarlo más de

cerca. Aunque pareciera imposible, el cuadro era aún mejor que la última vez que lo había visto. Los ojos, impresionantes, de una perfección líquida, brillaban desde el interior del lienzo clavados en ella. El pelo era tan sedoso que, por un momento, sintió ganas de acariciarlo.

Y la expresión... Era Farooq-Lane, pero mejor. Ahora, su versión pintada no solo ardía sin piedad ni propósito. No: ahora ardía con intención, con confianza, con lealtad, con justicia. Las llamas de su interior eran implacables, poderosas. Poderosas. Farooq-Lane jamás se había sentido poderosa.

—¿Te acuerdas de una Zeta a la que matasteis en Pensilvania? —preguntó Hennessy en tono amigable, sin dejar de raspar el óleo—. Rhiannon Martin, se llamaba. Soñaba espejos, solo eso. Nunca soñaba nada más. Jamás habría soñado nada que pudiese destruir el mundo, aunque eso, como tú y yo sabemos ahora, les daba igual a los Moderadores. Y tampoco es que soñase muchos, porque tardaba un montón en hacerlos. Lo que tenían de especial esos espejos era su amabilidad. Flipas, ¿verdad? Eran espejos a los que les caías bien. ¿Sabes eso que dicen de que el espejo nunca miente? Bueno, pues aquellos no mentían, pero eran muy majetes. No se me ocurre otra forma de decirlo. Reflejaban las cosas que te gustaban de ti misma en un tamaño más grande que las que no te gustaban.

Farooq-Lane se dio cuenta de que Hennessy, en realidad, estaba hablando del retrato. Y era cierto que deseaba ser la mujer que aparecía en él; esa era la forma en que quería que la vieran los demás. Aún no lo había conseguido del todo, pero aquel hermoso retrato de una hermosa mujer mostraba lo que Farooq-Lane aspiraba a ser.

Pero eso no era todo. Aquel cuadro no solo era amable, no solo desprendía cariño. Además, estaba impregnado de un deseo dinámico. Las nuevas pinceladas del rostro vibraban. Daba la impresión de que, si la rozabas, la piel sería cálida.

Farooq-Lane extendió la mano y sus dedos quedaron suspendidos a milímetros del lienzo. Apenas podía contener las ganas de tocarlo. La sien, la mejilla, el mentón, la garganta...

Hennessy le agarró la muñeca.

Farooq-Lane ni siquiera la había oído acercarse.

—No iba a tocar... —empezó a decir, pero Hennessy tiró de su muñeca antes de que pudiera completar la frase. Y la besó.

Aquel beso no se parecía en nada a los dulces besos de Liliana. Era algo que implicaba el cuerpo entero, el día entero.

Hennessy la apretó contra ella y, en el momento en que los labios de Farooq-Lane se entreabrieron, mordió uno de ellos. Todos y cada uno de los componentes de aquel beso afirmaban sin dudar que Hennessy, la persona, sentía exactamente lo mismo por Farooq-Lane que Hennessy, la artista.

Por los altavoces de toda la casa empezó a atronar un fragmento de ópera. Los instrumentos de cuerda se deslizaban. El clavecín galopaba. La voz se alzaba, tan alta y clara como un día sin nubes.

Farooq-Lane ardía hasta el último rincón de su ser, tan viva y nítida como las pinceladas de su retrato.

Farooq-Lane en llamas.

Retrocedió, tambaleante.

—¿No tienes que...? ¿De verdad existe...? ¿Por qué eres así? —balbuceó.

—Se te ha caído la blusa —respondió Hennessy.

Farooq-Lane la miró, sin palabras.

—Liliana —logró decir al fin.

Hennessy se encogió de hombros.

Un ruido gutural salió de la garganta de Farooq-Lane, mientras ella reculaba con los labios aún ardiendo. Con el cuerpo entero aún ardiendo. Se dio la vuelta y empezó a subir los escalones de dos en dos, perseguida por un aria apasionada. Aquello era horrible. Farooq-Lane sentía una furia abrasadora; pero no estaba enfadada con Hennessy, sino consigo misma. Hennessy solo estaba siendo Hennessy. Farooq-Lane, sin embargo, se tenía por una persona firme, desenvuelta, con principios.

¿En qué se estaba convirtiendo?

En *Farooq-Lane en llamas.*

Lo malo era que, en el fondo, le daba la impresión de que aquella versión de sí misma podría gustarle. ¿Pero qué significaría eso para el resto de su mundo?

Al llegar al final de las escaleras, salió de golpe al pasillo y estuvo a punto de chocar con Liliana.

La Visionaria la sujetó con suavidad de la misma muñeca que acababa de agarrar Hennessy y la miró de arriba abajo. Farooq-Lane tomó conciencia de lo agitada que parecía.

—Liliana —dijo—. Yo...

—Tenemos que hablar —la cortó ella.

Las dos montaron en el coche y fueron hasta Red Rock Park, un parque costero que había cerca de allí. Durante el día, aquel pequeño cabo tenía un aspecto agradable; incluso en mitad del invierno, el verde de la hierba resplandecía, aunque los arbolitos estuvieran desnudos. De noche, sin embargo, el lugar parecía expuesto y desolado, barrido por ráfagas de viento que llegaban del mar. No era un lugar muy apropiado para pasear a aquella hora y en aquella época del año.

Aun así, Liliana echó a andar por el camino y no se detuvo hasta llegar al extremo del cabo. Se quedó allí de pie, con las manos metidas en los bolsillos del feo anorak que le había regalado un camionero hacía algún tiempo, y contempló las olas. El mar no llegaba a parecer negro; las luces de Boston brillaban demasiado para permitir que durmiese el océano que lo rodeaba.

Tras ella, Farooq-Lane se rodeó el cuerpo con los brazos y esperó, nerviosa y estremecida por el frío. Trató de imaginar lo que iba a decirle Liliana. «No te preocupes, fue cosa de Hennessy».

Pero Farooq-Lane ya sabía eso; no se sentía culpable porque Hennessy la hubiera besado. No: lo que le daba mala conciencia era lo que el beso le había hecho sentir.

—Todo comenzó con una voz —dijo Liliana de pronto—. Me

di cuenta enseguida de que era una voz diferente. No era humana, sino algo distinto. Algo que me hablaba directamente, en un lenguaje que no oía en ninguna otra parte. No sé si las demás personas la habrían oído cuando me hablaba, porque solo se dirigía a mí si estaba sola. Pero, aunque la hubieran oído, estoy segura de que no la habrían entendido, porque era un idioma hecho de sueños.

Farooq-Lane frunció el ceño, perpleja.

—Cuando empecé a oír la voz —continuó Liliana, sin dejar de mirar la oscuridad inmensa del océano—, sentí miedo. Él... El soñador del que te hablé estaba enfermo, y yo intuía que le quedaba poco tiempo de vida. Todo el mundo a nuestro alrededor estaba contagiándose de una enfermedad, y todos morían, así que yo sabía lo que iba a pasar. Y, aunque llevaba muchos años deseándole la muerte, en el fondo no lo pensaba de verdad. Sabía que, si él moría, yo me quedaría dormida. Pero la voz me decía que no era así. Que había otra manera. Que podía mantenerme despierta a cambio de una cosa.

—Liliana...

Ella negó con la cabeza y prosiguió:

—Si yo accedía a albergar sus pesadillas, podría mantenerme despierta para siempre.

Las visiones. Estaba hablando de las visiones. ¿Pesadillas? Pero...

—Sé lo que estás pensando —dijo Liliana—. Estás pensando que las pesadillas son algo imaginario. Y tienes razón, en parte: las pesadillas no suelen ser ciertas, pero tampoco son del todo falsas. Te muestran a personas que conoces, sitios en los que has estado, situaciones que ya has vivido. Aunque los detalles que rodean todo eso no sean ciertos, las pesadillas siempre contienen un núcleo de verdad; si no fuera así, no darían miedo. —Liliana soltó un largo suspiro—. Por eso las visiones son certeras tantas veces. Las visiones son figuraciones, ajenas a la naturaleza y a la percepción humanas, de lo peor que podría ocurrir. Y eso es lo que acaba ocurriendo en la mayor parte de los casos.

—¿Por qué me estás contando esto? —preguntó Farooq-Lane—. ¿Por qué ahora, cuando...?

Le estaba costando asimilar el giro en la situación: aceptar que Liliana no tenía intención de hablar de lo ocurrido con Hennessy; imaginarla de joven, cuando aquella voz la había convencido de que se hiciera Visionaria. A Parsifal debía de haberle ocurrido lo mismo cuando solo era un niño.

—¿Qué edad tenían los otros Visionarios? —preguntó Liliana—. ¿Alguna vez viste alguno tan anciano como yo?

Farooq-Lane negó con la cabeza. No sabía si Liliana había visto su gesto, pero daba igual: era una pregunta retórica.

—Eso es porque, al cabo de un tiempo, todos toman la decisión que tú ya conoces: dirigir sus visiones hacia dentro en lugar de hacia fuera, porque están cansados de hacer daño a la gente cada vez que la voz tiene una pesadilla. Yo, sin embargo, nunca lo hice. Cada una de las veces, tomé la decisión que me permitiría seguir viviendo. Y lo hice durante muchos años.

—No te juzgo, Liliana —dijo Farooq-Lane.

—Lo sé —replicó ella—. Sé muy bien por qué lo hice, y eso no significa que esté bien o esté mal. Pero ha llegado el momento de parar.

—¿Qué...?

—Si el mundo se acaba, mi egoísmo ni siquiera tendrá razón de ser.

Liliana se quitó el anorak y se quedó erguida con determinación en el extremo del cabo, grácil e increíblemente anciana. Se sacó un papel del bolsillo y se lo enseñó a Farooq-Lane.

Era uno de los retratos extrañamente estilizados de Hennessy, hecho al carboncillo.

—Le he robado esto a Hennessy —dijo—, pero creo que me perdonará; de hecho, imagino que se sentirá halagada. Es un dulcemetal; no es muy potente, pero tiene la suficiente energía para provocarme una visión si la conduzco a mi interior para amplificarla.

A Farooq-Lane se le aceleró el pulso.

—No tienes por qué hacer esto, Liliana.

—Sabes tan bien como yo que este es el apocalipsis preparado por tu hermano —replicó ella—. Y también sabes que has de ser tú quien lo impida.

Por las mejillas de Farooq-Lane cayeron dos lágrimas. Sus ojos se habían desbordado justo después de escuchar las palabras de Liliana, sin solución de continuidad; su cuerpo ni siquiera le había dado la oportunidad de oponerse.

—Podemos encontrar un dulcemetal más potente —dijo—. No hace falta que...

—Necesito que tú presencies la visión junto a mí —la interrumpió Liliana—, y eso solo es posible si la dirijo hacia dentro; de ese modo, podré estar tocándote mientras la reciba. Tiene que ser así.

—¡Eso no es cierto! —protestó Farooq-Lane.

Por un instante, pensó que Liliana estaba haciendo aquello para castigarla por haber permitido que Hennessy la besara. Al momento siguiente, se dio cuenta de que solo había pensado aquello porque, si se enfadaba, le resultaría más fácil soportar lo que iba a ocurrir.

—Aunque hubiera otra manera, no cambiaría nada, ¿verdad? —dijo—. Es así como quieres hacerlo.

Liliana le dedicó una de sus cálidas sonrisas, complacida porque Farooq-Lane la hubiera comprendido.

—Me has hecho todo lo feliz que puedo ser. Me has recordado cómo era ser joven; cómo era tener más sentimientos, cómo era ser más humana. No me arrepiento de nada.

Farooq-Lane no volvió a protestar. Se quedó llorando sin hacer ruido, mientras Liliana la abrazaba.

—Fíjate bien —le susurró Liliana al oído.

Y entonces, tuvo una visión.

Las imágenes sumergieron a las dos, abrasadoras, inmediatas, precisas.

Y luego quedó solo Farooq-Lane, sosteniendo en sus brazos el cadáver de un sueño verdaderamente anciano, temblorosa por lo que había ocurrido y lo que aún quedaba por ocurrir.

32

Hennessy estaba soñando con el Encaje.

Era el Encaje de verdad.

Acababa de pintar un dulcemetal y se había quedado dormida muy cerca de él, de modo que el Encaje había podido encontrarla una vez más. Hennessy se había dejado la puerta entreabierta.

Como siempre que tenía aquel sueño, la atmósfera se fue aclarando hasta mostrar los límites quebrados de aquel ente. Una vez más, en el interior de Hennessy se despertó un sentimiento de terror primitivo, desligado de cualquier pensamiento consciente. Era un efecto secundario de ver al Encaje —algo tan ajeno, tan diferente a ella— y de ser vista por él.

Una vez más, el Encaje comenzó a sisear su odiosa cantinela. Hennessy era una criatura inútil, fea, dependiente. Había estropeado todas sus relaciones, sus amistades. Había ahuyentado a Farooq-Lane hacía un rato, de la misma forma en que había ahuyentado a Jordan. ¿No se daba cuenta de que era igual que su madre, que lo había sido siempre? ¿Acaso no era esa la razón de que hubiera eliminado aquellos recuerdos de la memoria de Jordan? Lo que quería Hennessy era convertir a Jordan en lo que ella habría sido si Jota no hubiera existido, ¿verdad?

Y, sin embargo, la voz del Encaje ya no sonaba tan convincente.

La mente de Hennessy había empezado a contestarle con una canción nueva: había sido ella quien había pintado el dulcemetal más potente que Boudicca tenía en Boston. Podía pintar muchos otros. Podía pintar energía —magia— y convertirla en arte. Podía atrapar la fuerza indefinible que normalmente solo aparecía en la magia soñada, y mezclarla con sus pigmentos.

Hennessy era poderosa incluso sin sus sueños.

Esas son mentiras que te cuentas a ti misma para distraerte de la catástrofe que está a punto de ocurrir, dijo el Encaje. Pero había sido una réplica endeble, inventada sobre la marcha. Dijera lo que dijese, el Encaje no podía desinflar la idea que estaba cobrando forma en el interior de Hennessy: despierta era tan poderosa como Ronan lo había sido dormido. Era una persona firme. Podía manejar la magia. Conocía secretos. Creaba cosas que nunca habían existido.

Y, muy en el fondo, sabía que Carmen Farooq-Lane se sentía atraída por ella.

—¡Vamos a dejarnos de tonterías! —le gritó al Encaje. Ahora su voz sonaba bien alta; no había en su sueño nada tan fuerte como ella.

Las intrincadas líneas del Encaje se agitaron en el horizonte, pero no se acercó más a ella.

—Lo único que sabes hacer es atacarme. No conoces otra estrategia, ¿verdad? Haces lo mismo de siempre, y yo reacciono igual que siempre. Es como un acuerdo, ¿verdad? ¡Pues venga, vamos a hacerlo!

Hennessy comenzó a caminar hacia el ente. El suelo estaba salpicado de trocitos rotos de Encaje que resplandecían como navajas finísimas. Los filos cortaban la ropa y las piernas de Hennessy, pero ella no se detuvo.

De hecho, empezó a correr.

El Encaje le dijo que no se acercara más. Que la aborrecía. Que era un ser insignificante, indefenso.

—Entonces, ¿qué te importa que esté aquí? —replicó ella—. ¿Por qué me buscas una y otra vez? ¿Quién necesita a quién?

«Te obligaré a hacer lo que yo diga, mataré todo lo que amas, está en mi poder ahora mismo, no dudaré en..»..

Hennessy alcanzó el límite del Encaje.

La masa inmóvil bullía, inconcebible y onírica.

La experiencia le había enseñado a Hennessy que, si el Encaje se extendía hasta tocarla, su contacto le hendiría la piel en mil lugares y la envolvería en una nube de dolor.

Pero solo sería eso: dolor físico. Nada más. Si el Encaje ya no podía hacer que se sintiera peor por dentro, lo único que le podía hacer era atacarla por fuera.

Hennessy se lanzó sobre el Encaje.

Y no sintió dolor.

El Encaje aullaba y se estremecía, pero no la dañaba. Era como una aguja curvada, de esas que solo duelen cuando tratas de extraerlas; o como la piel de tiburón, que te despelleja cuando la frotas en un sentido pero resulta suave en el otro.

Hennessy se vio dentro del ente. Sus pliegues entrecortados se extendían a su alrededor y, desde esta perspectiva, Hennessy vio que eran exactos a las sombras que arrojaban los focos en el antiguo estudio de su madre, en Londres. El Encaje empezó a mascullar para sí mismo, y Hennessy se dio cuenta de que su voz era la misma que la de ella: en realidad, usaba sus propios pensamientos para dañarla. Las armas que usaba el Encaje para atacarla eran las que ella le había entregado.

Y, durante mucho tiempo, le habían funcionado.

En ese momento, Hennessy advirtió que no estaba sola. Junto a ella había otra persona, iluminada desde atrás por la misma luz brillante que penetraba en el Encaje.

Se protegió los ojos con la mano y lo miró.

Estaba hecho un ovillo, con las manos aferradas a la nuca para empujar su cuello tatuado, como si quisiera encogerse todavía más. Hennessy solo veía su espalda, pero no le hacía falta verle la cara para saber quién era.

33

¿Estaba despierto o soñaba?
¿Estaba despierto o soñaba?
¿Estaba despierto o soñaba?
¿Estaba despierto o soñaba?
¿Estaba despierto o soñaba?
¿Estaba despierto o soñaba?
¿Estaba despierto o soñaba?
¿Estaba despierto o soñaba?
¿Estaba despierto o soñaba?
¿Estaba despierto o soñaba?
¿Estaba despierto o soñaba?
¿Estaba despierto o soñaba?
¿Estaba despierto o soñaba?
¿Estaba despierto o soñaba?
¿Estaba despierto o soñaba?
¿Estaba despierto o soñaba?
¿Estaba despierto o soñaba?
¿Estaba despierto o soñaba?
¿Estaba despierto o soñaba?
¿Estaba despierto o soñaba?
¿Estaba despierto o soñaba?
¿Estaba despierto o soñaba?
¿Estaba despierto o soñaba?
¿Estaba despierto o soñaba?
¿Estaba despierto o soñaba?
¿Estaba despierto o soñaba?
¿Estaba despierto o soñaba?

¿Estaba despierto o soñaba?
¿Estaba despierto o soñaba?
¿Estaba despierto o soñaba?
¿Estaba despierto o soñaba?
¿Estaba despierto o soñaba?
¿Estaba despierto o soñaba?
¿Estaba despierto o soñaba?
¿Estaba despierto o soñaba?
¿Estaba despierto o soñaba?
¿Estaba despierto o soñaba?
¿Estaba despierto o soñaba?
¿Estaba despierto o soñaba?
¿Estaba despierto o soñaba?
¿Estaba despierto o soñaba?
¿Estaba despierto o soñaba?
¿Estaba despierto o soñaba?
¿Estaba despierto o soñaba?
¿Estaba despierto o soñaba?
¿Estaba despierto o soñaba?
¿Estaba despierto o soñaba?
¿Estaba despierto o soñaba?
¿Estaba despierto o soñaba?
¿Estaba despierto o soñaba?
¿Estaba despierto o soñaba?
¿Estaba despierto o soñaba?
¿Estaba despierto o soñaba?
¿Estaba despierto o soñaba?
¿Estaba despierto o soñaba?
¿Estaba despierto o soñaba?
¿Estaba despierto o soñaba?
¿Estaba despierto o soñaba?
¿Estaba despierto o soñaba?

—Ronan Lynch —dijo Hennessy—, tú y yo tenemos que hablar.

34

Hennessy estaba presenciando un recuerdo.

Un hombre muy parecido a Ronan dormía en una habitación idílica. Casi todo lo que había en ella era de un profundo color castaño o de un blanco puro. Edredón blanco, rizos oscuros sobre la almohada. Cortinas blancas de lino que se ondulaban con la brisa de la mañana, suelo de madera oscura salpicada por la luz del sol. Alfombra de lana blanca junto a la cama, maleta oscura sobre ella.

La cama, sin embargo, era un torbellino de colores. El hombre dormido estaba manchado de sangre y cubierto de minúsculas flores azules con forma de estrella. En el suelo, alrededor de la cama, había esparcidos puñados de pétalos con salpicaduras de sangre. Era una escena extraña, porque desprendía un aire secreto y oculto, pero ocurría a pleno sol.

El propio Ronan estaba de pie en el cuadrado de luz que entraba por la ventana, con la cara iluminada por el sol, mirando al hombre dormir. Era más joven que cuando Hennessy lo había conocido; al principio ni siquiera lo reconoció, con su pelo largo y sus mejillas redondas. Pero entonces, su expresión se afiló y Hennessy vio el hombre en el que se convertiría

Los ojos de Niall se abrieron. La luz de la ventaba daba a su piel una extraña incandescencia. Los dos parecían ángeles.

—Estaba soñando con el día en que naciste, Ronan —le dijo Niall a su hijo.

Se enjugó la sangre de la frente para que Ronan viera que no estaba herido. No llevaba puesta la alianza de boda.

Ronan fue a decir algo, pero pareció cambiar de idea y dijo otra cosa en su lugar:

—Sé de dónde viene el dinero.

Niall lo miró con tal ternura que Hennessy sintió una oleada automática de ira. Aún le resultaba difícil ver muestras de amor como aquella, especialmente si provenían de un padre o una madre.

—No se lo cuentes a nadie —contestó Niall.

En el exterior, al otro lado de la ventana, el Encaje se removía sin descanso. De pronto, Hennessy vio que había otro Ronan —el que ella conocía— acurrucado en el suelo a los pies de la cama. Sobre él caían sombras abruptas y rectilíneas, porque este Ronan —el de verdad— estaba inmerso en el Encaje.

Hennessy no se encontraba dentro de un recuerdo. Estaba en un sueño.

Lo había conseguido.

Había logrado cambiar su sueño, hacer que fuera distinto al que tenía siempre.

Hasta ese momento, había necesitado que Bryde y Ronan moldearan sus sueños para transformarlos. Los dos habían intentado en vano enseñarle trucos y técnicas para manejar su propio subconsciente.

Y, al final, resultaba que no era tan difícil. No se diferenciaba mucho de pintar sobre un lienzo.

Hennessy avanzó, pisando las siluetas que dibujaba el Encaje en la tarima, hasta situarse delante del Ronan adulto.

—Eh, chaval —dijo en un intento de aligerar el ambiente—. ¿Quieres que hablemos de ello?

Él se quedó inmóvil, sombrío; ni siquiera levantó la cabeza. Se quedó quieto tanto tiempo que su aspecto empezó a ser siniestro. Cuanto más lo miraba Hennessy, menos humano le parecía, hasta el punto de que empezó a preguntarse cómo podía haberlo tomado por Ronan Lynch.

Se armó de coraje, se agachó y tocó su hombro.

Él empezó a gritar.

Ella retrocedió de un salto, asustada.

Él siguió gritando.

Con la cabeza alzada, gritó y gritó y gritó. Las lágrimas le caían por la cara, tenía la voz ronca, pero no paraba. El sueño entero estaba impregnado de su grito. El sonido se hizo más y más intenso, hasta que las luces y las sombras empezaron a parpadear a su ritmo. Se alimentaba de la angustia y la desesperanza que fluían por las raíces dentadas del Encaje.

Ronan continuó sin pararse a tomar aliento. Aquello era un sueño: podía seguir gritando eternamente sin necesidad de respirar.

Hennessy se preguntó qué hacer.

Se planteó despertarse. Como ya no había línea ley, no corría peligro de sacar nada del sueño al mundo de la vigilia. El cuerpo físico de Ronan dormía en alguna parte, seguramente incapaz de despertarse sin energía ley. Tampoco él podía sacar nada de aquel sueño.

Sí, Hennessy podía marcharse y dejarlo allí gritando. Era evidente que no aguantaba más, pero ella no tenía forma de evitarlo. Así era ahora la existencia de Ronan.

Verlo allí le recordó algo ocurrido hacía no mucho, el día en que Bryde, Ronan y ella habían atacado la granja de servidores. Mientras lo hacían, Bryde había entrado en una especie de trance; envuelto por aquel ruido que parecía diseñado para hacerle daño, había chillado sin voz, indefenso e impotente, hasta que ellos pudieron destruir la granja de servidores. En cierto modo, pensó Hennessy, Ronan no había dejado de gritar desde el día en que ella lo había conocido. Si no se había dado cuenta hasta ese momento era porque ella gritaba también.

¿Qué importaba, al fin y al cabo? ¿Qué le debía ella a Ronan?

Desde entonces habían pasado muchas cosas entre los dos. Ronan había mentido sobre Bryde, tanto a ella como a sí mismo. Hennessy le había engañado y había extinguido la línea ley. Él debería haber tenido respuestas; ella debería haber estado menos jodida por dentro. Hennessy carecía de palabras para aquel tipo de cosas.

Ronan seguía chillando. Parecía increíble que el dolor de su grito siguiera siendo tan lacerante, que se renovara a cada segundo, que no decayera.

El propio Ronan había empezado a transformarse: una especie de encaje hecho de alambres, de espinas y de garras le cubría la piel. Se derramaba desde su interior, en lugar de invadirlo desde fuera. Hennessy había alimentado su Encaje en un lugar ajeno a ella; Ronan lo había enterrado dentro de sí mismo.

Ronan Lynch se estaba convirtiendo en un horror roto y entrecortado. Hennessy comenzó a sentir el mismo pavor sin palabras que despertaba en ella el Encaje.

Se acercó y lo abrazó.

Ni siquiera sabía de dónde había salido aquel impulso. Hennessy no era una de esas personas sentimentales y aficionadas a los abrazos. Cuando era pequeña, nadie la abrazaba, a no ser que el abrazo pudiera servir más tarde como arma en una batalla emocional. Y Ronan Lynch no parecía una persona especialmente aficionada a los abrazos. Dar cariño y recibirlo eran dos acciones que no tenían por qué estar relacionadas.

En el primer momento, el abrazo no pareció cambiar nada.

Ronan seguía gritando. Su aspecto no era más humano. Se asemejaba más a Bryde de lo que se había asemejado jamás, y no precisamente en los momentos en los que Bryde parecía una persona. Era como una entidad onírica que odiaba todo y a todos.

—Ronan Lynch, no seas gilipollas —dijo Hennessy.

Hacía tiempo, él la había abrazado. En aquel momento ella había creído que su acción no la había ayudado en nada, pero estaba equivocada.

De modo que se aferró a él con fuerza y no lo soltó, a pesar de que, por un momento, él apenas parecía ser ya Ronan Lynch. Y luego, al cabo de un rato, el grito terminó y dio paso al silencio.

Hennessy sintió cómo el cuerpo de Ronan se estremecía contra el de ella. Era un gesto minúsculo, como un trazo en un boceto a lápiz, que conseguía transmitir una enorme desolación.

Y luego, solo quedó quietud.

De pronto, Hennessy se dio cuenta de que él también la abrazaba.

Había una extraña suerte de magia en la sensación de estar pegada a otra persona después de tanto tiempo sin que nadie la abrazase. Y otra magia diferente en la conciencia repentina de que llevaba mucho tiempo usando mal los silencios y las palabras.

—No estás soñando con el Encaje —dijo Ronan por fin.

—Me harté de soñar con él —respondió Hennessy—. ¿Vas a despertarte?

Él la miró a la cara, tan sombrío como en sus peores momentos.

—No puedo hacerlo solo —dijo.

—¿Por qué no? ¿Eres un sueño?

—Ya no sé lo que soy. Creí que lo sabía, pero no sé una mierda —replicó él.

En sus palabras no había jactancia, no había filos escondidos. Era la verdad al desnudo, sin nada que la protegiese.

No se pidieron disculpas. No hacía falta.

Al cabo de un momento de silencio, Ronan dijo:

—Están todos muertos. Nathan va a matar a los demás. Yo no puedo despertarme; ya no me queda nada. Ahora solo soy esto.

Hennessy retrocedió un par de pasos para contemplarlo. Ronan volvía a ser el soñador que ella había conocido, el chico en el que ella había confiado para que contestase a todas sus preguntas. El primer amigo que había tenido con una cara distinta de la suya.

—Ronan Lynch: si te dijera que voy a ayudarte a salir de aquí, ¿me creerías? —le dijo.

—Eres una de las pocas personas que podría hacerme creer eso.

35

La noche después de que Mór confesara su verdadera naturaleza a Niall, los dos llevaron a Declan a la cama y lo arroparon. Luego, salieron para soñar juntos en medio del campo, como solían hacer en Irlanda.

Y soñaron con el ente del Bosque.

El Bosque les explicó que su condición de soñadores era como una petición al otro lugar, al sitio en el que él hundía sus raíces. De ahí era de donde procedía la capacidad de sacar sueños al mundo de la vigilia. Cuanto más estiraba los brazos el soñador hacia ese lugar, más fácil le resultaba manifestar sus sueños al despertarse. Era como unir los dos lugares en uno solo, igual que los árboles conectaban el cielo y la tierra. Como hacer que las raíces se estirasen buscando el aire y que las ramas se girasen hacia el suelo. Un buen soñador podía conseguirlo, podía escarbar hasta llegar aún más hondo. Pero, para hacer eso...

—Sé lo que quieres —le dijo Mór al Bosque.

Niall sintió la respuesta del Bosque del modo en que siempre las sentía: con imágenes, con sentimientos, con sensaciones que excedían el mundo humano de la vigilia. Imaginó un árbol del que se veían tanto las ramas como las raíces. Las ramas deseaban ver qué había enterrado en lo profundo; las raíces querían conocer el sol. Mór era así, y el ente del Bosque también: ambos anhelaban tener más del otro lado. Estaban hambrientos.

Niall solo quería ser humano. Solo deseaba que las cosas fueran fáciles, que su familia y él fueran felices...

—¿Por qué quieres abandonar el lugar del que procedes? —le preguntó al ente.

Más.

El eco de aquel deseo se reflejaba en el rostro de Mór.

Y así, soñaron los tres juntos: Mór, Niall y el ente del Bosque. Soñaron a Greywaren. Igual que «Bosque», «Greywaren» no era más que un nombre con el que denominar algo incomprensible.

Greywaren parecía un niño algo menor que Declan.

Su forma fue una contribución de Mór. Con su preciso estilo, imaginó hasta el más mínimo detalle. Sus rasgos eran iguales que los de Niall en sus fotos de infancia. Era el ser de aspecto más inofensivo del mundo: un niñito humano, de ojos brillantes y azules como los del Niall.

Solo que aquellos ojos eran demasiado brillantes, demasiado precisos.

A Niall le recordaron lo ocurrido la noche anterior, cuando Mór le había dicho que no sentía las cosas del mismo modo que la mayoría de la gente. Y aquello —dar al ente del Bosque una envoltura que no se sintiera mal si su familia moría— no le pareció muy prudente.

De modo que su contribución fueron los sentimientos.

Sentimientos y más sentimientos, tantos como se le ocurrieron a Niall, y tantas formas de mostrarlos como era posible. Niall derramó un torrente de sentimientos en el niño soñado: amor, odio, miedo, expectación...

Y el ente del Bosque —el ser que llevaba tiempo morando en aquel sitio, tan lejos como podía del lugar del que procedía realmente— se derramó a sí mismo en el interior de la criatura. Se deslizó por el interior del niño soñado como un manojo de raíces, de garras, de ramas, de arterias, como una red de caminos que atravesara un bosque nocturno, temblando por un miedo desconocido al percibir que su experiencia se encogía y se moldeaba para adaptarse a su nuevo envoltorio. Muchas de las cosas que el ente del Bosque podía imaginar y recordar no tenían lugar en el cerebro de un niñito humano, y tuvo que despojarse de casi todas. Y muchas de las cosas que contenía el cerebro de un niñito humano —especialmente de uno con tantos sentimientos— eran desconocidas e inimaginables para el ente del Bosque.

En conjunto, fue una experiencia aterradora para todos los que participaron en ella.

Los tres tenían la certeza inconsciente de que aquello era algo que nadie había hecho jamás.

A ninguno se le ocurrió pensar que formaban parte de un esquema, de un ciclo de deseo, encarnación y destrucción. Ninguno se preguntó por qué la palabra Greywaren ya existía antes de aquella noche.

Cuando Niall y Mór despertaron en el prado, la hierba a su alrededor estaba colmada de cuervos y pétalos azules, y en el aire flotaba un olor metálico y espeso. Al cabo de un rato, Niall por fin pudo volver a moverse. Se incorporó y sus pies se hundieron en la tierra empapada. El terreno rezumaba sangre.

Mór estaba de pie delante de él. Agarrado a su pernera había un niño de ojos azules, cubierto de flores y sangre. Los últimos vestigios de la sabiduría del ente se iban desvaneciendo de sus ojos a medida que el mundo de la vigilia cuajaba en su interior. Lo único que quedó fueron el anhelo y los sentimientos.

Mór tiró de su mano para que la soltara y lo contempló.

El niño se puso a llorar.

Mór lo siguió mirando sin decir nada. ¿Era un sueño de ella? ¿De Niall? ¿Del Bosque?

Aunque Niall sentía que su corazón aullaba de pavor, se arrodilló y estiró una mano. Al ver que no ocurría nada, estiró la otra. El niño dudó por un momento y luego se acercó tambaleante a él. Los dos estaban cubiertos de sangre aún tibia y flores azules. A su alrededor, los pájaros piaban a voz en cuello, chillando o quizá riéndose. A Niall y a Mór les daba la impresión de estar viviendo un momento esencial, místico. Aunque llevaban muchos años haciendo magia, hacía mucho tiempo que habían dejado de percibirla como magia. Y, desde luego, nunca los había estremecido de aquel modo. Esa noche había cambiado algo importante para ellos, para el mundo, para el mundo más allá del mundo.

—Greywaren —dijo Mór.

Niall miró los ojos azules del niño, la línea angustiada de su boca. Aquel cuerpo contenía el ente al que habían conocido en el Bosque. A Niall le parecía muy importante —mucho— que se sintiera humano.

—No —corrigió a Mór, abrazando al niño. Lo estrechó con fuerza, a pesar de lo que le gritaba su instinto, y también con cariño, porque le parecía muy importante que se sintiera amado—. Se llama Ronan.

36

eclan Lynch estaba vivo.

Más vivo, de hecho, de lo que hubiera deseado.

Su cuerpo dolía de todas las formas concebibles. Su cabeza retumbaba de dolor. Sus hombros estaban tensos, retorcidos. Su estómago gruñía de hambre. En su costado rugía un calor palpitante que lo abrasaba cada vez que tomaba aire.

Sobre él, la luz rebotaba en el techo. En el aire flotaba el aroma mohoso de los edificios antiguos. Una melodía de piano sonaba en otra estancia, imperfecta como si no fuera un disco sino alguien tocando de verdad.

Declan se armó de valor y giró la cabeza, y solo ese movimiento hizo que se crispara. Le vino a la cabeza la imagen de una gota de pigmento cayendo en un vaso de agua y expandiéndose como una nube hasta teñir el vaso entero: así era su dolor.

Tomando un aliento entrecortado, examinó lo que le rodeaba.

Se encontraba en un apartamento espacioso y desaliñado. Al otro lado de la ventana se divisaban algunas fachadas y escaparates de tiendas; parecía el centro de una ciudad. De la pared del edificio en el que se encontraba sobresalía un letrero, y Declan reconoció lo que ponía a partir del fragmento visible: PIANOS.

Quien lo hubiera llevado allí lo había dejado sobre un sofá de rayas, le había colocado una almohada bajo la cabeza y lo había tapado con una manta. Era como si estuviera resfriado, y no convaleciente de una herida de bala. Declan habría dudado de que sus recuerdos del Mercado de las Hadas fueran ciertos si no fuera porque, al levantar la manta y la camiseta que llevaba puesta —y que no le pertenecía—, vio que tenía el torso vendado de forma muy profesional. En el suelo, al lado del sofá, había una cuña. Declan no recordaba nada desde el momento del disparo, y ni siquiera estaba seguro de recordar eso con exactitud. La adrenalina había borrado todo de su memoria, salvo el momento en que los perros solares de Ronan salieron en tromba de la petaca.

Se palpó el cuerpo en busca de su teléfono. No estaba. Su cartera tampoco.

Volvió a cerrar los ojos.

—Eh, muchachito, ¿cómo te sientes? —dijo una voz suave junto a él. Declan la conocía muy bien: su cadencia, su acento, la palabra con la que se había dirigido a él.

Oírla le hizo sentir aún otro tipo de dolor.

Abrió los ojos. La cara que tenía ante la suya se parecía mucho a la de Ronan, excepto por el pelo largo, y a la de su padre antes de morir, excepto porque tenía veinte años menos. Era el nuevo Feniano, una copia soñada y eternamente joven de su padre.

—A pesar de todo, parece que tu cuerpo no se está portando mal —comentó el nuevo Feniano.

Declan se humedeció los labios y los notó tan secos como un felpudo. Apoyó una mano en el asiento del sofá e hizo fuerza para comprobar si era capaz de sentarse.

No: su cuerpo se negaba a incorporarse. Su costado aulló de dolor y se rindió.

—Tienes que reconocer que tu madre te disparó como una auténtica profesional: solo tocó tejidos blandos, sin rozar siquiera el intestino, el estómago o el hígado, que es lo que verdaderamente te habría fastidiado. Y tampoco perdiste demasiada sangre, teniendo en cuenta el tamaño del boquete. Pero estás sudando tinta del dolor... Te sentaría bien tomar algún calmante.

El estómago de Declan rugió con fuerza.

—... O un sándwich —añadió el nuevo Feniano.

—Nada de calmantes —replicó Declan—. Quiero estar consciente.

El nuevo Feniano soltó una carcajada seca y aguda como un ladrido, que despertó una oleada de recuerdos en la mente de Declan.

—Llevas varios días drogado hasta las trancas, muchachito. ¿Qué te importa un poco más?

Mientras el piano emprendía una nueva pieza, Declan empezó a frotarse la cara con una mano. Luego, levantó la otra y se tapó los ojos. Durante toda su vida, después de cada revés había reaccionado diseñando una nueva estrategia, un nuevo mecanismo de supervivencia, una nueva estructura de vida invariablemente más angosta que la anterior. Ahora, después de haber tenido por fin algo bueno —estar con Jordan—, habría esperado hacerse aún más resiliente; y, sin embargo, había ocurrido lo contrario. Ya fuera por aquella efímera felicidad, por el aturdimiento que le producían las medicinas y la herida, por el dolor de perder a Matthew o por la impotencia de no poder salvar a Ronan del brotanoche, Declan estaba paralizado. No solo era que no pudiera sentarse; es que ni siquiera quería hacerlo. Lo único que deseaba era volver a fundirse en la nada para siempre jamás.

—Venga, Declan —insistió el nuevo Feniano—, déjame que te traiga algo para el dolor. Hasta a mí me duele verte así. Ven, ponte un poco al sol.

Tiró de él hasta sentarlo y le metió un cojín detrás de la espalda, en un gesto bienintencionado que hizo aletear una ráfaga de dolor palpitante por todo el cuerpo de Declan. Se le escapó un sollozo de dolor que lo avergonzó.

—Declan... —dijo el nuevo Feniano con aire contrito, y le apoyó la mano en la sien justo del mismo modo en que Niall lo habría hecho cuando Declan era pequeño.

Si Declan cerraba los ojos, podría imaginar que quien estaba junto a él era su padre. Pero no lo era: era un hombre construido con el molde de Niall Lynch, un hombre que había vivido una existencia diferente. El último encuentro de Declan con el nuevo Feniano había ocurrido mientras rastreaba a Mór Ó Corra, empeñado en comprobar si se sentía más cercano a ella que a su familia de verdad. En aquel momento, como ahora, el nuevo Feniano tenía al lado una bolsa gris de la que nunca parecía separarse. Estaba pegada a las patas de la silla que había acercado al sofá. Declan se preguntó qué llevaría en ella. ¿Armas? ¿Dinero? ¿Qué otra cosa podía ser tan importante? En ese momento no se le ocurría ninguna otra posibilidad.

—¿Tienes un nombre? —le preguntó—. No me refiero a eso de «el nuevo Feniano»; hablo de un nombre de verdad.

El nuevo Feniano sonrió.

—Tengo un nombre para cada persona que conozco —repuso—. ¿Quieres darme uno tú también?

—Yo conozco su nombre de verdad —dijo alguien desde la puerta de la sala—, pero no es para ti.

Era Mór Ó Corra en carne y hueso.

Las veces en que Declan la había atisbado fugazmente no lo habían preparado para aquella visión: una mujer con el cuerpo y la cara de Aurora Lynch atravesaba la estancia hacia él, precavida y musculosa, con una actitud fruto de una vida muy distinta a la de Aurora. A Declan le pasmó ver aquellos ojos, brillantes como los de una predadora, en el rostro de la gentil mujer que lo había criado como si fuera su propio hijo. Mór no tenía tanto acento irlandés como Aurora, pero eso, al menos, era lógico: al fin y al cabo, ella había vivido en un mundo mucho más cosmopolita y menos recluido que el sueño que había creado Niall para reemplazarla.

—¿Sabes quién soy? —le preguntó a Declan, ofreciéndole un vaso de agua.

Declan apuró el vaso y se quedó con ganas de más. Le daba la impresión de que el nuevo Feniano no tenía mucha práctica cuidando a heridos de bala, pero no sabía si eso le hacía sentir mejor o peor.

—Eres Mór Ó Corra —respondió—. Mi madre biológica.

—Muy bien —asintió ella, aunque Declan no habría sabido decir qué parte de su respuesta le había complacido—. Y tú eres Declan Lynch, el hijo de Niall Lynch —añadió mientras lo escrutaba—. La verdad, fue impresionante ver cómo te liabas a tiros en ese hotel. No te tenía por ese tipo de persona.

—¿Por eso me salvaste?

—No lo sé —respondió ella—. No sé por qué lo hice. Me interesa mucho todo lo relacionado con vosotros: contigo, con tus hermanos... Sois como una serie que me tiene enganchada.

—Y no querías quedarte sin la siguiente temporada —repuso Declan, sin poder evitar un regusto de amargura en su voz. Él era el único personaje que seguía en la trama; Mór habría debido salvar a Matthew, en lugar de a él. O a Ronan—. ¿Lo quemaron? ¿Quemaron el hotel? —preguntó.

Ella enarcó una ceja.

—Por supuesto. Pero los prisioneros pudieron escapar gracias a ti.

Declan meneó la cabeza. Su intención no había sido convertirse en un héroe.

—¿Por qué no me mataste? —dijo—. Podría llevar años muerto, y tú ni siquiera te habrías enterado. Y esto te tiene que haber salido caro; supongo que te habrás metido en un problema.

—Todavía no —replicó Mór—. Para Boudicca, tú moriste en el hotel. Y tendrás que seguir muerto un poco más, hasta que el nuevo Feniano y yo solucionemos algunas cosas. La gente de Boudicca no está muy contenta conmigo, porque últimamente no les soy muy útil, así que están buscando excusas para quitarnos el dulcemetal que lo mantiene despierto.

Claro que el nuevo Feniano necesitaba un dulcemetal. Niall, su soñador, estaba muerto. Boudicca había encontrado la correa ideal para tener a Mór bien sujeta.

Más o menos.

—¿Podrías llamar a alguien de mi parte? —preguntó Declan; por un momento pensó pedir que le devolviera el teléfono, pero desechó la idea de inmediato—. Seguro que a estas horas ya se ha enterado de lo que ocurrió.

Mór negó con la cabeza.

—Si se enteran de que las he desobedecido, las consecuencias serán muy desagradables para mí. Para no quitarme al nuevo Feniano, me harían matarte otra vez, ahora de verdad, y más lentamente que la vez anterior. Y si tengo que elegir a uno de los dos, sabes muy bien con cuál me quedaría.

Declan le miró a la cara para comprobar si había querido herirlo con aquel comentario, y se dio cuenta de que no era así. Se había limitado a exponer un hecho: *Tú no eres importante para mí, él sí. Sabes muy bien con cuál de los dos me quedaría.*

No resultaba especialmente doloroso; al fin y al cabo, ya lo sabía. Hacía muchos años que Mór había elegido una vida que no lo incluía a él.

—No dirá nada —afirmó—. Conoce todos mis secretos.

Mór miró al nuevo Feniano con el ceño fruncido.

—La falsificadora —dijo él.

Ella asintió con la cabeza bruscamente, y él se sacó el teléfono del bolsillo para hacer la llamada. Al cabo de un minuto, se apartó el móvil de la oreja.

—Tal vez no quiera contestar a un número desconocido —dijo.

Pero Declan sabía que no era así. Jordan contestaría, sobre todo sabiendo que él se encontraba en el hotel cuando había estallado el tiroteo.

A no ser que estuviera dormida.

Sintió ganas de vomitar. No supo si achacárselas al dolor, al nerviosismo que le producía aquel reencuentro o a la conciencia de todo lo que le estaba esperando fuera de aquel apartamento. O, quizá, a lo que no le estaba esperando.

Mór le lanzó una de sus miradas brillantes e intensas.

—¿Estás dolido? ¿Te molesta cómo están las cosas entre nosotros dos? —le preguntó.

A Declan le sorprendió que le preguntase aquello. Por supuesto que estaba dolido; nunca dejaría de estarlo. ¿Por qué?

¿Por qué? ¿Por qué? Cuando Mór se marchó, él no era más que un niño. Se suponía que las madres tenían que entregar un amor sin condiciones a sus hijos, y que los padres debían enseñarlos a vivir. Y a él le habían negado las dos cosas. Sin embargo, no dijo nada de eso.

—Me siento intrigado —afirmó—. Recuerdo el día en que te marchaste.

—¿Te acuerdas? Eras muy pequeño.

—Tengo buena memoria. Y a ti, ¿te dolió? ¿Te dio pena irte?

—No lo recuerdo —dijo ella.

Declan la miró, sorprendido: no le cuadraba que Mór le mintiera a la cara de forma tan evidente.

—¿No recuerdas si te dolió abandonar a tu hijo?

—Yo no tengo buena memoria —repuso ella.

—¿Sabes que mi padre te sustituyó por otra mujer idéntica a ti? Ella frunció el ceño.

—Creo que sí... Pero eso tampoco lo recuerdo con claridad.

—¿No recuerdas que tu marido soñó una copia de ti para jugar con ella a las casitas?

—No tengo buena memoria —repitió Mór.

—Declan... —intervino el nuevo Feniano, pero él no le hizo caso.

—Y luego —prosiguió—, supongo que mi padre soñó al nuevo Feniano para que tú pudieras jugar a las casitas también, ¿no?

Los ojos de Mór seguían clavados en él. Al cabo de unos minutos, Declan se dio cuenta de que, en realidad, no lo miraba. Estaba pensando, con la vista perdida.

—Supongo que sí —dijo—. Pregúntale al nuevo Feniano; él lo sabrá.

Y, en ese momento, Declan se quebró: la montaña rusa que habían sido sus últimos días terminó por abrumarlo. La pérdida de Matthew; la búsqueda desesperada e infructuosa de un dulcemetal para Ronan; la conciencia de que, aunque lo hubieran herido, tenía que seguir viviendo; la frustración de estar allí atrapado, paralizado por el dolor; el golpe de comprobar que, después de haber pasado tanto tiempo rastreando a su madre biológica, a ella no le importaba lo bastante para recordarlo con exactitud.

Giró la cara hacia el respaldo del sofá y cerró los ojos; no quería que Mór viera la lágrima que se deslizaba por su mejilla. Se quedó así hasta que oyó los pasos de ella salir de la sala, y el chirrido de la silla del nuevo Feniano al acercarse más aún a él.

—Ya te dije en su momento que no creía que te viniera bien hablar con ella, ¿recuerdas? —le susurró—. Mór no es una mujer fácil. Este mundo no es un lugar fácil. Tienes que comprender algo: Mór se preocupa por ti, aunque no lo manifieste como podrías esperar.

Declan se quedó callado.

El nuevo Feniano se inclinó, alzó su bolsa gris y se la apoyó en el regazo. Estaba desgastada por años de uso. Le dio una palmada con aquella mano larga, tan parecida a las de Niall y a las de Ronan.

—A lo largo de tus averiguaciones, ¿has llegado a enterarte de qué hago yo para Boudicca?

Declan negó con la cabeza.

El nuevo Feniano apretó el cierre de la bolsa con los dedos.

—Esta bolsa, Declan —dijo—, está llena de recuerdos que he sacado de la cabeza de muchas personas. Cosas que los hacían sufrir, que los hacían mirar constantemente hacia el pasado y no los dejaban avanzar.

Miró fijamente el rostro de Declan, como si esperase ver una expresión de incredulidad en él. Pero Declan no podía permitirse el lujo de no creer en cosas como aquella.

—Los primeros recuerdos que metí aquí fueron los de Mór; los segundos, los de tu padre. Mór no te mentía antes al decir que no se acordaba: los dos me pidieron que les quitara una buena porción de su memoria.

Declan se apretó el costado con la mano para aliviar el dolor palpitante que estaba volviendo a sentir. Se sentía muy vulgar, muy humano en aquel mundo de sueños y soñadores.

—Ni siquiera sé si me importa lo bastante para preguntarte por qué —replicó.

—Ay, Declan... Decirte eso a ti mismo no va a hacer que te duela menos.

—¿Y por qué no te pide que se los vuelvas a meter en la cabeza, entonces?

El nuevo Feniano abrió la bolsa. Estaba llena de hilos gruesos, tan relucientes como las cuerdas de un instrumento, pero tan dúctiles como cabellos. Fue cogiendo uno tras otro entre el índice y el pulgar para mostrárselos a Declan antes de dejarlos caer otra vez en su sitio.

—Los recuerdos de mi bolsa solo pueden ser revividos por alguien distinto de su poseedor original; esa es la regla. No sé por qué, pero es así. Mucha gente me los entrega para dejarlos en herencia o para mediar en algún conflicto, pero esa no es la razón por la que Niall y Mór me pidieron que se los guardase.

Declan se sentía aturdido, como si hubiera perdido solidez. El mundo real parecía estar muy lejos de aquel apartamento con susurros de piano, en el que vivía su madre biológica junto a un hombre que guardaba recuerdos en una bolsa.

—Me pidieron que los conservara porque creían... Creíamos... —el nuevo Feniano vaciló—. Bueno, supongo que yo siempre tuve la esperanza de entregártelos algún día.

37

Ronan.
Ronan.
Ronan.

Durante las semanas y los meses que siguieron, Niall y Mór se esforzaron por llamar a aquel extraño niño por su nombre, porque no creían ser capaces de sobrevivir a aquella situación si no lograban considerarlo un ser humano.

Desde la noche de su nacimiento, sus sueños habían cambiado.

Se habían hecho más grandes.

También eran más productivos. A Niall le resultaba más fácil concentrarse en lo que quería obtener, lo que redujo el número de cachivaches soñados sin utilidad aparente. En cuanto a Mór, era capaz de soñar con su precisión habitual, pero con más frecuencia.

Sus sueños también se habían hecho más porosos.

Ahora, cuando Niall y Mór dormían, sentían que estaban conectados con algo aún más allá del Bosque: algo que estaba al otro lado, donde el Bosque hundía sus raíces. A menudo les llegaban imágenes de lo que había allí: visiones de un mundo inimaginable, un mundo que sentían ajeno al suyo. Ni siquiera era como otro planeta, porque incluso ese concepto parecía demasiado concreto para describirlo. Era un mundo más allá de cualquier comprensión, diseñado para unos sentidos de los que ellos carecían.

Otras veces —y eso era aún peor—, Niall y Mór soñaban escenas que semejaban premoniciones, porque eran como mirar su propio mundo después de que todo lo que había al otro lado hubiera traspasado la barrera y lo hubiera transformado. Todo era música y lluvia y raíces de árbol y océano, y resultaba tan bello que Mór y Niall no podían parar de gritar.

Sus sueños solo eran así si los soñaban cerca del Greywaren. Del niño. De aquel conducto que tenía una mano en el mundo de ellos y la otra aún aferrada al lugar del que provenía.

Ronan, se recordaban una y otra vez.

Ronan.

Ronan.

En vez de encontrarse más cómodos en su presencia, el paso del tiempo solo les hizo sentir más miedo.

Una tarde, algunos meses después de que lo sacaran de sus sueños, el niño se despertó de la siesta rodeado de florecitas con forma de estrella que no estaban allí unos minutos antes.

El ente del Bosque, en su lado de la existencia, también había sido un soñador.

Y ahora volvía a serlo.

A Niall y a Mór no se les había ocurrido pensar que su habilidad pudiera verse reflejada en el otro lado, o que, una vez el ente del Bosque hubiera conseguido piernas para caminar por el mundo humano, pudiera llevarse consigo aquel talento.

Los subconscientes de ellos dos ya eran lo bastante extraños. ¿Cómo serían los de aquel ente cuando creciera, cuando empezase a recordar? Si es que el ente empezaba a recordar...

Si es que el niño, más bien, empezaba a recordar.

Ronan, se decían el uno al otro.

Ronan.

Ronan.

Aquella noche, Mór le susurró a Niall:

—Deberíamos matarlo antes de que sea demasiado tarde.

—Perderías el poder que tienes ahora —replicó él.

—Este poder no merece la pena —afirmó ella—. Lo que teníamos antes era suficiente.

Nial sintió un alivio abrumador.

El alivio no se debía a que Mór hubiera sugerido que usaran la violencia, sino a que Niall acababa de darse cuenta de que ella lo quería. No sabía por qué no lo había visto antes, por qué no había comprendido que no importaba que ella no amase de la misma manera que él. El amor, para ella, consistía en la propia confesión de que su forma de sentir era distinta; en la confianza que le había mostrado al contarle la verdad sobre sí misma. El amor era haber querido que él la conociera de verdad, despojarse de la versión de sí misma que mostraba para complacerle. Quizá ese amor nunca llegase a ser como el que él le ofrecía a ella, pero eso no cambiaba su esencia.

—¿Pero crees que tenemos que matarlo de verdad? —preguntó—. ¿No podríamos mandarlo a otra parte, darlo en adopción o algo así?

—Tiene demasiado poder —contestó ella—. ¿Te imaginas que cayera en manos de otro soñador, alguien con malas intenciones? ¿Y si alguien quisiera que soñase una bomba nuclear? ¿Te imaginas lo que ocurriría si soñase una bomba nuclear?

Dicho de ese modo, era obvio.

Los sueños de Niall eran tan extravagantes, tan indirectos, que jamás se le había ocurrido pensar que ese poder pudiera ser peligroso en manos de alguien distinto. Ronan no solo era la encarnación de un ente muy anciano que solía presentarse como un Bosque; también podía ser un arma con la que agredir, o un agresor.

Era obvio, aunque horripilante, que había que hacer algo al respecto antes de que creciera más.

Pero cuando entraron en la habitación en la que Ronan dormía, descubrieron que no estaba solo.

Declan se encontraba junto a él, acurrucado a su lado, con un brazo extendido sobre su cuerpecillo. Al principio pensaron que estaba dormido; pero, cuando Niall hizo chirriar una tabla del suelo al pisarla, los ojos de Declan se abrieron. Miró a sus padres de hito en hito, tan fijamente que los dos sintieron mala conciencia. Pero, por supuesto, Declan no sabía por qué estaban allí; esa era su expresión habitual, incluso cuando era tan pequeño.

—Ronan se sentía solo —les explicó.

—¿Cómo lo sabes? —preguntó Niall.

Declan retiró el brazo y se levantó con cautela para acercarse a sus padres.

—Porque estaba llorando —dijo.

Niall le acarició los rizos.

—Pues yo no he oído nada —replicó, tratando de sonar despreocupado.

—Es que lloraba muy bajito —contestó Declan, con una seguridad casi altanera.

Niall y Mór se miraron, inquietos. Le dijeron a Declan que volviera a su cama y luego se quedaron en aquel dormitorio un buen rato, debatiendo sin palabras.

El amor había cambiado la situación. Niall aún no quería a aquella criatura extraña y peligrosa; pero quería a Declan, y Declan quería a Ronan.

De modo que Ronan no murió.

Y Los Graneros prosperaron.

En las granjas, el dinero se usa de modo diferente: no se exhibe su abundancia, no se emplea para subir de estatus. Sin embargo, es evidente cuándo en una granja hay abundancia después de mucho tiempo de escasez. Las vallas de tres postes se convierten en vallas de cuatro postes, y aparecen recién pintadas. Los aleros de los tejados se vuelven rectos y bien definidos. En los cobertizos empieza a haber ratones, porque de pronto hay sacos de cereales que roer. Los rebaños crecen, porque no hace falta vender los terneros en cuanto crecen un poco. En los estanques y los campos aparecen patos, cerdos vietnamitas, perros, porque hay dinero para mantener animales aunque no tengan una función productiva. Dentro de la casa, los muebles empiezan a ser más cómodos y más bonitos. Los electrodomésticos se reemplazan. Los azulejos y los pavimentos de pronto son más exóticos y originales, importados incluso, porque se eligen por su belleza y no por su precio.

262

Normalmente, cuando una granja empieza a hacer dinero de verdad, en ella empieza a trabajar más gente; de ese modo, los dueños pueden viajar sabiendo que dejan sus cosas en buenas manos. Pero las granjas normales, a diferencia de Los Graneros, no estaban llenas de objetos soñados sin utilidad aparente. Y así, al principio, los animales y los cultivos crecieron para adecuarse a los sueños de juventud de Niall, y enseguida empezaron a menguar a medida que Niall y Mór vendían los animales que no podían cuidarse solos durante unos días y los reemplazaban por copias soñadas que sí eran capaces de hacerlo.

Porque, para que la familia Lynch funcionase, sus miembros adultos tenían que viajar. Mór decía que su trabajo para Boudicca la obligaba a ausentarse a menudo. Según ella, necesitaba investigar qué cosas podrían venderse mejor, encontrar artefactos extravagantes que la inspirasen para soñar otros artefactos más extravagantes aún. No era verdad: lo que Boudicca le pedía era que siguiera soñando sus sueños impregnados de dolor secreto, y ella ya sabía todo lo que necesitaba para hacerlo.

Pero...

Ronan.

Ronan.

Ronan.

Esa era la verdadera razón por la que Mór viajaba. A medida que Declan y Ronan crecían, Niall se iba enamorando más de ellos. Los quería de una forma total y absoluta, con una intensidad con la que jamás se habría imaginado que podría querer a nadie, ni siquiera a Mór. Ellos eran sus hijos, él era su padre; eran una familia. Los estaba conformando a su imagen y semejanza, y los dos se lo agradecían devolviéndole el amor que él les daba.

Y no es que Mór no amase a Declan. Pero jamás podría albergar amor por Ronan.

Jamás podría verlo como un simple niño.

Para ella, Ronan jamás sería un «él», sino un «eso»:

el Greywaren.

Y tampoco soportaba ya la idea de soñar con el otro lado de forma tan entregada como lo hacía en el pasado. A veces, le parecía que hacerlo era como pedir otro Greywaren. Y otro, y otro, y otro.

Y eso retorcería de tal modo la realidad que el mundo terminaría por disolverse en el caos.

Una tarde de verano, Niall salió de la casa para ver cómo Mór metía sus bultos en el coche. Se marchaba otra vez, a pesar de que acababa de llegar de su último viaje.

—Tengo que irme —le dijo ella.

Su tono era minucioso, exacto. Niall supo de inmediato lo que significaba aquella frase.

—Pero Declan... —comenzó a decir.

—No lo soporto más —le cortó Mór—. Me está volviendo loca; terminaré por ahorcarme. ¿Y si volvemos a hacerlo sin querer?

—No lo haremos —afirmó él.

—¿Y si «eso» nos obliga?

Niall dirigió la mirada al prado donde Declan y Ronan jugaban, sentados en la hierba. Declan ponía cara de no divertirse mientras Ronan agitaba dientes de león delante de su cara y hacía muecas absurdas.

—Ahora ya no es más que un niño, un chaval normal.

—Ayer por la noche soñó un patito. Ya ha empezado a soñar seres vivos, ¿lo ves? Me llevé el pato y le retorcí el cuello.

—Yo soñé un patito una vez —replicó Niall—. ¿Quieres retorcerme el cuello a mí también?

Ella desechó su comentario con un gesto.

—Podría soñar un ejército. Podría soñar más Greywarens.

—Solo es un niño —insistió Niall—. Ya no recuerda nada de aquello. Solo sabe lo que nosotros le contamos.

—Aun cuando fuera así, imagínate que Boudicca llega a enterarse de que existe. —Mór sacudió la cabeza—. Se aprovecharían de él. Lo usarían hasta que no se les ocurrieran más maneras de usarlo, y destruirían el mundo para rematar la faena. Boudicca no sabe cómo manejar un poder tan grande. Fue un error. Fue un error enorme, pero ahora ya es demasiado tarde.

Mór sabía que, a la hora de la verdad, Niall preferiría verla marchar que cortarle el cuello a Ronan para que las cosas volvieran a ser como antes.

Lo cual significaba que su gran experimento en el paraíso había terminado.

—Me echarás de menos —dijo Niall.

Mór lo miró fijamente, sin decir que no.

—Podría llevarme a Declan, si eso lo hiciera todo más fácil —propuso.

Niall negó con la cabeza. Tampoco ahora Mór protestó.

—Te echaré de menos —dijo él.

Mór miró a Ronan, con las facciones crispadas en un gesto de asco y de horror.

—El Bosque puede ayudarnos a hacer que esto sea más fácil —dijo—. Si vas a mantener viva esa cosa, al menos podemos pedirle al Bosque que nos compense. No tenemos por qué echarnos de menos el uno al otro, ¿sabes? Ni siquiera tenemos por qué ser conscientes de que nos hemos dejado.

Niall conocía tan bien a Mór y su forma de soñar que supo de inmediato a qué se refería: un Niall que se marchase con Mór, una Mór que se quedase allí junto a Niall. Y quizá, también, una bolsa en la que meter sus viejos recuerdos, de forma que nunca volvieran a cometer el mismo error —ya fuera sacar un dios de sus sueños o enamorarse—.

—No será real —protestó.

No lo decía de verdad: su corazón estaba tan desgarrado que ya sabía que haría lo que Mór dijese.

—¿No te has dado cuenta aún? —replicó ella—. Nosotros dos soñamos la realidad. Hacemos la realidad.

En algún momento de aquella conversación, Ronan se había acercado a ellos y ahora estaba abrazado a la pierna de Niall. Cuando Mór lo miró, él escondió la cara en los vaqueros de su padre. Mór le había dado un cachete por el asunto del pato, y él aún no la había perdonado.

Niall le acarició la cabeza.

Luego, miró a Declan para ver si estaba lo bastante cerca para oírlos y vio que estaba entretenido recogiendo tallos sueltos de dientes de león y ordenándolos en pulcras filas.

La decisión estaba tomada.

Más tarde, el Bosque hizo lo que ellos le habían pedido, no con palabras, sino con pensamientos. Al final, el soñador tuvo que ser Niall, porque se le daba mejor soñar seres vivos, pero Mór entró en su sueño para dejar clara su intención. Le pidió al Bosque que ayudase a Niall a hacer una copia de ella que fuera más suave, de forma que Niall por fin pudiera sentirse amado. Y Niall le pidió al Bosque que hiciera una copia de él que fuera más joven, para que conservara siempre el aspecto que él tenía cuando se fugaron juntos.

El Bosque también les dio una bolsa en la que guardar todos los recuerdos de los que quisieran deshacerse.

El primer recuerdo que Niall dejó en la bolsa fue el del nacimiento de Declan, porque había sido un momento tan feliz que estaba seguro de que se moriría si tenía que seguir recordándolo.

Ese no fue el primer recuerdo que Mór dejó en la bolsa, pero sí fue uno de ellos.

El primero que metió fue este:

Ronan.

Ronan.

Ronan.

38

—Siempre pensé que Ronan era el favorito de mi padre —dijo Declan.

Era un comentario absurdo.

Era una moraleja insignificante para aquella historia.

Pero fue lo que le salió.

Declan y el nuevo Feniano seguían en la misma postura en la que habían comenzado todo aquello: el uno en la silla de madera y el otro recostado en el sofá, con los dedos llenos de recuerdos anudados. El nuevo Feniano había examinado todos los hilos brillantes con rapidez sobrenatural, y había ido eligiendo los que necesitaba. Luego, los había atado alrededor de los dedos de Declan en orden cronológico, desde el día en que su madre había llegado a Los Graneros con él en brazos hasta el día en que se había marchado sin él.

Niall había elegido quedarse junto a Declan, vivir una vida que incluía a su hijo tanto como le era posible. Una vida que también incluía a Ronan, porque Declan había empezado a quererlo cuando nadie más lo hacía.

A Declan solo le había llevado unos minutos experimentar aquellos recuerdos, pero le daba la impresión de que habían transcurrido años enteros.

Era la lógica de los sueños, la forma en la que funcionaba el tiempo onírico.

Declan ya no era la misma persona que al empezar.

Su padre lo había querido, lo había adorado. Era su hijo preferido, y lo había dado todo por él.

—¿De verdad no te dabas cuenta de que eras el favorito? —le dijo el nuevo Feniano—. ¿No recuerdas que yo... que Niall te llevaba a todas partes con él, si podía?

—No sé. Le hacía tanto caso a Ronan...

En la memoria de Declan, Niall siempre estaba diciendo que Ronan era igual que él; que, de tal palo, tal astilla. Declan arrugó la frente, perplejo, tratando de reinterpretar sus propios recuerdos. Porque claro que Ronan era igualito a Niall; al fin y al cabo, lo habían creado de forma que lo fuese.

—A mi padre, todo lo que hacía Ronan le parecía estupendo, genial —dijo—. Se acordaba de cada cosa que Ronan decía o quería.

—Tu padre quería que Ronan se sintiera tan querido como tú —explicó el nuevo Feniano—. Las consecuencias de que un ser como él se sintiera despreciado podrían ser... Niall siempre supo lo importante que era criarlo como a un hijo, no como a un monstruo o una mascota.

Lo malo era que, al final, Ronan había terminado por sentirse justamente así, pensó Declan. Y eso lo había convertido en un peligro para el mundo y para sí mismo. Después de toda una vida creciendo como un chico humano, Ronan había llegado a la adultez y se había encontrado con que no servía para llevar una vida de persona normal. Había tenido que volver a Los Graneros y encerrarse allí, a la espera de que los demás fueran a tirarle un hueso de vez en cuando.

—No lo culpo —dijo Declan.

—Tampoco puedes echarle la culpa a Mór —repuso el nuevo Feniano con aire inquieto, aunque Declan no se había referido a Niall—. Ella te quería; no te creas que le resultó fácil. Si hubieras estado allí, tú también...

—No, no le reprocho nada —lo interrumpió Declan—. No me siento con derecho a juzgarla; es muy fácil mirar las tragedias desde la barrera y decidir qué se debería haber hecho para que no ocurriesen. Mór hizo lo que pudo. —Suspiró: no estaba diciendo aquello porque le pareciese que el nuevo Feniano necesitara oírlo, sino porque lo necesitaba él mismo—. Yo también he visto el tipo de cosas que ha visto ella. Sé lo que es tener miedo todo el tiempo, tratar de detener un maremoto cuya existencia no conoce nadie más. Nadie puede juzgarla. Mór es quien... es el tipo de persona que yo deseaba encontrar cuando empecé a buscarla.

Miró al nuevo Feniano y vio tenía el rostro levemente girado. Mor estaba de pie en el umbral de la sala.

—Cuando has dicho eso, ¿sabías que yo estaba aquí? —preguntó ella, aunque claramente conocía la respuesta.

Declan no hubiera sabido decir qué estaba pensando Mór. No era como Aurora; la gentil Aurora, tan fácil de interpretar y de comprender.

—No pude deshacerme de todos mis recuerdos sobre ti —afirmó ella—. Habría tenido que prescindir de demasiados años de mi vida, y eso me habría dejado desorientada. De modo que te recuerdo, aunque no mucho. Siempre fuiste pragmático, incluso de muy pequeño. Y justo. —Hizo una pausa como si necesitase repasar su memoria fragmentada, filosa—. Y valiente.

Declan se dio cuenta de que Mór había esperado que él reaccionase con ira. Que se sintiera traicionado, que la juzgase y la rechazase. Y era cierto que él se había sentido así y había hecho todas esas cosas, antes de ver su historia. Pero todo eso se había disipado. Mór también se había enamorado de soñadores y de sueños. Había acertado al prever lo peligrosos que podían ser los soñadores. No había acertado al decidir cómo abordar ese problema, pero eso se debía a que, en ese asunto, no había respuestas correctas ni erróneas. Mucho antes de que cualquiera de ellos naciese, el mundo ya estaba hecho de sueños y de seres no soñados, y lo que era bueno para los unos no lo era necesariamente para los otros.

—¿Dónde está ahora el Greywaren? —preguntó Mór.

—Agonizando —respondió Declan—. Ronan necesita un dulcemetal; eso era lo que yo estaba tratando de conseguir.

Mór Ó Corra se giró para mirar por la ventana y, por un momento, fue la viva imagen de *La dama oscura*, el retrato de ella que había soñado Niall: barbilla erguida, brazos en jarras, postura desafiante.

Era el tipo de mujer del que Declan habría querido que se enamorase su padre.

Era la mujer de la que se había enamorado su padre.

Durante todos aquellos años, la mayor mentira que Declan se había contado a sí mismo era que odiaba a Niall.

Pero lo que quería decir de verdad, cada vez que lo pensaba día a día, era esto: «Le echo de menos».

Mór Ó Corra señaló a Declan con un gesto del mentón.

—Prepáralo para viajar lo mejor que puedas —le pidió al nuevo Feniano—. Haz el equipaje con todo lo que podamos necesitar, pero que no ocupe más de tres maletas. Vamos a tener que movernos rápido.

—¿Qué tienes en mente? —preguntó él.

—Durante el tiroteo, robé la tinta de Boudicca —contestó Mór—. Pretendía dártela a ti, amor mío, pero me temo que tendrás que esperar.

39

Prueba la hoja que aún no se ha estrenado.. Cortará?.. Esa es la única pregunta.. Puedo obligarla a cortar.. Si me corta me rehará para darme una forma mejor.. Una forma más cierta.. Menos ruido.. Más capaz de pensar.. Menos dislocado.. Me corrompo con el tiempo o el mundo me corrompe.. Necesito empezar de nuevo.. Lo odio.. Aprenderá ella a cortar.. O habrá que sacarla del cajón.. Sea como sea esta hoja quedará transformada transformada transformada.. Volcar el cajón.. A partir de ahora solo hojas afiladas.. Creo que es capaz de hacerlo.. No quiero [ilegible]

—NATHAN FAROOQ-LANE,
El filo abierto de la hoja, página final

40

Hennessy se despertó.

El sótano estaba a oscuras. No le pareció raro; era la mitad de la noche.

Le dolía la cabeza, como si la distancia que habían recorrido sus pensamientos para hallar a Ronan Lynch la hubiera dejado exhausta. Y antes de eso, se había enfrentado al Encaje. Y antes, el beso.

Oyó un rumor: el ratón soñado escarbaba en el serrín de su jaula. Era una criatura noctámbula, como ella.

¿Pero por qué estaban a oscuras?

La pregunta se fue abriendo paso poco a poco por su mente. Se había quedado dormida ya de noche, de modo que todos sus focos de trabajo estaban encendidos. Y había que encenderlos y apagarlos de uno en uno; no bastaba con tirar del cordón que había al principio de las escaleras o pulsar el interruptor que había al final. ¿Quién los habría apagado? Hennessy no imaginaba que Farooq-Lane o Liliana hubieran bajado al sótano para tirar de todos los cordones, pulsar todos los interruptores y apretar todos los botones.

Pero es que, además, en la casa reinaba un silencio absoluto. Debía de haberse ido la corriente, porque no se oía ni un zumbido, ni un chasquido, ni un ronroneo. Solo el tintineo irregular que hacía la cola del ratón al golpear los costados de la jaula. Hennessy se acordó de Bryde. Aquello le habría encantado, porque sonaba como si la humanidad entera hubiera desaparecido.

Durante unos minutos, Hennessy se quedó inmóvil pensando en él. Recordando cómo había flotado junto a Ronan y a él en una tabla soñada, cómo habían contemplado el mundo que se extendía bajo ellos, a cientos de metros de distancia. Pensando que ahora estaba muerto, pulverizado por una bomba.

«Pobre cabrón —pensó—. Al final, el mundo pudo con él».

En ese momento, en algún lugar de la casa se cerró una puerta. Aunque había sido un sonido inofensivo, algo en él hizo que a Hennessy se le pusiera la piel de gallina. Había sido un ruido furtivo, como si quien lo había causado no quisiera que lo descubriesen.

Pero tal vez se estuviera imaginando cosas. Quizá se hubiera ido la luz porque los dueños de la casa se habían olvidado de pagar la factura. Quizá Farooq-Lane o Liliana hubieran salido de la casa para resolverlo con una llamada, sin molestar a las otras dos. Quizá los Moderadores hubieran despertado y hubieran ido de caza para matar a las Hennessys que no habían logrado matar a la primera.

De pronto, Hennessy se sintió muy despierta.

Se levantó de los cojines que usaba como cama, con cuidado de no hacer ruido al pisar el suelo de cemento. Agarró su espada, que estaba en la mesa. Subió las escaleras, poniendo los pies de lado para pegarlos al final de los peldaños y evitar que crujieran.

Al llegar arriba, se detuvo y escuchó, apretando y aflojando los dedos alrededor de la empuñadura de la espada.

No había nada que oír. Nada que ver.

La casa también estaba a oscuras. Y no de un modo normal, sino de un modo incorrecto: el reloj del microondas no lucía, la luz de emergencia de la pared estaba apagada.

Tampoco había rastro de Farooq-Lane o de Liliana. Sus abrigos habían desaparecido del perchero, pero en la casa seguían estando todas sus cosas. Hennessy empezaba a sentirse... No asustada, porque el miedo no era algo que le resultase fácil sentir. No: sentía recelo. Aunque no se hacía idea de qué podía estar ocurriendo allí, no intuía nada bueno. Consideró por un momento si llamar a Farooq-Lane, pero la idea de bajar la guardia mientras buscaba su teléfono, o de levantar la voz para hablar con ella, le pareció inaceptable. En lugar de eso, decidió ir a ver si el coche estaba aparcado junto a la puerta trasera.

Uno, dos, tres pasos por el pasillo. Cuando Hennessy fue a girar el picaporte, se dio cuenta de que la puerta ya estaba entreabierta. Aquello no le gustó: ni Farooq-Lane ni Liliana cometían ese tipo de descuidos. Con la espada bien aferrada, abrió la puerta, protegiéndose tras la madera, y echó un vistazo fuera.

En el umbral había un par de tijeras abiertas. Su filo la apuntaba directamente.

«Mierda», pensó Hennessy.

Un instante después, explotaron dos bombas.

41

Fueron dos detonaciones inusuales.

La primera fue una explosión de ruido.

En pleno centro de Boston, un maullido ensordecedor brotó del Museo de Bellas Artes. Eran años y años de sonidos comprimidos en unos segundos, que se expandían desde un único centro: la exposición temporal de Klimt.

La ola de sonido derribó una mesa, hizo entrechocar los cuadros contra las paredes, estremeció las barreras para los visitantes y atravesó con su estridencia a todos los seres vivos que había a su alcance.

¡Baja esa música de una vez! ¡Me están sangrando los oídos!

El sonido mata de dentro afuera. En los alrededores del museo, todos los ratones que correteaban, las ardillas que dormían y las palomas que se arrullaban junto al edificio cayeron desplomados, con las entrañas deshechas.

En el corazón del estallido se dio una visión portentosa, pero solo una persona pudo vivir para presenciarla.

La segunda explosión destrozó una casita de alquiler situada en el barrio de Lynn, cerca del mar.

La bomba estaba metida en el horno. Estalló con tanta fuerza que arrancó el marco de metal de la puerta, lo incrustó en la mesa de la cocina y luego hizo que puerta y mesa atravesaran la pared y cayeran en el patio trasero. Las demás paredes ya se estaban disgregando por las calles circundantes. Los azulejos de la cocina y las lámparas fluorescentes volaron por los aires. El techo se pulverizó, la tarima se fragmentó, las tuberías se evaporaron, el techo se desmenuzó.

Poco espacio para tanta energía: la onda expansiva avanzó, avanzó, avanzó. A la bomba le llevó menos de un segundo hacerse un hueco en el que cupiera ella y nada más que ella.

Mientras los ecos de esta segunda explosión se iban apagando, una premonición espantosa se apoderó de todas las personas que había en la zona.

La nueva visión seguía el mismo esquema que la primera. En primer lugar, mostraba la explosión que acababa de destrozar la casita de Lynn. Las personas que la estaban presenciando pudieron ver, desde un punto de vista privilegiado, a una mujer joven que empuñaba una espada de un azul llameante. Mientras la bomba estallaba a unos metros de ella, la chica empezó a hacer molinetes con la espada a su alrededor, como esos payasos que hacen girar una cuerda para imitar a los jinetes de rodeo.

Aquella chica hubiera debido morir al instante.

Pero no murió.

Por delante, el filo de la espada desintegraba los cascotes que volaban a su alrededor y las llamas. Por detrás, dejaba una estela de luz nocturna —azul, gris, plateada— que absorbía la onda expansiva.

La mujer de la espada se mantenía incólume en un círculo vertiginoso de noche. Dentro, tinieblas y madrugada; fuera, fuego y devastación. Era como un campo de fuerza sobrenatural.

La casa se derrumbó sobre la chica.

Ella siguió haciendo girar su espada.

Había algo hipnótico en los giros rítmicos de su arma, en la sonrisa lúgubre de su rostro.

Y entonces, como la vez anterior, la visión se desplazó del presente al futuro. Todas las personas atrapadas en la premonición lanzada por la bomba vieron una ciudad en llamas, llena de gente despavorida. En el aire oscilaban columnas de humo. El fuego susurraba *Devora, devora*, ávido e insaciable.

Y entonces, la visión se cortó. La calle frente al Museo de Bellas Artes quedó en silencio. La casa de Lynn quedó en ruinas.

Hennessy rebuscó entre los escombros hasta encontrar una jaula de hámster aplastada. Soltó la espada para retorcer los barrotes hasta devolverles una forma algo más tridimensional y luego examinó el interior. Milagrosamente, el ratón soñado estaba sano y salvo; había enroscado su cola metálica alrededor de su cuerpo, como una coraza. Lo que no estaba era despierto, porque todas las obras de Hennessy que lo rodeaban se habían convertido en cenizas.

Con la jaula en una mano y la espada en la otra, Hennessy fue hasta su coche, que tenía el picaporte de una puerta de la casa empotrado en un costado.

—Hay que joderse —comentó para sí.

Luego, dejó la espada en el asiento trasero y la jaula en el del copiloto, se sentó tras el volante y llamó a Farooq-Lane.

42

urante toda su infancia, Declan había tenido muy presente el miedo a que alguien descubriera los secretos de su familia. Las reglas estaban claras: no había que hablar a nadie de los sueños que poblaban Los Graneros; ni de los creados por Ronan ni de los creados por Niall. No había que comentar de dónde salía el dinero que gastaban. No había que revelar cómo había nacido Matthew. No se podían invitar amigos a pasar la noche en Los Graneros, y Ronan jamás debía pasar la noche en una casa que no fuera la suya.

Aurora y Niall les hablaban mucho de magia, sí, pero solo en las historias que les contaban antes de dormir, llenas de dioses y monstruos y reyes y hombres santos. En aquellos cuentos, la magia aparecía en forma de calderos sin fondo, de galgos dotados de razón, de lanzas sedientas de sangre, de caballos con poderes especiales, de barcos que conocían secretos, de rayos de sol tan sólidos que se podían colgar abrigos de ellos.

Incluso en las circunstancias más obvias, los Lynch jamás hablaban en alto de sus sueños.

Declan recordaba un día en que había faltado a clase. Estaba enfermo, atormentado por los mocos y la fiebre, incapaz tanto de dormir como de estar verdaderamente despierto. Se encontraba solo, tumbado en el sofá. Niall llevaba semanas ausente; como siempre, no se sabía ni dónde había ido ni por qué, y tampoco lo preguntaba nadie. Ronan estaba en clase; Aurora estaba en el piso de arriba silbando y cuidando de Matthew, que era aún demasiado pequeño para ir a la escuela.

En mitad de aquella tarde somnolienta, la puerta de la casa se abrió para dar paso a Niall, que venía con los ojos hinchados y la cara mustia por el agotamiento.

Se acercó a Declan y le dio un abrazo que lo levantó del sofá. Su ropa estaba impregnada de un olor acre y desagradable, como si hubiera atravesado el infierno para llegar a casa; pero Declan aguantó sin decir nada mientras su padre le acariciaba los rizos y le apoyaba los nudillos en la sien para comprobar si tenía fiebre.

«Pobre muchachito», le dijo.

Declan se quedó traspuesto por un momento en brazos de Niall, mientras él se acercaba a la chimenea apagada, se quitaba los zapatos con los pies y dejaba las llaves del coche en la repisa. Solo volvió en sí cuando su padre se tumbó en el sofá, con él aún agarrado. Los dos se quedaron tumbados en su nidito de enfermo, sobre el amasijo de mantas y almohadas.

Niall dejó escapar un suspiro largo y entrecortado.

Declan llevaba todo el día sin dormir en condiciones; pero ahora, en brazos de su querido e inconstante padre, por fin pudo conciliar el sueño.

Algo más tarde, cuando despertó, se dio cuenta de que el salón entero estaba cubierto de objetos metálicos.

Eran joyas: anillos irlandeses de Claddagh, cada uno con dos manos que rodeaban un corazón coronado. Había tantos que alfombraban el suelo y se amontonaban junto a las paredes. Aurora, que acababa de entrar en la estancia, avanzó arrastrando los pies para no aplastarlos, se inclinó sobre Niall para besarle en la boca y susurró:

—Mira qué lío has montado, gamberro. Nos va a llevar la vida entera guardarlos todos.

Entonces, Matthew, que seguía en el piso de arriba, empezó a gritar alegremente con su media lengua:

—¡*Pisía*! ¡*Pisía*!

Policía. ¿Policía?

Era cierto: por el serpenteante camino de entrada de Los Graneros avanzaba un coche patrulla, parándose cada pocos metros. ¿Qué querrían? Ninguno de los Lynch lo sabía; solo sabían que los policías se acercaban a su casa y que su casa estaba llena —plagada— de inexplicables objetos de metal. Los anillos de Claddagh planteaban una pregunta, y Declan sabía que la respuesta —los sueños— era un secreto.

Sin decir una palabra, Niall se metió en la cocina.

Aurora inventó rápidamente un juego para esconder las pruebas del delito, cantando una tonadilla para que los chicos mantuvieran el ritmo mientras ella arrastraba sortijas hacia el pasillo. Declan, olvidando su malestar, recogía paletadas con una sartén y las iba echando en un cubo de basura. Matthew cogía puñados y los enterraba en las cenizas acumuladas en la chimenea.

Fuera de la casa, un suave chirrido de frenos anunció la llegada del coche patrulla.

Aurora se quedó congelada.

El piso de abajo seguía estando tan lleno de joyas como la guarida de un dragón.

En ese momento, Niall entró corriendo desde la cocina, con una bolsa de terciopelo entre las manos. Declan no había visto nunca aquel objeto.

—Apartaos, chicos, apartaos. No sé adónde va a parar el fondo de esta cosa —exclamó Niall.

Abrió la boca de la bolsa, que se estiró como las fauces de un monstruo, y la dirigió hacia el montón más cercano de sortijas.

Magia, magia.

La bosa empezó a comer. Primero engulló la pila de anillos que tenía delante, y luego absorbió los que había en la chimenea, con cenizas y todo. Se tragó los que había amontonados bajo la mesita del rincón, y siguió tragando todos los que se le ponían por delante sin aumentar de tamaño ni por un momento.

—¡No dejes que se coma la lámpara, Niall! —le advirtió Aurora.

Declan comprendió que, si su padre se había marchado un momento antes, había sido para soñar aquella bolsa a toda prisa.

Era una solución secreta para un problema secreto, un círculo infinito de silencio que engullía su propia cola.

Cuando por fin llamaron a la puerta, los visitantes resultaron ser dos agentes de la protectora de animales que iban buscando un perro extraviado. En todo caso, no quedaba nada extraño que pudieran descubrir: la heroica bolsa se había tragado todos los anillos de Claddagh —y también la lámpara—. Más tarde, Niall desapareció en otro de sus viajes de negocios, llevándose la bolsa con él. Declan siempre supuso que se la habría vendido al mejor postor; posiblemente, algún capo de la mafia que quisiera usarlo para deshacerse de cadáveres. Fuera como fuese, ya había cumplido su cometido.

Declan llevaba la vida entera practicando la discreción.

Lo que jamás había practicado era la confianza.

—Declan me dice que podemos fiarnos de ti —dijo el nuevo Feniano—. ¿Tiene razón?

—¿Qué le ha pasado? —preguntó Carmen Farooq-Lane, asomando la cara por la ventanilla del pequeño coche en el que Mór, Declan y el nuevo Feniano habían salido de Nueva Jersey.

Habían concertado una cita en un parque natural cenagoso y aislado, a unos veinte kilómetros al norte de Lynn. A su alrededor todo estaba oscuro: los dos coches tenían los faros apagados, y no había ni una sola casa a la vista. Sin lugar a dudas, un lugar discreto.

—Le pegué un tiro —respondió Mór desde detrás del volante—. Y haré lo mismo contigo si no respondes a la pregunta.

—¿Está herido? —exclamó Farooq-Lane, horrorizada.

—Pues claro que está herido —contestó el nuevo Feniano—. ¿Alguna vez te han pegado un tiro?

Declan estaba recostado en el asiento trasero, con la cabeza medio caída y una mano apoyada en el costado. Le resultaba difícil no pensar en su herida; cada uno de sus pensamientos empezaba y terminaba con ella. A estas alturas, ni siquiera sentía que el dolor proviniera de su costado; era una onda que irradiaba por todo su cuerpo, un sol de dolor que brotaba por las yemas de sus dedos, por sus ojos y por su boca entreabierta, como si fuera un perro solar. El nuevo Feniano le había dicho que podía darle algo que lo dejaría fuera de combate durante un buen rato, pero Declan no podía perder la consciencia hasta haber cerrado aquel asunto.

«Confía en nosotros: lo arreglaremos», le había dicho el nuevo Feniano.

Pero a Declan no se le daba bien confiar en la gente.

—Esto cambia las cosas —murmuró Farooq-Lane.

—¿Por qué? —preguntó Mór.

—Creí que Declan estaría más... fuerte. Había supuesto que vendría conmigo.

—¿Cómo iba a ir contigo, después de lo que hizo? —replicó Mór, como si pensara que Farooq-Lane era un poco lenta de entendederas—. ¿No te lo ha contado? En Boudicca creen que está muerto. A estas alturas ya sabrán que les falta un dulcemetal, y estarán a punto de descubrir que yo he desaparecido. Una vez Boudicca conecte esas piezas, el puzle estará completo. Si alguno de sus informantes nos viera a cualquiera de nosotros... ¿Te haces ya idea de cuál es la situación?

Los labios de Farooq-Lane se afinaron. Sí, se hacía idea. No, no le gustaba ni un pelo.

Declan se preguntó por qué Farooq-Lane habría preferido que él la acompañara. Tal vez le diera miedo Ronan. O tal vez fuera consciente de lo valioso que era el dulcemetal y quisiera tener a Declan como testigo, para que diera fe de que lo había llevado al lugar donde debía estar. O tal vez... «Dios —pensó—, duele, duele, duele». Todo lo que no fuera el dolor empezaba a parecerle un poco imaginario.

—Entonces, no creéis que a mí vayan a seguirme —dijo Farooq-Lane.

—Una vez nos hayamos alejado un poco en dirección oeste, nos aseguraremos de que la gente de Boudicca nos vea y se lance a perseguirnos —explicó el nuevo Feniano, dando palmaditas en el costado de su coche—. Luego, cuando estemos seguros de que has cumplido tu tarea, los despistaremos.

Así de absurda era ahora la vida de Declan: estaba montado en el coche de la mujer que le había pegado un tiro, y le iba a entregar un dulcemetal de valor incalculable a una de las personas que habían perseguido a su hermano.

Si por él hubiera sido, le habría llevado él mismo la tinta a Ronan, o le habría pedido a Jordan que lo hiciese. Pero Jordan no había contestado a las llamadas del nuevo Feniano, y Declan no pensaba arriesgarse a ir con la tinta hasta su casa. Había visto la hilera de prisioneros en el hotel; sabía qué ocurriría si Boudicca sorprendía a Jordan en posesión de su dulcemetal robado. Y, dado que no podía arriesgarse a involucrar a Jordan en todo aquello, tenía que pensar en otra persona en la que confiase.

Pero todas las personas en las que confiaba estaban dormidas o muertas.

—Volvamos al principio —dijo Mór—. ¿Tiene razón Declan al decir que podemos confiar en ti?

—Supongo que Declan se fía de mí por la misma razón por la que lo hace la soñadora con la que he venido —respondió Farooq-Lane pronunciando con claridad, mientras señalaba con la barbilla su coche, casi oculto entre las sombras—: cuando me di cuenta de que estaba en el bando equivocado, corregí el rumbo de inmediato. Necesitamos... Para parar todo esto, necesitamos a los soñadores. Tengo tantas ganas de ver a Ronan despierto como vosotros.

—La decisión es tuya, Declan —intervino el nuevo Feniano.

Farooq-Lane dirigió la mirada a la ventanilla de Declan y se encorvó para examinarlo. Al verla de cerca, él se asombró de lo mucho que había cambiado Farooq-Lane desde su encuentro anterior. Ya no quedaba rastro de aquella joven e impecable ejecutiva que parecía inmune al caos que la rodeaba. Ahora, su pelo estaba revuelto, y era evidente que había llorado hacía poco. Sus párpados hinchados parecían cansados de estar abiertos. A Declan le dio pena verla así; Farooq-Lane jamás habría permitido que su lucha interior se reflejara de aquel modo en su aspecto sin resistirse con ferocidad.

Por la forma en que Farooq-Lane lo miraba, era obvio que ella había llegado a la misma conclusión respecto a él.

—No me gusta esta situación —le dijo Farooq-Lane—. ¿Conoces a estas dos personas? ¿Eres su prisionero? Te han pegado un tiro. ¡Un tiro! ¿Crees que te van a llevar a algún sitio discreto para deshacerse de tu cadáver?

—Por todos los santos —masculló el nuevo Feniano, que cada vez sonaba más parecido a Niall.

—Llama a los puñeteros servicios sociales, si quieres —añadió Mór, que seguía sin parecerse en nada a Aurora.

—Callaos la boca —les espetó Farooq-Lane, sin hacer ningún esfuerzo por limar la aspereza de su tono. En ese momento, no era realmente Farooq-Lane, sino Carmen a secas—. Ahora mismo, ni Declan ni yo podemos permitirnos el lujo de andarnos con chistes.

Había sido una forma muy directa de trazar la frontera que los separaba. A un lado, Declan y Farooq-Lane. Al otro, Mór y el nuevo Feniano. A Declan le sorprendió, pero reconoció que era cierto: tenía más cosas en común con ella que con el sueño y la soñadora que llevaban las caras de sus padres. Tanto Farooq-Lane como él tenían mucho que perder en aquella apuesta.

La confianza trataba de abrirse paso hacia su interior.

El dolor trataba de abrirse paso fuera de él.

—Mira —comenzó a decir, deseando poder expresarse mejor y dándose cuenta de que no podía, porque cada palabra era como un pedazo de carne que se arrancaba—: estamos hablando de lo que queda de mi familia. Ya sabes cómo es. ¿Cuánto darías por no ser la última que queda? No puedo...

Los ojos de Farooq-Lane se humedecieron por un momento. Parpadeó.

—Lo sé —dijo.

Declan asintió.

Sin perder un segundo, el nuevo Feniano alargó el brazo por la ventanilla abierta y le entregó el tintero a Farooq-Lane. Luego se giró hacia Declan, con una pastilla sujeta entre el pulgar y el índice.

—No vamos a esperar ni un minuto más, muchachito. No aguanto verte así.

La pastilla tenía grabado el nombre de Mór.

—¿Es soñada? —preguntó Declan con un hilo de voz.

—Te dormirá más tiempo que una normal —asintió el nuevo Feniano—. Te hace buena falta.

Declan lo deseaba con todas sus fuerzas. Deseaba confiar en que alguien impediría que el mundo ardiera, aunque él no hiciera nada. Deseaba volver a ser un hijo, un niño; que alguien lo abrazara y cargara con su peso, con el peso de todo aquello.

—Declan —intervino Mór con decisión—, ya no puedes hacer nada más. Esta partida se terminó para ti. Déjate ir.

Era lo más cerca que había estado de ser su madre desde su reencuentro.

Mientras se metía la pastilla en la boca, Declan recordó la bolsa de su padre y la imaginó engullendo secretos.

La pastilla no le alivió el dolor de inmediato; de hecho, en el primer momento hizo lo contrario. En la nuca de Declan se instaló un nuevo dolor, muy distinto del causado por su herida. Por un instante, sintió que estaba en la costa azotada por el viento de un océano frío. Sobre su cabeza se cernían alas de pájaros. Una piedra se le hincaba en la parte trasera del cráneo. Se estaba destejiendo de dentro afuera. Su boca estaba llena de arena. El aire chillaba.

Y de pronto volvió a estar en el interior del coche, sintiendo cada vez menos dolor y cada vez más somnolencia.

La intensa mirada de Mór lo mantenía clavado al asiento. La modorra lo arrastraba hacia el fondo de su consciencia.

—¿Se pondrá bien? —oyó que preguntaba Farooq-Lane.

—Tú haz tu tarea y nosotros haremos la nuestra —replicó Mór con frialdad.

El coche de Farooq-Lane rugió en la oscuridad, como si estuviera impaciente.

—Tiene razón —dijo el nuevo Feniano—. Todos necesitamos poner tierra de por medio.

Farooq-Lane retrocedió, sujetando el tintero entre las palmas de las manos como si rezase.

—Haré lo que me habéis pedido —afirmó.

—Una cosa más —dijo Declan mientras el coche empezaba a moverse—. Dile a Jordan que volveré.

El resplandor rojizo de los faros traseros le permitió ver cómo ella fruncía el ceño. Luego, el sueño se lo llevó lejos del dolor.

43

Ronan Lynch sentía dolor.

No era un dolor insoportable. Era una quemazón, un picor, como si alguien raspara la capa superior de su epidermis con una hoja de afeitar, suave pero insistente.

Estaba medio despierto. Medio consciente.

El momento de la verdad había llegado, y con él, la conciencia de que debía elegir.

Ronan Lynch.

Greywaren.

Volvió a sentir aquel calor que lo desollaba, pero al mismo tiempo notó un crepitar de frío en el pecho, el estómago, las palmas de las manos. Había algo familiar en todo aquello. Olía a algo parecido a la madera de nogal, al boj, a una tristeza reconfortante, a una felicidad fuera de su alcance.

Ese era el mundo en el que vivía con Ronan Lynch; el mundo que había construido junto a Ronan Lynch. Un mundo de emociones ilimitadas y poder limitado. Un mundo de laderas herbosas, montañas violáceas, amores desgarrados, rencores eufóricos, noches de gasolina, días de aventuras, lápidas y cunetas, besos y zumo de naranja, lluvia sobre la piel, sol en los ojos, dolor fácil, asombro trabajado.

Al otro lado estaba el mundo en el que vivía junto al Greywaren. Era el mundo que había abandonado, estirándose para ir más lejos que cualquiera de los demás entes que moraban allí. No se había detenido en el mar de los dulcemetales, ni en el bosque en el que aún estaban enraizados sus recuerdos: se había esforzado por explorar aún más allá, desarraigándose para llegar a un lugar al que sus recuerdos no podrían seguirle. En aquel mundo originario, el aire era música. El agua era flores. Nacían colores nuevos a cada instante. No podía describirse con palabras humanas; su esencia era demasiado distinta.

El dolor en su piel se acrecentaba, se calentaba. Ronan comenzaba a recordar que tenía piel.

Aquellos dos mundos eran su mundo.

Pero ninguno de los dos lo era.

Allí, en el lugar intermedio que era el mar de los dulcemetales, podía elegir entre uno y otro.

«¿Por qué no se despierta? ¿No debería haberse despertado ya?».

Podía abandonar el experimento llamado Ronan Lynch. Podía regresar al otro lado, donde ya sabía lo que le esperaba. Se expandiría, trascendiendo la forma que había adoptado en el oscuro mar de los dulcemetales. Sería como un rayo veloz y ardiente, capaz de atravesar sin detenerse universos y eras. *Greywaren*, lo llamarían sus semejantes; aunque lo que dirían no sonaría realmente como «Greywaren», porque aquello no era más que una aproximación en lenguaje humano a lo que le hacía sentir su verdadero nombre. Para caber dentro de las mentes humanas, los conceptos tenían que encogerse mucho. *Greywaren,* le dirían, *nos alegramos de verte otra vez.*

Él era y no era como los demás entes que moraban allí. Algunos, cuando vislumbraban el mundo humano, sentían añoranza de aquel lugar en el que nunca habían estado. Unos pocos se extendían por los sueños humanos para convertirse en algo más, con las raíces aún hundidas en los recuerdos de su mundo. Pero solo a uno le importaban los dos mundos por igual, al menos mientras siguieran existiendo: al Greywaren.

No sabía por qué sentía los dos mundos como propios. Debía de ser alguna falla en su creación.

«Cuando lo vi por última vez, parecía bastante... ido. Ronan Lynch, dime que vas a volver, ¿quieres?».

Podía renunciar a ser el Greywaren. Podía volver al mundo humano, retirarse a algún lugar en el que quedara un resto de energía ley para nutrirlo y olvidarse de que había otros seres que también dependían de la línea ley. Se convertiría en un turista de la humanidad; se aferraría a las alegrías y los triunfos que le salieran al paso, hasta que el mundo lo venciera. La vida de los humanos solo duraba algunas décadas, pero a los humanos eso les parecía mucho tiempo.

Las voces a su alrededor cada vez se oían más claras.

«Vamos, Ronan Lynch. Atravesé el Encaje por ti, coño. Y ahora te necesito».

Greywaren, decían las voces del otro lado. *Vuelve, por favor. No queremos verte sufrir.*

Ni la una ni las otras eran suficientes: él siempre querría más.

«Ya es hora de que te pongas las pilas y arregles esta mierda. ¡No tenemos tiempo para estas gilipolleces! ¡Despierta de una vez!».

«Greywaren —decían las otras voces —regresa antes de que ese mundo se acabe».

De repente, Ronan se enfadó. Estaba furioso con las voces, consigo mismo. Los dos lados no hacían más que decirle lo que era, y él no hacía más que creérselo. ¿Cuánto tiempo llevaba preguntando lo mismo? *Dime lo que soy.*

Y jamás se le había ocurrido decidirlo por sí solo.

Ni siquiera le hizo falta elegir.

Se despertó.

44

El zumbido de un calefactor en marcha.

Un olor a gasolina, a aceite, a bocadillos rancios. Se le había dormido la mejilla: estaba tumbado de lado sobre un banco de trabajo desgastado, iluminado por la luz fría pero amable de la mañana.

El hombro le escocía, le quemaba.

Ronan había olvidado lo que era habitar aquel cuerpo.

Rodó sobre sí mismo hasta sentarse y dio un respingo, abrumado por la novedad y la intensidad de todas aquellas sensaciones. Se retorció para ver lo que le habían hecho.

—Un momento, gilipollas; no pongas ahí los dedazos. Antes tengo que envolverlo —dijo Hennessy.

Ronan la vio junto a él, con un rollo de film transparente en una mano y una toalla en la otra. En el banco, detrás de ella, reposaban su espada, una máquina de tatuar y una botellita de cristal con forma de mujer.

—Dile hola a tu brazo relleno de dulcemetal —añadió Hennessy.

Claro, eso era. Ahora Ronan reconocía el dolor cálido y familiar que se había inmiscuido en su sueño: era la misma sensación que había sentido cuando le hicieron el tatuaje de la espalda.

Pero este tatuaje era nuevo. Su brazo aún estaba manchado de sangre y tinta, desde el hombro hasta la muñeca.

Fue a tocarlo, pero se interrumpió a medio gesto: sus dedos estaban mugrientos, cubiertos de la mugre espesa y grisácea que envuelve a los coches abandonados. Su brazo estaba limpio, y su pecho también, pero los vaqueros y las botas parecían tan sucios como su mano. Se tocó la cabeza y comprobó que su pelo, aún muy corto, estaba igualmente polvoriento.

—Muéstramelo —pidió. Le sorprendió el sonido de su voz, áspera y oxidada por la falta de uso.

Hennessy enjugó la sangre con delicadeza para revelar el tatuaje. Ronan se sintió abrumado por lo tangible que era, por su permanencia. Una parte de sí mismo había esperado que, bajo la sangre y la tinta, solo hubiera piel desnuda. Pero no era así: todo su brazo izquierdo estaba recubierto de un diseño de escamas oscuras, parecido a una cota de malla.

No, no era eso. Era la piel de una serpiente.

Las escamas, nítidas e intensas, eran de color verde oscuro; los únicos lugares donde se entreveía la piel de Ronan eran las finas líneas que marcaban el límite donde cada una se superponía a la siguiente.

Ronan recordó el día en que Hennessy y él habían encontrado una serpiente en un museo abandonado; ahora le parecía tan lejano como si perteneciera a otra vida. Bryde les había ordenado que contemplaran al reptil, que lo examinaran, que estudiaran sus detalles por si querían soñarlo más tarde. Los dos le habían hecho caso. Pero Hennessy había trazado aquellas escamas en su piel estando bien despierta.

—Joder —le dijo—. Te lo has currado.

Ella esbozó un intento de sonrisa.

—Me alegro de tenerte de vuelta, Ronan Lynch.

Ronan, sin embargo, aún no había encajado del todo su regreso. En este lugar, el tiempo se comportaba de manera diferente; era más importante. No había transiciones interminables de oscuridad: las vidas humanas eran tan cortas, tan urgentes...

—¿Dónde está Adam?

—¿Qué? —dijo Hennessy.

—Adam. Mi Adam. ¡Adam!

Ronan se incorporó de forma instintiva y echó a correr por el garaje. Antes de darse cuenta de lo que había hecho, se encontró en el angosto corredor en que había reposado mientras estaba inconsciente. Era un sitio oscuro y polvoriento, un lugar más adecuado para abandonar un cadáver que para cobijar a un hermano. En una de las paredes había un mural con toda su energía agotada, simple pintura en la pared. Un cuenco volcado, varias piedras esparcidas.

—Estaba aquí —jadeó—. Su cuerpo debería estar aquí aún.

—Ronan... —comenzó a decir Hennessy.

—¿Dónde está Declan? A lo mejor se lo ha llevado él.

Pero a Declan le habían pegado un tiro; Ronan lo recordaba bien porque lo había visto. Y también había visto la explosión en la que había muerto Matthew...

Apoyó las manos en la fría pared del pasillo. Todo aquello era tan inconcebible que le dieron ganas de patear el cuenco con todas sus fuerzas para estrellarlo contra la pared opuesta. Ya imaginaba el sonido que haría al golpear los bloques de hormigón, el estallido de la loza rota.

Pero entonces cerró los ojos y, en la oscuridad de sus párpados, pudo distinguir los brillantes hilos de los dulcemetales y las esferas luminosas de la consciencia de Adam. Patear cosas era una reacción de su cuerpo cuando era más joven, cuando aún era un niño. Pero había dejado de ser un niño; de hecho, casi había dejado de ser Ronan Lynch. No tenía por qué retomar los viejos hábitos de aquel cuerpo, si no le convenían.

—Adam no está aquí —dijo Hennessy—. Cuando llegamos, ya no estaba. Yo pretendía presentarte las cosas en plan gradual, por eso de que acabas de regresar del más allá y tal. Pero esto es lo que hay, amigo: las cosas están muy jodidas y necesitamos que nos ayudes.

—¿Cómo que «necesitamos»? —replicó Ronan.

Abrió los párpados y se dio cuenta de que había entrado otra persona en el corredor. Aunque estaba mucho más desaliñada que la última vez que la había visto junto a los Moderadores, la reconoció al instante: era Carmen Farooq-Lane. Aquel recuerdo hizo que la muerte de Rhiannon Martin volviera a dolerle como el día en que había ocurrido.

—¿Qué haces tú aquí? —gruñó con una furia apenas reprimida.

Ella lo miró con gravedad, sin inmutarse por la agresividad de su tono.

—Escucha lo que tiene que decirte, Ronan Lynch —le pidió Hennessy.

Ronan no imaginaba qué podría decir aquella mujer para que su opinión sobre ella cambiara. Aun así, asintió.

—Justo antes de que tu hermano me entregara el dulcemetal para que te despertase —comenzó Farooq-Lane—, Lil... una Visionaria me mostró su última visión. Presencié el fin del mundo. Vi a mi hermano allí, provocando el apocalipsis. Y vi... —Hizo una pausa—. Vi que Nathan tenía a Adam y a Jordan en su poder.

45

Jordan recordaba haber ido al museo Metropolitan de Nueva York, pero sabía que aquel recuerdo no era suyo.

Aun así, era perfecto. Jordan se veía subiendo por la escalinata del edificio, en un fresco día de otoño. El cielo mostraba un brillante azul de ultramar, salpicado en las alturas de minúsculas pinceladas de nubes. Jordan no recordaba si la calle estaba muy frecuentada, si habían ido hasta allí en coche o andando ni qué habían hecho antes o después de la visita. Sin embargo, recordaba muy bien las formas recortadas y nítidas que trazaban las sombras en la fachada del edificio y debajo de los largos escalones. La Jordan niña estaba pensando en los colores que usaría para pintarlas, y en la forma en que los límites de la luz y la oscuridad interactuaban para indicar al ojo que aquellas dos piezas de color tan diferente pertenecían al mismo objeto, iluminado con intensidades distintas.

En ese momento, el recuerdo se fragmentaba como solo podían hacerlo los recuerdos y los sueños. El tramo siguiente estaba hecho de atisbos fugaces de salas con piezas egipcias y armaduras, y las imágenes solo volvían a aclararse delante de una obra muy familiar: *Madame X*, de John Singer Sargent.

El cuadro —que en los años siguientes Jordan copiaría decenas de veces en formatos diferentes— era de buen tamaño. La mujer retratada aparecía algo más grande que al natural. Si embargo, lo que más impresionante resultaba era su tamaño emocional. Su piel era de una palidez marmórea excepto en la zona de las orejas, rosadas por el maquillaje. Una mano recogía la falda del escotado vestido negro; los dedos de la otra se apoyaban con elegancia en una mesa. Aunque la mujer apartaba la cara, la apertura de sus hombros invitaba al espectador a explorar la belleza de su cuerpo, la blancura de su garganta. Podías verla, pero no conocerla: Madame X.

Jordan recordaba cómo había levantado la cara para verla bien. Y cómo J. H. Hennessy, su madre, la había agarrado de la mano para que pudieran empaparse juntas de aquella visión.

Por eso sabía que aquel recuerdo no le pertenecía. Jordan no había llegado a conocer a Jota; Hennessy la había soñado después de que su madre se suicidara.

Aquel recuerdo era de Hennessy.

¿Y en qué se habría convertido Hennessy, si su madre hubiera sido de otra manera?

En Jordan.

Jordan podría haber disfrutado de su estancia en el Club Charlotte, si no hubiera sido por el polvo, las bombas y el prisionero inconsciente.

El edificio era precioso, evidentemente. Al fin y al cabo, en el momento de su construcción había pertenecido a la élite de la arquitectura decimonónica, y con el pasar de los años había recibido todos los servicios de ortodoncia, cirugía estética y vestuario de diseño necesarios para mantener su perfección.

Los detalles de madera oscura transpiraban el aire juguetón de su estilo *art decó*. Las paredes eran de colores sutiles y sorprendentes: verde hoja, azul salvia, morado uva. Los altos techos, de entre seis y diez metros, estaban cubiertos de láminas de cobre batido o de frescos restaurados. Los muebles tenían el aspecto avejentado de las antigüedades que solo los muy ricos pueden permitirse usar de modo cotidiano. Los cuadros que colgaban de las paredes eran espectaculares, de un nivel que poca gente hubiera imaginado en una colección privada. En conjunto, era una de las mansiones históricas más bellas de Beacon Street.

Jordan sabía dónde se encontraba porque ya había visitado anteriormente aquel exclusivo club social, y jamás lo había olvidado. La vez anterior, se había colado en una fiesta privada el tiempo suficiente para comprobar que lo que le habían dicho era cierto: una de sus falsificaciones de Edmund C. Tarbell colgaba en la pared de una sala.

El cuadro aún seguía allí, aunque aquel edificio llevaba meses sin albergar ninguna fiesta. De hecho, su fachada estaba cubierta de andamios y forrada de láminas de plástico opaco que ocultaban el interior.

Que ocultaban el polvo, las bombas y el prisionero inconsciente.

—Creo que estas no tendré que usarlas —le había dicho Nathan con tono amigable la noche que la había llevado allí, abarcando las bombas con un ademán.

Eran de tamaños y formas muy diversos, y las había por todas partes: en pilas apoyadas en las paredes, en montones que ocupaban las escalinatas... Algunas eran achaparradas como urnas funerarias. Otras eran planas y rectangulares como cajas de cerillas, con palabras impresas en los laterales. Otras eran cilindros afilados en el extremo, como misiles. Otras estaban salpicadas de púas, como mazas medievales. Sin embargo, compartían el color: todas eran de un gris mate igual al de los barcos acorazados, y todas tenían el número veintitrés impreso, como si lo hubieran trazado con una plantilla.

Jordan no había necesitado que Nathan le dijese que eran bombas: se lo habían dicho ellas mismas.

—¿Y por qué las has creado? ¿Porque te gustan, sin más? —preguntó, mientras el objeto cuadrado que había junto a ella susurraba: *Bomba*.

—Me recuerdan lo que es real y lo que no. Siéntate: hoy he encargado comida para que puedas cenar y tranquilizarte —contestó él con placidez, como si la causa del nerviosismo de Jordan fuera el cansancio del viaje y no el hecho de que la hubiera secuestrado.

Con un gesto, le indicó que entrase por una de las altísimas puertas. Al otro lado había una mesa enorme, con sitio para cuarenta comensales. Sobre ella había dos platos, colocados a cuatro puestos el uno del otro. Nathan parecía haber previsto la desconfianza de Jordan, porque esperó a que ella se sentara para abrir los contenedores de poliestireno. A ella le dio igual: de todos modos, no pensaba probar la comida. Se quedó inmóvil, mirando cómo él devoraba su parte.

Él no trató de convencerla de que comiera. Se limitó a encogerse de hombros, amontonó los envases con los restos y dijo:

—Mañana seguiremos hablando. Los dormitorios están en el piso de arriba; puedes elegir el que más te guste.

Obviamente, Jordan no le hizo caso. En cuanto Nathan se marchó por la puerta, ella salió con sigilo y recorrió los pasillos hasta llegar a una de las salidas laterales.

Apenas había extendido la mano para agarrar el picaporte cuando una vocecilla dijo a su lado: *Bomba.*

Jordan levantó la mirada en dirección a la voz. Lo que había tomado por una alarma antiincendios era, en realidad, una placa circular de metal gris pegada a la pared encima de la puerta. En su centro resplandecía un número veintitrés de color blanco.

Retrocedió lentamente.

Bomba, avisó otro objeto a su espalda.

Jordan caminó con cautela hasta situarse en mitad del pasillo y rehízo sus pasos. A mitad de camino, tres objetos grises con forma de relojes de mesa antiguos empezaron a gritarle a coro: *Bomba, bomba, bomba.*

En un primer momento, Jordan había creído que Nathan la mataría sin más.

—Entiendo que hayas supuesto eso —replicó él cuando Jordan se lo dijo—. Pero no te preocupes: solo quiero librarme de tus copias.

Fue entonces cuando Jordan se dio cuenta de que Nathan la había tomado por Hennessy. Pensándolo bien, no era tan extraño; al fin y al cabo, estaba despierta, y junto a ella no había ningún dulcemetal visible.

—¿Te parece bien? —continuó él—. No pasa nada si no estás de acuerdo; de todos modos, las voy a matar. Pero pensé que te alegrarías de librarte de ellas. Así tendrás más espacio y dispondrás de más recursos, ¿no crees?

Aquel era el Nathan nocturno. Nathan era un hombre alto y delgado con aire de sofisticación, de unos treinta años. Sus ojos, grandes y profundos, estaban enmarcados por unas pestañas tan espesas y oscuras como su cabello. Una vez el sol se ponía, Nathan se convertía en un individuo atento, de trato agradable y modismos irónicos, deseoso de conversar aunque ella no compartiera ese impulso.

—¿Cuántas has encontrado hasta ahora? —le preguntó Jordan.

Bomba, dijo la puerta más cercana a ella.

—Solo a una, desde que llegué aquí —respondió él, agradablemente sorprendido porque ella participase en la conversación—. ¿Sabes cuántas copias había en total?

Solo una: Hennessy. Tenía que referirse a Hennessy. ¿Pero podía ser cierto? Aunque Jordan no tenía por qué dormirse con la muerte de Hennessy, suponía que habría sentido su muerte de algún modo. Hennessy formaba parte de Jordan, o quizá fuera al revés.

Por mucho que se hubiera enfadado Jordan con ella durante su último encuentro, le revolvía el estómago imaginarse a Hennessy agonizando sola, como las demás chicas asesinadas.

—Perdí la cuenta —respondió.

Nathan señaló con un amplio ademán los montones de bombas grises que atestaban el edificio, como diciendo: «Te comprendo perfectamente».

—¿Y cómo mataste a mi copia? —le preguntó Jordan, esforzándose por mantener un tono ligero.

De nuevo, Nathan gesticuló hacia las bombas. Luego, abrió y cerró los dedos como si manejase una marioneta y añadió con una sonrisa contrita:

—No me gusta... mancharme mucho.

—Ajá —asintió Jordan con un hilo de voz.

El Nathan nocturno pedía comida a domicilio, ponía música y veía la televisión en la cafetería de la primera planta.

El Nathan diurno era diferente.

Era un tipo huraño, que prefería esconderse en algún lugar del edificio. A veces, Jordan lo oía caminar de un lado a otro por la planta superior. Las pocas veces que lo veía, siempre estaba mascullando para sí mismo mientras escribía furiosamente en un cuaderno.

El Nathan diurno era el que había acarreado al prisionero inconsciente hasta el piso de abajo.

Al principio, Jordan creyó que se trataba de un cadáver. Parecía un cadáver. La mano que se arrastraba tras él por la alfombra persa de la escalera no tenía buen color. El torso yerto se combaba como si no tuviera columna vertebral, de una forma casi imposible de imitar estando vivo. Pero entonces, Nathan dejó caer a Adam Parrish en el último peldaño, y Jordan se dio cuenta de que el pecho de Adam se movía de forma casi imperceptible al ritmo de su respiración. Estaba demacrado, y sus ojos se hundían en las cuencas.

Por primera vez, Jordan sintió algo cercano a la desesperación. Le daba la impresión de que estaba girando al borde de un futuro roto, sin reparación posible.

Nathan se examinó las manos, que estaban manchadas de algo oscuro. ¿Sangre? No: era brotanoche seco, incrustado en las líneas de las palmas. Se frotó las manos en las perneras y luego se sacó el cuaderno del bolsillo trasero del pantalón. Buscó una página y empezó a leer, mascullando las palabras sin llegar a pronunciarlas en voz alta.

—Plan fallido. No pude traerlo hasta aquí. Ronan Lynch. Me vi obligado a dejarlo. Empezó a morirse en el coche. Tuve que llevarlo de vuelta al pasillo para que no lo hiciese. El universitario de Harvard tampoco está bien. No importa. Queda poco. Las piezas empiezan a encajar. —De pronto, empezó a garrapatear con furia, sin dejar de murmurar lo que escribía—: Puede que el universitario no sobreviva hasta entonces. Lo he llevado al piso de abajo por si acaso. Casi ha llegado la hora. Todo empieza a parecerme conocido.

Cerró el cuaderno de golpe.

Luego, sin volver a mirar a su prisionero, el Nathan diurno salió de la estancia a grandes zancadas.

En cuanto hubo desaparecido, Jordan se acercó corriendo a Adam para ver si podía ayudarle. Aunque no tenía ninguna lesión a la vista, fue incapaz de hacerlo reaccionar. Lo intentó susurrándole su nombre al oído e incluso pellizcándolo, sin resultado. ¿Cuándo había sido la última vez que Declan había podido hablar con Adam por teléfono? ¿Habían sabido algo de él desde el día en que Declan y él dejaron a Ronan en el pasillo? Jordan no se acordaba. Por un momento se preguntó si aquel cuerpo sería una copia soñada de Adam, pero desechó la idea enseguida. Cuando un sueño se aletargaba, su cuerpo quedaba en suspenso; no envejecía ni necesitaba alimentarse o beber. Aquel cuerpo, sin embargo, estaba al borde del colapso. ¿Qué le habría llevado a aquel estado? ¿Una enfermedad? ¿Un trance de videncia?

—Rayos —le dijo al cuerpo inconsciente de Adam—. No sé, colega. Este asunto no me gusta nada. Pero nada de nada.

Sin dejar de vigilar de reojo por si aparecía Nathan, Jordan se coló en el bar y vació varias bolsitas de azúcar en un vaso con agua. Volvió junto al cuerpo de Adam, le pasó el brazo bajo los hombros y lo sentó. Apenas pesaba, y su piel estaba seca y caliente. Jordan le fue echando el agua azucarada en la boca, gota a gota, masajeando su cuello para ayudar a que el líquido bajase. Cuando ya había logrado meterle dentro una cuarta parte, empezó a tener la impresión de que lo estaba asfixiando. «Bueno, algo es algo», pensó.

Estaba empezando a sentirse somnolienta. Por muchos cuadros buenos que hubiera en aquel sitio, ninguno parecía ser un dulcemetal, y Jordan llevaba días sin pintar. «Debería tratar de hacer algo», se dijo. Con un poco de ingenio e iniciativa, podía mezclar especias con agua para hacer pigmentos, y usar los dedos como pinceles.

Pero a Jordan no le quedaba ni ingenio ni iniciativa. Solo le quedaba la sospecha de que Hennessy estaba muerta y la sensación de que el fin del mundo se acercaba.

Esa noche, Nathan compró pasteles para los dos y se comió los suyos con evidente placer, sentado a cuatro sillas de Jordan. Ella estuvo a punto de quedarse dormida encima de los que le tocaban.

Le daba la impresión de que también ella se estaba asfixiando en agua azucarada.

Después de eso, Jordan intentó matar a Nathan. Buscó en el bar un cuchillo adecuado y se abalanzó sobre él mientras estaba despistado, escribiendo en su cuaderno. Él parecía haber previsto algo así, porque cuando Jordan estaba a medio metro de él, algo dijo: *Bomba* desde debajo de su camisa.

Ella frenó con un chirrido sobre el suelo de parqué.

Nathan se volvió hacia ella.

—Ya no falta mucho —dijo con irritación—. Solo tenemos que esperar a que vuelva la línea ley.

Hasta ese momento, Jordan apenas había hablado con él, porque no sabía qué podría sacarlo de sus casillas. Pero ahora le parecía que no le quedaba gran cosa que perder, así que, en lugar de retraerse como habría hecho antes, se lanzó:

—¿Y qué pasará entonces?

—Que tú harás lo tuyo y yo haré lo mío —respondió Nathan. En su rostro apareció una sonrisa de alivio radiante y casi infantil, como si el mero hecho de imaginar el final le quitara un peso enorme de los hombros—. Por fin.

A Jordan no le gustó cómo sonaba aquello.

—¿Y qué se supone que es lo mío? —preguntó.

—Soñar el Encaje —respondió Nathan—. He hablado con
él, y me ha dicho que no podrás evitarlo.

Incluso a esas alturas, Jordan no tenía una idea muy defini-
da de lo que era el Encaje —más allá del hecho de que aterraba a
Hennessy, y Hennessy era una persona que no tenía miedo de
casi nada, ni siquiera de la muerte—. Procuró disimular su igno-
rancia lo mejor que pudo.

—Ya... —asintió—. ¿Y lo tuyo qué es?

Nathan estiró el brazo hasta casi tocar la repisa de la chimenea que había a su lado. Un gato de metal gris que reposaba en
ella dijo:

Bomba.

—La definitiva —remachó él, y a Jordan volvió a impresio-
narle el alivio de su expresión.

«Así que esto es —pensó—. El fin del mundo. Lo estoy mirando a los ojos. Después de tanto tiempo, tantas preguntas,
tantos soñadores muertos, y aquí está. La definitiva».

—¿Por qué? —preguntó.

—No me mires así —protestó Nathan—: a ti no va a afec-
tarte. La bomba solo hará desaparecer las cosas que no sirven
para nada. Y tú, como acabo de decirte, eres muy útil.

Pero el problema de Jordan era que no podía seguir fingiendo mucho tiempo que era útil. No podía seguir fingiendo
que era Hennessy, porque estaba empezando a quedarse dormida.

Ahora, para hacer cualquier cosa tenía que irse dando instrucciones a sí misma. Darle agua azucarada a Adam equivalía a
dar diez pasos hasta la escalera que llevaba al bar. Mano izquierda
en la barandilla; mano derecha extendida para empujar la puerta. El vaso estaba puesto a secar sobre un trapo a la izquierda,
donde lo había dejado tras fregarlo la vez anterior. Llena el vaso.
Llena... ¿Y las bolsitas de azúcar? En algún momento de aquel
proceso había que echar azúcar. Pero... ¿lo habría echado ya? Un
par de bolsitas más no le harían daño. ¿Estaba el grifo aún abierto, se habría olvidado de cerrarlo?

Detrás de la barra había un felpudo negro de cerdas ásperas. No es que a Jordan le apeteciese mucho tumbarse sobre él, pero allí estaba el felpudo y allí estaba ella.

«Levántate», se ordenó, pero ya se había acomodado en el felpudo. Eso no estaba nada bien, pero Jordan no tenía tiempo de indignarse consigo misma: lo único a lo que aspiraba en ese momento era a levantarse en vez de quedarse dormida, nada más.

«Levántate». Sabía que, si no lo hacía ahora, no volvería a hacerlo jamás.

De pronto, se dio cuenta de que había un par de zapatos a centímetros de su nariz. Ni siquiera los había visto acercarse; debía de haber pegado ya una cabezada.

—Ah, qué cosa más lista —dijo Nathan.

46

S e nos conoce por el nombre de Moderadores porque esa es, a la vez, nuestra función y nuestra identidad. Es importante recordar que nosotros no legislamos, no hacemos cumplir la ley, no juzgamos, no ejecutamos. Nuestra misión no consiste en preservar el orden legal, sino el equilibrio de las cosas. Debemos asegurarnos de que el poder no se concentra en manos de una minoría, especialmente de la minoría que tal vez pretenda destruir el mundo. Lo que hacemos es moderar; si actuamos es solo para frenar a quienes nos obligan a hacerlo, porque juegan con las cartas marcadas. La nuestra es una vocación solitaria y esencial, que —si todo sale como prevemos— perderá su razón de ser mucho antes de que nosotros nos extingamos. Hasta entonces, cada Moderador hará bien en recordar que puede apoyarse en sus compañeros.

El proceso para moderar a un Zeta es sencillo.

PASO UNO. El Visionario recibe una visión. Estas visiones suelen seguir una estructura estándar, con el orden cronológico invertido. La primera parte comprende el apocalipsis; ciudad, fuego, etcétera. La segunda describe el futuro inmediato de un Zeta. Normalmente, ese Zeta se encuentra a escasa distancia física del Visionario, aunque a veces se dan excepciones impredecibles. Las masas de agua y las interferencias eléctricas pueden provocar visiones de Zetas situados a gran distancia.

La última visión de Liliana había mostrado el fin del mundo.

Farooq-Lane lo había presenciado con todo detalle. El hecho de que Liliana la estuviera tocando le había permitido experimentar la visión como si fuera propia: su mente se había trasladado instantáneamente del día gélido en el que se encontraban a un día soleado y ardiente en el futuro. Era el último futuro que existiría jamás. El fin.

La escena era la misma que en todas las demás visiones: las llamas devoraban la ciudad. La gente huía. El mundo se acababa.

Luego, la visión retrocedió levemente para mostrar lo que había justo antes del final.

Farooq-Lane vio un hermoso barrio histórico. Árboles altos, tasa de delitos baja, vecinos escasos y escogidos. Un edificio en obras, con la fachada oculta por láminas de plástico. Vio cuadros en las paredes. Estantes colmados de cajas de color gris. Vio a Adam Parrish tirado al pie de una escalera. Vio a Jordan o a Hennessy, tumbada detrás de un largo mueble de madera oscura. Vio a Nathan.

Vio a Ronan Lynch.

Una explosión. *La explosión.*

Un incendio. *El incendio.*

En el futuro, todos estaban muertos.

En el presente, solo lo estaba Liliana.

PASO DOS. Tras analizar la información proporcionada por el Visionario, el equipo local de Moderadores colaborará para identificar la ubicación de la escena descrita. Otro equipo de Moderadores, que podrá ser local o trabajar a distancia, se encargará de determinar la posible identidad del Zeta y, a continuación, reconstruirá con tanta fidelidad como sea posible sus hábitos cotidianos. ¡La seguridad ante todo! Jamás avanzaremos al paso siguiente sin debatir antes con el resto del equipo para asegurarnos de que el plan es factible y prudente. Debemos cooperar en todo momento. Recuerda: nos llamamos Moderadores, no Héroes.

Farooq-Lane se sumergió en la tarea de investigar los detalles de la visión, como había hecho durante su época con los Moderadores. Le resultaba mucho más fácil que en ocasiones previas, tanto por la excepcional claridad de la visión final de Liliana como porque, en esta ocasión, había visto las imágenes con sus propios ojos, y no tenía que conformarse con descripciones entrecortadas.

Al menos, le consolaba un poco pensar que el sacrificio de Liliana no había sido en vano.

Tardó muy poco en identificar el escenario de la visión como Back Bay, uno de los barrios más pijos de Boston. Después de eso, solo le hizo falta recorrer el barrio en coche una vez para comprobar que había únicamente un edificio en obras, como el de la visión.

Allí dentro estaba Nathan.

Allí dentro estaba el fin del mundo.

PASO TRES. En conjunto con los demás Moderadores, se trazará una estrategia para moderar al Zeta en cuestión. El plan deberá ser lo más discreto posible; el público general no debería verse expuesto a escenas aparentemente violentas o peligrosas. Nos llamamos Moderadores, no Terroristas. Idealmente, el Zeta debería ser moderado a altas horas de la noche y en una zona poco frecuentada. Tras la operación, un equipo formado por al menos dos Moderadores despejará la escena después de investigarla y documentarla concienzudamente (véase el impreso para la elaboración de este informe en el anexo adjunto).

Farooq-Lane no contaba con un equipo de Moderadores ni con un arsenal bien surtido. Contaba con Hennessy y con Ronan, dos soñadores que habían perdido la capacidad de soñar. Hennessy tenía su espada soñada, y Ronan aún conservaba aquella especie de navaja de la que brotaban garras y alas al abrirla; pero, aparte de esas dos armas, ninguno de los dos poseía más poder que un ser humano normal. Los dos se habían rebuscado en todos los bolsillos en busca de cualquier cosa que pudieran haber olvidado.

—Cómo me gustaría tener ahora una de esas bolitas de Bryde —comentó Hennessy—, esas que liaban el tiempo.

Pero lo único que encontraron fueron los antifaces soñados que habían usado para quedarse dormidos a voluntad. Hasta hacía no tanto, aquellos dos objetos eran una parte fundamental de su poder destructivo. Ahora no eran más que meras curiosidades, remedios para el insomnio.

Farooq-Lane recordaba muy bien lo terroríficamente poderosos que habían sido los dos mientras viajaban con Bryde, cuando la línea ley los cargaba de energía para soñar. En aquellos tiempos, su único límite era el de su imaginación.

Ahora solo eran dos antiguos soñadores a los que la vida les había quitado la capacidad de tener miedo.

El sol brillaba mientras Farooq-Lane, Ronan y Hennessy se aproximaban a la casa. Era una típica mañana tranquila de día laborable. Alrededor, la gente pululaba ocupándose de sus asuntos cotidianos, asuntos que reposaban sobre el principio de que ese día dejaría paso al siguiente. Quizá alguno de ellos hubiera presenciado la visión apocalíptica, pero ninguno habría podido adivinar que el día soleado que habían visto en esa ocasión era el mismo que estaban viviendo en ese momento. Farooq-Lane estaba enredada en una paradoja lógica de difícil solución: la visión había predicho que ella y los Zetas estarían allí cuando llegase el fin del mundo. Y allí estaban, desencadenando el fin del mundo. ¿Seguiría el apocalipsis en pie si ellos hubieran renunciado a ir a aquel edificio? ¿O eso se habría reflejado también en la visión? El embrollo de causas y efectos era tan oscuro como claro era el día.

Al llegar a la fachada del Club Charlotte, Ronan vaciló.

—¿Estás echando de menos tu espada? —le preguntó Hennessy.

—Estoy pensando que no debería haber perdido tanto tiempo —replicó él.

—Nunca pierdo el tiempo si estoy contiiiiiiiigo —canturreó con voz átona Hennessy, citando alguna canción que Farooq-Lane no reconoció.

—Bum ba ba badum —completó Ronan, entonando con ironía para que Hennessy se diera cuenta de que había pillado la referencia.

—Si el mundo se acaba, ese tipo no podrá grabar más discos.

—No hay mal que por bien no venga.

Farooq-Lane podía sentir la familiaridad que subyacía a aquel diálogo intrascendente y lleno de sarcasmo. Le resultaba extraño pensar que Ronan y Hennessy habrían perfeccionado aquella forma de comunicación mientras combatían a los Moderadores, en los tiempos en que ella aún era su enemiga. «Ronan no es el único que lamenta haber perdido el tiempo», pensó mientras llevaba la mano a la culata de su pistola. Se detuvo en el escalón de entrada de la casa y pensó: «Ya no hay más. Este es el último peldaño».

—Observen, amigos —dijo Hennessy—. La puerta de la casa no está cerrada.

Nota importante: los Zetas son impredecibles. Algunos se rendirán de inmediato. Otros ofrecerán resistencia como lo haría un humano normal. Y algunos emplearán sus sueños para resistirse, creando así situaciones instantáneamente peligrosas. Los Moderadores debemos estar siempre alertas; investigar los tipos de sueños que favorece el Zeta en cuestión antes de trazar la estrategia correspondiente puede ser la clave para evitar una masacre. Recordad que nos llamamos Moderadores, no Mártires.

Como pronto averiguaron, la puerta de la casa no se encontraba cerrada porque Nathan Farooq-Lane los estaba esperando. Todas las luces del grandioso vestíbulo estaban encendidas. Sobre la escalinata reposaban dos personas: Jordan, hecha un ovillo, y Adam, apoyado contra la barandilla como un muñeco de trapo.

Junto a las paredes había montones de objetos grises que empezaron a decir al unísono: *Bomba.*

Nathan estaba sentado algo más arriba que Jordan y Adam, con una pistola en el regazo.

Contempló cómo entraban Ronan, Hennessy y Farooq-Lane, y luego hizo un ademán con la pistola para animarlos a cerrar la puerta.

Farooq-Lane la cerró.

Bomba, bomba, bomba.

—Carmen siempre hace lo que le mandan —observó Nathan.

Ronan lo miró sin decir nada. Sus ojos ardían, hervían.

—Estaba empezando a aburrirme de esperar —continuó Nathan—. Yo tengo algunas cosas que vosotros queréis, y vosotros tenéis algunas cosas que yo quiero. —Miró a Hennessy—. Por ejemplo, quiero que sueñes el Encaje; si lo haces, a cambio podrás llevarte esta cosa.

«Esta cosa» era Jordan.

—Y quiero que tú reactives la línea ley —continuó Nathan, dirigiéndose ahora a Ronan—. Si lo haces, a cambio podrás llevarte este cuerpo.

«Este cuerpo» era Adam.

—En cuanto a ti... —Nathan miró a su hermana—. Solo quería comprobar si al fin serías capaz de hacer algo por ti misma.

A Farooq-Lane le escocieron sus palabras incluso antes de pararse a analizar si contenían algo de verdad. Así había sido su relación con Nathan durante muchos años: ella se esforzaba por ganarse su respeto, y él nunca se lo concedía. A pesar de todo, las cosas no habían cambiado entre ellos.

—¿Reactivar la línea ley? —se burló Hennessy—. Me temo que no nos quedan existencias de ese producto. Imposible despertarla. ¿Podemos ofrecerle alguna alternativa? ¿Patatas fritas, arroz, ensalada, arder en el infierno?

Nathan se levantó y empezó a bajar la escalera, con cuidado de esquivar los dos cuerpos.

—No me mintáis.

—No te está mintiendo —replicó Farooq-Lane con su voz más profesional, porque la única coraza de la que disponía era el aplomo. Había visto cómo mataban de un tiro a su hermano; había accedido a que mataran de un tiro a su hermano. Él lo sabía. Y se acercaba a ella cada vez más—. La extinguimos —añadió—. No podemos reavivarla ahora.

Nathan se detuvo a un metro de ellos tres. *Bomba*, dijo algo desde debajo de su camisa.

Alzó la pistola y apuntó directamente a la frente de Farooq-Lane.

—Despertad la línea ley para que podamos terminar con todo esto —ordenó.

Los dos hermanos se miraban de hito en hito.

—No es posible —insistió Farooq-Lane.

Nathan apretó el gatillo.

Por último: dada la naturaleza de nuestro trabajo, tal vez podáis sentir que vuestra relación con alguno de los Zetas tiene un carácter personal. No es así. Una relación personal se daría entre el Zeta y una persona. Una Moderación se da entre el Zeta y la humanidad.

Todas las personas conscientes que había en la sala dieron un respingo, salvo Nathan.

El gatillo solo había producido un chasquido sordo: Nathan no había quitado el seguro.

Farooq-Lane sentía los latidos de su corazón como balazos que la atravesaban.

—¿Te acuerdas de cuando me pegaste un tiro, Carmen? Ah, sí: no fuiste tú. Se lo encargaste a otra persona. Bueno, ¿queréis llevaros esas cosas o no? —preguntó Nathan—. Si es que sí, despertad a la línea ley. El Encaje me dijo que era posible.

—El Encaje miente, colega —replicó Hennessy—. Te dice lo que quieres oír.

—Yo puedo hacerlo —dijo Ronan.

Durante todo aquel rato, incluso mientras Nathan bajaba las escaleras, Ronan había tenido los ojos clavados en Adam Parrish. Aún lo miraba, con el cuerpo entero inclinado hacia él. Incluso aunque Farooq-Lane no hubiera sabido nada de la relación que había entre los dos, lo habría podido adivinar por la forma del espacio que separaba el cuerpo inmóvil de Adam y la tensa figura de Ronan.

Ahora, todos lo miraban a él.

—Nathan tiene razón: se puede hacer —explicó Ronan con voz ronca—. Hace años, mis amigos y yo hicimos un ritual para reavivar una línea ley. Tuvimos que hacer un trato con el ser... con el ente que podía hacerlo.

Levantó la barbilla. La ira que bullía en sus ojos habría hecho retroceder a cualquiera que no fuese Nathan.

—¿Y puedes hacerlo ahora? —preguntó con voz casi inaudible Farooq-Lane—. ¿Puedes comunicarte con uno de esos seres capaces de despertar a las líneas ley?

—Yo soy uno de esos seres —contestó Ronan.

47

Hennessy contempló a Ronan. Estaba de pie en el gran recibidor, en el centro de un círculo de luz difuminada por los plásticos que cubrían los andamios. Verlo así le recordó la ocasión en la que Bryde y ella habían estado a punto de perderlo a causa del brotanoche. La mente de Ronan se había alejado mucho de su cuerpo; no tanto como Hennessy sabía ahora que podía hacer, pero mucho, en todo caso. Al verlo, Bryde había insistido en que Hennessy entrase con él en el sueño para ayudarlo a regresar.

«Ronan se sentirá más atraído por ti que por mí», le había dicho Bryde a Hennessy, y ella a menudo se había preguntado por el significado de aquella frase.

Ahora, por fin, la entendía.

Ronan Lynch había elegido ser humano. Se había sentido atraído por la humanidad desde el principio, y esa atracción seguía existiendo. ¿Qué era Bryde? Un sueño más. ¿Qué era Hennessy? Una humana. ¿Qué era Ronan? Algo a medias.

En aquel sueño, Hennessy y Bryde habían trepado sin descanso por una ladera escarpada hasta encontrar una versión de Ronan que dormía acurrucada en un tronco hueco. Era una versión más añosa, con canas. Aquel Ronan parecía poderoso y triste; era un Ronan que había visto el mundo. Pero, cuando abrió los párpados, Hennessy se dio cuenta de que también seguía siendo el Ronan joven y humano que ella conocía. Algo a medias.

Y ahora, aquel Ronan viejo y joven al mismo tiempo volvía a estar ante ella, en el mundo de la vigilia. Por un lado, era un chico con un tatuaje lo bastante reciente para ser casi una herida, los hombros erguidos en un gesto pendenciero y las botas plantadas en el suelo con actitud desafiante.

Por otro, en sus ojos había una mirada antigua y consciente. Ronan ya no parecía estar entre los dos mundos. Era las dos versiones al mismo tiempo, sin solución de continuidad.

«Yo soy uno de esos seres», había dicho.

Y Hennessy le creía.

—Entréganos primero a Adam y a Jordan —dijo Ronan; era una orden, no una petición—. De todos modos, nos tienes rodeados de bombas. ¿Qué vamos a hacer?

Nathan se encogió de hombros.

—De acuerdo, cogedlos.

Entre los tres, desplazaron rápidamente a Jordan y luego a Adam hasta dejarlos en el suelo del vestíbulo. Hennessy le tomó el pulso a Jordan: estaba dormida, incapaz de despertarse. Ni siquiera la proximidad del dulcemetal que llevaba Ronan tatuado la reanimó, porque Ronan acaparaba demasiada energía. A Hennessy la aterró verla en ese estado. Jordan estaba hecha para brillar, para ocupar espacio, para hacer retratos eléctricos, para dominar el panorama artístico. No para dormir aovillada en el suelo del Club Charlotte, junto a un montón de bombas soñadas y a su vieja falsificación de Tarbell.

—Lo siento, Jordan —musitó.

Al ponerse de pie, vio que Ronan estaba en cuclillas junto al cuerpo de Adam, también susurrándole algo al oído. Adam no reaccionó, pero Ronan no pareció sorprenderse.

Para sorpresa de Hennessy, cuando Ronan levantó la cara no tenía un aspecto devastado, sino furioso. Era como si dentro de él ardiera todo el fuego del que Hennessy había dotado a su retrato de Farooq-Lane y un poco más.

—Se acabó —dijo Nathan, y levantó las manos levemente para abarcar las bombas grises que se alineaban contra las paredes. *Bomba, bomba, bomba*—. Cumple con tu parte, Greywaren.

Ronan se incorporó.

Agitó los dedos para indicar a Nathan, a Farooq-Lane y a Hennessy que retrocediesen.

Agachó la cabeza y sus labios se movieron. Parecía estar rezando, y Hennessy se preguntó a quién o qué rezaría ahora Ronan Lynch.

Ronan pegó las manos y las extendió ante sí, como si sostuviera entre ellas una de las esferas de Bryde.

Nathan lo miraba, absorto.

—No lo hagas —le pidió de pronto Farooq-Lane—. Si le dejas que destruya el mundo, no conseguirás lo que quieres, de todos modos. No te traje aquí para que hicieras realidad la visión, Ronan: te traje para que la cambiases. No es...

Un disparo rasgó el aire de la sala. Farooq-Lane se calló a media frase.

Ronan siguió musitando. Lo que estaba haciendo parecía requerir toda su capacidad de concentración. Abrió las manos igual que si fueran un libro. Parecía costarle un gran esfuerzo, como si el aire se hubiera hecho más denso entre ellas.

Entonces, la atmósfera de la sala se volvió visible.

Hennessy jamás había reflexionado detenidamente sobre la forma en que se movían el agua, las nubes o los relámpagos; sobre cómo la estructura de todas aquellas cosas visibles arrojaba pistas sobre lo invisible. Ahora, bruscamente, vio un mundo en el que la energía se transmitía en rayos saltarines, en el que flotaban esferas resplandecientes, en el que hilos de partículas vagaban y se estiraban en el mar que los humanos cruzaban cada día. Lo oscuro quedaba al desnudo. Lo oculto se descubría.

La energía ley empezó a espesarse a su alrededor.

—Hennessy —gruñó Ronan, y Nathan, al oírlo, esbozó una sonrisa satisfecha, como si ya estuviera saboreando el desafío—. Prepárate.

El Encaje la estaba esperando; Hennessy lo sabía muy bien.

«Ya lo hiciste una vez; lo atravesaste y no paraste hasta llegar a Ronan Lynch. No olvides que lo venciste».

Todo había cambiado.

Ella había cambiado.

Se negaba a tener miedo.

Ronan apartó las manos bruscamente de su cuerpo, como si se las hubiera quemado.

Al instante siguiente, la sala se iluminó con colores que Hennessy no había visto nunca. Supo de inmediato que jamás olvidaría aquella imagen; que una parte de esa escena la perseguiría durante el resto de su vida, si es que le quedaba vida después de aquello.

La línea ley despertó, vibrando como una melodía.

—Más te vale ser muy bueno —le espetó Ronan a Nathan con un gruñido casi gutural.

—Lo soy —respondió él.

Y los tres soñadores se lanzaron a soñar.

48

El sueño estaba plagado de soñadores en movimiento.

Al principio, el escenario parecía el mismo que acababan de abandonar: el vestíbulo del Club Charlotte. Pero entonces, Nathan trató de huir escaleras arriba para alcanzar su cubil dentro del mundo onírico.

Ronan y Hennessy salieron corriendo tras él.

Al verlos en acción, eran evidentes las diferencias de los estilos con los que soñaban.

Nathan era preciso, fiel a la realidad. Sus sueños no transformaban nada, a no ser que necesitaran imperiosamente hacerlo. Su subconsciente moldeó una escalera tan parecida a la real como pudo, desde los arañazos en el pasamanos hasta el diseño de la alfombra o la sombra de la lámpara de araña en los balaústres.

El estilo de Hennessy amplificaba la realidad. Sus colores destellaban más que los originales, sus sombras eran más móviles y profundas. La lámpara de araña y la escalera se estiraron, exagerando sus líneas hasta convertirse en versiones estilizadas y pictóricas de sí mismas. Cuando Nathan subió el siguiente peldaño, se encontró con que Hennessy acababa de pintarle un destino distinto: ahora, la escalera llevaba al interior de un cuadro de Vermeer. Una mujer bañada en luz lo observaba junto a la ventana, torciendo la cabeza para verlo mejor.

Los sueños de Ronan rezumaban emociones. Nathan se agachó, metió una mano bajo la mesa del cuadro de Vermeer y la sacó con un taburete de color gris. *Bomba*, dijo el taburete, al tiempo que Nathan le imponía su voluntad de soñador. De pronto, una música pavorosa inundó la habitación y golpeó a Nathan como una tempestad. Nathan se encorvó con un rictus de espanto, para no caer derribado ante aquel sentimiento abrumador. Sus dedos se aflojaron dejando escapar la pata del taburete, y el subconsciente de Ronan aprovechó para arrebatárselo y hacerlo desaparecer.

—Necesito jugar en casa, Hennessy —masculló Ronan, esperando que ella lo oyese y comprendiera lo que le estaba pidiendo.

No podía explicárselo mejor; toda su energía esta puesta en arrebatar las bombas de las manos de Nathan según este las creaba usando los objetos de la habitación. La estrategia de Nathan era muy astuta: dado que sus bombas podían adoptar cualquier forma, no necesitaba perder tiempo ni energía imaginándolas. En lugar de eso, cualquier objeto le servía como explosivo; lo único que tenía que hacer era imbuirlo de destrucción.

—Estoy en ello —respondió Hennessy.

El sueño se difuminó como una pincelada de acuarela para componer una escena diferente. Ahora se encontraban en un paisaje, pero sin tierra. Los soñadores caían por un cielo de tormenta infinito, rodeados de relámpagos y nubes hasta donde alcanzaba la vista.

«Muy astuto», pensó Ronan: allí no había objetos que convertir en bombas. Pero el escenario que había creado Hennessy no solo era astuto, sino también personal. Antes de abrazar a Ronan en su sueño, lo había visto con un aspecto aún muy cercano al que tenía mientras flotaba en el mar de los dulcemetales, y eso debía de haberle dado pistas sobre los entornos oníricos más adecuados para que desarrollara su poder. Ella no podía estar a gusto entre aquellas nubes troqueladas, tan similares al Encaje; pero sabía que la forma no humana de Ronan llevaba ventaja en un sueño así, y suponía que aquello pillaría a Nathan por sorpresa.

Tenía razón.

Nathan gritaba, indefenso ante aquella caída interminable.

De pronto, empezó a llamar al Encaje.

Fue como si el ente lo hubiera estado esperando. Apareció, extendiéndose y desenvolviéndose, precedido de un miedo ondulante. Se estiró para envolver a Hennessy, como siempre hacía.

El cielo entero estaba convirtiéndose en Encaje.

Ronan desvió su atención para tratar de mantener el cielo tal como estaba, pero no podía concentrarse al mismo tiempo en aquello y en proteger a Hennessy del Encaje. Dándose cuenta de que su atención estaba dividida, el Encaje empujó a Hennessy más y más lejos en el vacío, separándola de Ronan.

Nathan había empezado a crear una nueva bomba. Aquella no era como ninguna de las que tenía almacenadas en el Club Charlotte: aquella era la Bomba con mayúscula. La definitiva. Ronan sintió cómo Nathan la impregnaba de propósito: aquella bomba debía destruir todo lo que hubiera en el mundo, salvo a los soñadores.

Ronan se esforzó por concentrarse y bañó a Nathan en propósitos divergentes, transformando su artefacto una y otra vez: una bomba llena de patos furiosos, una bomba llena de globos deshinchados, una bomba llena de carcajadas, una bomba llena de esperanza.

—Deja de meterte en esto, Greywaren —le espetó Nathan—. En el fondo, tú también lo deseas.

—No sé lo que te habrá contado el Encaje sobre mí —replicó Ronan—, pero no todo es verdad.

De pronto, de la dirección en la que estaba el Encaje le llegó un grito quebradizo.

Era el sonido que había hecho Adam cuando el Encaje se lo había arrebatado.

La naturaleza de aquel grito era tan precisa, tan exacta, tan idéntica a la del grito original de Adam que Ronan supo que era una copia de aquel momento, no un momento nuevo. Lo que había oído no era a Hennessy gritando ahora, sino a Adam gritando entonces. No era algo que pudiera evitar ahora, sino algo que no había podido evitar antes.

Era una distracción, se daba perfecta cuenta.

Pero funcionó.

Ahora, las fintas con las que desarmaba a Nathan eran menos creativas, más repetitivas, y Nathan las repelía sin dificultad mientras entretejía consecuencias aún más complicadas y letales en su bomba.

El Encaje comenzó a susurrarle cosas a Ronan. *No me costó nada arrebatarte a Adam. Fue como si una parte de ti hubiera querido deshacerse de él desde siempre. ¿Dices que ya no importa, que está en el pasado? Pero es que a Hennessy le vamos a hacer lo mismo que le estamos haciendo a él.*

Siguió murmurando que había visto la habilidad de Adam para fortalecer la línea ley, y le había odiado porque no soportaba que un humano poseyera la capacidad de hacer aquello, que conociera cosas que el propio Encaje desconocía. Dijo que iba a desmantelar su mente, que iba a extraer todos sus pensamientos uno a uno para quedarse con aquellos conocimientos y desperdigar el resto por el éter. Ya había empezado a despiezar a Adam; había comenzado en el mismo momento en que se lo había arrebatado a Ronan. ¿Le había gustado a Ronan susurrar al oído de un cadáver, en el Club Charlotte? Porque eso sería Adam de ahí en adelante; Ronan jamás lo recuperaría. La mente de Adam ya estaba demasiado incompleta para reanimar su cuerpo.

Entonces, el sueño cambió.

En el sueño de Ronan había una voz.

Sabes que no es así como debería ser el mundo.

Estaba en todas partes y en ninguna.

Por la noche veíamos estrellas. Por aquel entonces podías distinguir las cosas a la luz de las estrellas, después de que se pusiera el sol. Cientos de faros encadenados en el cielo que servían para comer, para escribir historias sobre ellos, para lanzar personas hacia allí.

Si no te acuerdas es porque naciste demasiado tarde.

Aunque tal vez te subestime. Tu cabeza está colmada de sueños; seguro que ellos lo recuerdan.

¿Queda alguna parte de ti a la que mirar el cielo le produzca dolor?

Ronan estaba soñando algo que ya había soñado. Estaba a oscuras. Encendió la luz y vio un espejo. Él estaba en el espejo. El Ronan del espejo le dijo: *¡Ronan!*

Se despertó sobresaltado en su habitación de Los Graneros. La espalda empapada de sudor. Las manos hormigueantes. El corazón golpeándole las costillas. Lo normal, después de una pesadilla. Aunque no podía ver la luna, la sentía asomándose a su cuarto, arrojando sombras tras las rígidas patas de la mesa y sobre las aspas del ventilador de techo. La casa estaba en silencio: el resto de su familia dormía. Se levantó y llenó un vaso de agua en el lavabo del cuarto de baño. Se la bebió y volvió a llenar el vaso.

Entonces encendió la luz y vio un espejo. Él estaba en el espejo. El Ronan del espejo le dijo: *¡Ronan!*

Volvió a despertarse con un respingo, esta vez de verdad.

Magia... Ahora es una palabra barata. ¡Mete una moneda en la ranura y consigue un truco de magia para ti y para tus amigos! La mayor parte de la gente ya no recuerda lo que es. No es cortar una persona por la mitad y sacar de dentro un conejo. No es sacarte una carta de la manga. No es eso de «¡Y ahora, miren con atención!».

Si alguna vez has mirado el fuego y no has sido capaz de apartar la mirada, eso es. Si has contemplado las montañas y te has dado cuenta de que no estabas respirando, eso es. Si has clavado la vista en la luna y se te han llenado los ojos de lágrimas, eso es. Es la materia que hay entre estrella y estrella, el espacio que queda entre las raíces, lo que hace que la electricidad se despierte cada mañana.

Y nos odia.

Normalmente, al despertar se daba cuenta de que el sueño había sido algo ilusorio. Pero aquella noche, mientras soñaba que soñaba, todo parecía tan real... El suelo de madera; los azulejos fríos y descascarillados del baño; las salpicaduras del grifo.

En esta ocasión, cuando se levantó para beber un vaso de agua —un vaso auténtico, un vaso de la vida real—, se aseguró de reconocer con las yemas de los dedos todas las superficies junto a las que pasaba, recodándose a sí mismo lo específica que era la realidad de la vigilia. La escayola granulosa de las paredes. La desgastada moldura que recorría el pasillo a media altura. La ráfaga de aire que salió por la puerta de Matthew cuando Ronan la abrió para ver cómo dormía su hermano pequeño.

«Estás despierto. Estás despierto».

Esta vez, al llegar al baño, se fijó en las franjas de luz de luna que se colaban por los resquicios de la persiana y en la desvaída mancha de óxido que bordeaba el grifo de cobre. La mente dormida, se dijo, era incapaz de inventar detalles como esos.

Encendió la luz y vio un espejo. Él estaba en el espejo. El Ronan del espejo le dijo: ¡Ronan!

Ronan se despertó otra vez en su cama.

Hay dos bandos en la batalla que se nos avecina. Uno es el bando del Black Friday, el wifi, el último modelo, las suscripciones por abono, el «ahora más adaptable», los auriculares con cancelador-creador-de-ruido, un coche por cada bosque, señales de estrechamiento de carril.

El otro bando es la magia.

Ronan volvió a levantarse, tambaleante. Ya no sabía si estaba despierto o dormido; ni siquiera sabía si había estado nunca despierto o dormido. Arañó las paredes con las uñas. ¿Qué era la realidad?

Estás hecho de sueños y este mundo no es para ti.

—Ronan —dijo Bryde, agarrándolo del brazo antes de que pudiera entrar en el cuarto de baño—. Basta ya, Ronan.

Bryde estaba frente a él en el pasillo de su casa de infancia, dentro de uno de sus sueños, agarrándolo firmemente por los brazos.

—Estás muerto —dijo Ronan—. No eres real.

—No me hagas decirlo —replicó Bryde.

Tú haces la realidad.

—No puedes impedir que Nathan cree la bomba —afirmó Bryde.

La perspectiva del sueño cambió. Ahora, Bryde y Ronan flotaban junto a la casa, mirando el interior por las ventanas como si fuera una casita de muñecas. Nathan estaba en el cuarto de Matthew, trabajando con furia para dar los últimos retoques a la bomba que exterminaría a todos los humanos y todos los sueños del mundo.

—Voy a soñar una esfera que ralentice la explosión lo máximo posible, para darte tiempo de crear algo que la neutralice —dijo Bryde—. No se me ocurre nada más que hacer.

Sobre sus cabezas, el Encaje se retorcía en una maraña atormentada. El cielo, cada vez más oscuro, empezaba a ser casi idéntico al mar de los dulcemetales. La silueta de Hennessy ya ni siquiera se distinguía; quizá se estuviera disgregando por el vacío, como había prometido el Encaje.

Abajo, en la casa, Nathan se puso en pie, con la bomba en las manos. Podría haber tenido aspecto de cualquier cosa, pero tenía aspecto de periódico. En la página abierta había un texto impreso: *Vivimos en un mundo repulsivo.. El cajón está lleno de hojas feas que no sirven para nada..*

—Siento haber mentido —le dijo Ronan a Bryde.

Este abrió una mano para revelar la esfera y apoyó la otra en la mejilla de Ronan.

—Greywaren, ya es hora de madurar.

Nathan se desvaneció, y la bomba desapareció junto a él. Se había despertado, llevándose consigo la bomba al mundo real.

Una respiración más tarde, Bryde desapareció también.

Desde el otro lado del Encaje llegó la voz de Hennessy, clara y urgente:

—Ronan Lynch, ¿recuerdas lo que vimos en el fin del mundo?

En un primer momento, Ronan no supo de qué le hablaba Hennessy. Pero entonces, como cada uno estaba dentro de los pensamientos del otro, lo vio: el fuego.

El fuego devorador, el fuego hambriento, el fuego sin final.

Pero eso no era lo que Nathan había creado... Nathan pretendía destruir el mundo con una de sus bombas sanguinarias y crueles. Pero entonces, cuando las visiones mostraban un fin del mundo envuelto en llamas, ¿se referirían necesariamente a que sería el incendio lo que traería el apocalipsis?

¿O quizá sería aquel ávido fuego soñado lo único capaz de devorar la explosión, antes de que lograse expandirse por Boston?

Ronan ni siquiera estaba seguro de poder controlar algo así. Recordó todos los sueños que no había sido capaz de manejar. Los cangrejos asesinos. Los perros solares. Matthew. Bryde. Cuando algo le importaba de verdad, siempre terminaba por estropearlo de algún modo. Y aquello era importante. Las visiones habían mostrado la ciudad en llamas, la gente huyendo, el fuego consumiéndolo todo.

«Farooq-Lane dijo que se trataba de una pesadilla, no de una promesa —pensó Hennessy, y sus pensamientos sonaron tan fuertes como un grito en la mente de Ronan—. Ronan Lynch, este no es el momento de que seas solo humano».

Ronan recordó cómo había despertado la línea ley, algo que jamás se hubiera creído capaz de hacer. Se dijo que no quería sentirse indefenso nunca más. Que no se mentiría más a sí mismo, escondiéndose de la verdad por miedo a tomar decisiones, a equivocarse.

Era el Greywaren, y los dos mundos le eran propios.

Mientras Ronan empezaba a hundirse en aquella imagen del fuego insaciable —que, de todos modos, jamás estaba muy lejos de sus pensamientos—, atisbó cómo el Encaje se desplazaba en el cielo.

Se había girado para mostrarle que tenía en su poder las esferas resplandecientes que formaban la esencia de Adam Parrish, y se había acercado a él lo bastante para dejarlas a su alcance. Ahora Ronan podía recobrarlas, protegerlas, transformarlas de nuevo en Adam Parrish. Tenía una última oportunidad de salvar la mente de Adam y devolverla a su cuerpo en el mundo de la vigilia.

Lo único que tenía que hacer era apagar el fuego que acababa de comenzar a construir.

Puedes elegir, dijo el Encaje.

49

Durante aquel primer verano, Los Graneros fueron un paraíso para Ronan Lynch y Adam Parrish.

Tras dejar sus estudios, Ronan se había pasado el invierno reparando desperfectos en cobertizos y vallas. En primavera sus amigos se graduaron, y Gansey y Blue se tomaron un año sabático para viajar antes de entrar en la universidad. Adam, por su parte, se fue a Los Graneros. No estaba allí siempre —aún mantenía su apartamento en el piso superior de una iglesia, en Henrietta, y echaba todas las horas que podía en el taller mecánico en el que trabajaba—, pero iba cada vez que tenía un hueco. Cuando Ronan no soñaba y Adam no trabajaba, los dos estaban juntos.

Aunque los dos conocían de sobra Los Graneros, la libertad para ir y venir a su antojo sí que era nueva para los dos: un reino propio.

Un día, Ronan le propuso a Adam excavar en uno de los campos para hacer una balsa en la que nadar.

—Es una idea malísima —respondió Adam—. El agua se filtrará enseguida; será un criadero de mosquitos; apestará a estiércol; en cuanto lleguemos a una roca, tendremos que parar.

—Con esa actitud no vamos a ir a ninguna parte —replicó Ronan, lleno de un optimismo nuevo en él. Era un joven encantador, guapo, persuasivo, con labia. Si era posible hacer una charca en un campo para bañarse en ella, él era el soñador perfecto para conseguirlo.

Adam contempló con frialdad aparente el prado en el que se situaría la charca. Si Ronan pensaba que era posible, no había más que hablar; Ronan era capaz de crear la realidad, ya fuera por medio de su testarudez o de sus sueños, y ya fuera para bien o para mal. Adam se había dado cuenta hacía poco de que Ronan era una rémora para sus ambiciones: era mucho más difícil trabajar con dos variables que con una. Sin embargo, no podía prescindir de él. Se lo proponía cada vez que dormía solo en su apartamento de St. Agnes, y fracasaba cada vez que veía a Ronan de nuevo. Estaba enamorado de Ronan, y también de aquel valle verde y solitario; y aunque no lograba ver cómo podía conciliar ninguna de las dos cosas con su adicción a planear el futuro, había decidido relajarse y disfrutar de aquel verano.

De modo que se limitaba a vivir el momento junto a Ronan.

Era un verano cálido e incitante, típico de Virginia. Los dos hicieron excursiones a las montañas. Se enrollaron en todas las estancias de la casa. Trataron de arreglar el coche de Adam. Revisaron centenares de sueños antiguos, acumulados en los cobertizos. Intentaron cocinar, con resultados a menudo desastrosos. Hicieron la charca y les salió mal, así que excavaron más, y luego enseñaron a nadar a la pequeña Opal —la niñita con patas de cabra a la que había soñado Ronan— y se turnaron para volar con un viejo par de alas soñadas, sobrevolando la charca para zambullirse en ella una y otra vez.

Durante muchos días, aquello fue el paraíso, y los sueños de Ronan acompañaban su euforia. Ronan había practicado mucho, soñando en un cobertizo largo que cerraba con llave cuando no estaba en él. Allí creaba sueños cada vez más sofisticados, sueños cuya esencia contenía fenómenos atmosféricos y emociones y magia. Así soñó un nuevo sistema de seguridad para Los Cobertizos, y tenía intención de soñar un nuevo bosque. Su antiguo bosque de la línea ley había perecido en un cataclismo el día en que su madre murió, cuando Ronan había sufrido de brotanoche por primera vez; y, aunque no podía soñar una madre de reemplazo, sí que podía soñar un bosque que lo ayudase a anclarse a aquel otro lado, al ámbito de los sueños. Ronan tenía intención de hacerlo antes de que Adam se marchase a la universidad.

La universidad y el bosque eran dos conceptos paralelos, porque los dos estaban compuestos de dosis iguales de esperanza y temor. ¿Qué ocurriría cuando acabase el verano?

Adam no podía quedarse en Los Graneros para siempre.

Ronan no podía abandonar Los Graneros para siempre.

Los dos empezaron a caer en barrena hacia una pesadilla potencial. A medida que los días se iban haciendo más cortos, ellos empezaron a discutir más y más. El motivo casi nunca era la universidad, y a menudo eran los sueños. Pero, en realidad, el motivo no eran los sueños, sino la universidad. Ronan no le decía a Adam que no fuese, o que se matriculase en una universidad más cercana a él. Adam no le decía a Ronan que no quería embarcarse en una relación a distancia, porque ya no sabía vivir infeliz y cansado y estaba harto de hacer equilibrios con su vida. De modo que, en lugar de reñir por aquellas cosas, reñían por el bosque que Ronan quería soñar, y por el coche de Adam, y por el error que habían cometido no acompañando a Gansey y a Blue en su año sabático, porque ya era evidente que su amistad estaba cambiando para siempre.

En el fondo, se peleaban porque el futuro era imposible. No podían internarse en él mientras siguieran siendo los mismos, y ellos lo sabían.

El brotanoche empezó a atacar a Ronan cada vez más.

El mundo estaba cambiando al mismo ritmo que ellos.

Hacia el fin del verano, Ronan soñó su nuevo bosque. Permitió que Adam entrase en trance a su lado mientras lo hacía, aunque le avisó de que podía ser peligroso; tenía intención de dotar a aquel bosque de la capacidad de defenderse.

El nuevo bosque se parecía mucho a los que crecían al pie de las montañas azuladas que se alzaban al oeste de Los Graneros. Sin embargo, era mucho más vasto, más profundo. Era un mundo entero. Lindenmere. Soñar consiste en imbuir intención en los objetos soñados, y la intención de Ronan era que aquel bosque fuera duradero. Que fuera capaz de decirle cómo existir en el futuro sin dejar de ser un soñador. Que pudiera sobrevivir en su ausencia. Que lo deseara a él, a Ronan.

(Por supuesto, en el fondo todo trataba de Adam).

Y entonces llegó el otoño. Ya era otoño, las hojas cambiaban de color y las universidades abrían sus puertas. El año comenzaba a morir.

Aquel paraíso, aquel verano, había sido un sueño, y los sueños no podían trasladarse a la vida real. La gente normal se separaba de ellos al despertarse y solo regresaban a ellos de noche. Eran dos ámbitos separados.

—Sí, me voy a marchar —repetía Adam—, pero seguiré volviendo aquí mientras tú estés.

—Yo estaré aquí —contestaba Ronan—. Yo siempre estaré aquí.

Lo decían una y otra vez. Cuanto menos se lo creían, más lo repetían.

La magia consiste en imbuir intención. Las conversaciones, también.

Ni Ronan ni Adam habían practicado el difícil y sutil arte de tener un futuro. Hasta ese momento, solo habían aprendido el arte de sobrevivir a su pasado.

Al final, Adam se marchó a Harvard, como había planeado, y Ronan se quedó solo junto a Sierra, porque incluso la pequeña Opal se había ido a vivir a Lindenmere. La tarde en la que Adam se marchó, Ronan fue al porche de la casa en la que había crecido y contempló cómo la bruma otoñal vagaba por los campos ondulados. Se dijo que no estaba solo, en realidad; que en unos días montaría en su coche y viajaría hasta Washington D. C. para ir a misa junto a sus hermanos. Aunque no podría quedarse a dormir, porque allí el brotanoche lo atacaba cada vez con más saña.

«Estás hecho de sueños —pensó—, y este mundo no es para ti».

En los prados desiertos de Los Graneros ya parecía invierno. Ah, el paraíso... ¿Por qué habría de querer abandonarlo?

50

E ra una bomba peculiar.
Todo lo que la rodeaba era peculiar.
La forma en la que comenzó a detonar desde su núcleo en el Club Charlotte tenía más en común con el estallido de un Visionario que con un explosivo común. La onda mortífera empezó a expandirse desde la propia bomba, que estaba tirada junto al cuerpo de Nathan, en las escaleras. Contenía fragmentos de metralla y bombas más pequeñas y trocitos hirientes diseñados para penetrar en la carne, pero también contenía el odio arrollador del Encaje.

El Encaje odiaba aquel mundo con todo su ser.
Detestaba a los manirrotos..
inútiles..
derrotistas..
masoquistas..
codiciosos..
tristes..
mezquinos..
miopes..
destructivos..
violentos..
pasivos..
excesivos..
ruidosos..
inanes..
irreales..

habitantes de aquel mundo; a aquellos seres que rabiaban y destruían, que arrebataban y morían, empeorándolo todo de forma invariable a su paso.

Todo eso se terminaría con aquella bomba. La bomba los haría pedazos; su odio ominoso penetraría en los cuerpos humanos hasta convertirlos en cadáveres serrados y dentados como el propio Encaje. El mundo volvería por fin a vaciarse, dejando sitio para que regresase lo auténtico. No quedarían tijeras duplicadas en el cajón. No habría más vidas insulsas que arrebataran los recursos a las vidas productivas.

Pero el avance de la bomba era muy lento. La esfera plateada que Bryde acababa de arrojar al pie de la escalera estaba engañando al tiempo, embrollándolo.

Junto a la puerta, moviéndose mucho más deprisa, estaba Jordan Hennessy —la soñada, no la soñadora—, que se había despertado en el preciso instante en que la línea ley había vuelto a la vida. Mientras los peculiares objetos grises decían *Bomba, bomba, bomba*, preparándose para estallar en cuanto la metralla de la bomba definitiva los alcanzase, ella había empezado a sacar personas del edificio.

Primero, Adam, que seguía inconsciente. Jordan metió las manos bajo sus axilas y cargó con él escaleras abajo, más allá de los plásticos que cubrían el edificio, hasta dejarlo en la acera tan lejos como pudo.

Luego Hennessy, que estaba consciente, pero paralizada. Debía de haber sacado de su sueño algo que Jordan no alcanzaba a ver.

Para acabar, se acercó a Ronan Lynch y dudó si despertarlo o si dejar que siguiera trabajando dentro del sueño. ¿Tendría intención de despertarse? ¿Estaría fabricando en ese mismo instante una solución para aquella bomba que se expandía lentamente ante sus ojos? ¿Lo estropearía todo Jordan si lo molestaba? Las reglas de la batalla invisible en la que se estaba decidiendo su vida o su muerte estaban ocultas, y Jordan no podía acceder a ellas.

Nathan se incorporó a cámara lenta, con expresión aturdida; estaba saliendo de la parálisis producida por soñar la bomba. Sin embargo, aún no podía moverse con normalidad: se encontraba tan atrapado como su bomba en la magia envolvente que desprendía la esfera de Bryde. Con los ojos fijos en el cuerpo dormido de Ronan, echó mano a su pistola.

Pero antes de que sus dedos se cerrasen en torno a la culata, un chasquido hueco sonó en el suelo, al lado de Jordan.

Farooq-Lane, que estaba tumbada de lado sobre un charco de su propia sangre, acababa de disparar a su hermano. Exhausta, se dejó caer.

Jordan ni siquiera se había dado cuenta de que seguía allí, viva.

Mientras empezaba a arrastrarla fuera del edificio, la esfera de Bryde terminó de agotarse.

La bomba se liberó.

Bomba
Bomba
Bomba
Bomba

El edificio se retorció, envuelto en un caos de destrucción. El fin del mundo ya no los acechaba: el fin del mundo estaba allí.

De pronto, estallaron las llamas.

51

Ronan estaba paralizado, como siempre le ocurría después de soñar.

Como había hecho tantas veces durante las semanas anteriores, flotó sobre su cuerpo y lo contempló desde arriba. Estaba tumbado de espaldas en el lujoso vestíbulo del Club Charlotte; el antifaz soñado que lo había ayudado a dormirse había caído en el suelo de parqué, a su lado. Ronan se sorprendió al verse. No se parecía en nada al Ronan del corredor junto al garaje. Aquel Ronan parecía abandonado, polvoriento, a merced de quien llegase.

Pero este Ronan Lynch rezumaba poder. Sus ojos abiertos estaban llenos de un propósito furioso e inquebrantable. Aunque estaba completamente inmóvil, nadie lo habría tomado por un cadáver. El Ronan Lynch que flotaba en el aire contempló al Ronan Lynch de abajo y pensó: «Así tiene que ser».

A su alrededor, todo ardía.

Era el sueño más potente que había soñado jamás. Al traspasar el mar de los dulcemetales para despertar la línea ley, había sentido que jamás había llegado tan lejos, tan hondo. En aquel momento estaba despierto; pero ahora, al crear aquel fuego mientras soñaba, había tenido la misma sensación. Ni siquiera el Greywaren se había aventurado nunca en el éter tanto como ahora, en su intento de crear algo tan pujante y complejo como aquel sueño.

Para un soñador común habría sido imposible viajar tan lejos, conservando al mismo tiempo en su mente la intención de crear aquel fuego. Las llamas debían ser todopoderosas, pero no podían afectar a la ciudad de Boston. Debían engullir las bombas, pero no las paredes. Debían devorar hasta la última partícula de la violencia detonada por la bomba definitiva de Nathan, pero dejar intactos los sentimientos de las personas a las que tocase. No podían quemar la piel, ni los árboles, ni los objetos afilados que no formaran parte del explosivo. Solo tenían que tragarse la bomba con un hambre voraz, insaciable.

Pero, una vez la devorasen, debían quedar saciadas.

El fuego debía extinguirse. No podía quemar el resto del mundo; no podía extenderse terminando con todo a su paso, por mucho que destrozase a Ronan ver el cuerpo vacío y exangüe de Adam; por mucho que le doliera recordar la radiante sonrisa de Matthew; por mucha rabia que le produjera el recuerdo de Declan diciéndole: «Sé peligroso».

Mientras luchaba por mantener claro el propósito del fuego, extrayendo al mismo tiempo energía de las profundidades del éter, Ronan advirtió que a su alrededor se habían congregado otros entes que lo contemplaban. Eran los entes que nunca habían atravesado el mar de los dulcemetales para encarnarse al otro lado; los que se habían contentado con mirar el mundo de la vigilia a través de los dulcemetales, añorando un lugar en el que jamás habían estado.

—¿No queréis que vivan? —les gruñó el Greywaren, y varios de ellos avanzaron a toda prisa para ayudarlo a acarrear el fuego.

Mientras él avanzaba a duras penas, rodeado de energía que restallaba a su alrededor, los demás le fueron recordando qué debía hacer el fuego y qué debía dejar intacto, y entre todos grabaron aquel propósito en el sueño que Ronan Lynch sacó consigo al vestíbulo del Club Charlotte. Y, junto con aquella intención, añadieron también su curiosidad, su anhelo, su cariño por el mundo que habían vislumbrado. Aquel fuego era un sueño excesivo para un solo soñador; pero es que no lo creó uno solo.

Ese fue el fuego que devoró la bomba de Nathan Farooq-Lane.

Devora, devora.

Engulló el terror. Estaba hambriento.

Devora, devora.

Engulló las bombas amontonadas contra las paredes, pero no sirvieron para saciarlo.

Devora, devora.

Engulló los fragmentos hirientes que guardaba el corazón de la bomba, pero no quedó satisfecho; su ansia era infinita.

Devora, devora.

Engulló el odio.

Devora, devora.

Y entonces, se apagó.

52

Para cuando Hennessy recuperó la capacidad de moverse, la situación era caótica. Los detalles de lo ocurrido dentro del Club Charlotte aún quedaban ocultos tras las láminas de plástico, pero no había forma de disimular a la mujer que sangraba tendida sobre la acera.

Jordan, que no había parado de hacer cosas desde que recobró la consciencia, hizo señas a un coche para que se detuviese. En realidad, casi tuvo que saltar sobre el capó, porque la conductora no parecía muy dispuesta a parar. En cuanto el coche se detuvo con un chirrido de frenos, Jordan hizo el gesto de telefonear, con una mano junto a la oreja.

—¡Llame a la Emergencias! —gritó a la conductora, que, suspicaz, apenas había bajado la ventanilla.

Vino la policía, y luego una ambulancia. Después hicieron acto de presencia los teléfonos móviles y las cámaras.

Pero, para entonces, lo único que podían grabar era la figura de Carmen Farooq-Lane, tirada sobre la acera junto a la entrada del Club Charlotte, con las manos teñidas de rojo por su propia sangre.

Los soñadores y la gente que los amaba no habían ido muy lejos. Se encontraban a unas calles de allí, en la Esplanade, un parque público rodeado por el río Charles. Habían tumbado a Ronan sobre la hierba reseca; aunque los árboles aún estaban desnudos, el sol brillaba con una fuerza inesperada.

A Ronan le estaba costando mucho salir de su parálisis, pero a ninguno de ellos le parecía sorprendente. Al fin y al cabo, tenía que regresar desde muy lejos.

Nada más dejar a Ronan en el suelo, Hennessy se volvió hacia Jordan y, sin decir una palabra, las dos se abrazaron. Que Hennessy recordase, aquella era la primera vez en su vida que se abrazaban de felicidad. A lo largo de los años, Jordan la había estrechado a menudo entre sus brazos; pero siempre había sido para consolarla cuando algo —una cosa más— iba mal.

—Creí que... —empezó a decir Jordan.

—Chist —la interrumpió Hennessy, separándose un poco de ella para mirarla—. Las cosas están a punto de ponerse muy moñas por aquí, y me lo he currado demasiado para no darme el gustazo de ver la escena que se avecina.

Jordan Hennessy y Jordan Hennessy se giraron para mirar a sus amigos.

Ronan Lynch empezaba a activarse con movimientos entrecortados, tratando de sentarse aun antes de que su cuerpo le obedeciera.

—¿Adam? —preguntó, incrédulo.

Adam, que llevaba sentado en silencio junto a él desde que habían llegado, esbozó una débil sonrisa cuando Ronan le rodeó el cuello en un abrazo desesperado. Hennessy y Jordan los contemplaron: arrodillados en la hierba, aferrados el uno al otro. Era un momento gigantesco, extraordinario, rodeado de cosas mundanas y cotidianas: el ruido rítmico de los deportistas que corrían por los caminos del parque, el gruñido del tráfico en el puente, el rumor de voces que gritaban desde la ciudad, a su espalda.

Hacía no tanto tiempo, a Hennessy le habría hecho daño ver la gratitud con la que Ronan enterraba la cara en el cuello de Adam. Ver la expresión de alivio desnudo en el rostro de Adam mientras se abrazaba a Ronan, con la mirada perdida en el azul del cielo. Ver cómo Ronan, por fin, le susurraba algo al oído, y cómo Adam cerraba los párpados y suspiraba.

Pero ya no.

—Cuando presencio escenas como esta... —comenzó a decir Hennessy—. Dos jóvenes enamorados que se han reencontrado a pesar de que lo tenían todo en su contra, llenos de pensamientos puros, tan comprometidos el uno con el otro que, literalmente, han cruzado el espacio-tiempo para volverse a reunir... En fin, en momentos como este, solo puedo pensar lo siguiente: estos dos chavales podrían pasarse el resto de su vida haciéndole favores a Jordan Hennessy, y aun así le seguirían debiendo una.

Ronan levantó la mirada hacia ella. Hennessy no dijo nada más; simplemente le dejó reconstruir lo que había ocurrido después de que él se marchase en pos de su fuego soñado, dejando a Adam en poder del Encaje. Sí, Ronan había abandonado a Adam para poder salvar el mundo. Pero no solo le había dejado a él atrás; Hennessy seguía allí, con los aguijones del Encaje enganchados en diez puntos distintos de su mente, instilándole veneno en susurros. Lo que el Encaje no sabía era que Hennessy se había vuelto inmune. Y mientras Ronan recorría las simas del éter para construir el fuego que devoraría la bomba, Hennessy había estado ocupada reuniendo las esferas luminosas que formaban a Adam, introduciéndolas de nuevo en la consciencia de su amigo y arrastrando el conjunto hacia el mundo de la vigilia.

El momento de la verdad había llegado cuando Hennessy lo despertó. Por un instante, no estuvo segura de que las partes que había recuperado de su mente fueran suficientes para que Adam estuviera... completo. Pero entonces, él abrió los ojos con esfuerzo y buscó de inmediato a Ronan con la mirada, y Hennessy supo que lo había conseguido. ¿Quién lo hubiera pensado? ¿Quién habría podido esperar que, un día, Hennessy no solo sería capaz de ignorar al Encaje, sino que lograría sacar a otra persona de sus garras? A dos personas, en realidad, si contaba la vez en que había encontrado a Ronan Lynch acurrucado en su interior.

—Eres una comemierda, ¿sabes? —le dijo Ronan.

—Sí, pero mira esto —contestó ella mientras rebuscaba en el bolsillo de su chaqueta—: me he soñado un antifaz mucho más resultón.

El antifaz que colgaba de sus dedos tenía un intrincado diseño parecido al de las vetas del mármol, o al de un trozo de encaje irregular.

Ronan sacudió la cabeza. Durante varios minutos, los cuatro se quedaron sentados sobre la hierba amarillenta, escuchando los ruidos de la ciudad. Hacía un sol muy agradable. El invierno aún no había terminado; pero en el aire flotaba la sensación de que pronto lo haría, y eso era casi igual de bueno.

—La esfera que frenó el estallido de la bomba... —dijo Ronan por fin.

—¿Viste a Bryde? —preguntó Hennessy.

Ronan frunció el ceño.

—No sé qué creer —suspiró.

Hennessy repasó los acontecimientos mentalmente.

—Yo vi la esfera con mis propios ojos. Apareció antes de que tú despertases.

—Tal vez la creases tú misma.

—Yo no estaba pensando en esferas de ninguna clase; ya tenía bastante con el Encaje, muchas gracias. Me encantaría apuntarme esa, pero estaba demasiado ocupada intentando que la mente no se me licuase mientras salvaba a tu novio de la locura y la muerte.

—Jordan, ¿tú viste algo? —preguntó Adam—. ¿Viste a Bryde?

Ella negó con la cabeza.

—En ese momento todo era una locura, chico.

En el fondo, Ronan sabía por qué quería creer que había sido Bryde, y no estaba dispuesto a hacerse aquello a sí mismo. Se levantó y extendió la mano para ayudar a Adam.

—Ya he recibido más de lo que creí que podría obtener —suspiró—. Con eso tendrá que bastarme.

Hennessy no podía estar más de acuerdo.

—Vale. ¿Qué hacemos ahora? —preguntó.

Jordan hizo un aspaviento en dirección al cielo, y todos la comprendieron sin necesidad de palabras: *cualquier cosa.*

53

El primer día que Declan pasó en Los Graneros, durmió sin parar. Le habían ocurrido muchas cosas difíciles de procesar —una herida de bala, su huida de Boudicca, sus esfuerzos por no preocuparse ni caer en la desesperanza—, así que, durante todo aquel día y posiblemente alguno más, Declan durmió como un tronco. Metido en su cama de infancia, soñó que no había pasado el tiempo desde que vivía allí con su familia, y revivió aquella cotidianeidad de levantarse por la mañana y reñir con sus hermanos y caminar por los prados y asistir a clase y despertar cuando su padre lo sacudía del hombro, porque «ya sé que es muy temprano, muchachito, pero si quieres acompañarme a este viaje, hay que salir ya».

Cuando al fin se despejó, se dio cuenta de que había sido feliz en aquel lugar, antes de que las cosas se torciesen. Su infancia había sido alegre y satisfactoria, a pesar de todo. Para Declan fue una revelación, una iluminación que lo despejó todo después de tanto tiempo de vivir convencido de lo contrario. Llevaba años repitiéndose a sí mismo que su padre era un hombre odioso, que su madre había sido invisible, que Los Graneros eran un lugar siniestro, que los sueños eran aterradores. Había sido la única manera de soportar la pérdida de todo aquello.

Sí, Declan Lynch se había convertido en un mentiroso de primera.

El segundo día que Declan pasó en Los Graneros —o, al menos el segundo día que pasó despierto en Los Graneros, porque el tiempo primaveral le había hecho comprender que había dormido mucho más de veinticuatro horas—, salió de la casa y avanzó cojeando por el camino de entrada. La primavera revoloteaba y zumbaba a su alrededor. Los prados empezaban a encenderse con florecillas de colores brillantes. Todo olía a calor incipiente y a vida.

Al llegar al final del camino, Declan se detuvo frente al sistema de seguridad que había creado Ronan: aquella bruma invisible que hacía que quien la cruzase reviviera sus peores recuerdos, ya fuera un intruso o alguien de la casa. Declan solo la había atravesado una vez; después, se había acostumbrado a dar un rodeo entre los árboles cada vez que quería entrar o salir de la finca. Pero ahora le daba la impresión de que los recuerdos ya no podrían herirlo del mismo modo, así que se quedó allí de pie y trató de convencerse para avanzar.

El coche del nuevo Feniano aminoró la marcha hasta detenerse a su lado.

—Dice Mór que estás arruinando tu convalecencia —comentó.

Declan echó una última mirada al final del camino, asintió con la cabeza y montó en el coche. El nuevo Feniano, siempre con sus juegos, hizo todo el camino de vuelta hasta la casa marcha atrás.

El tercer día que Declan pasó en Los Graneros, llovió sin parar, un telón de agua gris que ocultaba tanto el cielo como los árboles empapados. Mientras el nuevo Feniano y Mór ponían vinilos de folk irlandés en el salón, Declan se quedó en su cuarto revisando postales antiguas. Las fotos mostraban paisajes del planeta entero. «Te echo de menos —le escribía su padre—. Cuida de tus hermanos».

Esa tarde, Ronan regresó a casa.

La lluvia había amainado, y el cielo estaba azul como nunca lo había estado. A los lados del camino de entrada habían brotado de repente macizos de narcisos, cuyo resplandor dorado trazaba caminos secretos en el bosque primaveral.

Ronan entró en la casa sin dar mayor importancia a su llegada. Se limpió el barro de las botas en el felpudo y colgó su cazadora en el perchero. Parecía mayor, pero eso no era lo único que había cambiado en él. Ahora, cuando Declan y él se miraron a los ojos, no pareció que Ronan quisiera retar a su hermano, sino que estaba escrutando hasta el último de sus rincones. No es que a Declan le resultase especialmente cómodo, pero sin duda era un progreso.

Los dos se abrazaron sin palabras, en un gesto sencillo que no contenía disculpas ni explicaciones. Y entonces, Ronan dijo:

—Te he traído algo.

La puerta se abrió y por ella entró Adam. Y luego, Jordan.

—Pozzi —dijo ella.

Y Declan sonrió con toda su boca, con todo su cuerpo, sin molestarse en esconder su sonrisa de nadie.

El cuarto día que Declan pasó en Los Graneros, Mór y el nuevo Feniano se marcharon para enfrentarse a Boudicca. Ronan había soñado algo para que lo llevasen consigo. Antes de entregárselo a ellos, se lo había mostrado a Declan; pero aun después de verlo, este no habría sabido decir de qué se trataba. Era un libro. O quizá un pájaro. O un planeta. Un espejo. Una palabra. Un grito. Una amenaza a voz en cuello. Una puerta. Un día en espiral, una carta que cantaba... Fuera lo que fuese, no tenía sentido. Declan notó cómo se iba volviendo loco mientras trataba de comprenderlo. Lo único que estaba claro era el inmenso poder que hacía falta para crear algo así; quien hubiera hecho aquello poseía un poder inconmensurable.

—Diles que dejen en paz a mi familia —le pidió Ronan a Mór—. Si no lo hacen, el próximo se lo entregaré yo en mano.

El quinto día, Declan volvió a recorrer cojeando el camino de entrada. Aún no se había levantado nadie más. Sobre la hierba se deslizaba una neblina fresca, rota aquí y allá por el resplandor de las luciérnagas soñadas por Ronan, que brillaban durante el año entero. El aire estaba lleno de trinos de pájaros que parecían venir de todas partes y de ninguna. Declan se detuvo a final del camino, delante del sistema de seguridad.

No sabía por qué sentía aquel impulso de internarse en él. Suponía que, en el fondo, le intrigaba saber qué recuerdo elegiría el sistema para castigarlo; a esas alturas, todas las escenas de violencia y de tristeza que había vivido le parecían inofensivas.

Se rozó el costado con las yemas de los dedos, comprobando si aún le dolía y sacando fuerzas de flaqueza.

Luego, dio un paso y entró en el sueño de Ronan.

El sistema de seguridad lo recompensó al instante con su recuerdo más doloroso. No era ninguno de los que Declan había supuesto: era la escena en la que había descubierto que su padre no le había dejado en herencia Los Graneros, la casa que amaba, sino una casa en Washington D. C. que ni siquiera conocía, porque Declan le había dicho que quería dedicarse a la política (un deseo que a Niall le había parecido del todo incomprensible. «Muchachito —le había dicho— ¿pero tú sabes lo que hacen los políticos?»).

Cuando Declan salió del sistema de seguridad, encontró a Jordan esperándolo al otro lado.

Se sentó en mitad del camino, con la mano apoyada suavemente en su costado herido y, por primera vez desde la muerte de Niall, se echó a llorar. Jordan se sentó a su lado sin decir nada, para que no tuviera que llorar solo. Al cabo de un rato, decenas de animales extraños salieron del bosque y se pusieron a sollozar junto a él para hacerle compañía. Cuando al fin terminó de llorar, Ronan acudió con su coche para recogerlos a los dos y llevarlos a la casa, porque Declan estaba exhausto.

—Yo también los echo de menos —dijo Ronan.

El sexto día, Matthew llegó a casa.

(Matthew llegó a casa. Matthew llegó a casa. Matthew llegó a casa).

Hacía horas que había oscurecido, así que, cuando la puerta trasera se abrió, todo el mundo se puso alerta. Y entonces apareció el hermano Lynch más joven, casi irreconocible. Llevaba el pelo corto y lleno de trasquilones, y sus mejillas estaban hundidas. Su ropa y sus zapatos estaban cubiertos de mugre.

—He venido andando —dijo sin más.

Sus hermanos se abalanzaron sobre él.

—¿Y no podías habernos llamado? —preguntó Declan cuando Matthew hubo terminado de secarse las lágrimas.

—Creía que estarías furioso conmigo.

—¿Qué pasó con Bryde? —preguntó Ronan.

—Le hizo caso a la voz —contestó Matthew—. Se convirtió en un Visionario de esos, y cambió de edad y esas cosas.

—¿Y tú no lo hiciste?

Matthew se encogió de hombros.

—Bryde me dijo que sería mejor que os pidiera ayuda a vosotros y no escuchara a la voz. Me dijo que vosotros os preocupabais más por mí.

Declan comprendió que Bryde le había devuelto a sus dos hermanos. Y comprendió, también, que Bryde siempre había sido como un estanque poco profundo: solo era peligroso para los que no podían mantenerse en pie por sí solos o para los que deseaban ahogarse.

El séptimo día, los hermanos Lynch descubrieron que volvían a ser amigos.

EPÍLOGO

CUATRO AÑOS MAS TARDE

E sta es la historia de los hermanos Lynch. Había tres; y si a alguien no le gustaba uno de ellos, no tenía más que probar con el siguiente, porque el hermano Lynch que resultaba demasiado ácido o demasiado dulce para algunos podía ser justamente del gusto de otros. Los hermanos Lynch, los huérfanos Lynch. Todos ellos habían surgido de los sueños, de un modo u otro. Y eran guapos como demonios, del primero al último.

Cuatro años después de la peor pelea de sus vidas, los tres hermanos se reunieron en Los Graneros para asistir a una boda veraniega. Iba a ser una ceremonia muy reducida. Más tarde habría otra ceremonia mayor y más vistosa, pero aquella estaba reservada a la familia y a los amigos que eran como familia.

Esas eran las únicas personas que tenían permitido entrar en Los Graneros, más allá del nuevo sistema de seguridad perfeccionado por Ronan.

¿Y quiénes eran? Estaban Mór Ó Corra y el nuevo Feniano, por supuesto. Al fin y al cabo, ellos eran los únicos que residían durante todo el año en la granja para ocuparse de las criaturas que vivían allí —incluida una niñita con patas de cabra que aparecía a veces de visita—.

Richard Campbell Gansey Tercero, el amigo más antiguo de Ronan, había acudido desde el extranjero junto a Blue Sargent para asistir a la boda. Los dos acababan de graduarse de la misma carrera —Sociología—, pero habían elegido especialidades muy distintas. Y a los dos les encantaba hablar de lo que habían estudiado a cualquiera que quisiera escucharlos; lo malo era que a nadie le interesaba mucho lo que habían estudiado, salvo a ellos dos. Bla bla bla *trincheras* bla bla bla *artefactos* bla bla bla *puertas secretas* bla bla bla *árboles* bla bla bla *fuentes primarias.*

También estaban allí Henry Cheng y Seondeok, su madre. Henry era un amigo ocasional de la familia, y Seondeok era una socia ocasional de Declan. Los dos se querían con todas sus fuerzas, salvo en las temporadas en las que peleaban con todas sus fuerzas; por fortuna para todos los presentes, la ceremonia iba a tener lugar en una de esas temporadas en las que se querían. Antes de eso, habían estado enredados en una disputa que involucró dos continentes, siete países y una caja llena de objetos demasiado valiosos para asegurarlos, y cuya resolución había requerido comparecencias ante varios tribunales transnacionales, un tenso partido de polo y un divorcio.

Calla, Maura y Gwenllian, las videntes del número 300 de Fox Way que habían ayudado a Ronan a orientarse en sus años de instituto, tampoco habían querido perderse la fiesta. Antes de invitarlas, Declan las había obligado a jurar por todo lo imaginable que no mezclarían su profesión con aquella festividad y que se guardarían cualquier premonición que recibiesen. Pero había sido peor el remedio que la enfermedad: ahora no hacían más que señalar a unos y a otros, mientras bisbiseaban entre ellas muertas de risa. Calla había recibido el encargo de oficiar la boda —era la única lo bastante responsable para hacerse cargo de toda la burocracia que llevaba aparejado aquel asunto—, pero incluso ella dejó escapar una mezcla de carcajada y rebuzno durante la ceremonia que tuvo lugar en el prado de detrás de la casa.

Matthew estaba allí, cómo no, aunque había tenido que retrasar su llegada a la granja de boniatos donde tenía previsto trabajar como becario ese verano. No se sabía muy bien qué iba a hacer allí, y tampoco le pagaban por ello; pero el orientador del instituto le había dicho que le darían créditos por hacerlo, de modo que aceptó.

Y también estaba la pareja que se iba a casar, por supuesto: Declan y Jordan, el matrimonio más previsible de la década. Jordan había rehusado casarse hasta vender uno de sus cuadros por al menos diez mil dólares —y había dejado bien claro que no valía si el cheque del comprador estaba firmado por Declan—. En cuanto a la luna de miel, iba a ser muy declanesca: tenían pensado volver a su casa de Boston, pero habían acordado no trabajar durante dos días.

Hennessy había acudido, pero se marcharía enseguida. Siempre estaba viajando de acá para allá a lugares que localizaba con ayuda de Ronan, sitios en los que había gente que necesitaba aprender a crear obras de arte que despertasen a las personas. Ya tenía comprado un billete para viajar a California a la mañana siguiente, lo mismo que Farooq-Lane.

Y, obviamente, estaban Ronan y Adam. Ronan acababa de volver de visitar una línea ley en Tennessee, y Adam había viajado desde Washington D. C. Parecía muy contento con su nuevo trabajo, aunque no decía en qué consistía exactamente. Después de terminar sus estudios en Harvard, se había matriculado en otras dos universidades, para ser contratado de inmediato por una organización cuyo correo electrónico terminaba en «.gov». Nadie sabía muy bien a qué se dedicaban ni qué esperaban de Adam, pero estaba claro que Adam les parecía lo suficientemente preparado para cumplir sus funciones. Ahora, su trabajo lo obligaba a viajar tanto que ni Ronan ni él tenían un domicilio fijo, sino que iban buscando la forma de coincidir donde y cuando podían. Ronan tenía una gran facilidad para encontrar casas en las que les abrían las puertas —normalmente, habitadas por soñadores—, y Adam tenía una gran facilidad para hacer que su tarjeta de crédito corporativa recompensara a los dueños de esas casas. Y siempre les quedaban Los Graneros, por supuesto; al final, sabían que la granja estaría allí esperándolos.

En verano, Los Graneros era el paraíso. Los prados restallaban de hierba lustrosa y flores. Gracias a los dulcemetales que habían llevado Jordan y Hennessy, el viejo rebaño de Niall Lynch pastaba entre suaves mugidos. Junto a la casa, recién pintada, los ciruelos rebosaban de fruta. Las hojas de los árboles que rodeaban la finca se agitaban mostrando sus pálidos vientres, en una promesa de tormenta veraniega. Pero, por ahora, todo era cielo azul y nubes amontonadas.

Ronan y su amigo Gansey estaban apoyados en la barandilla del porche trasero, contemplando cómo las videntes disponían flores para la ceremonia sin dejar de reírse entre ellas. De vez en cuando, Ronan robaba un trozo de queso de una de las bandejas del cóctel y se lo tiraba a Sierra, que lo atrapaba al vuelo marcando sus garras en el pasamanos de madera.

—¿Querrás hacer una cosa de estas? —le preguntó Gansey, haciendo un gesto con la barbilla que abarcaba todo a su alrededor: la gente, los adornos. La boda.

—Sí —asintió Ronan—. Creo que sí.

—Bueno, me alivia oírlo —repuso Gansey.

—¿Por?

—Porque se lo pregunté a Adam y me contestó lo mismo.

Los dos contemplaron a Matthew y a Henry, que luchaban con una mesa cargada de refrescos. No estaba muy claro por qué la tenían que mover de un lado a otro del prado, pero parecían muy convencidos de ello.

—Me alegro de estar de vuelta —dijo Gansey.

Ronan contempló a su amigo; ahora comprendía su vida y sus muertes mejor que en el pasado. Decidió que, en algún momento, le pediría que le hablase sobre ello, que le dijese cómo era ahora su existencia. Pero aquel no era el momento adecuado. Tenían tiempo de sobra, años de sobra.

—Sí —contestó—. Ya echaba de menos las chapas que nos pegáis siempre Blue y tú.

—Y yo echaba de menos tus hilarantes comentarios.

—Mi estancia en Aglionby me adiestró bien. Por cierto, me alegro de que no te mataran el año pasado en el asunto ese de Pando.

347

—Y yo me alegro de que no te murieras en el asunto ese del fin del mundo —repuso Gansey. Hizo una pausa para observar cómo los colibríes rondaban las flores que crecían en el techo del garaje—. El otro día, Blue y yo nos dimos cuenta de que ser adolescente era una mierda —añadió.

Ronan respiró por la nariz y soltó el aire por la boca.

—Ajá —respondió.

Al cabo de un momento, Gansey asintió con la cabeza y estiró el puño para hacerlo chocar con el de Ronan.

—Ven, vamos a celebrar que tu hermano no se casa con una Ashley cualquiera. ¡Ah, mira! —exclamó.

Ronan buscó con la mirada la dirección hacia la que señalaba Gansey y vio un halcón que descendía planeando, con las garras extendidas. Era una criatura soberbia, de plumas desordenadas y aspecto fiero. Algo en su mirada lo hacía parecer muy anciano.

Estiró el brazo, como si esperase que la rapaz se posara en él igual que habría hecho Sierra, pero el halcón torció el rumbo y remontó el vuelo. En un instante se había convertido en un puntito entre las nubes; al instante siguiente, desapareció.

Después de la ceremonia, cuando casi todo el mundo se había ido a casa, los invitados restantes se sentaron en el prado, rodeados de luciérnagas, para ver cómo Jordan y Declan abrían sus regalos de boda. A ninguno de los dos le hizo gracia el regalo que les habían llevado Ronan y Hennessy: dos espadas a juego, una con las palabras HASTA LA PESADILLA grabadas en la empuñadura y la otra con las palabras DESDE EL CAOS.

—¿Qué se supone que tenemos que hacer con estos chismes? —exclamó Declan.

—Algo viejo, algo nuevo, algo prestado y algo que pueda cortar paredes —respondió Hennessy.

Jordan esperó hasta abrir todos los regalos para entregarle a Declan el suyo. Ronan vio cómo su hermano mayor le sostenía la mirada a su esposa antes de abrir la cajita. Dentro había una miniatura del tamaño de un sello: un retrato de una mujer de mirada gentil y cabellos dorados.

—Es un dulcemetal —le explicó Jordan.

—¿Para qué?

Matthew le lanzó una mirada a Jordan y le ofreció una última caja a su hermano.

Esta no estaba envuelta. Era una caja de madera con la tapa de cristal, y dentro de ella había una polilla enorme.

Iluminado por las luciérnagas y las esferas relucientes que los rodeaban, Declan tragó saliva. Abrió la caja con cuidado y, muy suavemente, posó el dulcemetal en el dorso peludo de la polilla, que ya había empezado a aletear con movimientos lánguidos. Dos lágrimas se deslizaron por la cara de Declan, que no se molestó en enjugarlas o en ocultarlas. Levantó la caja hacia el resplandeciente cielo del atardecer y susurró:

—Adiós, padre.

Por fin, cuando casi todo el mundo se fue a dormir, Ronan y Adam se tumbaron boca arriba en el tejado de un cobertizo y contemplaron cómo el brillo de las estrellas se hacía más intenso. Sin despegar los ojos del cielo, Ronan alargó el brazo hacia Adam para ofrecerle algo. Era un anillo. Sin despegar los ojos del cielo, Adam lo aceptó y se lo puso en el dedo.

Los dos suspiraron. Las estrellas avanzaban por el firmamento. El mundo parecía enorme: pasado y futuro, con aquel liviano presente suspendido entre los dos.

Lo cual estaba muy bien.

FIN

AGRADECIMIENTOS

Esta serie, en sus diferentes formas, ha sido mi vida durante los últimos veinte años. ¿Cómo escribir la página de agradecimientos después de cerrarla? Da la impresión de que tendría que ser, o bien muy larga, o bien muy corta.

Creo que, si la hiciera larga, me saldría una lista verdaderamente larguísima, así que voy a optar por ser tan concisa como pueda.

Gracias a:

—Los lectores que crecieron con estos personajes.

—David Levithan y el equipo de Scholastic, por dejarme contar esta historia hasta el final.

—Laura Rennert, por pastorear estos libros durante una década.

—Will Patton, por dar vida a los audiolibros de manera tan vibrante.

—Adam Doyle y Matt Griffin, por su labor de diseño.

—Brenna, Sarah, Bridget, Victoria y Anna, que leyeron una y otra vez.

—Richard Pine, por hacer sitio para sueños futuros.

—Mi familia, sobre todo cuando no parecía haber solución para el brotanoche.

—Ed, que sabe quién soy.